베이징, 내 유년의 빛

城門開

北島 著

베이징, 내 유년의 빛

베이다오 지음

김태성 옮김

한길사

베이징, 내 유년의 빛

지은이 베이다오
옮긴이 김태성
펴낸이 김언호

펴낸곳 (주)도서출판 한길사
등록 1976년 12월 24일 제74호
주소 10881 경기도 파주시 광인사길 37
홈페이지 www.hangilsa.co.kr
전자우편 hangilsa@hangilsa.co.kr
전화 031-955-2000~3 **팩스** 031-955-2005

부사장 박관순 **총괄이사** 김서영 **관리이사** 곽명호
영업이사 이경호 **경영담당이사** 김관영
편집 백은숙 신종우 안민재 노유연 김광연 민현주 이경진
마케팅 윤민영 양아람 **관리** 이중환 문주상 이희문 김선희 원선아
디자인 창포 **CTP 출력 및 인쇄** 예림인쇄 **제본** 대흥제책

제1판 제1쇄 2017년 3월 31일

값 16,000원
ISBN 978-89-356-6971-4 03820

● 잘못 만들어진 책은 구입하신 서점에서 바꿔드립니다.
● 이 도서의 국립중앙도서관 출판시도서목록(CIP)은 서지정보유통지원시스템 홈페이지(seoji.nl.go.kr)와
  국가자료공동목록시스템(www.nl.go.kr/kolisnet)에서 이용하실 수 있습니다.
  (CIP제어번호: CIP2016013757)
● 이 책은 한국출판문화산업진흥원의 출판콘텐츠 창작자금을 지원받아 제작되었습니다.

성문, 성문은 높이가 몇 장丈인가.

삼십육 장이나 되네.

어떤 자물쇠가 채워져 있나.

금강대철金剛大鐵 자물쇠가 채워져 있지!

성문, 성문은 열리나 안 열리나.

– 중국 동요에서

베이징, 내 유년의 빛

나의 베이징

머리말

2001년 말, 아버지의 병세가 위중해져 13년 동안 떠나 있던 베이징北京으로 다시 돌아가게 되었다. 마음의 준비가 되어 있긴 했지만 베이징의 모습이 알아볼 수 없을 정도로 완전히 달라져 있으리라고는 전혀 상상하지 못했다. 내게는 완전히 낯선 도시였다. 자신의 고향에서 이방인이 된 셈이었다.

나는 베이징에서 태어나 그곳에서 내 인생의 절반을 보냈다. 특히 유년시절과 청년시절을 그곳에서 보냈다. 나의 성장경험은 베이징과 긴밀히 연결되어 있다. 하지만 이 모든 것이 이 도시와 함께 사라지고 있었다.

그 순간부터 나는 이 책을 써야겠다는 충동을 느끼기 시작했다. 글로써 이 도시, 나의 베이징을 재건하고 싶었다. 나의 베이징으로 지금의 베이징을 부정하고 싶었다. 나의 도시에 시간이 거꾸로 흘러 고목이 봄을 맞고 사라진 냄새와 소리 그리고 빛이 돌아오게 하고 싶었다. 철거된 사합원四合院*과 후퉁胡同**, 사묘寺廟들이 원래의 모습을 되찾고 지붕이 물결처럼 낮은 공제선을 향해 몰려가고 비둘기 울음소리가 파란 하늘에 깊게 울리며 아이들이 사계절의 변화에 익숙해지고 주민들의 가슴에 방향감각이 회복되게 하고 싶었다. 그렇게 되면 나는 성문을 열고 사해四海에서 흘러온 나그네들을 반갑게 맞이할 것이다. 돌아갈 집이 없는 영혼들을 반갑게 맞이할 것이다. 호기심으로 가득한 모든 손님을 반갑게 맞이할 것이다.

이러한 재건 과정에는 아주 긴 시간이 필요할 것이고 내가 상상한 것보다 더 지난한 작업이 될 것이다. 기억은 선택적이고 모호하고 배타적이다. 게다가 장기적인 동면 상태에 빠져 있다. 글쓰기란 이런 기억을 불러일으키는 과정이다. 기억의 미궁에서는 하나의 길이 또 다른 길을 인도하고, 하나의 문이 또 다른 문으로 열려 연결된다.

사람의 일생에서 유년기와 청소년기는 너무나 중요하다. 심지어 그다음에 오는 모든 것이 그 시기에 형성되거나 결정된다고 할 수 있다. 생명의 근원으로 돌아가는 데는 선사의 탐험처럼 깨달음의 기쁨과 슬픔이 수반된다. 멀어지는 것과 돌아오는 것이 한 가닥

---

* 아파트나 다가구주택에서 '원자'(院子)라고 부르는 공동 마당을 중심으로 북쪽에 '정방'(正房), 동쪽에 '동상방'(東廂房), 서쪽에 '서상방'(西廂房), 남쪽에 '도좌'(倒座) 등이 '입 구'(口)자형으로 둘러싸고 있는 베이징 전통 주택양식.
** 베이징 주택가의 옛 골목길로, 주로 3환(環) 이내의 지역에 밀집되어 있다. 3천 년 역사도시 베이징의 옛 정취를 느낄 수 있는 특별한 도시공간이다.

싼불라오 후퉁 1호 원내, 2010년.

길의 양 끝이라면, 멀리 갈수록 유년에 더 가까워지는 것인지도 모른다. 어쩌면 바로 이 최초의 동력이 나를 하늘 끝까지 날아오르게 했던 것인지도 모른다.

특별히 나의 이웃이자 동료이며 동창이었던 차오이판曹一凡에게 감사의 뜻을 전하고 싶다. 그는 이 책에서 중요한 역할을 할 뿐만 아니라 놀라운 기억력으로 내가 잘못 기억하고 있었던 중요한 사실들을 전부 수정해주었다. 물론 리투어李陀와 간치甘琦에게도 감사한 마음을 전한다. 이 날카로운 두 '독자' 덕분에 나는 글쓰기 속에서 영원히 살얼음판을 걷게 될 것이다.

2010년 6월 25일 홍콩에서
베이다오

빛과 그림자

1

2001년 말, 13년 동안 떠나 있던 고향으로 다시 돌아갈 수 있었다. 비행기가 착륙하는 순간, 지상의 무수한 건물이 내뿜는 불빛이 비행기 창문 안으로 쏟아져 들어와 천천히 회전했다. 정말 놀라지 않을 수 없었다.

베이징은 불빛이 넓게 퍼진 축구장 같았다. 엄동설한의 저녁이었다. 세관을 통과하여 나오자 낯선 사람들 셋이 '자오趙* 선생'이라고 쓴 팻말을 들고 나를 맞아주었다. 키도 몸집도 각기 다른 세사람은 서로 무척이나 닮아 있었다. 포물선을 그리며 반사된 불빛 속에서 이들을 보니 마치 또 다른 세계에서 온 그림자들 같았다. 환영의식은 침묵 속에서 간단하게 끝이 나고 곧이어 검은색 승용차에 올랐다. 그제야 그들은 입을 열어 인사치레인지 위협인지 구

---

* 베이다오의 본명은 자오전카이(趙振開)다.

분이 안 되는 말을 늘어놓았다. 조수처럼 밀려드는 불빛에 머리가 어지러웠다.

내가 어렸을 때만 해도 베이징의 밤은 무척이나 어두웠다. 적어도 지금보다 백 배는 더 어두웠다. 예컨대 우리 이웃인 정팡룽鄭方龍 아저씨네는 방이 두 칸인 집에 살면서 백열전구를 세 개만 사용했다. 거실에 8와트, 침실에 3와트, 화장실과 부엌에는 3와트짜리 전등을 함께 사용했다. (전등은 두 공간을 잇는 창문에 달려 있었다.) 다시 말해 온 가족이 집에서 설을 쇠거나 밖에 있지 않을 경우, 하루 전력 소모량이 14와트밖에 되지 않으니 지금 유행하는 화장대 아치형 전구 하나에도 못 미치는 전력량이었다.

이는 싼불라오三不老 후퉁 1호에서만 볼 수 있는 극단적인 사례였는지도 모른다. 하지만 베이징 전체를 보면 전력소비 수준이 더 낮았을 것이다. 학교 친구들 중에는 온 가족이 전등 하나에 의지하는 경우도 있었다. 가장이 '등화관제'를 시행했기 때문이다.

"전등을 끄면 공부는 어떻게 한단 말이에요?"

"거짓말하지 마. 내일 낮에 해."

전구에는 대부분 갓이 달려 있어 어두침침하면서도 부드러운 느낌을 주었다. 갓이 만들어내는 신비한 빛 무리가 어둠의 모든 세포를 가려주고 어느 한 광점을 돌출시켜주었다. 당시의 여자들이 화장도 하지 않고 특별히 꾸미지도 않았지만 대단히 예뻐 보였던 것도 틀림없이 이 등불과 연관이 있을 것이다. 형광등의 출현은 일종의 재난이었다. 눈을 자극하면서 천지를 뒤집어놓았다. 가릴 수 있는 것이 하나도 없었다. 암탉에게 더 많은 달걀을 낳게 하기 위해 양계장에서 야간에도 조명을 환하게 밝히는 것과 마찬가지로 형광등은 한낮의 허상을 창조해냈다. 사람들은 알을 낳지 못했을 뿐만 아니라 더 편안하게 생활하지도 못했다. 마음이 어지럽고 정신이 산란하기만 했다. 애석하게도 더 이상 미인도 없었다. 얼굴이 쇠처럼 푸르스름한 것이 아무리 분과 연지를 발라도 소용이 없었다. 사실 피해가 가장 큰 쪽은 아이들이었다. 형광등 아래서 아이들은 숨을 곳이 없었고 상상의 공간도 잃어버려 너무나 일찍 야만의 광장으로 나가야 했다.

우리 물리학 선생님의 말씀에 따르면 사람이 갑자기 어둠 속에 들어서면 순식간에 시력이 20만 배 좋아진다고 한다. 어둠이 사람들에게 모든 것을 볼 수 있는 통찰력을 허락한 것이다. 등불은 원래 인류가 진화했다는 표식 가운데 하나지만, 일단 진화가 시작되어 시간이 흐르면 반대로 눈이 멀게 된다. 과거를 생각해보면, 우리는 늑대처럼 눈빛이 날카로웠고 초점을 재빨리 조절할 수 있었다. 순간적으로 불빛을 보고, 양 무리를 보았으며, 더없이 아름다운 어미 늑대를 볼 수 있었다.

그 시절에 '네눈깔잡이'四眼兒*들이 많았던 것은 등불의 조건보다는 주로 학습태도와 연관이 있었을 것이다. 당시 학교 친구들과는 농촌에는 등불이 없어서 캄캄하기만 한데 어째서 '네눈깔잡이'가 하나도 없는가 하는 것을 놓고 논쟁을 벌였다. 학교에서는 어느 정도의 공간과 조명을 갖춘 야간 자습실을 제공하긴 했지만, 열악

* 안경 낀 사람.

한 조명에서 공부하여 두각을 나타내는 것을 막지 못했고, 정통 지식 외에 한가롭게 다른 책을 읽는 것은 더더욱 막지 못했다. 예컨대 차오이판은 손전등에 의지하여 『홍루몽』紅樓夢을 읽다가 일찌감치 '네눈깔잡이' 대열에 끼고 말았다.

그때에는 베이징에 가로등이 많지 않았다. 가로등이 없는 후퉁도 아주 많았다. 있다 해도 30~40미터 간격으로 떨어져 있어 가로등 바로 아래만 비출 수 있을 뿐이었다. 어른들은 걸핏하면 '파이화즈'拍花子 이야기로 우리들을 겁주곤 했다. '파이화즈'란 정신을 잃게 만드는 약을 먹여 어린아이들을 납치하는 것을 말한다. 이 이야기 자체가 정신을 빼는 약이 되어 어린아이들을 곤혹감에 빠지게 했지만 누구도 그 자세한 내막은 알지 못했다. 예컨대 대체 어떤 장난감으로 아이의 머리를 툭 치면 아이가 자신도 모르게 나쁜 사람에게 홀려서 자동적으로 그를 따라가게 되는 것인지는 알 수 없었다. 이런 선진 무기가 있었다면 타이완이 일찌감치 해방되지 않았을까? 아마도 해방 전에 있었던 범죄사건이 입에서 입으로 전해지면서 이야기에 살을 붙이고 맛을 더하다 보니 역사의 후퉁을 따라 자연스럽게 우리의 유년으로까지 확장되었을 것이다.

밤길을 가는 사람들에게 가로등은 조명을 위한 것이라기보다는 두려움을 없애주기 위한 도구라고 하는 편이 옳았다. 행인들은 자전거를 타고 노랫가락을 흥얼거리면서 경종을 울려댔다. 그러다가 어느 골목의 가로등이 꺼져 있거나 아이들이 쏜 새총에 맞으면 당황하여 조상 8대까지 욕을 해댔다.

가로등이 적다 보니 문을 나설 때는 자기 자신이 자전거 전조등을 갖춰야 했다. 50년대 말에는 자전거를 탈 때 종이로 된 등롱燈籠을 들고 타기도 했다. 허우바오린侯寶林의 상성相聲*「야행기」夜行記에도 그런 장면이 나온다. 당시에는 대다수 사람이 네모난 수전식 차등車燈을 자전거 핸들에 끼워 사용했다. 고급 자전거에는 마찰을 이용한 발전식 전등이 바퀴 테두리에 부착되어 있었다. 자전거 속도가 일정하지 않다 보니 차등은 밝아졌다 흐려지기를 반복했다. 이 또한 베이징 밤거리의 주요한 풍경 가운데 하나였다.

50년대 말에야 창안가長安街에 현대화된 집속集束회로 가로등이 설치되었다. 가로등이 켜졌을 때 창안가를 걸으면 특별한 자부심이 느껴지고 마음의 눈도 밝아졌다. 공산주의가 한눈에 들어오는 것 같았다. 이에 비해 후퉁의 등불은 더욱더 어둡게만 느껴졌다. 사통팔달의 대로를 벗어나기만 하면 베이징 후퉁의 끝없는 미궁 속으로 빠져들곤 했다.

나는 어려서부터 동생들과 함께 그림자놀이를 하곤 했다. 두 손을 엇갈리게 잡고 등불을 이용하여 벽에 동물 형상을 다양하게 연출하는 놀이였다. 작고 약한 동물과 흉맹한 동물들이 서로를 잡아먹었다. 나중에는 누구도 토끼 역할을 맡으려 하지 않았다. 그림자놀이의 배후에도 약육강식이라는 권력의지가 도사리고 있었고, 조종자는 자신을 만물의 주재자라고 생각했다.

아이들에게 어둠이 줄 수 있는 가장 큰 선물은 숨바꼭질이었다. 일단 등불이 비치는 구역을 벗어나기만 하면 어디든지 몸을

---

* 두 사람이 만담을 주고받는 민간 기예의 일종.

숨길 수 있었고, 특히 구석진 곳은 더더욱 그랬다. 싼불라오 후퉁 1호로 이사 갔을 때, 마당에는 아직 가산假山*이 있었고, 기괴한 형상의 태호석太湖石이 밤마다 사람들을 두려움에 떨게 했다. 말하는 대로 형상이 바뀌는 것 같았기 때문이다. 그곳은 숨바꼭질하기에 안성맞춤인 곳이었다. 술래나 숨는 사람이나 모두 간담이 서늘했다. 정화鄭和**나 그 하녀들의 영혼을 만나지 않으리라는 보장이 없었다. 술래가 떨리는 목소리로 자신을 부르는 소리만 들어도 몸이 떨렸다.

"벌써 다 봤어. 더 숨지 말고 빨리 나와."

등 뒤에서 이런 소리가 들리면 모두 등골이 오싹해지면서 온몸에 닭살이 돋았다.

이야기를 할 때는 컴컴할 때 하는 것이 더 재미있었다. 특히 귀신 이야기는 더더욱 그랬다. 노인들은 아이들에게 이야기를 들려주었고, 아이들은 아이들끼리 서로 이야기를 들려주었다. 신을 믿지 않는 나라인데도 귀신 이야기로 아이들과 자기 자신을 놀라게 했다. 이는 오랜 도덕적 전통에서 유래한 것이다. 중학교에 들어갔을 때, 마오마오쩌둥, 毛澤東 주석은 귀신을 무서워하지 말라고 강조했다. 이것이 한동안 먹혔다. 우선 이 세상에 담력이 센 사람은 많지 않았기 때

---

* 조경을 위해 인공적으로 흙을 쌓아 만든 작은 산.

** 鄭和(1371~1435): 중국 명나라의 무장이자 환관이며 수군 제독이었다. 윈난(雲南) 쿤양(昆陽) 출신인 그의 본명은 마삼보(馬三保)로, 연왕이 영락제(永樂帝)로 즉위하는 데 큰 공을 세웠다. 이후 동남아시아에서 아프리카 케냐에 이르는 일곱 차례의 항해에 성공하면서 중국의 해상 영향권과 상권을 크게 넓혔다.

문에 아무리 귀신을 무서워하지 않는다 해도 적절한 설명이 필요했다. 먼저 귀신의 존재를 증명해야 귀신이 무섭지 않다는 것을 증명할 수 있었다. '문화대혁명' 기간에 우리는 낮에는 혁명을 하고 밤에는 귀신 얘기를 했다. 귀신과 혁명이 서로 모순되지 않는 것 같았다.

나는 베이징 제4중학* 기숙사에서 생활했다. 먼저 불을 끄고 입으로 재주를 부려 분위기를 띄웠다. 가장 중요한 순간이 되면 누군가 침대 틀을 밀어대거나 깨진 세숫대야를 던졌다. 온갖 특수효과가 동원됐지만 자칭 담이 크다는 친구들은 이런 특수효과가 불러일으키는 다양한 공포의 경험을 모두 이겨냈다. 70년대 초부터 형광등이 광범위하게 사용되기 시작하면서 베이징 전체가 갑자기 밝아졌고, 귀신은 더 이상 신비롭지 않게 되었다. 다행히 걸핏하면 전기가 끊어졌다. 정전이 되면 집집마다 촛불을 켰다. 이는 사라진 유년생활에 대한 추억이자 애도였다.

2

잠에서 깨어나 보니 천장이 대설大雪의 하얀 반사광에 빛나고 있었다. 난방기가 창문 커튼을 흔들었고 그 뒤로는 희미한 창틀이 빛을 따라 움직이고 있었다. 마치 천천히 움직이는 열차가 나를 아주 먼 곳으로 데려가는 것 같았다. 나는 침대에 누워 있다가 아버지의

---

* 중국의 중학교는 6년제로 우리나라 중학교 과정을 초중(初中), 고등학교 과정을 고중(高中)이라 한다.

재촉에 할 수 없이 일어났다.

대설은 도시의 환상이자 자신을 비춰보는 거울 같았다. 이 거울은 너무나 빨리 부서져 버리고 눈 깜짝할 사이에 천지를 진흙탕으로 변하게 했다. 학교 가는 길에 나는 모자 달린 솜 외투를 입고 축축하게 습기가 느껴지는 눈을 집어 동그랗게 공을 만든 다음 후통 입구에 서 있는 늙은 홰나무를 향해 던졌다. 하지만 맞히진 못했다. 교실로 뛰어들어 가자마자 수업 종이 울렸다. 교실 창문은 플랫폼을 떠나는 열차처럼 끊임없이 가속이 붙어 덜컹거렸다. 실내는 어두웠고 선생님의 그림자가 이리저리 움직이면서 분필이 빠르게 움직이더니 칠판 위의 숫자가 나타났다가 사라졌다. 선생님이 갑자기 막대기를 들어 나를 가리키며 소리치셨다.

"야! 너, 너 말이야, 내 말 안 들려?"

수업 종료 종이 울리자 봄이 되었다. 많은 물기를 빨아들인 건물 처마는 흰색에서 검은색으로 변해 있었다. 하늘이 둥글게 구부러지고 무수한 가지 끝이 초록으로 물들었다. 꿀벌들이 햇빛을 끌고 다니며 요란하게 응응 소리를 냈다. 연처럼 내달리는 여자아이들의 그림자 속에서 누구도 그 줄의 끝을 잡지 못했다.

버들가지가 한들거리면 사람들은 마음이 흔들리기 시작했다. 나는 작문을 하면서 먼저 류바이위劉白羽의 『홍마노집』紅瑪瑙集을 베끼고 이어서 웨이웨이魏巍의 『누가 가장 귀여운 사람인가』誰是最可愛的人를 베꼈다. 류바이위는 모스크바 상공의 비행기 안에서 일출을 보았다고 썼다. 이 구절을 베낄 수는 없었다. 나는 답답하기만 했다. 왜 하필 모스크바란 말인가? 나는 허우하이後海를 어슬렁거리면서 지는 해를 보았다. 어디에 홍마노가 있단 말인가? 지는 해는 그저 2편分*짜리 과일사탕 같을 뿐이었다. 제비 몇 마리가 호수 수면 위를 날고 있고, 서산西山은 겹겹이 높아졌다 낮아졌다 하며 이어져 있었다. 물결은 기름처럼 반짝거리면서 비린내 나는 흰 거품을 한 겹 만들어내고 있었다.

바람이 없는 날에는 구름 그림자가 운동장 상공에 멈춰서 미동도 하지 않았다. 근육이 발달한 고학년 학생들은 평행봉 위에서 기계처럼 유연하게 움직였고, 그 그림자는 마치 메트로놈 같았다. 나는 철봉 아래서 턱걸이 준비를 했다. 규정에 따르면 연속으로 여섯 번을 해야 합격이지만 두 번째 시도에서 이미 힘이 다 빠졌다. 버둥거리면서 안간힘을 썼지만 머리만 간신히 철봉 위에 걸칠 수 있었다. 이런 내 모습이 마치 온힘을 다해 하늘로 기어올라가 편안하게 말려 있는 흰 구름을 훔쳐보기라도 하려는 것 같았다.

여름날의 햇빛이 거리를 두 부분으로 나눴다. 그늘진 곳은 물처럼 시원하여 나는 사람들을 따라 이리저리 물고기처럼 헤집고 다녔다. 그러다 갑자기 생각을 바꿔 햇빛이 강하게 내리쬐는 쪽으로 가서 고독하고 오만하게 자신의 그림자를 밟고 섰다. 머리가 온통 땀에 젖고 이어서 몸 전체가 축축하게 젖어들었다. 목적지에 이르면 나는 막대 얼음과자를 사서 내 자신을 위로했다.

나는 넓은 거리를 아무 생각 없이 구경하는 것을 좋아했다. 어른의 세계에는 일종의 생략된 안정감이 있었다. 고개를 들지만 않

---

* 중국 화폐의 최소단위로, 10편이 1자오(角 또는 마오毛), 10자오가 1위안(元)이다.

으면 눈에 보이는 것은 전부 가슴 아랫부분이었다. 너무 못생긴 것 때문에 슬퍼할 필요도 없었고 인간세계의 희로애락에 마음이 흐트러질 필요도 없었다. 일단 빽빽한 인파의 흐름 안으로 들어서면 하늘이 어두워지고 바람도 통하지 않았다. 힘들게 몸부림을 쳐야만 밖으로 빠져나올 수 있었다. 덩치가 작다는 것은 시각이 독특해진다는 장점이 있었다. 겉에 철판을 덧댄 대문은 자신의 변형된 얼굴을 닫아버리고, 유리창 속에 겹겹이 비치는 사람들 그림자는 무수한 담배꽁초만 밟고 지나갔다. 사탕껍질 하나가 거리를 따라 날아다녔다. 자전거 축 위에 내려앉은 햇빛과 깜빡거리는 버스의 미등만 보였다.

나는 비 오는 날을 좋아했다. 빛과 그림자의 경계가 사라져 자연스럽게 섞이면서 아마추어 화가의 팔레트 같은 모습을 하기 때문이다. 검은 구름이 피뢰침 높이로 낮게 내려앉았고 큰 나뭇가지의 까마귀 둥지는 텅텅 비어 있었다. 신선한 우산들이 빗물을 튕기며 서로 부딪치면 빗방울은 유리 위에 고스란히 흔적을 남겼다. 공고 게시판의 판결문 글씨는 빗물에 흐릿해지고 물웅덩이의 반사광이 내 발에 밟혀 흩어졌다.

나는 차오이판과 함께 멀리 둥안東安시장까지 갔다. 60년대 초에 둥안시장은 백화점으로 개축되면서 이름도 둥펑東風시장으로 바뀌었고 원래의 맛도 완전히 사라져버렸다. 당시 둥안시장은 각종 점포들이 들쭉날쭉 운치 있게 들어서 있어 온갖 재미가 가득했다. 내 기억 속에서 둥안시장은 빛의 미궁이었다. 전등과 가스등, 석유등과 촛불이 마구 뒤섞여 제각기 빛을 발하고 있어 소박하면서도 그

윽하기 그지없었다. 각종 불빛의 조명 아래서 가게 주인과 손님들은 하나같이 신비로워 보였다. 그 순간을 정지시켜놓으면 민속생활의 파노라마가 될 수 있었다. 어쩌다 한줄기 햇빛이 비쳐 들어와 천천히 움직이기도 했다. 이는 가장 오래된 시곗바늘이었다.

3

모든 아이가 수많은 환각幻覺을 가지고 태어난다. 이런 환각은 빛과 그림자, 상상의 공간, 심지어 몸의 상태와 밀접하게 연관되어 있다. 그러나 아이들은 자라면 대부분 잊어버린다. 시간과 사회습속, 지식 등의 시스템이 아이들에게 망각을 억지로 강요하기 때문이다. 이것이 바로 어른들의 세계로 들어서는 조건인 것 같다.

나는 열 살부터 열세 살까지 3년 동안 몹시 힘든 시기를 보냈다. 이때가 바로 몸과 정신이 성장하는 전환점, 즉 사춘기의 시작이었다. 굶주림이 당시 생활의 항시적인 상태였다. 그때의 사진에 찍힌 내 모습은 마치 아프리카의 기아 아동처럼 눈동자가 유난히 빛나고 몸이 말랐으며 입가에 교활한 웃음을 기이하게 띠고 있었다.

나는 고도의 환각 상태에 있는 것이 분명했다. 내 눈에는 나무들이 기이한 형상으로 보였고 꽃들도 곧 떨어질 것처럼 요염하기만 했다. 허공에 연기가 걸려 있고 물이 거꾸로 흐르는가 하면, 건물들도 비스듬히 기울어지고 계단이 움직이는 것처럼 보였다. 구름은 괴물 형상으로 변하고 그늘은 끝을 알 수 없을 것처럼 길었으며 별들은 평소보다 유난히 크고 밝았다. 나중에 고흐Vincent van Gogh

가 그린 「별이 빛나는 밤」을 보았을 때 나는 조금도 놀라지 않았다. 내가 보기에는 기아 상태에 처한 사람이라면 누구나 경험하게 되는 시각효과였다.

나는 눈썹을 곤두 세우고 눈을 크게 뜬 채 혼자 뭔가를 중얼거리면서 똑바로 길을 걸었다. 특히 교실에서 수업할 때는 기본적으로 선생님이 무슨 말씀을 하는지 잘 들리지 않았다. 내 자신의 환각 세계 속에 빠져 있었던 것이다. 선생님이 질문을 하면 동문서답을 하기 일쑤였다. 학부모 회의가 열렸을 때 선생님은 나의 이런 행태에 대한 우려를 부모님께 전했다. 다행히 의사인 어머니는 크게 놀라지 않으셨지만 나는 어른들의 엄격한 감시를 받게 되었다.

한밤중에 깨어나 내 구두가 움직이는 것을 보기도 했다. 구두는 한 바퀴 빙 돌아 제자리로 돌아왔다. 거대한 바퀴가 갑자기 창문으로 돌진해 들어오기도 했다. 유리창에는 낯선 사람들의 얼굴이 자주 나타났다. 햇빛의 역광 속에서 숲이 불타는 모습을 보기도 했다.

어느 날 저녁, 혼자 집에 돌아온 나는 흰 구름 한 조각이 싼불라오 후퉁 1호 입구 하늘 위에 떠 있는 것을 발견했다. 아주 크고 둥근 것이 커다란 우산 같았다. 도저히 믿을 수 없는 크기였다. 그 높이는 우리가 살고 있는 4층 건물보다 낮았다. 여러 해가 지나 미확인비행물체UFO에 관해 처음 듣고서야 어찌 된 일인지 알 수 있을 것 같았다. 그 구름 아래서 나는 마법에 걸린 것처럼 마음이 어지럽고 혼란스러웠으며 몸을 움직일 수 없었다. 시간이 정지해버린 것 같았다. 마침내 나는 간신히 한 발짝을 뗄 수 있었다. 그런 다음 나는 듯이 달려 집으로 갔다.

냄새

1

베이징에 관해 가장 먼저 떠오르는 것은 냄새다. 냄새는 계절에 따라 변한다. 이 점에서는 사람도 개와 다르지 않다. 그렇지 않다면 어째서 나이 든 화교들이 오랜 세월이 지나 중국에 돌아와서 막막한 표정으로 사방을 둘러보면서 냄새를 맡으려고 여기저기 킁킁대겠는가. 이들이 찾는 것이 바로 기억 속 베이징의 냄새인 것이다.

겨울에는 저장해놓은 배추 냄새가 났다. 입동이 되기 전에 부식을 파는 상점 앞에는 임시로 야채 배급소가 설치되어 배추가 산더미처럼 쌓여 있었다. 아침부터 저녁까지 사람들은 길게 줄을 서서 배추를 샀다. 한 집에 적어도 수백 근씩 배추를 사서 리어카나 자전거, 유모차 등 각종 수단을 이용하여 집으로 운반해갔다. 이웃끼리 서로 도와주기도 했다. 특히 거동이 불편한 독거노인들은 더욱 그랬다. 배추는 우선 햇빛에 널어 말린 다음 창가나 문, 통로, 발코니 등에 놓고 가마니나 헌 이불로 덮어놓았다. 겨울 바람과 눈을 견디면서 배추는 미라처럼 조금씩 마르고 변질되었다. 그러면서 완강하게 독한 냄새를 풍김으로써 자신의 존재를 알렸다.

매연煤煙 냄새도 있었다. 난방과 취사를 위해 크고 작은 조개탄 난로와 연탄난로들이 구름 같은 연기를 연기귀신처럼 창문 밖으로 연결된 연통을 통해 길로 토해냈다. 연통 끝에서는 콜타르*가 땅바닥으로 떨어져 검은 얼음이 되었다. 바람이 부는 날이면 서둘러 'ㄴ'자 모양의 연통을 옮겨야 했다. 진한 연기가 밀려 들어와 눈물과 콧물이 동시에 흐르고 미친 듯이 기침이 나기 때문이다. 음흉한 연탄가스는 더 말할 것도 없었다. 사람들이 방비하지 않는 틈을 타서 부드럽게 목숨을 앗아가곤 했다.

재 냄새도 있었다. 색깔로 따지자면 철회색에 황토가 약간 섞인 것이 베이징 겨울의 바탕색이었다. 이 색깔이 모든 냄새를 이끄는 장수로서 사람들의 입과 혀를 메마르게 하고 목구멍을 연기로 가득 차게 했다. 그러면 이내 기분도 안 좋아졌다. 서북풍이 불어오면 더 큰일이었다. 천군만마를 얻은 듯이 연기가 하늘과 땅을 가득 메우고 내친김에 창문 틈을 비집고 집 안으로 들어오면 숨을 데가 없었다. 그 시절 사람들이 마스크를 쓰고 애써 막으려던 것이 주로 그 바람이었다. 그렇지 않으면 문밖으로 나서자마자 입안에 모래가 가득해지기 때문이었다.

베이징 사람들이 이처럼 참기 힘들어할 때 갑자기 큰 눈이 휘날

---

* 석탄을 고온건류(高溫乾溜)할 때 부산물로 생기는 검은 유상(油狀) 액체.

리며 도시 전체를 뒤덮었다. 큰 눈이 내리면 박하 맛이 느껴졌다. 특히 문을 나서서 처음 들이마시는 숨은 너무나 청량하고 촉촉했다. 아이들은 크게 소리를 지르면서 밖으로 뛰어나가 마스크와 장갑을 벗어던진 다음 마음껏 숨을 내쉬고 들이켰다. 그러고는 눈싸움을 하거나 눈사람을 만들었다. 질척질척한 도로가 얼음으로 얼어버리면 아이들은 그 위로 미끄럼을 타고 가다가 얼음이 끝나는 부분에서 무릎을 꿇고 탄성을 이용하여 몇 미터 더 앞으로 밀고 갔다. 이를 가리켜 우리는 "늙은이가 이불 속을 뚫고 들어간다"고 했다.

우리 집은 허우하이 근처에 있었다. 아이들은 항상 호수 위에서 얼음을 지치고 놀았다. 직접 만든 스케이트나 썰매를 타고 소리를 지르면서 몰려다녔다. 눈가루가 바람에 휘날려 얼굴에 닿으면 마치 하얀 솜사탕이라도 되는 듯이 혀로 핥곤 했다. 그럴 때면 무無에서 유有가 창조되기라도 하듯이 단맛이 느껴졌다. 노동자들은 호수 위에 구멍을 뚫어 톱으로 자른 다음 나무판 위에 앉아 잔도棧道를 따라 뭍으로 운반한 다음, 이를 다시 리광교李廣橋 북쪽에 있는 얼음창고로 옮겼다. 나는 사람들의 주의가 허술한 틈을 타 친구들과 함께 얼음창고 안으로 들어가보았다. 어둡고 차가우면서 건초 냄새에 섞인 물비린내가 났다. 얼음덩이들은 여러 층의 나무틀 위에 차곡차곡 쌓여 있고 그 사이에 건초더미가 끼워져 있었다. 마지막으로 그 위를 풀과 나무판, 흙으로 덮어 잘 밀봉했다. 이듬해 여름이 오면 이 얼음덩이들은 신선식품들을 냉장하는 데 사용되었다. 얼음 굴에 들어가 있던 그 순간, 우리는 냉동 생선이 된 자신의 모습을 상상하곤 했다.

　겨울은 너무나 길어 사람들을 지치게 만들었다. 아이들은 눈을 크게 뜨고 봄을 기다렸다. 동지가 지난 뒤로 만수滿數인 9일을 세는 민속에 따라 5 곱하기 9인 45일을 세면, 허우하이 호숫가의 버드나무 가지들이 서서히 녹색으로 물들어 부드러워지면서 약간 떨떠름하고 맑은 향기를 내뿜기 시작했다. 얼음이 녹고 얼음 표면에서 맑은 파열음이 들릴 때면, 집 처마마다 눈과 얼음이 녹아서 물방울로 떨어지고, 콜타르가 묻은 얼음덩이가 먹의 흔적처럼 퍼졌다. 우리가 신은 천 운동화는 전부 변형되어 두꺼비처럼 납작해진 모양으로 주둥이를 벌리고 생선 젓갈 같은 고약한 냄새를 풍겼다.

　우리 어머니는 해마다 수선화를 사셨다. 설을 전후하여 수선화는 조용히 꽃을 피워 그윽한 향기를 내뿜으며 우중충한 실내를 환하게 밝혀주었다. 집 밖에서는 살구나무가 가장 먼저 꽃을 피우고 이어서 배꽃과 정향, 복숭아꽃이 줄줄이 피었다. 바람이 꽃향기를 말아 흩뜨리면 사람들은 머리가 어지러워지고 몸이 노곤해졌다. 어렸을 때는 항상 "봄에는 피곤하고 가을에는 궁핍하며 여름에는 낮잠을 자고 동삼월에는 잠에서 깨지 않는다"라는 속담을 듣곤 했다. 그 당시에는 꽃가루 알레르기라는 말은 들어보지도 못했다.

　홰나무꽃이 피면 여름이 왔다는 것을 알 수 있었다. 중국 홰나무는 북방의 성격을 지니고 있어 자유분방하고 제멋대로인 거친 아름다움을 드러낸다. 이와 달리 담황색 꽃은 평범하고 자잘하기만 하다. 한차례 바람이 불어오면 비처럼 날려 떨어진다. 홰나무꽃은 향기와 맛이 아주 은은하지만 피리소리처럼 아주 멀리 퍼져갔다.

이런 꽃향기를 따라 '목매 죽은 귀신'이 찾아왔다. 연충蠕蟲이 토해낸 가는 줄이 허공에 걸려 여기저기 흔들거리면서 사람들의 통행을 가로막는 것이다. '목매 죽은 귀신'의 지역을 통과하는 것은 귀신의 관문을 지나는 것처럼 무서운 일이었다. 일단 목이나 얼굴에 걸리면 좀처럼 떨어지지 않아 온몸에 닭살이 돋으면서 비명을 지르게 하곤 했다.

여름이 한 해 가운데 가장 즐거운 계절인 이유는 여름방학이 있기 때문이었다. 우리는 자주 고루鼓樓 근처 '중국민주촉진회'中國民主促進會에 가서 텔레비전으로 탁구경기를 구경하거나 스차하이什利海 체육관에 가서 수영을 했다. 우리에게 수영이란 포르말린 냄새와 표백제 냄새, 요소 냄새 사이를 떠올랐다 가라앉는 것이었고, 사람들이 만들어내는 소음과 물속의 순간적인 고요함 사이에서 떠올랐다가 가라앉기를 반복하는 것이었다.

폭우는 마치 체내의 압력에서 나오는 것 같았다. 무더위가 더이상 참을 수 없는 한계점에 이르면 천둥이 연속적으로 천지를 진동하고 청춘기의 조급함이 어느 정도 해소되었다. 비가 그치면 아이들은 거리로 나가 웅덩이 옆에서 물을 튀기며 소리를 질러댔다.

"비가 온다. 어서 물을 튀겨라. 망할 자식이 밀짚모자를 쓰고 있다."

어찌 된 일인지 모르지만 가을은 항상 서글픔과 연관되어 있었다. 어쩌면 개학 때문인지도 몰랐다. 자유가 몰수되는 것이었다. 그랬다. 가을에는 판에 박힌 듯한 학교의 리듬이 질서를 대표했다.

분필가루가 날아다니고 한자와 숫자가 칠판 위에 가득 나타났다 사라졌다. 사내아이들의 고약한 발 냄새와 지저분한 언행 위에 여자아이들의 향긋한 체취가 묻어났다. 은은하고 어렴풋한 그 향기는 가끔씩 우리를 곤혹감에 빠뜨리곤 했다.

가을비가 내리면 나뭇잎이 몸을 뒤척이며 떨어졌다. 축축한 습기는 처음에는 오래 우려낸 신 차맛이 나다가 점차 발효하는 것 같은 고약한 냄새로 변하면서 곧이어 다가올 겨울의 배추 냄새와 서로 절묘하게 어우러졌다.

2

냄새에 관해 말하자면 후각 외에 미각도 있다. 미각의 기억은 후각보다 내재적이다. 그래서 더 오래간다.

어간魚肝 냄새는 내게 최초의 유년의 꿈을 떠오르게 한다. 종이를 오려 붙인 것 같은 창문 깊은 곳에 생선 비린내를 담은 등불이 있었다. 그 등불은 아마도 내가 어간유를 먹었던 경험과 관련이 있을 것이다. 맨 처음에 아버지의 엄숙한 표정을 보고 나는 그것이 일종의 약품이라고 생각하고는 습관처럼 놀란 표정을 지었다.

빨대를 통해 어간유가 혀끝에 차갑게 닿으면 아주 빨리 입 전체로 퍼지면서 입안 가득 비린내가 났다. 어간유는 대구의 간에서 추출한 지방으로 입에 닿으면 바다 깊은 곳의 고독이 느껴졌다. 나는 나중에 진화론을 배우면서 이 점을 실증할 수 있었다. 물고기가 인류의 선조였던 것이다. 나이가 들어감에 따라 나의 이런 고독감은 끊임없이 깊어져서 사춘기의 내부적 울림을 형성하게 되었다. 빨대가 캡슐로 바뀐 뒤부터는 어간유를 준당과류로 간주하게 되었고 더 이상 불쾌감을 느끼지 않게 되었다. 먼저 캡슐을 깨물어 깨뜨리면 어간유가 새어 나오고, 그 아교질 캡슐을 씹으면 캐러멜을 씹는 듯한 맛이 느껴졌다.

우유 맛이 나는 '흰토끼'大白兎표 사탕이 있었다. 이 사탕은 정말로 사탕의 왕이었다. 일단 입에 넣고 먼저 반투명 쌀종이를 혀끝으로 녹이면 기대했던 쾌감이 입안에 퍼져온다. 흰토끼표 사탕은 우유 맛이 아주 강했다. 전하는 바에 따르면 이 사탕 일곱 알은 우유 한 잔과 같은 영양분이 들어 있기 때문에 영양 상태가 안 좋은 아이들은 이 사탕을 정말 먹고 싶어 했다고 한다. 안타깝게도 이때는 살기 힘든 시기라 흰토끼표 사탕은 '고급 사탕'에 속했다. 순커우류順口溜*로도 이를 증명할 수 있었다.

"고급 간식, 고급 사탕, 고급 노인네가 변소에 가네."

이렇게 '고급'이 반복되는 것은 이 사탕이 평범한 사람들과는 무관하다는 것을 나타낸다. 여러 해가 지나 프랑스 친구 하나가 파리에서 이 흰토끼표 사탕을 다시 맛보게 해주었다. 그 순간 나는 감격을 금치 못했다. 이때부터 나는 항상 그 '고급 노인네'의 대열에 합류할 준비를 하고 있었다.

어려운 시기는 신체발육에도 영향을 미쳤다. 나는 집 안에서 먹을 수 있는 것들을 닥치는 대로 훔쳐 먹기 시작했다. 어항에서 기

* 즉흥적인 문구에 가락을 넣어서 노래하는 민간 예술의 한 가지.

르는 클로렐라부터 부모님이 조제한 농축 레시틴까지, 칼슘 편片부터 구기자까지, 장아찌부터 된장까지, 말린 잔새우부터 대파까지 닥치는 대로 찾아서 먹어치웠다. 이에 부모님은 견벽청야堅壁淸野*를 단행했지만 나날이 왕성해지는 나의 식욕을 막지는 못했다. 뭐든지 남기지 않고 먹어치우던 나는 급기야 인공조미료까지 먹기 시작했다. 미국에 있을 때 서양 사람들과 중국 음식점에 가면 그들은 먼저 'No MSG'(인공조미료를 넣지 말 것)를 선언하곤 했다. 옆에서 듣고 있던 나는 젠장, 속이 편할 리 없었다.

나는 병에 든 조미료를 손바닥 위에 조금 덜어내 먼저 혀끝으로 핥았다. 그 맛에 신경이 반응하여 자극이 대뇌 표층까지 전달되면 흥분되는데, 마치 정제된 바다를 맛보는 기분이었다. 일종의 신선함이라고 할 수 있었다. 나는 점차 조제량을 늘리기 시작했다. 자극은 신선한 맛이 사라질 때까지 계속 강해졌고, 결국에는 반 병쯤 남은 조미료를 입안에 모두 털어넣고 말았다. 순간 대뇌 표층의 신호가 혼란을 일으켰거나 회로가 끊어진 모양이었다. 갑자기 구역질이 나고 머리가 어지러워 침대로 가서 누워야 했다. 아마도 이것이 마약을 한 것과 다름없는 경험일 것이라는 생각이 들었다. 부모님은 누가 조미료 병을 넘어뜨려 다 쏟아버렸느냐고 호통을 치셨다.

우리 초등학교 담장 밖에는 항상 한 노점상이 우리의 영혼을

---

* 진지를 굳게 지키고 주위의 인구나 물자를 분산시켜 부근의 건물이나 길목 등을 적군이 이용하지 못하도록 제거 또는 소각하는 일.

유혹하고 있었다. 그는 마술을 부리듯이 배낭에서 사탕을 비롯한 온갖 주전부리를 꺼내놓았다. 친구들의 추천으로 나는 계피를 좋아하게 되었다. 계피란 계피나무의 껍질로 한약재에 속했다. 매운맛 속에 달콤한 맛이 감춰져 있는 계피는 2편이면 몇 덩이를 살 수 있었고 사탕보다 오래 먹을 수 있었다. 나는 계피를 손수건으로 잘 싸갖고 다니면서 교실에서 수시로 핥아먹었다. 솔직히 말해서 수업시간에도 그 계피 맛 외에는 아무것도 들어오지 않았다.

어느 날 저녁, 학교를 파하고 친구 관톄린關鐵林과 함께 집으로 돌아오는 길에 멜대를 멘 노점상과 마주쳤다. 상인은 큰 소리로 외치며 물건을 팔고 있었다.

"취두부臭豆腐*나 간장두부 있어요."

나는 그때까지 한 번도 취두부를 먹어본 적이 없었다. 관톄린의 종용에 나는 3편을 내고 취두부 한 덩이를 샀다. 한입 베어 물고서 입이 굳어버린 나는 남은 두부를 집 안 어딘가에 던져놓았다. 집에 돌아와보니 첸錢씨 아줌마가 냄새를 감지하고는 이리저리 코를 콩콩거렸다. 냄새의 근원을 찾지 않으면 안 되는 것 같았다. 나는 화장실로 가서 양치질을 하고 입을 헹군 다음 다시 부엌으로 들어가 설탕 두 스푼을 입에 털어 넣었다. 첸씨 아줌마는 여전히 코를 벌름거리고 있었다. 뭔가를 찾고 있는 경찰견 같았다.

---

* 두부를 소금에 절여 발효시킨 다음 다시 독 속에 넣고 석회로 봉해 만든 식품으로 고약한 냄새가 난다.

3

어느 여름날 오전, 나는 차오이판과 함께 쌴불라오 후퉁 1호를 출발하여 고루 팡좐창方磚廠 신안리辛安里 98호에 위치한 '중국민주촉진회'를 찾아갔다. 그곳은 바로 우리 아버지가 일하시는 곳이었다. 여름방학이면 우리는 자주 그곳에 가서 탁구를 쳤고, 내친김에 콩배나무에 올라가 시큼한 콩배를 따먹기도 했다.

쌴불라오 후퉁을 나오면 곧바로 더네이德內 대가大街였고, 그 건너편이 내가 다니는 초등학교가 있는 홍산사弘善寺 후퉁이었다. 동북쪽 모퉁이에 있는 작은 잡화점에서 신호가 오면 대뇌에서 조건반사적으로 빨간불이 켜지면서 입안에 침이 고였다. 학교 가는 길에 나는 항상 잔돈 2편을 내고 각설탕 두 덩이를 사서 워터우窩頭*에 넣어 함께 먹었다.

더네이 대가를 따라 백 보쯤 가서 건널목을 건너면 류하이劉海 후퉁 식품점에 이르렀다. 문밖 야채 매대에서는 토마토를 팔고 있었다. 네 근에 3마오毛였다. 원가로 공급하는 자반갈치도 있었다. 한 근에 3마오 8편이었다. 파리 떼가 잔뜩 몰려들어 아무리 손을 휘둘러도 쫓아내기 어려웠다. 나와 차오이판은 짓무른 토마토 두 개를 사고 싶었지만 주머니 속의 동전을 매만지다가 침만 삼키면서 그냥 지나쳤다.

우리는 류하이 후퉁을 따라 동쪽으로 가다가 쑹수가松樹街에서 북쪽으로 모퉁이를 돈 다음, 다신카이大新開 후퉁을 가로질러 길가

---

* 옥수수나 수수 같은 잡곡 가루를 원추형으로 빚어서 찐 음식.

공중변소에서 소변을 보았다. 변기에 절어 있는 소변 냄새가 지독해 눈을 뜰 수 없었다. 우리는 마치 물속에서 숨 참기 연습을 하는 것처럼 숨을 쉬지 않고 있다가 공중변소를 나와 한참을 가서야 간신히 가쁜 숨을 몰아쉬었다. 꽃향기가 폐부 깊숙이 밀려들어 왔다. 온통 홰나무꽃이었다. 어젯밤에는 비가 내렸는지 작은 물웅덩이들이 하늘과 나무 그림자를 함께 반사하고 있었다.

다시 버드나무 그늘로 꺾어 들어가 북쪽으로 향하면 대저택들이 들어선 아늑한 구역이 나타났다. 들리는 소문으로는 북쪽 맨 끝 높고 큰 담장 바로 뒤가 바로 쉬샹첸徐向前 장군의 저택이라고 했다. 나무 그림자 아래서 우리는 팥맛이 나는 아이스케키를 하나씩 사 먹었다. 두 개를 사면 5편이라 1편을 절약할 수 있었다. 하지만 이번에 산 아이스케키는 물러터져서 눈 깜짝할 사이에 녹기 시작했다. 우리는 팥맛을 제대로 음미할 시간도 없이 두 입에 먹어치워야 했다. 목을 빼고 하늘을 올려다보는 순간 배에서는 꼬르륵 소리가 요란하게 났다.

버드나무 그늘로 뒤덮인 거리를 벗어나면 허우하이가 이어지면서 눈앞이 확 트였다. 허우하이는 스차하이의 일부로 700년 전 원元 나라 때 개발되었다. 운하의 종점인 이곳은 한때 비단처럼 번화했다고 한다. 이곳에는 거리 모퉁이마다 거대한 국보급 홰나무가 한 그루씩 서 있어 장기를 두는 사람들에게 훌륭한 그늘을 선사했다. 다른 사내아이들 몇몇이 물속에 들어가 동죽조개를 잡고 있었다. 아이들은 숨을 참고 물속으로 풍덩 뛰어들어 발을 물 위로 내밀고서 풍덩풍덩 요란한 소리를 냈다. 물가에는 동죽조개 몇 마리가 놓여 있었다. 큰 것은 솥뚜껑만 했다. 조개는 고약한 비린내를 풍겼다. 자신을 잡은 인간들에게 최후의 경고를 하고 있는 것 같았다.

우리는 허우하이를 따라 남쪽으로 갔다. 호숫가에 둘러쳐진 철망을 버드나무 가지로 두드리면서 갔다. 드넓은 수면이 갑자기 좁아지면서 호수 양쪽이 석교로 이어지는 지점에 이르렀다. 이 다리가 바로 인딩교銀錠橋다. 인딩교에서 산을 바라보는 것이 '연경燕京 팔경' 가운데 하나였던 때도 있었다. 다리 옆에는 '카오러우지'烤肉季라는 음식점이 있었다. 천하에 명성이 자자한 백 년 전통의 맛집으로 우리의 신경에는 최대의 시련이었다. 양고기 굽는 냄새가 숯 타는 냄새와 각종 양념 냄새에 뒤섞여 바람을 타고 떠다니면서 우리의 위를 주물렀다. 이 냄새는 점심때가 이미 지났음을 알려주는 신호이기도 했다.

우리는 옌다이烟袋 사가斜街를 가로질러 번화한 디안먼地安門 대가에 이르렀다. 북쪽으로는 고루가 보이고 길을 건너 남쪽으로 가면 디안먼 상가의 식료품점을 지나게 된다. 식료품점 입구에는 '간식류 대처분'*이라고 쓴 팻말이 붙어 있었다. 우리는 바람처럼 안으로 들어갔다가 바람처럼 나왔다. 그곳에서 파는 주전부리들은 사람들이 대단히 좋아하는 것들이었지만 애석하게도 우리가 가진 양표糧票**와 잔돈에는 한계가 있었다.

디안먼 대가를 따라 왼쪽으로 돌면 팡쫜창 후퉁이 나오고 다시

---

* 팔고 남은 각종 주전부리를 집중적으로 염가에 판매한다는 뜻.
** 식량배급표, 일반 상점에서는 음식을 살 때도 돈과 양표가 있어야 했다.

신안리 길을 따라 걸으면 목적지에 도달할 수 있었다. '중국민주촉진회 전국위원회' 간판이 바로 눈앞에 당당하게 걸려 있었다. 이런 모습 앞에서는 반동구호를 생각해낼 수 없을 것 같았다.

나와 차오이판은 먼저 건물 안에 있는 탁구실로 가서 경기를 세번 했다. 배가 고파오자 우리는 신 콩배라도 따서먹고 허기를 달래기로 마음먹었다. 담장 구석에 있는 이 콩배나무는 키가 그다지 크지 않았다. 회색 열매 서너 개가 가장 높은 가지에 매달려 있었다. 차오이판의 어깨를 딛고 올라가 허리를 편 나는 좀더 높은 가지를 향해 다가갔다. 콩배가 만져질 듯한 순간 손등을 찌르는 듯한 통증이 느껴졌다. 알고 보니 숨어 있던 쐐기벌레가 손등을 문 것이었다.

나무에서 내려와 발갛게 부어오른 상처를 얼른 입으로 빨아보았으나 별 효력이 없었다. 주머니에서 콩배를 꺼내 바지에 쓱쓱 문지른 다음 한입 깨물어보니 너무 시고 떫었다. 입안에 차마 삼키지 못한 콩배 부스러기가 가득했다. 바로 이때 식당에서 배식을 알리는 종이 울리면서 돼지고기배추찜 냄새가 코를 자극했다.

소리

1

예닐곱 살 때 나는 음악을 흥얼거리면서 그 사이사이에 자동차 경적소리를 끼워 넣는 기예를 발명했다. 이 두 가지 소리가 한데 섞여 있다는 것은 내게 대도시를 의미했다. 지금은 그때의 꿈이 현실이 되어 대도시의 온갖 소음(특히 어디에나 있는 전기드릴 소리)에 거의 미칠 지경이어서 밤이나 낮이나 잠을 제대로 잘 수 없다. 이제야 나는 이른바 대도시가 농업제국*의 아이들 입에서 이루어지는 창의創意와는 전혀 무관하다는 것을 분명히 깨닫게 되었다.

60년대 초 베이징은 시골 마을처럼 조용하여 아침이면 수탉이 우는 소리를 들을 수 있었다. 궁릉씨네 집은 베이징의 오랜 관습 덕분에 마당 울타리 안의 손바닥만 한 자류지自留地**에 오이나 콩을

---

* 중국은 전통적인 농경국가로 당시에는 산업화되기 전이었다.
** 사회주의 국가에서 생산과 소비를 공동으로 진행하는 농업집단화 이후 농민 개인이 경영할 수 있도록 허용한 약간의 자유 경작지.

심으면서 닭도 몇 마리 키울 수 있었다. 그 가운데 유난히 늠름해 보이는 수탉이 날마다 아침이 온 것을 알려 나를 잠에서 깨웠다. 여자 가수가 목청을 가다듬는 것처럼 수탉이 우렁차게 울면, 조바심하는 청중들은 구름다리를 따라 기어올라 가다가 허공에 걸리고 마는 것만 같았다. 궁씨네는 타조도 한 마리 키웠다. 목살이 흔들릴 정도로 꽥꽥 소리를 지를 때면 그 소리가 마치 해수병 걸린 노인 같았다. 타조는 덩치는 크지만 온순하여 우리 같은 아이들이 돌아가면서 등에 올라타면 고개를 위로 쳐들고 곧장 앞을 향해 내달리곤 했다.

나는 이리저리 몸을 뒤척였다. 이미 잠을 깨긴 했지만 조금만 더 자고 싶어 이불을 뒤집어쓰면, 무리를 이룬 참새들이 날아와 짹짹 울어대면서 양철로 된 배수관을 쪼아 공허한 메아리를 만들었다. 그 가운데 목소리가 가장 낭랑한 녀석은 날개까지 퍼덕이면서 신나게 울어댔다. 겨울이면 보일러공이 실내온도를 높였다. 뜨거운 물이 난방관로를 타고 순환하면서 쉭쉭 배기소리를 냈고, 거기에 차가운 기류와 따스한 기류가 충돌할 때 나는 폭발음이 더해졌다. 나는 내 자신이 거대한 소화배설 시스템 안에 놓인 듯한 느낌이 들었다.

건물 아래서 사람들의 목소리가 들리기 시작했다. 발소리는 아주 다양하고 복잡하지만 분명하게 구별할 수 있었다. 남자들의 발걸음은 무거웠고 여자들은 가벼웠다. 힘을 쓰는 사람들의 발걸음은 둔탁했고 마음을 쓰는 사람들의 발걸음은 사뿐했다. 노인들은 간간이 걸음을 멈추었고 어린아이들의 걸음은 종잡을 수 없었다다. 어떤 아이는 활발하게 폴짝거리면서 걸었고 어떤 아이는 신발을 질질 끌고 다녔다. 틀림없이 신발이 빨리 닳을 것이다. 자전거 소리는 이른 아침의 정적 속에서 크게 들렸다. 바퀴살이 쉭쉭 바람을 일으키면 타이어가 모래를 날리고 돌을 굴리면서 거침없이 앞으로 나아갔다. 페달을 밟는 소리에 경종소리까지 더해지면 귀가 먹먹해질 지경이었다.

　나는 또다시 몸을 뒤척이면서 멀리서 들려오는 소리에 귀를 기울였다. 말이 콧바람을 내뿜는 소리와 발굽이 아스팔트길에 미끄러지는 소리가 들렸다. 마부는 큰 소리로 말을 재촉하고, 채찍이 공기를 갈랐다. 수레의 굴대가 돌아가면서 요란하게 삐걱거렸다. 14번 버스가 지나갈 때면 요란한 엔진소리가 들려왔다. 털털거리며 배기가 배출되는 소리도 요란했다. 문이 열리고 닫힐 때마다 브레이크의 탄식소리가 뒤를 따랐다. 버스 차장은 께느른한 목소리로 곧 도착하게 될 정거장을 알렸다.

　"류하이 후퉁 내리세요."

　일곱 시 반쯤이면 담임인 리楚 선생님이 싼불라오 후퉁을 지나갔다. 선생님은 호리호리한 몸매에 키가 크셨다. 허리를 곧게 펴고 눈도 똑바로 향한 채 유성처럼 큰 걸음으로 걸으셨다. 검은 가죽구두가 저벅저벅 우렁찬 소리를 냈다. 선생님은 목소리를 가다듬은 다음 고개를 돌려 땅바닥에 짙은 가래를 뱉으셨다. 리 선생님의 발소리와 가래 뱉는 소리가 들리면 나는 황급히 침대에서 기어내려왔다.

2

몸에 병이 나거나 꾀병을 부릴 때면 계속 침대에 누워 있었다. 여덟 시 반쯤 되면 우편배달부 샤오리小李가 자전거를 타고 편지를 배달하러 다녔다. 그는 자전거 브레이크를 잡는 동시에 한쪽 발로 받침대를 툭 친 다음 느린 목소리로 외쳤다.

"아무개 님, 등기우편이오. 도장 가지고 나오세요."

해가 솟아오르면 상인들이 물건을 사라고 외치는 소리가 여기저기 실처럼 끊임없이 높아졌다 낮아지면서 이어졌다. 베이징의 장사꾼들이 물건을 사라고 외치는 소리는 매우 특별했다. 후퉁의 깊이와 너비 그리고 구부러진 각도와 관련이 있는 것이 분명했다. 상업적 정보를 집집마다 고루 전달하려면 목소리를 길게 끌어 구불구불 멀리 퍼져나가게 해야 했다. 베이징 사람들은 말하는 속도가 무척 빨라 입안에서 삼켜버리는 부분도 있지만 물건을 파는 소리는 이런 베이징 말을 바로잡는 장치라고 할 수 있었다. 음조를 길게 늘어뜨리고 탕후루糖葫蘆*를 막대기에 꿸 때처럼 모든 글자 하나하나를 정확하게 발음했다. 그래서 분명하면서도 부드럽고 압운이 가미되어 한결 운치 있게 들렸다. 중요한 것은 호흡을 짧게 하여 힘을 주되 숨이 바뀌어도 어조는 바뀌지 말아야 한다는 것이었다. 평평하게 소리를 내다가 갑자기 음을 높인 다음, 그 높이를 안정되게 유지하다가 끝을 길게 늘어뜨려 여운을 만드는 것이다.

---

* 베이징의 특산물로 산사(山査)나 해당(海棠)의 열매를 꼬치에 꿰고 사탕물을 묻혀 굳힌 당과의 일종이다.

장헌수이張恨水*의 『시성습취』市聲拾趣라는 책에서는 "나도 중국 남 북의 적지 않은 부두를 돌아다녀 보았지만, 노점상들이 물건을 팔 면서 외치는 소리 중에는 베이징만 한 곳이 없었다. 베이징의 떠돌 이 장사꾼들이 외치는 소리는 복잡하면서도 그윽한 조화를 이루 고 있어 밤이나 낮이나, 여름이나 겨울이나 듣는 사람들에게 아주 깊은 인상을 준다"라고 설명하고 있다.

"넝마 삽니다. 해진 신발이나 해진 옷 삽니다."

이는 폐품장수가 외치는 소리로 낮은 음조에 자신감이 깔려 있었 다. 이러한 자신감은 수시로 제국의 자신감으로 전환되기도 했다.

"혹시 원자탄도 있으면 삽니다."

감복숭아를 파는 장사꾼의 소리처럼 베이징 사람들의 영리함과 게걸스러움을 잘 반영하고 있는 소리도 있었다.

"이건 큰아가씨가 딴 게 아닙니다. 둘째 아가씨가 수놓은 것도 아닙니다. 이건 바로 셋째 아가씨가 정원을 거닐다가 발길질 한 번 으로 땅에 가득 떨어뜨린 복숭아지요."

"취두부, 간장두부가 왔습니다. 왕즈허王致和의 취두부가 왔어요."

광고 문구는 간단명료하지만 브랜드와 상품의 이름이 전부 담 겨 있었다. 베이징 사람들의 속담에 "물건을 팔려면 소리를 잘해 야 한다"라는 말이 있다. 이처럼 원시적인 교역은 속임수가 없고 아이처럼 순박한 베이징 사람들의 일면을 잘 보여준다. 상품정보 를 최대한 풍부하게 전달하되 허풍을 떨지 않는 것이다. 이것이 바

---

* 20세기 초에 활동한 중국의 유명한 대중소설가.

로 광고의 본질적인 효용일 것이다.

"잘 익은 수박이 왔어요. 빨간 속살을 보세요."

"배보다 단 무가 왔어요. 하나도 맵지 않은 무가 왔어요."

"꿀 먹은 감 사세요. 꿀감이 왔습니다."

물건을 파는 소리에는 종종 악기가 동원되기도 했다. 예컨대 샤오빙燒餅*이나 꽈배기를 파는 장사꾼들은 나무로 된 딱따기를 이용했고, 원숭이를 끌고 다니면서 기예와 함께 물건을 파는 사람들은 커다란 징을 사용했으며, 폐품을 사들이는 사람들은 작은북을 사용했다. 얼음을 넣어 차게 만든 산매탕酸梅湯을 파는 장수들은 작은 구리 사발 두 개를 위아래로 붙여 챙챙챙 소리를 냈다. 이를 '빙잔아'冰盞兒라고 불렀다. 머리를 깎아주는 이발사들은 커다란 '소리 굽쇠'를 사용했다. 철판 한가운데를 때리면 징 하고 울리는 소리가 사람들을 멍한 상태에 빠뜨리곤 했다. 일단 이 소리를 멈추려면 머리가 긴 사람이든 짧은 사람이든 먼저 머리를 바가지처럼 빡빡 밀고 나서 말을 해야 했다.

"가위 갈아요, 부엌칼 갈아요."

칼 가는 사람은 '철두'鐵頭라는 악기를 사용했다. 쇳조각 다섯 개를 하나로 엮어 차르륵 소리를 내는 물건이었다.

건물 아래서 들려오는 소리 가운데 가장 내 마음을 움직이는 소리는 역시 아이스케키를 파는 소리였다.

---

* 밀가루를 반죽하여 원형 또는 사각의 평평한 모양으로 만든 다음 표면에 참깨를 뿌려 구운 빵의 일종.

"아이스케키가 왔어요. 3편짜리도 있고 5편짜리도 있어요."

3편짜리는 산사열매나 콩맛이 나는 것이고, 5편짜리는 우유맛이 났다. 주머니를 만져보니 2편밖에 없었다. 아이스케키를 파는 아줌마랑 흥정을 잘하면 막대가 빠졌거나 약간 녹아서 찌그러진 것을 2편에 깎아서 살 수 있을 것 같았다.

방금 라디오에서 허우바오린의 「복무태도」服務態度라는 제목의 상성을 들었다. 나는 차오이판과 함께 류하이 후퉁 식료품점으로 뛰어들어가 상성에 나오는 대목을 흉내 내면서 노래를 하기 시작했다.

"장사는 부드러운 방법으로 돈을 버는 것이고, 계산대에서는 항상 웃어야지요. 그렇게 멍청한 표정 짓지 마세요. 그래서 어떻게 큰돈을 벌겠어요."

노래가 끝나자 식료품점 안은 아수라장이 되고 말았다.

3

우리의 삶에 가장 들어오고 싶어 하는 것은 바로 모기였다. 모기는 아무리 막아도 막아낼 수가 없었다. 인간들은 부채나 모기향, DDVT 같은 살충제로 일정한 거리를 유지하려고 시도하지만 소용이 없었다. 여름밤은 모기가 출격하는 소리로 가득 찼다. 모기가 방향을 트는 소리는 아주 특별하여 금속의 경도硬度가 있고 원한과 위협이 담겨 있었다. 최대한 확대하면 목표물을 추격하는 미사일의 굉음을 능가했다. 이에 대처하기 위해 각종 모기향이 생산되었지만 모기들은 아주 빨리 이에 적응했다. 심지어 아편중독자처럼 구름과 안개 속을 떠다니다가 도취한 듯 탄식을 내뱉기도 했다. 당시 『베이징만보晩報』에는 침대 밑에 불을 붙인 모기향 네 개를 놓아 두었더니 사람은 연기에 질식해 죽었는데 모기 한 마리가 여전히 그의 콧등에 붙어 있었다는 만화가 실리기도 했다.

나는 파리채를 들고 뤄얼羅兒 후퉁 식료품점 앞에 서서 썩은 생선대가리를 하나 빌려 파리를 잡았다. 한 마리를 잡으면 대나무 집게로 조심스럽게 집어 유리병에 넣었다. 세어보니 임무의 3분의 2를 채운 것 같았다. 학교의 규정에 따라 우리는 1인당 매일 50마리 이상의 파리를 잡아야 했다. 파리들은 요란하게 웅웅대면서 저공비행으로 일본 가미카제 특공대처럼 생선대가리를 향해 돌진해 왔다. 몸이 부서지고 뼈가 가루가 되는 것도 불사했다.

여름은 귀뚜라미와 매미의 천하였다. 스웨덴 시인 트란스트로머Tomas Transtromer의 시 중에서 "귀뚜라미가 미친 듯이 재봉틀을 밟는다"라는 구절이 있다. 바로 이 꼬마 재봉사들이 내 유년의 모든 밤을 메웠고 꿈속까지 찾아와 맴돌곤 했다. 나는 후궈사護國寺 바이화선추百花深處 후퉁에서 귀뚜라미를 한 마리 사서 작은 항아리 안에 넣어두고는 한삼 덩굴로 살짝 건드려 귀뚜라미가 입을 열도록 유도했다. 귀뚜라미는 스스로 의기양양하게 높은 소리로 노래를 불러댔다. 하루는 항아리 뚜껑이 열려 있는데 귀뚜라미가 보이지 않았다. 황급히 상자를 뒤집고 수납장을 열어젖히면서 귀뚜라미를 찾아보았지만, 귀뚜라미는 모습을 드러내지 않은 채 우리 집 어딘가에 숨어 미친 듯이 재봉틀 밟아대는 소리만 냈다.

소서가 지나면 매미가 땅을 뚫고 나와 사방에서 울어대기 시작했다. 매미의 정식 학명은 '금선'金蟬으로, 속칭 '즈랴오'知了라고 불렸다. 파브르Jean Fabre는 『곤충기』에서 "매미는 날개 뒤에 공강空腔이 있는데 이는 방울 같은 악기를 지니고 있는 것과 같다. 매미는 이것으로 만족하지 못하고 가슴에 울림판을 달고 있어 소리의 강도를 높일 수 있다. 매미는 음악에 대한 기호를 만족시키기 위해 많은 것을 희생하고 있는 것이 분명하다. 이런 울림판을 장착하려면 생명과 관련된 다른 장기들을 둘 공간이 없어 좁은 구석에 압축해놓고 있어야 하기 때문이다"라고 설명하고 있다.

사실 매미는 소음 제조자다. 베이징의 하늘과 땅이 울릴 정도로 시끄럽게 했다. 날이 더울 때면 매미들의 울음에 더욱 힘이 실려 사람들은 정신을 차릴 수 없었다. 나는 같은 건물 안에 사는 아이들과 함께 끈끈이로 매미를 잡기로 했다. 먼저 밀가루를 풀어 반죽을 만든 다음 이를 대나무 장대 끝에 붙였다. 그런 다음 나무를 잘 타는 친구가 큰 가지에 기어올라 가 매미를 끈끈한 밀가루 반죽에 붙여 잡는 것이었다. 이렇게 잡힌 매미는 마구 몸을 떨면서 더 이상 소음을 만들어내지 않았다.

추석이 다가오면 매미가 물러가고 여치가 등장했다. 거리에는 여치를 파는 장사꾼들이 나타났다. 여치를 사라고 외칠 필요도 없이 여치 우는 소리만으로도 훌륭한 광고가 되었다. 매미에 비해 여치의 울음소리는 아주 듣기 좋았다. 여치는 생김새도 무척 귀여운데다 파란 얼굴에 분홍색 배, 자주색 날개가 한데 어우러서 외세인을 연상케 했다. 대나무살을 엮어 만든 새장에 가둬두면 몹시 흡족한 듯, 천지가 큰 눈에 뒤덮일 때까지 노래를 계속했다.

4

소년선봉대*에 입대한 뒤로 내가 차지했던 최고의 직책은 부소대장(한 줄짜리 완장)이었다. 이는 치욕에 가까운 일이었다. 내 동생도 중대장(두 줄짜리 완장)이었기 때문이다. 다행인 것은 내가 고수鼓手로 선발되었다는 것이다. 미친 듯이 기뻤다. 이는 내가 너무나 좋아하는 러시아 영화 「소년 고수의 운명」과 무관하지 않았다. 고수 셰라오샤의 아버지는 엔지니어였으나 기밀문서를 분실한 죄로 체포되어 투옥되었다. 간첩들은 원로 홍군 전사로 위장하여 빈틈을 타고 잠입했다. 그러나 셰라오샤가 이들을 알아보고는 용감하게 적과의 투쟁을 전개한다.

내가 담당한 북은 군악대가 쓰는 작은북으로, 가죽 띠로 비스듬하게 어깨에 메고 두 손에 각각 스틱을 하나씩 잡았다. 흰 장갑에 흰 셔츠, 흰 바지에 붉은 스카프를 두른 소년 고수 자오전카이, 이 얼마나 멋진 호칭이었는지 모른다. 북을 치는 것은 보기에는 간단한 것 같지만 전문가들만이 그 난이도를 알 수 있다. 스틱이 북에 닿는 소리가 매우 복잡하고 다변적인 데다 경쾌하고 깔끔하기 때

---

* 어린아이들에게 국가관과 사회주의 이념을 주입하기 위한 중국공산당 산하 조직으로, 10~14세의 아이들로 구성된다.

문에 준마들이 질주하는 것 같은 느낌을 주었다. 문제는 나의 협주능력이 형편없어 이걸 신경 쓰면 저게 문제고 저걸 해결하면 이게 안 되는 식이었다. 연자방아를 돌리는 두 마리 병든 당나귀 같았다. 셰랴오샤 정신에 이끌려 나는 힘든 훈련을 시작했다. 평소에는 스틱이 없어 연필이나 손가락으로 대신하면서 거의 귀신이 들린 것처럼 미친 듯이 연습했다. 책상이나 유리창, 쓰레받기, 심지어 버스 차체까지 작은북으로 삼아 훈련을 쉬지 않았다. 통통 드르륵 통통, 거의 3주 가까이 훈련을 하자 당나귀 두 마리가 마침내 연자방아를 벗어나게 되었다. 하지만 여전히 북소리는 매끄럽지 못했다.

북소리와 함께 나는 셰랴오샤를 따라 계급적 경각심을 한층 높일 수 있었다. 항상 의심스런 사람들이 거리에 가득하다는 느낌이 들었다. 우리가 사는 건물은 아예 간첩들의 온상이었다. 고수의 자부심을 위해 나는 그 어떤 잠재적 적들에게도 인사를 건네지 않았다. 하루는 후궈사에서 우연히 우파로 몰린 광(眶)씨 집안의 큰형을 만나게 되었다. 그가 멍한 눈빛으로 이리저리 두리번거리더니 몹시 당황한 표정을 지었다. 타이완에서 온 간첩과 접선하기 위해 기다리는 것이 분명했다. 나는 나무 뒤에 숨어 있다가 후퉁을 가로질러 그를 미행하기 시작했다. 계단을 오를 때 그의 엉덩이에 뭔가 삐죽 튀어나온 것을 발견했다. 틀림없이 권총일 것이었다.

열병의식이 한 주 앞으로 다가왔다. 나는 더욱더 열심히 훈련을 했고 꿈속에서도 북을 쳤다. 마침내 두 마리 당나귀는 하나가 되었고 조금씩 달릴 수도 있게 되었다. 하지만 빠른 속도도 치닫는 것은 아니었다.

열병의식 당일, 복장을 다 갖추고 작은북을 멘 채 행진이 시작되기를 기다리고 있었다. 어디선가 북소리가 들리는 것 같았다. 자세히 들어보니 심장이 뛰는 소리였다. 명령이 떨어지자 나는 세 명의 다른 고수들과 함께 북을 치면서 무대를 향해 앞으로 나아가기 시작했다. 무대 계단 가까이 이르렀을 때 갑자기 어깨 끈이 풀리면서 메고 있던 북이 쾅 하고 땅바닥에 떨어졌다. 순간 장내는 온통 웃음바다가 되어버렸다. 내가 황급히 북을 집어 들고 재빨리 대열을 쫓아가자 이번에는 다른 고수들이 갈림길에서 헷갈려했다. 모든 것이 엉망진창이 되고 말았다. 어린 고수의 운명은 이것으로 끝났다.

5

쌴불라오 후퉁 바로 맞은편에는 소규모 방직공장이 하나 있었다. 평소 이 공장에는 아무런 움직임이 없었다. 내가 열한 살 되던 해 어느 날, 공장 안에 대자보가 나붙었다. 직장 주임이 망명을 준비하고 있다는 내용이었다. 나는 같은 건물에 사는 아이들 몇 명과 함께 공장 안으로 들어가 소란스런 장면을 구경했다. 그때만 해도 나는 어려운 글자는 무슨 뜻인지 이해하지 못했다. 읽을 수는 있지만 그 뜻을 알지 못하는 경우가 많았다. 예컨대 '유방'乳房은 정말 알쏭달쏭한 단어였다. 도대체 그 비밀스런 방이 인체의 어느 곳에 감춰져 있는지 알 수 없었다.

60년대 중기, "혁명에 힘을 쏟아 생산을 촉진한다"抓革命促生產는 구호 아래 방직공장은 사세를 확장하기 시작했다. 새로 건축된 공장건물은 거리에 인접해 있었다. 흙먼지가 너무 날려 자전거를 타고 지나가려면 멀리 우회해야 했다. 공장건물이 천창을 다 여는 것은 백 개의 고성능 확성기로 우리를 향해 뭔가 소리치는 것과 다름없었다. 여름이라 날도 더워 창문을 열면 집 안에서도 큰 소리로 얘기해야 소통이 가능했다. 매주 금요일 공장이 쉬는 날이면 사람들은 갑자기 너무 조용해진 환경에 적응하지 못했다. 뭘 어떻게 해야 할지 몰랐고 잠도 이루지 못하면서 빨리 공장이 돌아가기를 기다렸다. 이것으로도 부족했는지 방직공장 자체의 소음에 더해 공장 내부의 두 혁명 파벌이 고성능 확성기로 각자의 혁명구호를 외쳐댔다.

차오이판은 일어를 배우기 시작했다. 배우면서 간단한 문서를 번역하는 일도 같이했다. 그는 내게 소음을 데시벨로 계산한다고 알려주었다. 국제표준에 따르면 이 방직공장의 소음은 90 내지 100데시벨에 해당했다. 가벼울 경우 청력에 손상을 입을 수 있고 심할 경우 청력을 완전히 잃을 수도 있는 수준이었다. 차오이판은 투서를 할 요량으로 편지를 한 통 쓰기도 했지만 이를 어디로 보내야 좋을지 몰랐다. 잘못하다가는 혁명의 큰 방향을 그르친다는 혐의를 뒤집어쓸 수도 있기 때문이었다. 다행히 청력 상실의 첫 희생자는 작은 발*의 정탐대인 노부인들이었다. 원래 귀가 잘 들리지

* 전족을 의미함.

않았던 할머니들은 이번에는 아예 아무것도 들을 수 없게 된 것이다. 우리는 고성방가를 일삼았고 큰 소리로 시를 낭송하거나 격렬한 논쟁을 펼치기도 했다. 소음이 우리의 보호막이 되었던 것이다.

'문화대혁명' 초기 어느 날 밤, 나는 친구들과 함께 자전거를 타고 핑안리平安里를 가로질렀다. 밤은 깊어 인적도 없고 조용한데 갑자기 거리에 당나귀 열몇 마리가 나타났다. 한 농민이 당나귀 떼를 몰고 서쪽으로 가고 있었다. 한 친구가 내게 매일 이와 비슷한 숫자의 당나귀들이 한밤중에 동쪽 교외의 다훙먼大紅門을 지나 베이징으로 들어온다고 말해주었다. 목적지는 동물원이라고 했다. 나는 멍한 표정으로 당나귀들을 도대체 어디에 쓰는 거냐고 물었다. 친구는 웃으면서 도살되어 다음 날이면 호랑이나 표범의 먹이가 된다고 알려주었다.

그 뒤로 아주 오랫동안 나는 밤만 되면 잠 못 이루고 이리저리 뒤척이면서 어지러운 당나귀 발소리에 귀를 기울였다. 당나귀들은 액운이 다다랐다는 것을 예감하기라도 하는지 소년 고수처럼 걸음걸이를 조정하면서 죽음을 결심하고 있는 것 같았다.

장난감과 놀이

내 기억 깊은 곳에 있는 그 장난감들은 이미 퇴색하여 진부해져 버렸다. 나보다 먼저 세상에 태어났다가 내가 성장하는 도중에 묻혀버린 것 같았다.

나의 첫 번째 장난감은 양철로 만든 기선이었다. 선창 안에 작은 기름등을 하나 놓아두면 열에너지가 동력으로 전환되었다. 기선은 돌돌거리면서 욕조 가장자리를 따라 한 바퀴 돌았다. 이와 병존했던 것으로 극소형 발전기가 있었다. 바퀴를 돌리면 즉시 꼬마전구에 불이 들어왔다. 불빛은 밝아졌다 어두워지기를 반복했다. 사실 이것은 우리 아버지의 장난감이었다. 아버지는 실현되지 못한 유년의 꿈을 이것으로 만족시켰던 것이다.

기선과 발전기에 이어 유리 자동차들이 반짝반짝 빛을 발하면서 한 대 두 대 나타나 대열을 이루기 시작했다. 사실 이는 다양하고 화려한 색깔의 사탕을 넣어두기 위한 자동차 모양의 유리병으로, 차 뒤쪽에 달린 비상용 타이어가 바로 병뚜껑이었나. 이 자동차들은 달콤한 맛이 사라지고 난 뒤에 남은 유형有形의 갈망을 상징했지만 뜻밖에도 하나도 살아남지 못했다. 재질이 유리다 보니 전부 깨져 없어진 것이다.

나는 어려서부터 무기에 대한 광적인 열정을 통해 나 자신과 세상에 대대로 유전되는 남자들의 숙명을 발견했다. 헤밍웨이Ernest Hemingway의 소설『무기여 잘 있거라』A Farewell to Arms에서 'arms'는 무기와 모성애에 대한 고별을 상징하는 쌍관어다. 남자가 남성성과 모성애에 대한 전통적인 인정을 동시에 상실하는 것을 의미하는 것이다.

나의 첫 번째 무기는 러시아식 회전판탄창 기관총이었다. 방아쇠를 잡아당기면 드르륵 소리가 났다. 오래된 사진 한 장에는 내가 이 기관총을 비스듬하게 메고 고개를 쳐든 채 분노에 찬 얼굴로 앞을 바라보고 있는 모습이 남아 있다. 나중에 해군으로 복무하던 사촌형이 더 진귀한 선물을 하나 보내왔다. 좌륜左輪 권총이었다. 쇠를 주조하여 만든 이 권총은 진품과 무게가 비슷했고 몸에 비스듬하게 찰 수 있는 소가죽 케이스가 달려 있었다. 총을 들면 마치 연대 정치위원이 된 것 같은 기분이 들었다. 그랬다. 당시 나는 자신의 모습을 이렇게 설정해놓고 있었다. 더 신기한 것은 방아쇠만 당겨도 종이를 뚫는 듯한 커다란 소리가 나서 정신이 나갈 정도였다는 점이다. 이 군인의 선물에는 폭력을 전승하는 의식의 의미가 담겨 있었다. 결국 우연이긴 하지만 일이 터지고 말았다.

그날, 나는 가족들과 함께 베이하이北海공원에 가서 우룽정五龍亭 부근에 있는 음식점에서 식사를 했다. 어른들이 얘기를 나누고 있는 사이, 나는 총을 메고 순찰에 나섰다. 병사들이 이끄는 장교가 되어 노천 숙영지를 시찰한 것이다. 작은 나무숲 앞에 이르러 한 사내아이와 어깨를 스치고 지나가게 되었다. 순간 내가 총을 멘 것을 보고 그 아이가 더러운 욕설을 내뱉었다. 분노는 우리 둘을 자석처럼 끌어당겼다. 내가 권총을 꺼내 들기 전에 송곳처럼 뾰족한 그 아이의 칼이 먼저 내 가슴을 겨눴다. 그 아이는 나보다 나이도 어리고 키도 작았다. 옷은 여기저기 기운 자국투성이고 얼굴에는 버짐이 잔뜩 피어 있었다. 목에도 때가 새까맣게 낀 것이 어렵게 사는 집 아이임에 틀림이 없었다.

이런 대치는 길어야 1~2분쯤 지속되었겠지만 내게는 한없이 길게만 느껴졌다. 시간은 심장이 뛰는 속도로 진행되기 때문이다. 그렇게 가까운 거리에서 나는 그 아이의 눈에 가득한 살기를 느낄 수 있었다. 가슴을 쇠방망이로 두들기는 것 같았다. 결국 나는 한 걸음 물러서기로 하고 몸을 돌려 돌아와 버렸다. 등 뒤로 승리에 흡족해하는 그 아이의 기이한 웃음소리가 들려왔다. 숲에서 나와 가족들의 웃음과 대화 속으로 돌아온 나는 무한한 굴욕감을 느꼈지만 억지로 울음을 참아냈다. 나는 남자로서 혼자 쓴 열매를 삼키는 법을 배웠다. 이리하여 연대 정치위원은 무장을 해제하고 전원田園으로 돌아갔다. 권총은 아무 데나 내던져두었다.

다섯째 외삼촌 댁에는 딸이 넷이나 있었다. 하나같이 외모가 귀엽고 아름다웠다. 집에 아들이 없어서인지 외삼촌은 나를 보물처럼 떠받들면서 우리 부모님께 딸 하나와 바꾸자고 제안하기도 했지만, 이런 제안은 실현되지 않았고 잠시 밀려가는 깃만 어릭되었다. 나는 여름방학과 겨울방학을 맞을 때마다 외삼촌 댁에 가서 며칠씩 지내다 돌아오곤 했다. 여자아이들 틈바구니에서 지내는 생활은 정말 새로운 느낌이었다. 『홍루몽』의 주인공 가보옥買寶玉 같은 인물이 나오는 것도 이상한 일이 아니었다. 시골에 가면 시골 풍습에 따라야 하는 법이라 나는 여자아이들의 놀이를 함께했다. 뜨개질로 지갑을 만들고 고무줄놀이를 했다. 망까기나 포위망뚫기 같은 놀이도 했다. 궈자자過家家*로 시작된 놀이가 나중에는 현실이 되어 정말로 사촌누나 메이玫를 사랑하게 되었다. 여름이면 메이는 나를 데리고 손톱 꽃**을 따러 갔다. 붉은 꽃잎을 다져 손톱 위에 올려놓으면 조금씩 물이 들어 색이 진해졌다. 처음에는 아주 재미있다는 생각에 사람들에게 물들인 손톱을 자랑하기도 했다.

우리가 즐기던 놀이 중에는 또 '좌과이'抓拐라는 것이 있었다. 양의 뒷다리 관절뼈 네 개를 서로 다른 색깔로 염색하여, 네 개에서 여덟 개를 한 세트로 한다. 그리고 천주머니나 탁구채를 사용하여 관절뼈를 던진 다음, 던진 손을 뒤집어 땅에 떨어지기 전에 잡아 배열을 이루게 하는 것이다. '좌'抓는 대단히 형상적인 동사로, 잡을 때 다섯 손가락을 전부 사용하지만 양의 뼈는 항상 제멋대로 논다. 내가 이걸 잡으려다 저걸 놓치고 저걸 잡으려다 이걸 놓치면서 허둥대는 모습에 사촌자매들은 허리가 끊어져라 웃어댔다.

방학이 끝나면 나는 다시 남자들의 세계로 돌아가야 했다. 여자

---

* 아이들이 엄마·아빠가 되어 가정을 꾸리는 놀이로, 우리의 소꿉놀이와 유사하다.
** 학명은 봉숭아꽃이다.

아이들과 즐기던 놀이는 친구들에게 감히 언급조차 할 수 없었다. 나는 어느 날 이른 아침 갑자기 성 의식이 생기기 전까지 줄곧 동시에 두 세계에서 생활했다. 메이 누나에 대한 짝사랑과 근친통혼이라는 것을 의식하게 된 것이다. 이 두 세계 사이의 커다란 물길은 건널 방법이 없었다.

우리 집은 후궈사에서 아주 가까웠다. 그곳에서는 열흘에 한 번씩 묘회廟會*가 열렸다. 온갖 주전부리를 파는 노점이 즐비했고, 서양 영화가 상영되거나 창희唱戱, 노래극 공연이 펼쳐지기도 했다. 설서說書**나 파스把式*** 같은 구경거리도 있었다. 있어야 할 것이 다 있어 학교가 파한 뒤에 구경하러 가기 딱 좋은 곳이었다. 후궈사 뒷문에는 '백화심처'라는 작은 골목이 하나 있었다. 여치를 파는 집시集市****가 열리는 곳이었다. 수많은 여치가 대나무로 만든 주전자 모양의 조롱 안에 갇혀 있었다. 조롱 바닥에는 비단이 깔려 있었다. 이런 여치들은 수준이 떨어지는 부류라 2, 3편이면 한 마리 살 수 있었다. 여치의 귀족들은 진흙을 빚어 만든 항아리 안에 들어가 독방생활을 누릴 수 있었다. 울음소리가 아주 우렁찼다. 그중에서

* 잿날이나 명절 때 절 안이나 근처에서 임시로 개설되던 장으로, 온갖 잡기와 공연이 함께 펼쳐졌다.
** 송(宋)대 이래로 전해져 오는 통속 문예의 하나로, 강사(講史) 또는 강창(講唱)이라고도 했다. 창(唱)과 대사를 번갈아 사용하여 『삼국연의』(三國演義)나 『수호전』(水滸傳) 같은 고대의 역사나 신화 이야기를 들려준다.
*** 사람들이 많이 모이는 장소나 길거리에서 무예 시범을 보이는 것.
**** 농촌이나 소도시에서 정기적으로 열리는 자유 시장.

도 머리가 삼각형인 여치가 가장 용맹스러워 속칭 '관재판'棺材板*
이라 불리면서 한 마리당 120위안에 팔렸다. 우리로서는 천문학적
인 숫자에 해당하는 돈이었다.

집시 주변에는 노인네들이 담장을 따라 죽 늘어앉아 처음에는
말싸움을 하다가 나중에는 여치 싸움을 했다. 우리는 함께 노인들
을 에워싼 채 구경을 했다. 두 마리 수컷이 서로 상대를 잡아당기
고 이빨로 물어뜯는 모습이 정말 우열을 가리기 어려웠다. 결국 이
긴 놈은 큰 소리로 울어댔고 진 놈은 황급히 도망쳤다. 주인은 '탄
쯔'探子라고 불리는 긴 꼬챙이로 얼른 진 여치를 거둬들였다. 이렇
게 세 번을 지면 완전히 퇴장해야 했다.

나는 차오이판과 함께 철사를 엮어 뚜껑을 만들고 집에 있는 작
은 소금 단지를 들고 나왔다. 하지만 '탄쯔'는 족제비 털로 만들어
야 제격이었다. 우리는 아쉬운 대로 재래식 방법으로 환삼덩굴이
라 불리는 들풀을 구한 다음, 이를 반으로 꺾고 뒤집어 가늘고 부
드러운 털을 끄집어냈다. 준비작업은 순조로웠다. 하지만 좀더 알
아보고 나서는 너무 놀라 등에 식은땀부터 났다. 천하의 여치 대장
부들은 전부 성 밖 황무지의 무덤 사이에 숨어 산다는 것이었다.

우리는 씩씩하게 출정에 나섰다. 귀를 곤두세우고 몇 리를 걸어
갔다. 거친 들판을 건너가 수풀을 가로지르고 벽돌과 기왓조각을
헤집었다. 그리하여 마침내 우리는 여치 울음소리를 듣게 되었다.
처음에는 여치 울음소리가 너무 기뻤지만 금세 실망하고 말았다.

* 관 모양의 밀가루 틀에 닭의 간 등 여러 재료를 넣어 만든 음식.

소리가 나는 방향을 알 수 없었기 때문이다. 특히 빙글빙글 맴도는 소리는 더더욱 발원지를 알 수 없었다. 들판 전체가 온통 여치 울음소리였다. 우리는 여치 소리에 포위되어 사면초가에 빠지고 말았다. 결국 빈손으로 집에 돌아온 우리는 파김치가 되었지만, 여치 울음소리는 꿈속에서도 들려왔다.

사내아이들의 놀이에는 항상 도박의 요소가 담겨 있었다. 예컨대 '선삼각'扇三角이 그랬다. '선삼각'이란 빈 담뱃갑을 삼각형으로 접어 만든 딱지로 하는 놀이다. 게임 방식은 자신의 삼각형 딱지를 있는 힘껏 세게 내리쳐 그때 일어나는 바람의 힘으로 상대방 딱지를 뒤집는 것이었다. 딱지가 땅에 닿는 지점을 잘 선정해야 할 뿐만 아니라 기교와 힘이 더해져야 했다.

나는 이렇게 여러 가지 요소를 조합하는 능력이 부족했기 때문에 내 딱지는 거의 남의 것이나 다름없었다. 시합 전에는 먼저 딱지의 몸값을 따졌다. 담배 상표의 가격과 신제품 여부를 가려 기준에 합격한 딱지에만 시합 참가권을 주었던 것이다. 3년 곤란시기*에도 고급 엔지니어였던 우리 고모부는 1급 엔지니어라 특공特供**을 누렸다. 고모부는 담배를 피우지 않았기 때문에 아버지가 대신 매달 두 보루의 고급 담배를 피울 수 있었다. 여기에는 '중화'中華나 '모란'牡丹 같은 고급 담배도 포함되어 있었다.

---

* 1959년부터 1961년까지 3년 동안 마오쩌둥이 미국을 제압한다는 명목으로 추진했던 대규모 경제정책인 대약진(大躍進)운동과 농업을 희생하여 공업을 발전시키려던 정책이 실패하면서 발생한 전국적인 식량부족과 기아현상.

** 정부 규정에 따라 특수 계층에게만 보급되는 특별 물품.

나는 담배 연기 자욱한 아버지 주변을 맴돌면서 아버지가 어서 담배 두 보루를 다 피우기를 기다렸다. 나는 특권의 직접적인 수혜자가 되었다. 비록 기술은 뛰어나지 못했지만 유명 상표의 담뱃갑으로 만든 딱지가 있었고, 시합 참가권이 있는 유사한 등급의 상표가 많지 않았기 때문에 싸우지 않고도 시합에 참가했다. 이긴 것도 아니고 진 것도 아니었다.

길을 가다가 골프장 앞을 지나칠 때마다 나는 구슬치기가 생각나곤 했다. 골프와 구슬치기는 공통점이 많았지만 자세히 따져보면 구슬치기가 더 우세였다. 우선 구슬치기는 환경에 제약을 받지 않고 아무 데서나 땅에 구멍만 다섯 개 파면 즐길 수 있었기 때문에, 에너지를 절약할 수 있었고 환경보호에도 저촉되지 않았다. 골프는 구멍 몇 개만 있어도 되지만, 제대로 하려면 넓은 땅이 필요하고, 모래를 뿌리고 나무를 심어야 하며, 양이 뜯어먹지도 못하고 개가 오줌을 누지도 않는 독초들을 정성껏 가꿔야 했다.

둘째, 구슬치기는 경제적이고 실질적이었다. 구슬 몇 개만 있으면 가슴이 짜릿해지도록 마음껏 즐길 수 있었지만, 골프는 온갖 장비를 다 갖춰야 하고 비용도 많이 들었다. 심지어 축전지차를 임대하여 걸음을 대신해야 하고 짐을 들고 다닐 캐디를 고용해야 하기때문에 순전히 돈 쓰고 욕먹는 꼴을 면할 수 없었다. 셋째, 구슬치기는 쉽고 누구나 할 수 있었다. 고개를 숙이고 구슬을 치면서 다섯 개의 구멍을 왔다 갔다 하면 되기 때문에 반바지에 민소매 차림이어도 상관없었다. 심지어 윗도리를 벗어도 아무런 구속이나 제한이 없었다. 하지만 골프를 치는 사람들은 대부분 제대로 복장을 갖추고 고양이걸음과 오리걸음을 섞어가며 걷는 데다 일부러 몸이 가벼운 시늉도 해야 한다. 심호흡을 깊게, 더 깊게 해야만 간신히 비즈니스맨의 분위기를 낼 수 있는 것이다.

경기 자체로 말하자면 구슬치기가 훨씬 더 복잡하고 변화가 많았다. 자신의 구슬을 차례로 다섯 개의 구멍에 집어넣어야 할 뿐만 아니라 공격을 수비로 삼아 상대의 길을 막으면서 자신의 길을 열어야 한다. 어쩌면 경기 결과가 더 중요할지도 모른다. 구슬치기에서는 시합 결과 얻는 것이 상대방의 구슬 자체이기 때문이다. 이는 마치 연인의 마음을 얻는 것과 같다. 이 얼마나 가슴을 뛰게 하는 순간인가? 하지만 몇 가지 기술적 문제가 해결되지 않아 가슴을 뛰게 하는 이 순간들은 기본적으로 내 차지가 되지 않았다. 나의 구슬치기 방식은 속칭 '머리 밀기'로, 손에 힘을 주지 못했고 목표물을 정확히 조준하지도 못했다. 고수들만 엄지와 집게손가락으로 구슬을 튕겨 순식간에 천하를 다 먹어치웠다.

나는 또 남자아이들이 특별히 좋아하는 놀이들을 발견했다. 예컨대 '팽이치기'다. 이는 '매국노 때리기'라 부르기도 하는데, 아마도 이것이 일본과 전쟁을 하던 시기에 생겨난 놀이라서 그런 것 같다. 팽이는 대부분 아이들이 직접 만들었다. 곡괭이 손잡이를 톱으로 자른 다음, 칼로 원추형으로 깎아 뾰족한 부분에 자전거 베어링을 박아 넣고 넓적한 부분에는 다양한 색깔로 원을 여러 개 그려 넣었다. 그런 다음 빨랫줄을 대나무 막대에 묶어 채찍을 만들었다. 팽이는 정말로 매국노나 소인배처럼 고약했다. 채찍으로 세게 후려칠수록 더 말을 잘 들었고, 후려치지 않으면 이리저리 비틀거려 꼴이 말이 아니었다. 베이징 남자들이 "이 멍청이, 매를 버는 거야?"라고 말하는 것도 바로 여기서 유래한 것인지도 모른다.

굴렁쇠 굴리기도 있었다. 갈고리로 커다란 굴렁쇠를 굴리면서 균형과 방향을 유지하는 것이다. 오래전에 「파란 굴렁쇠」藍鐵環라는 시를 쓴 적이 있다. 역시 내 유년의 경험과 무관하지 않은 작품이다. 아마도 동그라미는 이동에 대한 인간의 꿈 가운데 가장 원초적인 형식일 것이다. 인간은 동그라미에 동그라미 하나를 더해 자전거를, 두 개를 더해 삼륜차를, 세 개를 더해 자동차를 만들었고, 무수한 동그라미를 더해 기차를 만들었다.

공죽空竹돌리기도 있었다. 이 놀이는 보기에는 간단한 것 같지만 그 기술이 꽤나 깊고 오묘한 놀이였다. 바둑의 단수로 구분하여 대략 9단쯤 되는 사람들은 거의 잡기를 공연하는 수준에 가까웠다. 두 개의 막대에 달린 줄 하나에 공죽의 잘록한 허리를 세 번 감아 한쪽으로 가볍게 당기면 공죽이 빙글빙글 돌았다. 비스듬히 기울여 힘을 더 가하면 공죽은 윙윙 소리를 내면서 빠른 속도로 돌았다. 클라이맥스에 이르러 두 팔을 쫙 펴면 공죽이 허공을 향해 높이 솟아오른다. 나중에 이런 공죽돌리기가 시들해지자 우리는 솥뚜껑이나 찻주전자 뚜껑을 돌리기 시작했다.

남자아이들의 놀이에서는 폭력적인 경향과 모험정신이 일종의 잠재적 법칙이었다. 60년대 초에 영화 「페이다오화」飛刀華가 한 시대를 풍미한 뒤로 우리는 날렵한 칼솜씨에 푹 빠져들었다. 처음에는 연필 깎는 칼로 시작하여, 부모님이 안 계시는 틈을 타 문을 벌집으로 만들었다. 이어서 도마를 과녁 삼아 과도를 던지며 놀았다.

하지만 필경 페이다오화가 사용하던 진짜 칼은 아니었다. 한동안 나는 차오이판과 함께 미친 듯이 칼을 찾았다. 막다른 절벽에 오르고 황천에도 뛰어내릴 기세였다. 결국 어느 철공소 폐철더미에서 깊이 묻혀 있는 녹슨 칼 몇 자루를 구했다. 우리는 먼저 이 녹슨 칼을 문 앞 시멘트 바닥에 열심히 갈았다. 이런 모습을 본 행인들이 귀신이라도 본 듯이 질겁하면서 우리를 피해 길을 우회하여 갔다. 우리는 칼던지기에 거의 미쳐 있었다. 대원大院* 쓰레기장에서 나무 상자 몇 개를 구한 우리는 이를 20미터 간격으로 세워놓고 정신을 집중하여 칼던지기 연습에 몰두했다. 긴장감에 눈빛마저 날카로워졌다. 나중에 인명을 해칠 위험이 있다고 판단한 학교와 주민위원회는 공동으로 조사에 나서 칼을 거둬가기 시작했다. 우리도 가지고 있던 칼 몇 자루를 전부 몰수당했다.

1년 중 가장 기다려지는 날은 설이었다. 사내아이들에겐 폭죽을 터뜨릴 수 있다는 것이 가장 큰 유혹이었다. 집안 사정에 상관없이 이때가 되면 어느 집이든 아이들은 세뱃돈을 받게 되고, 사내아이들은 대부분 이 돈으로 폭죽을 샀다. 폭죽은 종류도 다양했다. 군대 화력에 비유하자면 '샤오볜'小鞭은 탄알이고 '다볜'大鞭은 수류탄이라 할 수 있었다. '파오다덩'炮打燈은 조명탄이고 '얼티자오'二踢脚는 박격포, '충톈파오'衝天炮는 지대공미사일이라 할 수 있었고, '마레이쯔'麻雷子는 소형 전술핵폭탄이라 할 수 있었다.

일곱 살이 되던 해에 나는 처음으로 밖에 나가 폭죽을 터뜨릴

* 집이 커서 주거 공간이 많고 안으로 깊이 들어가야 하는 마탕.

수 있는 권한을 얻었다. 그때의 흥분은 말로 다 표현하기 힘들다. 나는 먼저 준비작업을 했다. 줄로 연결되어 있는 폭죽을 하나하나 낱개로 잘라 주머니에 가득 쑤셔 넣고 화장실에 갈 때 쓰는 휴지를 말아 향을 대신했다. 그 휴지에는 초석硝石이 묻어 있어 불을 붙여 공중에 던지면 잠시 후 불꽃이 폭약에 닿으면서 폭발을 일으켰다. 그 청아하고 고독한 폭발음은 전쟁에서 총공격을 알리는 첫 총소리 같았다.

나이가 많아질수록 우리는 담력이 커졌다. 예컨대 두 손가락으로 얼티자오를 잡은 채 불을 붙이면 땅바닥에 떨어지면서 폭발음을 낸 다음 다시 허공으로 솟구쳐 폭발했다. '황옌파오'黃烟炮라는 특수 무기도 있었다. 연막탄이나 독가스탄이라 할 수 있는 이 무기는 누런 연기를 뿜어내 하늘을 가렸다. 게다가 유황 냄새가 독해 주위에 있는 사람들은 일제히 기침을 해댔다. 나는 차오이판과 함께 황옌파오를 211호 마馬씨네 집 문틈에 밀어넣고 불을 붙인 다음 재빨리 도망쳤다. 그 집 연야반年夜飯*은 난장판이 되었고, 아저씨가 우리 집을 찾아와 거세게 항의하는 소동이 벌어졌다. 부모님은 나를 끌고 그 집을 찾아가 사과하고 배상해야 했다. 다행히 당시에는 아직 법제개념이 없었다. 그렇지 않았더라면 소송에 휘말려 가산을 탕진하고 말았을 것이다.

1957년 설날 오후의 기억은 지금도 어제 일처럼 생생하다. 같은

---

* 설 전날 저녁에 온 식구가 한데 모여 하는 식사로, 1년 열두 달을 상징하는 열두 가지 음식을 먹는다.

건물에 사는 사내아이들이 전부 두 패로 나뉘어 전쟁을 벌였다. 몇 명은 현관을 지키고 몇 명은 가산을 지형지물로 삼아 진격을 준비했다. 얼티자오와 활에 걸어 발사한 샤오볜이 허공을 수놓으면서 요란한 폭음을 냈다. 방어하는 쪽에서는 쌀을 까부를 때 쓰는 키를 방패로 사용했다. 시간이 지나면서 원자 안에는 연기가 가득했다. 고대 공성전攻城戰을 방불케 했다. 그러다가 날이 어두워지면 집집마다 아이들을 부르는 소리가 들려왔다.

이때부터 우리는 거의 해마다 전쟁연습을 했다. 진짜 실탄을 사용한 전투를 준비하는 것 같았다. 문화대혁명이 발발하던 그날, 우리는 휴지에 불을 붙이던 냄새와 첫 번째 폭죽이 터지던 소리를 떠올렸다. 문화대혁명이 방출하는 거대한 에너지와 피비린내 나는 폭력도 바로 그 또래 아이들에게서 나왔기 때문이다. 아이들은 하룻밤 사이에 어른이 되어 위장을 포기하고 장난감과 놀이들을 전부 등 뒤로 던져버렸다.

가구

1

1948년 5월, 상하이上海에서 결혼을 하고 베이징으로 온 부모님은 우선 둥단東單에 있는 두어푸항多福巷에 살림을 차렸다가 나중에 둥자오민항東交民巷으로 이사하셨다. 아버지는 중앙신탁국에서 일하셨고 어머니는 집에서 살림만 하셨다. 젊은 부부의 결혼생활은 무척이나 활기가 넘쳤다. 이는 당시에 사들인 가구들만 봐도 알 수 있었다. 시몬스 침대와 화장대, 큰 옷장, 재질이 견고한 목재 식탁과 의자 등이 프티부르주아 분위기를 물씬 풍겼다.

요람은 나의 첫 번째 주소였다. 주변 가구들은 하나같이 높고 큰데다 웅장하기까지 했다. 나는 어느 날 뒤뚱거리며 요람을 벗어나 침대와 탁자 다리, 의자 다리를 가로질러 탁자 위에 올라가 까치발을 하고서 마침내 지평선을 보게 되었다.

둥자오민항에서 푸첸가府前街로 이사한 데 이어 다시 푸와이阜外대가로 이사한 나음, 마시낙으로 이사한 곳이 쎈볼리오 후퉁후퉁 1호였다. 이렇게 이사를 다니는 동안 공용 가구들이 낯선 사람들처럼 우리의 생활 속으로 파고들어 왔다. 사무용 테이블 두 개와 짙은 갈색의 세 칸짜리 서랍장, 옅은 황색 서류함이 달린 '묵직한 책상'은 아버지가 사용하시는 것으로, 우리 가족 전체의 최고 기밀이 그 안에 보관되어 있었다. 책장 하나와 의자 두 개, 침대 두 개도 있었다. 국유재산이 군사공산주의의 모습으로 집집마다 깊게 파고들어 있었다. 모든 가구에는 소속된 직장을 나타내는 양철 표지가 붙어 있었다. 매달 아버지의 월급 명세서에서 떼가는 그 소액의 돈이 바로 가구 임대료였다.

이때부터 공용 가구들이 집 안에 뿌리를 내리면서 사유 가구들과 함께 긴 과도기를 보내게 되었고, 우리는 그 속에서 성장했다. 모양이 별로 좋지 않은 공용 가구들이 그토록 튼튼하게 오래 버티면서 질긴 생명력을 과시하는 반면, 프티부르주아 분위기가 나는 사유 가구들은 눈 깜짝할 사이에 쇠락의 길을 걷게 될 줄은 생각지도 못했다.

가장 먼저 일을 꾸며 반란을 일으킨 것은 시몬스 침대 매트리스 안에 있는 스프링이었다. 스프링들이 제각기 삼으로 된 노끈 사이로 비집고 나와 이리저리 마구 움직이기 시작한 것이다. 잠을 잘 때 허리와 다리가 배기는 것은 말할 것도 없고, 밤새 삐거덕거리면서 요란한 소리를 냈다. 마치 음조가 정확하지 않은 망가진 현악기 같았다. 사람을 불러 수리를 해야 했지만 그때는 살기 힘든 시기라 먹고 마시는 것도 제대로 해결하지 못하는 상황이었다.

이리저리 알아본 결과 스프링을 사들이는 작은 공장이 있다는 사실을 알게 되었다. 하나에 5위안이었다. 아버지는 뜻밖의 사실에 몹시 기뻐하시면서 주말을 이용하여 스프링을 전부 뜯어낸 다음 이를 나무판으로 대체했다. 스프링은 다 합쳐 스물여덟 개였다. 암시장 가격대로라면 스프링 하나를 배추 한 포기와 바꿀 수 있었다.

직장에서 삼륜차를 빌려온 아버지는 신이 나서 스프링을 팔러 갔다가 맥이 빠져 돌아오셨다. 알고 보니 잘못된 정보였다. 뜯어낸 스프링을 다 합쳐도 5위안밖에 되지 않았던 것이다. 하는 수 없이 발코니에 쌓아둔 스프링은 비바람을 맞아 녹이 슨 다음에야 결국 근처에 있는 고물상으로 가져가게 되었다. 아버지는 스프링을 과일사탕 몇 개와 바꿔와 우리 삼남매에게 나눠주셨다.

얼마 지나지 않아 제각기 떨어져 있던 식탁의자의 스프링 네 벌이 서로 호응이라도 하듯이 밖으로 삐져나오기 시작했다. 어쩌면 시몬스 침대와 같은 공장에서 만든 것으로, 수명이 다한 것인지도 몰랐다. 아버지는 합판 다섯 겹과 톱, 못을 챙겨다가 뚝딱뚝딱 이들의 반란을 평정했다. 합판 다섯 겹이 아무리 봐도 눈에 거슬리긴 했지만, 그 위에 앉으면 편하고 마음이 놓였다. 미처 칠을 할 겨를도 없이 '문화대혁명'이 닥쳤다. 의자 상판은 줄곧 벗겨진 상태였지만 세월이 엉덩이의 형상을 따라 어두운 색을 입었다.

2

장남으로서 어렸을 때부터 집안일을 배운 나는, 첸씨 아줌마를 도와 채소를 다듬고 그릇을 씻었으며 불을 피우고 부엌을 청소했다. 내게 가장 곤혹스러웠던 일은 오래된 친깅의 미닫이 유리문을 아무리 깨끗하게 닦아도 소용이 없다는 것이었다. 젖은 천으로 문지르면 조금 투명해졌다가도 물기가 마르면 이내 다시 검게 변했다.

나는 항상 부모님이 퇴근하고 돌아와 찬장 앞에 섰을 때 놀라서 기뻐하시는 모습을 보고 싶었다. 비눗물과 분말세제까지 동원하여 한 번씩 닦아보았지만 전부 실패로 끝나고 말았다. 이 일은 내 마음에 심각한 영향을 미쳤다. 나중에야 나는 이 까마귀 유리라 불리는 유리가 안에 있는 것들을 가리기 위한 것이라는 사실을 알게 되었다. 아주 오랫동안 내 마음은 바로 이 까마귀 유리처럼 아무리 닦아도 소용이 없었다.

중학교 1학년이 되면서 나는 마침내 열쇠가 달린 나만의 서랍을 갖게 되었다. 너무나 신나는 일이었다. 내게도 자신만의 비밀이 생겼기 때문이다. 나는 여러 해 전에 이런 시구를 써놓았다.

"서랍으로 자신의 비밀을 잠그자. 좋아하는 책에 소감을 적어 남겨두자."

그때 쓴 것이 이런 미칠 듯한 기쁨이었다. 잠가둔 내 서랍에는 모아놓은 잔돈과 공책, 성적표, 연하장, 처녀작 소설 등이 들어 있었다. 내가 짝사랑하던 사촌누나의 사진도 한 장 들어 있었다. 사실은 베이하이공원의 구룡벽九龍碧 앞에서 가족과 함께 찍은 사진이었다.

가구에도 사람처럼 생로병사가 있었다. 내가 중학생이 되었을 때 갑자기 가구들이 늙어버렸다. 오두궤五斗櫃*는 안쪽 가름대가 부

---

* 큰 서랍이 다섯 개 달린 낮은 옷장.

러져 서랍을 빼면 다시 닫히지 않았고, 덜렁거리는 책장은 고전 작품들의 무게를 버티지 못했다. 의자는 삐거덕 소리를 내면서 자신과 사람들의 운명을 원망했다. 식탁을 덮고 있는 두꺼운 유리는 분열된 국가들처럼 깨져버리고 말았다. 아버지가 이를 반창고로 붙여놓았지만 그새 효력이 사라진 반창고에서는 쉰 냄새마저 풍겼다.

합성수지 시트의 출현은 혁명적인 의미를 지니고 있었다. 아버지는 가장 먼저 이 점을 깨달은 분이셨지만, 전국적인 장비수리 운동은 아직 저 멀리 지평선 밖에 있는 일이었다. 하루는 아버지가 철물점에서 합성수지 시트를 붙인 패널을 몇 장 사오셨다. 진한 황금색이었다. 아마도 가격이 내려간 것 같았다. 아버지는 본드로 패널 네 개를 연결하고 고전 저작물과 병이나 조그만 단지 같은 잡다한 일용 용기들로 그 위를 눌러놓았다. 몇 시간 뒤 실험은 성공으로 판명되었다. 합성수지 시트 패널이 유리보다 내구성이 더 강했던 것이다. 아버지는 몹시 만족해하셨고, 이런 만족감은 점차 수습할 수 없는 지경으로 발전했다. 더 많은 시트 패널이 오두궤와 찬장, 침대 사이드테이블, 탁자 등 거의 모든 가구를 뒤덮었다.

아버지는 25위안을 들여 정팡룽네 집에서 1인용 소가죽 소파를 가지고 오셨다. 하지만 소파는 크기만 하고 별로 실용적이지 못해 기존의 공용 가구나 사유 가구들과 비율이 맞지 않았다. 몸을 웅크리고 있는 거인이 옷장과 부모님 침대 사이에 끼어 있는 것 같았다. 이번 세대에는 의심스러운 구석이 많았다. 얼마 지나지 않아

가죽 매트 사이에서 스프링 하나가 삐져나왔다. 만개한 나팔꽃처럼 숨기려 해도 도무지 숨길 수가 없었다. 나머지 스프링들도 연이어 머리를 내밀면서 여기저기서 끊임없이 튀어나왔다. 소파를 싸고 있는 두꺼운 소가죽도 벗겨지기 시작했다. 껍질을 벗겨놓은 커다란 귤 같았다.

화장대는 우리 집에서 거의 유일하게 남아도는 가구였다. 나보다 먼저 세상에 나온 이 화장대는 커다란 거울 양쪽에 작은 함이 하나씩 있었다. 그 사이에는 유리로 된 통로가 있어 마치 직사각형 어항 같았다. 윗부분의 유리뚜껑은 진즉에 깨져버렸고, 화장대 의자 역시 날개가 달려 있지 않은데도 어디론가 사라져버리고 없었다. 커다란 거울은 오랜 세월이 흐르면서 흐릿하게 변해버려 마치 건망증에 걸려 있는 것 같았다. 기억하는 것이라고는 아마도 어머니의 젊었을 때 모습뿐일 것이다. 화장대는 시대를 등지고 있었다. 화장대의 존재는 나를 불안하고 부끄럽게 만들었다. 특히 '문화대혁명' 기간에는 화장대가 범죄의 증거나 다름없었다.

부모님은 마오쩌둥이 간부들의 사상교육을 전담하기 위해 설립한 간부학교로 가셔야 했다. 휴일이 되자 나는 삼륜 평판 짐수레를 빌려 화장대를 둥단에 있는 중고품 시장으로 가져가 30위안을 받고 팔았다. 무거운 짐을 벗어버린 것만 같았다. 나는 이 돈으로 형제 같은 친구들에게 '라오모'老莫*에 가서 한턱내는 것으로 눈 깜짝할 사이에 지나가버린 우리의 청춘을 기념했다.

* 러시아 음식을 파는 모스크바 식당.

3

부모님이 간부학교에서 돌아오자 집 안은 이전의 생활 질서를 회복했다. 하지만 가구들은 술에 취한 사람처럼 이리저리 나뒹굴고 있었다. 아버지는 가구들을 수리해 더 튼튼하게 만드는 동시에 계속 합성수지 시트 패널을 사다가 여기저기 덧대거나 기웠다.

건물 전체를 통틀어 (중국민주촉진회 비서장 집을 제외하고) 우리 집에 가장 먼저 들여놓은 9인치 흑백텔레비전은 조용한 오락 혁명을 일으켰다. 바깥채의 북쪽 벽에 바싹 붙어 있는 오두궤의 합성수지 시트 패널 한가운데 놓인 텔레비전은 마오 주석의 석고 반신상 자리를 대신 차지했다. 영화가 방영될 때면 이웃집 사람들이 앉은뱅이 의자를 들고 벌떼처럼 몰려들었다. 당시는 즐거움을 집단적으로 공유하던 시절이었다. 다른 집들도 하나둘 텔레비전을 들여놓으면서 우리 집은 점차 조용해졌다.

텔레비전은 우리의 생활 방식을 바꾸어놓았다. 우선 시청하는 자세가 바뀌었다. 의자에 오래 앉아 있으면 허리가 아프고 등이 배겼다. 그래서 침대에 누워 솜이불에 기대고 보기 시작했다. 목덜미가 뻣뻣해지고 경추가 비틀릴 무렵이면 샤오취小曲가 나타났다. 6호 건물에 살고 있는 그는 시 정부 회사에서 일하는 노동자로, 그의 아내는 전차 매표원이었다. 그는 전형적인 몽골족 얼굴에 항상 껄껄대며 너털웃음을 지었다. 눈을 가늘게 뜬 모습이 마치 모래바람을 뚫고 오아시스를 바라보는 것 같았다. 그는 시대가 변해서 텔레비전은 소파에 앉아서 봐야 한다면서 우리 집에 소파를 한 벌 만들어주겠다고 제안했다. 우리는 그가 손수 만든 간이 소파를 구경했다. 편안할 뿐만 아니라 원가도 아주 저렴했다. 당시는 전국 인민이 뺄셈을 공유하다가 갑자기 덧셈으로 전환하던 시대였다. 뜻밖에도 나는 물론이거니와 우리 아버지까지도 약간의 현기증을 일으켰다.

나는 샤오취를 따라 신제커우新街口에 있는 철물점으로 가서 멜대와 스프링, 삼노끈, 범포 그리고 갖가지 크고 작은 부품들을 사왔다. 매일 저녁 샤오취는 퇴근하기 무섭게 우리 집으로 왔다. 몹시 힘이 드는 일이긴 했지만 그는 영리한 데다 손재주까지 있었다. 나는 그저 그의 조수 역할만 할 뿐이었다. 그는 한쪽 눈으로 끈의 길이를 가늠하여 톱으로 멜대를 둘로 자른 다음, 대패질을 하고 사포로 겉면을 갈았다. 그런 다음 색이 없는 니스로 세 번이나 칠을 했다. 매미 날개처럼 니스가 마르자 긴 나사못과 본드로 고정을 한 뒤 얼기설기 얽어서 기본적인 틀을 짰다. 이어서 삼노끈으로 스프링을 겹겹이 단단하게 묶은 다음 범포를 덮어씌우고 그 위에 다시 화려한 색깔의 목욕수건을 덮었다. 내친김에 그는 다탁도 만들어 두 개의 소파 사이에 놓아주었다.

간이 소파에 앉으니 어찌 된 일인지 생명에 대한 욕심과 함께 죽음에 대한 두려움이 느껴졌다. 마치 용의龍倚에 앉은 군왕 같았다. 간이 소파는 당연히 좋은 점이 많았다. 손님을 접대할 때도 회의를 여는 것처럼 하지 않아도 되었다. 체면이 설 뿐만 아니라 거리도 유지할 수 있었다. 더 중요한 것은 우리와 텔레비전의 관계가 변했다는 점이다. 소파와 텔레비전은 현대생활에서 서로 어울리는 물건들로서 절대로 없어선 안 될 존재들인 것 같았다. 집에 텔레비전을 들여놓은 이웃들이 연달아 우리 집을 따라 하기 시작했다. 덕분에 샤오취는 정신없이 바쁜 나날을 보내게 되었지만 즐겁게 일을 했고 조금도 피곤해하지 않았다. 간이 소파가 일으킨 새로운 물결은 텔레비전과 함께 같은 건물에 사는 모든 사람의 생활 방식을 바꿔놓았다.

<h1 style="text-align:center">4</h1>

린다중林大中을 알게 된 그날부터 나는 더욱더 커다란 자기비하에 빠졌다. 그가 파는 것이 주로 19세기 러시아 문예이론이었는데도 그랬다. 그는 빠르게 흐르는 강물처럼 언변이 좋았다. 그는 이야기를 하면서 항상 담배 연기를 내뿜었다. 가난할 때는 가루담배를 말아 피웠고, 넉넉할 때는 시가를 피웠다. 한동안 시단西單상가에서 쿠바산 시가 '로미오와 줄리엣'을 팔았다. 금속 케이스에 담긴 고급 브랜드 시가가 한 개비에 겨우 1위안이었다. 아마도 이는 쿠바 수출혁명 전략의 일부분이었던 것 같다. 린다중은 쿠바산 시가를 입에 물고 구름이 자욱하게 퍼지는 산처럼 많은 연기를 내뿜었다.

어느 날 저녁 우리 집에서 러시아의 급진주의 지식인 벨린스키Vissarion Belinskii의 가면을 쓰고 있던 그는, '로미오와 줄리엣'을 피우면서 미학적으로 보나 자유라는 명분으로 보나 우리 집에 있는 그 낡아빠진 가구들은 진즉에 전부 버렸어야 했다고 선언했다. 그는 우아한 손동작으로 나의 격한 분노를 잠재우면서 가족의 쇠락을 만회할 수 있는 방법은 딘 하나, 바로 책장을 만드는 것이라고 지적했다. 나는 금방이라도 흔들거리다 넘어질 것만 같은 서가를 손가락으로 받치려 했지만 그의 단호한 손짓에 물러서고 말았다.

"내가 말한 것은 그럴듯한 책장이야. 유리로 된 미닫이문이 달려 있고 현대적인 양식과 감각을 갖춘 그런 책장 말이야. 그런 책장이야말로 지식의 존엄을 나타내줄 수 있지."

린다중이 말했다.

그의 말에 설복된 나는 부모님을 설득하기 시작했다. 우리 집 복도에 쌓여 있던 두꺼운 목재 몇 개가 때마침 유용하게 쓰일 수 있게 되었다. 린다중은 설계도를 그리고 목재의 치수를 재기 시작했다. 하지만 그는 사전에 자신은 설계사인 만큼 자신을 도울 일꾼을 찾아야 한다고 선포했다. 그 당시에는 한데 어울리는 친구들 가운데 한가한 사람이 얼마든지 있었다. 싸움을 할 때나 집을 지을 때, 가구를 만들 때 부르기만 하면 언제든지 달려오는 친구들이었다. 나는 쑨쥔스孫俊世와 리싼위안李三元을 불렀다. 쑨쥔스는 중간 정도의 체격에 그런대로 건장했고, 리싼위안은 훤칠하고 덩치도 컸다. 키가 193센티미터나 됐다. 모두들 같은 '살롱'의 형제들이었다. 린다중은 설계도를 던지고 나서 담배를 피우면서 몸을 돌려 사라졌다.

매일 오전 열 시 반쯤 되면 두 친구는 우리 집으로 출근했다. 먼저 차를 우려 마시면서 이야기를 나누기 시작했다. 함께 원문으로 된 오웰George Orwell의 소설 『동물농장』을 읽었다. 열한 시가 넘으면 그제야 몸을 일으켜 일을 하기 시작했다. 가장 먼저 한 일은 목재를 8센티미터 두께의 나무판이 되도록 톱질을 하는 것이었다.

나는 그들을 따라 목재를 큰 마당으로 옮긴 다음 나무 위에 동여맸다. 친구들은 큰 톱을 당겨 톱질을 하면서 이야기를 나눴다. "모든 동물은 동지同志다"라는 주제부터 시작하여 얘기를 나누다 보면 눈 깜짝할 사이에 정오가 되었다.

나는 서둘러 국수를 삶고 야채를 볶는가 하면 '얼궈터우'二鍋頭 술을 준비했다. 두 친구는 식욕이 정말 대단했다. 특히 리쌴위안은 세 사람 분량을 먹어치웠다. 쑨췬스는 술을 마셨다 하면 흰 얼굴이 붉게 변했다. "모든 동물은 나면서부터 평등하지만 어떤 동물은 다른 동물보다 더 평등하다"라는 대목까지 얘기하고 나니 이미 오후 세 시가 넘었지만, 우리는 하던 일을 계속했다. 날이 어두워지기 전에 우리는 두 차례 더 차를 우려 마셨다. 당연히 저녁 식사에는 안주로 먹을 몇 가지 음식을 더 준비해야 했다. "네발짐승은 좋고 두발짐승은 나쁘다"라는 대목까지 얘기를 나눴을 때쯤 쑨췬스의 얼굴은 붉은색에서 자줏빛으로 변해가고 있었다.

린다중은 공사 감독 신분으로 이따금씩 얼굴을 내밀었다. 때로는 시가를 피웠고 때로는 가루담배를 피웠다. 그는 『동물농장』에 담긴 냉전 배경 속의 이데올로기 문제를 지적하고 나서 또다시 자취를 감췄다.

이 나무판들은 거의 보름 넘게 톱질을 하고 나서야 간신히 모양새가 갖춰졌다. 우리 집은 눈앞에서 곧 파산할 지경이었다. 부식기록부에 기록된 배급량이 전부 소진되었고 기름병마저 바닥을 드러냈다. 하지만 공사의 마무리는 기약도 없이 아득하기만 했다. 어머니가 몹시 걱정하기 시작하자 린다중이 어머니를 위로하면서 공사가 이제 마지막 단계에 들어섰다고 말했다.

그날, 린다중은 짙은 갈색의 나무 무늬 시트를 가지고 와서는 소매를 걷어올리고 본드를 칠해 나무 무늬 시트를 한 장 한 장 나무판에 붙이고 다시 니스를 칠했다. 이튿날, 그의 감독과 지휘 아래 마침내 책장을 조립하고 유리문을 끼워넣었다. 책장이 위풍당당하게 모습을 드러냈다. 우리는 지식의 존엄을 위해 건배했다.

누가 알았으랴, 뜻밖에도 이 현대식 책장은 너무나 빠른 속도로 쇠망하고 말았다. 나무 무늬 시트에 거품이 생기면서 뒤틀리기 시작하더니 이어서 나무판도 습기 때문에 뒤틀리고 변형되었다. 미닫이 유리문도 걸려서 움직이지 않았다. 외관이 전혀 딴판으로 변하고 덩달아 기능에도 변화가 발생했다. 책 대신 잡동사니와 신발, 모자 등이 책장의 공간을 메우다가 결국 부엌으로 옮겨져 냄비와 밥그릇, 사발 등을 보관하는 찬장으로 쓰이게 되었다. 하지만 이 책장은 이리저리 옮겨 다니면서도 온갖 시련을 이겨내고 전국 인민이 곱셈법을 쓰는 지금 이 시대까지 버티고 있다.

레코드판

60년대 초반에 아버지는 400위안이 넘는 돈을 들여 모란표 라디오와 전축을 사오셨다. 특히 그 전축은 두말할 것도 없이 당시의 최첨단 과학기술을 집대성한 것으로 속도를 네 가지로 선택할 수 있었고 자동정지와 속도계측 및 조절 시스템까지 갖추고 있었다. 나의 상상 속에서 음악은 화려한 빛깔의 수많은 표시등 사이에서 흘러나와 우리를 그 안에 푹 잠기게 했고, 마치 유리로 된 집에서 사는 것처럼 삶을 투명하게 만들어주었다.

아버지가 음악에 그다지 조예가 깊지 않았다는 점을 고려하면, 이 일은 아버지의 성격 가운데 다소 낭만적인 요소와 현대 기술에 대한 미련을 반영한 것으로, 당시의 우울한 시대 분위기와는 너무나 강렬한 대조를 이루었다. 당시 사람들은 모두 굶주림에 시달렸고 배를 채우기에도 몹시 바빴기 때문에 한가하게 귀까지 신경을 쓸 여력이 없었다. 아버지는 레코드판도 몇 장 사오셨다. 그중에는 스트라우스Johann Strauss의 「아름답고 푸른 노나우강」도 들이 있었다. 라디오와 전축을 연결하자마자 아버지와 어머니가 「아름답고 푸른 도나우강」에 맞춰 춤추는 모습을 보고서 몹시 놀랐던 기억이 난다.

「아름답고 푸른 도나우강」은 33회전 레코드판으로, 도나우 강변을 배경으로 파란색 재킷에 러시아 문자가 인쇄되어 있었다. 아마도 소련의 한 교향악단이 연주한 것 같았다. 내게는 이 레코드판이 서양 고전음악에 대한 계몽교육이었다. 어린아이가 처음 맛본 사탕 같았다. 오랜 세월이 지나 내가 실제로 빈에 갔을 때는 이미 스트라우스의 왈츠곡과 오스트리아의 디저트에 식상해 있었다.

'문화대혁명'이 시작되었다. 어찌 된 일인지 그 동란은 늘 내게 검은색 레코드판을 떠올리게 했다. 시대가 달라지자 이번에는 입이 한가해지고 귀도 쫑긋 서기 시작했다. 나는 귀를 찢는 듯한 고음의 확성기를 창밖에 가둬둔 채 음량을 낮춰 내가 좋아하는 레코드판을 틀었다.

1969년 초에 나보다 한 학년 위인 같은 고등학교 선배 다리大理가 「아름답고 푸른 도나우강」이 수록된 레코드판을 빌려가서는 나중에 자신이 배정된 네이멍구內蒙古 다칭산大靑山 산자락의 허타오河套 지역으로 가지고 가버렸다. 같은 해 가을, 나는 중국과 몽골 국경지대에 있는 건설병단으로 동생을 만나러 갔다가 베이징으로 돌아오는 길에 투쭤치土左旗에서 내려 다리와 다른 동문들이 있는 마을을 찾아가 이틀간 머물렀다. 석양과 함께 돌아오는 그들은 어깨에 괭이를 메고 허리에는 새끼줄을 묶은 채 환하게 웃으며 떠들고 있었다. 지식청년 숙소로 돌아오자 다리는 먼저 「아름답고 푸

스무 살의 베이다오, 베이징, 1969년.

른 도나우강」을 틀었다. 오스트리아-헝가리 제국 왕공귀족들의 사교계를 장식하던 우아한 선율이 밥 짓는 연기가 코를 찌르는 중국 북방 농가의 대들보 위를 휘감고 있었다. 여러 해가 지나 다리는 다시 베이징으로 돌아왔지만 그 레코드판의 행방은 알 수 없었다.

내 기억 속의 두 번째 레코드판은 차이콥스키Pyotr Tchaikovsky의 「이탈리아 기상곡」으로, 컬럼비아사에서 제작된 78회전 검은색 에보나이트 레코드판이었다. 70년대 초반, 나와 차오이판, 캉칭康成 등이 자주 우리 집에 모이곤 했다. 모닥불을 둘러싸고 앉아 등으로 찬바람에 저항하는 듯한 분위기의 모임이었다. 책과 음악이 어우러진 이 살롱에는 남몰래 금단의 열매를 맛보는 희열이 있었고, 여인들이 가져다주는 낭만적인 사건들이 있었다. 그것이 우리 글쓰기의 시작이었다. 모두가 작가인 동시에 독자이자 평론가였다. 당시 우리가 썼던 초기 작품들에는 두말할 것도 없이 수백 번 수천 번 반복된 음악이 스며들어 있었다.

그것은 일종의 의식이었다. 우리는 두꺼운 커튼을 내리고 술잔을 가득 채운 다음 담배에 불을 붙였다. 음악은 우리를 데리고 밤의 조밀한 포위망을 뚫고 나가 아주 먼 곳까지 흘러갔다. 너무 자주 듣다 보니 전축 바늘이 먼저 티끌 같은 속세처럼 요란하고 시끄러운 잡음 구간을 지나야만 다시 휘황찬란한 주제로 진입할 수 있었다. 아주 잠깐씩 멈추기도 했다. 캉칭은 손짓으로 어투에 힘을 주면서 제2악장에 관해 자세히 설명하기 시작했다.

"동이 틀 무렵, 작은 무리를 이룬 여행자들이 고대 로마의 폐허를 가로질러 갔다."

밤이 깊어지고 음악이 끝났는데도 친구들은 흩어져 돌아가지 않고 여기저기 쓰러져 잠이 들었다. 하지만 전축 바늘은 악곡의 맨 마지막 부분에 멈춘 채 계속 지지직거리며 미끄러지듯이 움직이고 있었다.

차오이판이 집에서 사진을 현상하는 과정에서 붉은 불빛과 노출이 간첩들의 신호가 아닌가 하는 오해를 사는 바람에 한 차례 경찰의 수사를 받게 되었다. 가장 재수가 없었던 일은 「이탈리아 기상곡」을 포함한 레코드판 전부를 몰수당한 것이었다. 그 한 무리의 여행자들은 밤처럼 어두운 공문서 속으로 들어가 영원히 몸을 움직일 수 없었다.

세 번째 레코드판은 파가니니Niccolò Paganini의 바이올린 협주곡 4번이었다. 33회전 라이선스판으로, 도이치 그라마폰에서 제작한 이 레코드판은 고모부가 공연을 위해 해외에 갔다가 사 가지고 온 것이었다. 고모부는 줄곧 중앙오케스트라에서 플루트를 연주했고 몇 해 전 은퇴하실 때까지 그 악단에 계셨다.

유럽 순회공연 당시의 이야기를 꺼내기만 해도 고모부는 신이 나서 어쩔 줄 몰라 했다. 특히 중국 전통복장을 갖춘 연극이 빈을 완전히 압도했던 일이 가장 인상 깊었던 것 같다. 먼저 마술사들이 긴 두루마기와 마고자 속에서 뭔가를 꺼내서는 무대 위의 화로를 비둘기와 오색찬란한 테이프로 바꿔놓았다. 그러더니 마지막에는 민첩한 동작으로 공중제비를 돌아 한쪽에 경극을 위한 커다란 북을 만들어놓았다. 삼시 성직이 으르고 니'너 공연장은 우레와 같은 박수소리로 가득 찼다. 하지만 이 재미있는 일화의 서술과 연상이 전도되는 바람에 나는 파가니니의 레코드판을 중국 전통복장의 마술과 연관지어 상상하게 되었다. 마치 음악이 마술의 한 부분인 것 같았다.

'문화대혁명' 기간에 고모부도 간부학교에 가야 했다. 그 몇 장의 레코드판이 나는 항상 마음에 걸렸다. 물론 여기에는 그 파가니니의 앨범도 포함되어 있었다. 특별히 재킷에 '스테레오'라고 명기된 표시가 경건한 마음마저 들게 했다. 당시에는 스테레오 음향 설비를 갖춘 집이 하나도 없었다. 의심할 여지없이 모노럴monaural로 녹음된 음향은 모노럴 귀를 만들어낼 수밖에 없었다. 모노럴 귀는 세계를 경청하는 우리만의 독특한 방식을 형성했다. 매번 이 레코드판을 빌릴 때마다 고모부는 항상 나를 의심스런 눈빛으로 바라보다가 마지막으로 잊지 않고 신신당부를 했다. 절대로 남에게 빌려주면 안 된다고 했다.

처음 이 음악을 들었을 때, 모두들 파가니니의 격정적인 연주에 약간의 현기증을 느꼈던 것이 기억난다. 독학으로 독일어를 배우고 있던 캉청은 레코드판 재킷에 적힌 문구를 한 자 한 자 번역하여 우리에게 설명해주기도 했다. 그러다가 자유분방하고 격정적인 주선율이 다시 울려 퍼지자 캉청은 갑자기 팔을 휘젓기 시작했다. 바이올린 연주자와 교향악단을 지휘하는 것 같았다.

"바람 속을 나는 한 마리 새가 하늘을 향해 솟아올라 새로운 고도까지 날아올라 갔다가 다시 떨어진다. 하지만 새는 무한한 고도에 절대 굴복하지 않고 위로, 더 위로 쉬지 않고 날아오른다."

우리 살롱에서는 모든 재산이 공동소유였기 때문에 누구에게 빌려주고 말고의 문제는 없었다. 캉청이 이 레코드판을 자연스럽게 가방에 넣고는 자전거를 타고 집으로 가져가 버렸다.

어느 날 아침 나는 유에탄月壇 북가北街에 있는 철도부 숙소를 찾았다. 문득 캉청과 그의 남동생이 묵고 있는 2층 작은 창문에서 경찰의 그림자가 어른거리는 것을 발견했다. 일이 터진 것이었다. 머리부터 식은땀이 나기 시작하더니 등줄기까지 서늘해졌다. 나는 곧장 차오이판과 다른 친구들에게 이런 사실을 알리고 대책을 상의하기 시작했다. 하지만 우리의 첫 번째 반응은 편지글에 문제가 있다는 것이었다. 갖가지 가설과 대책은 상황에 따라 달라져야 했다. 때는 1975년 초여름이었다. 그날은 하루가 무척이나 길게만 느껴졌다.

해가 질 무렵, 캉청이 얼굴에 커다란 마스크를 쓰고서 신비한 모습으로 우리 집에 나타났다.

알고 보니 이 모든 것이 파가니니와 관련이 있었다. 사대부속여중 학생의 남자친구인 아무개가 모 간부의 자제였다. 그들의 살롱에서도 똑같은 레코드판이 돌고 있었는데 어느 날 갑자기 사라져 버렸다. 그들은 아무개가 캉청의 집에서 그 레코드판을 보았다고 하자 곧바로 그가 훔쳐간 것이라고 단정짓게 되었다. 이에 그들은 아침 일찍 손에 흉기를 들고 캉청의 집을 찾아갔다. 캉청의 할머니가 문을 열자 그들은 할머니를 한쪽으로 밀어 넘어뜨리고 집 안으로 뛰어들어갔다. 두 형제는 아직 곤히 자고 있었다.

먼저 간장병과 식초병이 이리저리 날아다니더니 이어서 두 진영이 서로 신경질적으로 대치하기 시작했다. '전족 조사대'*가 재빨리 신고한 덕분에 경찰이 곧장 현장에 나타났다. 경찰들은 시시비비를 가리지 않고 먼저 사람들부터 체포한 다음에 일을 처리했다. 어쨌든 파가니니는 반혁명의 우두머리가 아니었지만 그들 몇 명은 "치안을 어지럽혔다"는 죄목으로 며칠 동안 유치장에 갇혀 반성문을 써야 했다.

파가니니는 자신의 음악이 일종의 특수한 물질형식으로 보존되고 복제되어 유행한 데다 그 유행 과정에서 온갖 문제가 생겼다는 사실을 상상도 하지 못했을 것이다. 그리고 그가 죽고 나서 약 200년이 지나 중국의 청년들이 그의 음악 때문에 한바탕 피비린내 나는 싸움을 벌였다는 사실은 더욱 알 리가 없을 것이다. 게다가 더 불가사의한 일은 이처럼 완벽하게 똑같은 레코드판 두 장이 어떤 경로를 통해 폐쇄된 중국 땅에 들어올 수 있었고, 또 어떻게 두 곳의 지하 살롱에서 청춘의 뜨거운 피를 휘저어 결국 이들을 하나로 합류하게 만들었는가 하는 것이다. 이는 틀림없이 마술의 영역에 속한 일일 것이다.

* 봉건시대 유산인 전족을 한 부녀자를 찾아내 원래 상태로 회복시키기 위해 일시적으로 설립된 조직.

낚시

내가 처음 낚시를 하게 된 것은 열한두 살 때였다. 낚시를 시작한 첫날 학교가 파하자 나는 정신없이 오후를 보냈다. 낚시도구는 내가 직접 만들었다. 어머니가 빨래를 널 때 쓰는 대나무 막대기를 낚싯대로 삼고 뜨개질용 바늘을 구부려 낚싯바늘로 만들었다. 부표는 몽당연필로 대신했다. 마지막으로 어머니가 부주의한 틈을 타서 미끼를 만들 밀가루 반죽 덩어리에 참기름을 몇 방울 넣고 다시 반죽을 했다. 밤새 잠을 이루지 못하다가 아침이 오자마자 얼른 일어나 낚싯대를 메고 더성먼德勝門 해자를 향해 달려갔다.

베이징 옛 속담에 "앞에 더성먼이 있어야 뒤에 베이징성이 있다"라는 말이 있다. 더성먼은 원나라 대도大都*시절 젠더먼健德門으로 불렸다. 1368년 서달徐達이 십만 대군을 이끌고 성을 부수고 쳐들어오자 원나라 순제順帝가 젠더먼으로 도망쳤다고 하여 '더得성

---

* 몽골이 중국을 점령하여 원 왕조를 세웠을 때 베이징을 누노노 심꼬 내도라고 불렀기.

면'으로 그 명칭이 바뀌었다. 그러다가 명나라 성조 주체朱棣가 덕으로 천하를 다스린 것으로 유명해지면서 다시 '더德성먼'으로 바뀌게 되었다.

1420년 명나라 재상 유백온劉伯溫은 베이징성을 재건하면서 원나라 대도 북쪽 성벽을 남쪽으로 2킬로미터 옮겨 성문과 옹성을 건설하고 해자를 넓힘으로써 그 뒤로 약 600년 가까이 지속되는 베이징 성곽의 형태를 확정했다. 베이징 내성에는 아홉 개의 성문이 있었고 제각기 나름대로의 쓰임새를 갖고 있었다. 이 가운데 더성먼은 전적으로 병력과 수레가 지나다니는 곳이었다. 1644년 이자성李自成이 더성먼 밖에서 명나라 군사를 제압하고 성문을 부수고 쳐들어오자 숭정崇禎 황제는 매산煤山에서 스스로 목을 매어 자살했다.

1900년대 초부터 군주제가 사라지고 현대적 교통이 대두하면서 베이징성의 성루와 성벽은 다 허물어지고 얼마 남지 않게 되었다. 더성먼도 철거되면서 점점 더 작아져 전루箭樓만 간신히 남게 되었다. 60년대 초만 해도 더성먼 주위에는 성벽이 여전히 남아 있었지만 그 일부가 무너지고 훼손되어 잡초만 무성히 자라 휘날리고 있었다. 해자는 전루 앞에서부터 흘러가기 시작한다. 도시와 농촌이 성벽을 경계로 삼고 있어 더성먼을 나가면 곧장 베이징 교외로 일망무제의 황무지였다. 전설에 따르면 그곳은 구천을 떠도는 외로운 혼귀들이 출몰하는 지역이었다고 한다.

우리 집이 있던 싼불라오 후통에서 더네이 대가를 따라 더성먼에 이르는 길은 대략 3킬로미터 정도로, 열 살 안팎의 어린아이가 평균 속도로 한 시간은 걸어야 하는 거리였다. 더네이 대가는 매우 협소해서 겨우 자동차 두 대가 마주보고 오다가 아슬아슬하게 비켜 지나가야 했다. 이곳을 지나는 14번 버스의 종점이 바로 더성먼이었다. 이 거리의 가장 난폭한 무법자였던 그 구식 버스는 문과 창문의 유리가 한꺼번에 덜컹거리면서 요란한 소리를 냈고 검은 매연을 내뿜어 이를 막지 못한 파란 하늘을 순식간에 빨아들여 버렸다.

당시의 주요 운송수단은 노새가 끄는 수레와 마차, 삼륜차 등이었다. 동틀 무렵 잠에서 깨면 멀리서 가까이 다가오거나 아니면 가까운 곳에서 멀리 사라지는 낭랑한 말발굽 소리를 들을 수 있었다. 당시 베이징의 리듬을 무엇으로 대표할 수 있느냐고 묻는다면 당연히 이 말발굽 소리라고 했을 것이다.

하지만 더네이 대가에서 창차오廠橋 사거리 입구에 이르는 길은 험한 비탈이라 이 리듬이 약간씩 바뀌곤 했다. 비탈을 내려가는 수레의 고수들은 먼저 고삐를 잡아당겨 노새나 말의 걸음걸이를 조절해야 했다. 이럴 때면 발굽의 편자가 아스팔트 도로 위를 미끄러지곤 했다. 반대로 비탈길을 오를 때는 열심히 채찍질을 하고 소리를 질러야 했다. 심지어 마차에서 내려 말이나 노새를 끌어주거나 겁을 주기도 했다. 한번은 레이펑雷鋒* 아저씨를 본받기 위해 삼륜차를 몰고 가는 기사 아저씨를 도와 있는 힘껏 삼륜차를 밀어주었

---

* 雷鋒(1940~62): 중국의 인민영웅으로 노동자이자 군인이며, 22년의 짧은 생애를 살았으나 지금도 중국 공산주의의 모범적 인물이다.

다. 또 한번은 잔돈을 긁어모아 샤오빙 네 개를 사서 기사 아저씨들을 대접했다. 기사 아저씨는 어리둥절해했다. 이런 일이 있고 나서, 나는 이를 내용으로 한 일기 형식의 글을 써서 선생님께 칭찬을 받았다.

다시 처음 낚시를 하던 아침으로 돌아가보자. 목적지에 도착하자 벌써 땀이 조금 나 있었다. 해자는 마침 갈수기라 수면의 폭이 10여 미터밖에 되지 않았고 물은 황록색을 띠고 있었다. 혼탁한 물에서 비리고 역한 냄새가 났다. 나는 부서진 석교 밑에 자리를 잡고 앉아 낚싯바늘을 던졌다.

사실 대부분의 애호가들에게는 낚시란 일종의 형이상학적인 체육활동이다. 체력의 소모량은 기본적으로 거의 없고, 운동의 주요 형식은 명상이며, 최종 목적은 몸과 마음을 닦고 수양을 쌓는 것이다. "강태공의 곧은 낚시에도 원하는 사람은 물린다"라는 말이 있지만, 이는 일반적인 낚시 원리에 속하지 않는다. 강태공은 낚싯대를 드리우는 방식이 매우 특별했다. 낚싯바늘에 미끼도 끼우지 않고 낚싯대를 수직으로 드리운 데다, 낚싯바늘은 수면 위로 석 자나 떨어져 있었다. 강태공이 말한 것처럼 그가 낚시로 잡고자 한 것은 물고기가 아니라 성군聖君이었던 것이다.

나는 다리 밑에 자리를 잡고 앉아 안절부절못했다. 물고기가 너무 많은 데 비해 미끼가 부족해 물고기들이 미끼를 다투기 시작하면 어떻게 대처해야 할지 몰라 걱정이 되었기 때문이다. 하지만 이런 걱정은 기우로 판명되었다. 물고기가 내 낚싯바늘을 무는 일은 단 한 번도 일어나지 않았다. 낚싯줄 근처로 물고기 떼가 요리조리

헤엄치고 다니면서 줄줄이 거품을 뱉어냈고, 그럴 때마다 잔잔한 파문이 일었다. 유형의 메아리가 서로 부딪치는 것 같았다. 갑자기 우리 집 참기름이 아깝게 느껴지기 시작했다.

하늘에는 뜨거운 해가 걸려 있고, 부표는 거꾸로 선 자신의 그림자 안에서 빙글빙글 맴돌고 있었다. 눈이 부셔 눈을 제대로 뜰 수조차 없었다. 비릿하고 퀴퀴한 수증기가 피어올라 사방에 가득 퍼져나갔다. 온몸이 덥고 건조해져 목구멍에서 열이 났다. 갑자기 작은 물고기 한 마리가 물가로 떠올랐다. 나와 너무나 가까운 거리였다. 손바닥에 침을 뱉어 뻗기만 해도 쉽게 잡을 수 있을 것 같았다. 나는 기지를 발휘하여 딱딱한 널빤지를 집어 들고는 재빨리 물고기를 낚아챘다. 순간 위험을 알아챈 물고기는 꼬리를 흔들면서 다시 물 한가운데로 헤엄쳐갔다. 좋은 기회를 앉아서 놓친 나는 상실감이 극에 달했다.

놀랍게도 이 물고기는 기적처럼 다시 물가로 헤엄쳐 왔다. 물고기는 물결을 따라 움직이고 있었다. 어떤 신비한 힘이 그 물고기를 물가로 데리고 온 것 같았다. 병에 걸린 것 같기도 하고 혼수상태에서 깨어나지 못한 것 같기도 하다가 내가 널빤지를 가까이 갖다 대기만 하면 물고기는 귀찮다는 듯 느긋하게 헤엄쳐가 버렸다. 나의 낙심은 분노로 바뀌었다. 그러다가 점차 냉정한 태도를 되찾았다. 물고기가 다시 나타났을 때, 거리를 정확하게 측량하고 계산해 두었던 나는, 먼저 각도를 잡고 기다리고 있다가 뒤에서 잽싸게 낚아챘다. 마침내 심장이 쿵 하고 내려앉으면서 승리자의 고함을 내기를 수 있었다.

대략 세 치 정도 길이에 새까맣고 매끄러운 몸집을 가진 작은 물고기는 널빤지에 남아 있는 물 자국을 이리저리 넓게 퍼뜨리더니 침대에 누워 있는 것처럼 발버둥치지도 않고 튀어 오르지도 않는 상태로 두 볼만 거세게 열었다 닫기를 반복하고 있었다. 개선의 기쁨은 급속도로 식어버렸다. 놀랍게도 나 자신이 사냥감에 대해 냉담해지고 있었다. 물고기가 나를 관찰하고 있는 것 같았다. 물고기의 눈동자에 어떤 냉담함이 담겨 있었다. 어부의 생살여탈권에 대한 냉담함인 것 같았다. 이런 대치 속에서 시간이 흘러가고 있었다. 결국 물고기는 죽고 말았다.

깜빡 잊고 마실 물과 건량乾糧을 챙겨오지 않은 나는, 그제야 뱃속에서 꼬르륵 소리가 날 정도로 몹시 배가 고픈 것을 느꼈다. 입이 마르고 열도 났다. 해 그림자가 서쪽으로 기울 무렵, 나는 낚시도구를 챙겼다. 호기심에 나는 내가 깔고 앉아 있던 돌을 뒤집어보았다. 햇볕을 받지 않는 쪽에 뜻밖에도 열 마리가 넘는 갈색 말거머리가 한데 뒤엉켜 꿈틀대다가 햇볕이 들자 이리저리 헤엄치면서 흩어졌다. 놀란 나는 온몸에 식은땀을 흘리면서 허겁지겁 꽁무니를 뺐다.

집으로 돌아오는 길에 나는 물고기를 낚싯바늘에 걸고 낚싯대를 어깨에 멨다. 그러고는 고개를 들고 가슴을 쭉 편 채 작은 골목을 지나면서 나 자신을 세계가 주목하는 대상으로 여겼다. 벽에 비친 그림자에서 낚싯대는 내 키보다 두 배나 컸다. 가는 실 끄트머리에는 작은 물고기 한 마리가 매달려 흔들리고 있었다. 밥 짓는 연기가 저녁노을과 함께 휘날리는 깃발처럼 내게 인사를 건네는 것 같았다.

집에 도착하자 어머니가 놀라서 말했다.

"아들, 너 정말 대단하구나. 이렇게 큰 물고기를 잡아올 줄은 생각도 못 했는데 말이야."

그때는 굶주림의 시대였다. 어머니는 부엌으로 들어가 분주하게 움직였다. 나는 승리자의 나태함을 누리면서 식탁 가장자리에 몸을 기댄 채 잠에 빠져들고 있었다. 어머니가 큰 접시를 들고 나왔다. 접시 안에 있는 그 작은 물고기는 크기가 겨우 연필만 했지만 황금빛이 도는 것이 너무나 먹음직스러웠다. 처음에는 넋이 나간 표정을 짓던 나는 잠시 후 물고기를 한입에 먹어치웠다.

수영

1

나는 여덟 살 때 처음 수영을 시작했다. 탁구를 제외하면 수영은 그때 가장 유행하던 운동이었다. 날이 조금만 더워도 거의 대부분의 아이들이 물가로 몰려갔다. 수영보다는 목욕과 피서가 결합된 오락과 사교의 집대성이라고 하는 게 나을 것이다.

우리 집에서 가장 가까운 수영장은 스차하이였다. 나는 학교 친구들이나 이웃집 아이들과 함께 스차하이수영장을 향해 출발했다. 반 시간쯤 걸으니 머리 위에 이고 있던 뜨거운 해에 지쳐 온몸이 타들어갔다. 1리 넘게 떨어진 곳에서 떠들썩한 소리의 물결과 아이들이 물속에서 배설한 오줌과 표백분, 리졸이 한데 섞인 냄새가 얼굴 위로 불어와 피를 뜨겁게 끓어오르게 만들었다.

하지만 수영을 마치고 비틀거리는 걸음걸이로 젖은 수영팬티를 머리에 이고 집으로 돌아오는 모습은 그림자가 땅바닥을 헤엄치는 것 같았나. 마침 깻무른 토미토를 싸게 파는 야채가게 앞에 이르면 5편에 반 광주리를 살 수 있었다. 온몸과 얼굴이 토마토 즙으로 얼룩지면 길가에 있는 수도꼭지에서 씻은 다음 뱃속 가득 차가운 냉수를 들이부었다.

나는 먼저 '버섯풀장'에서 자유형 흉내를 냈다. 두 손으로 번갈아 바닥을 디디면서 물을 휘젓고 두 발로 발차기를 했지만, 제자리에서 한 치도 앞으로 나아가지 못했다. 버섯풀장에서 멀리 떨어져 있는 수심이 깊고 열기가 넘치는 어른들의 세계를 바라보았다. 위험한 동작과 과장된 말투에 광기 넘치는 모습이 마치 싸움판 같았다.

한걸음 더 나아가 나는 집에서 세숫대야로 숨을 참는 연습을 했다. 자명종 시계로 시각을 확인한 다음, 심호흡을 하고 머리를 물 속에 집어넣은 뒤 꾸르륵 거품을 내뿜을 때까지 숨을 참고 있다가 더 이상 참을 수 없을 때 세차게 고개를 쳐들었다. 친구들과 시합을 하면 숨을 참는 시간이 점점 더 길어졌지만 숨이 가빠져서 헉헉대기 일쑤였고 얼굴도 파랗게 질려 보라색 가지 같았다. 숨을 참는 것 외에 물속에서 눈을 뜨는 것도 연습해야 했다. 그러다 보니 모두들 눈이 빨개져 마치 눈병에 걸린 것 같았다. 사람이 물고기의 재주를 익히려면 억만 년의 진화 과정을 거슬러 올라가야 했던 것이다.

세숫대야에서 수영장까지 세상은 넓었고 어려움도 많았다. 숨을 참는 연습을 하면서 절대 물을 먹어선 안 됐다. 더 짜증나는 것은 누군가 수영장 안에서 오줌을 싸는 것이었다. 하지만 물 몇 모금쯤 마시지 않고 물고기의 재주를 익힐 수 있는 사람이 어디 있겠는가. 나는 버섯풀장에서 연습풀장으로 옮겨 두 팔로 수영장의 벽면을 잡고 숨을 참은 채 고양이 허리를 하고 수영장의 벽면을 발로 세차게 밀면서 풍덩 하고 입수하여 단숨에 7~8미터를 헤엄쳐갔다.

　물을 많이 마시면서도 기술은 점차 좋아졌지만, 호흡조절을 할 줄 몰라 머리를 물 밖으로 내밀고 손과 발을 함께 사용해 20~30미터를 헤엄쳐갔다. 재주가 있으면 대담해지는 법이었다. 나는 친구들과 함께 수영장이 아닌 허우하이에서 물속에 들어가 야영野泳을 했다. 야영이란 강이나 호수, 바다처럼 넓은 자연환경에서 수영하는 것을 말한다. 야영은 무료지만 특별한 구명조치가 없기 때문에 스스로 알아서 해야 했다. 허우하이는 가난한 아이들이 야영할 수 있는 천국이었다. 누구도 통제하지 않는 데다 낚시로 새우를 잡거나 손을 더듬어 대합을 잡을 수도 있었다. 물에 뛰어든 아이들은 정말로 물고기가 된 것처럼 능숙하게 헤엄을 쳤고, 흑인 꼬마들처럼 몸이 새카맣게 그을려 이와 눈동자만 하얗게 보였다. 나는 그런 아이들의 대열에 끼지는 못했지만, 그런 세계에 잠시 자취를 남긴 것만으로도 매우 만족스러웠다.

　『베이징만보』에 종종 익사 사고가 보도되곤 했지만 우리 같은 물귀신들을 저지하는 데는 아무 소용이 없었다. 허우하이의 물은 그리 깊지 않았다. 머리가 물에 잠긴다 해도 똑바로 서서 발헤엄을 치기만 하면 겁먹을 필요가 없었다. 가장 어려운 것은 조개를 찾는 등의 기술이었다. 누군가 몸을 휙 날려 물속으로 거꾸로 들어가 발을 허공에 내민 채 두 번쯤 몸부림을 치면, 몸은 형체도 없이 사라지고 솟아오른 작은 기포만이 그의 행방을 나타내게 된다. 잠시 후 하늘로 치솟듯이 다시 물 밖으로 올라오면 그의 손에 커다란 조개가 쥐어져 있는 것을 볼 수 있었다. 나도 이런 묘기를 시도해보긴 했지만 한 번도 성공하지 못했다. 한 손으로 코를 잡고 등을 구부려 엉덩이가 하늘을 향하게 세운 다음, 두 발에 경련이 일도록 이리저리 발버둥을 쳐봤지만 몸은 횡목처럼 제자리를 맴돌 뿐이었다. 물속에서는 눈앞을 더 볼 수 없었다. 그저 내가 내뱉는 기포만 보일 뿐이었다. 조개를 찾는 것은 고사하고 바닥의 흙을 만지는 것도 어림없는 일이었다.

2

나는 더 넓은 수역을 향해 진군해나갔다.

열 살이 되던 해 여름방학에 나는 친구들과 함께 이허위안頤和園에 갔다. 풍랑이 없어 잔잔한 날이었다. 먼저 우리는 배 두 척을 빌려 서로 추격하는 시합을 하다 보니 온몸이 땀에 흠뻑 젖었다. 원창각文昌閣 부두에서 배를 반납하고 뭍에 오른 우리는 가까운 곳에서 직접 입수했다. 그 임시 수영장에는 간이 탈의실이 설치되어 있었고 나무 팻말로 물 높이와 안전지역도 표시되어 있었다.

돌로 된 제방을 벗어난 나는 발끝으로 수심을 확인해보았다. 호수 바닥은 온통 진흙과 날카로운 돌로 가득했다. 무척이나 매끄러운 진흙은 발가락 틈새를 메우고 발바닥에까지 단단히 달라붙었다. 흐르는 물이 미꾸라지처럼 바짓가랑이 사이를 드나들었다. 가슴까지 물이 차오르자 나는 앞으로 헤엄을 치면서 나무 팻말 경계선까지 갔다가 다시 되돌아왔다. 물가에 다다르면 숨을 돌리면서 친구들과 손짓으로 인사를 주고받았다. 배가 고프면 뭍으로 올라와 매점에 가서 이것저것 사먹었다. 배불리 먹고 갈증을 해소한 다음에는 또다시 물에 들어갔다.

수영을 하면 할수록 담력이 커진 나는 결국 안전구역을 이탈했다. 물가에 있는 사람들의 형체가 점점 작아지면서 하늘과 땅 사이가 조용해지기 시작하더니 바람소리와 물소리 그리고 내 숨소리만 남게 되었다. 햇빛은 찬란했고, 구름이 그 사이에 모였다가 흩어지기를 반복하면서 떠가고 있었다. 갑자기 고독감이 밀려왔다. 긴장이 되면서도 그 고독감에 더욱 깊이 빠져들었다.

나룻배 하나가 지나가면서 거대한 물결이 하늘과 땅을 뒤덮을 기세로 몰려왔다. 나는 무력하게 물속으로 휘말려 들어갔고, 연달아 몇 번이나 물을 먹었다. 그렇게 물속을 떠돌고 있었다. 호수 바닥으로 가라앉은 정도는 아니었지만, 금세 물 위로 올라올 수도 없었다. 하늘은 어둡고 희미하기만 했다. 소용돌이 속에서 뿌옇게 해가 보였다. 숨이 막히면서 온몸에 힘이 빠졌다. 그러다가 갑자기 정신이 번쩍 들었다. 그 순간 저녁 식사와 책가방, 부모님, 집에서 기르는 토끼…… 반짝이는 상념들이 한꺼번에 몰려왔다가 흩어져 사라졌다. 찬란하게 터지는 경축 불꽃놀이 같았다. 하지만 나는 지금 이 모든 것과 작별을 하고 있었다. 죽음에 대한 의식이 나를 놀라 깨어나게 했다. 순간 이런 의식은 구명의 동력으로 변했다. 나는 죽어라고 발버둥을 쳤고 마침내 물 위로 떠올랐다. 하지만 사레가 들려 심하게 기침을 하면서 몸의 균형을 잃은 나는, 위아래로 부침을 계속하면서 또다시 몇 번이나 물을 먹었다.

다시 물 밖으로 뛰어오른 나는 두 팔을 마구 휘둘러 풋덩거리면서 물가로 다가갔다. 그 자세는 어린아이들이 싸움을 할 때 앞뒤 가리지 않고 마구 휘두르는 '얼간이 주먹' 같았다. 마침내 발끝이 바닥에 닿자 나는 몸을 최대한 똑바로 하여 폐 속에 고인 물을 기침으로 내뱉었다. 그리고 물가로 기어나온 나는 온몸이 녹초가 되어 자갈밭 위에 주저앉았다. 주변을 돌아보니 친구들은 물속에서 서로 쫓고 쫓기며 물장난을 치고 있었다. 내게 관심을 갖는 사람은 아무도 없었다. 삶은 계속되고 있었다. 석양이 서쪽으로 지다가 산 무리 속으로 떨어지려 하고 있었다. 물속에 보이는 것 역시 똑같은 바로 그 태양이었다.

나는 조금 전 물속에서 있었던 일을 친구들은 물론 가족들에게도 말하지 않았다. 죽음과 관련된 나의 첫 경험이었지만 다른 사람들과 함께 나눌 수는 없었다.

3

내가 처음 사촌형 카이페이凱非를 만난 것은 분명 일요일이었을 것이다. 왜냐하면 일요일에만 형이 휴가를 내서 밖으로 나올 수 있었기 때문이다. 그해에 나는 열세 살쯤 되었을 것이다. 우리는 먼저 형의 외삼촌 댁에서 점심을 먹었다. 그러고 나서 함께 타오란정陶然亭 수영장으로 놀러 갔다. 사촌형은 늘 고개를 숙이고 있었고 말수도 적은 편이었다. 이렇게 우린 처음 만났다.

사촌형은 홍치紅旗 중학교 학생이었다. 노동교육의 성격을 띤 이 학교는 아주 잘 알려져 있었다. 선생님과 학부모들이 아이들을 겁

줄 때 종종 입에 올리는 학교였다. 어찌 됐든 아버지는 우리들이 만나기를 원했다. 누가 뭐래도 우리는 사촌형제였다. 사촌형이 무슨 짓을 했는지는 친척들 모두 금기로 여기며 입을 열지 않았다. 사실 아이들에게는 어른들의 세계 같은 도덕적 감각이 전혀 없기 때문에, 금기시되고 불법적이며 이단적인 것들은 항상 호기심의 대상이 되고 심지어 자연스럽게 경외감마저 갖게 한다.

둥자오민항에서 출발한 우리는 6번 무궤전차를 타고 타오란정 수영장으로 갔다. 가는 내내 거의 아무 말도 하지 않았다. 사촌형은 나보다 세 살이 많았다. 형은 키는 크지 않았지만 몸집이 건장한 편이었고 가무잡잡한 피부에 울대뼈가 위아래로 출렁거렸다. 이는 곧 어른들의 세계로 진입하게 된다는 징표였다. 반면에 나는 아직 발육이 덜 된 상태라 형과 비교하자면 꼭 뼈만 앙상하게 남은 중국 재래종 닭 같았다.

매표소의 철제 난간을 따라 줄을 선 우리는 말을 하려다가 다시 입을 닫고는 서로 웃음만 주고받았다. 우리 차례가 되자 각자 돈을 꺼내 입장권을 샀다. 형은 입구에서 아이스케키 두 개를 사서 한 개를 내게 주었다. 나는 고맙다고 말하고 싶었지만 형이 먼저 손짓으로 내 말을 막았다. 탈의실에서 수영장으로 나오니 햇빛이 눈을 찌르고 수많은 사람이 만들어내는 요란한 소음 속에서 천지가 흔들리는 것 같았다. 나는 하마터면 물에 젖은 바닥 위로 넘어질 뻔했다. 다행히 사촌형이 나를 붙잡아주었다. 형은 팔뚝이 두껍고 힘도 아주 셌다.

허리를 비틀어 돌리고 다리를 쭉 펴는 등 준비운동을 마친 형은 몸을 훌쩍 날려 수영장 안으로 들어갔다. 형의 자유형 동작은 깔끔하고 명쾌했으며 발밑의 물보라도 아주 적었다. 프로 운동선수 같았다. 나는 그저 놀라움과 부러움에 눈을 크게 뜨고 입을 벌린 채 바라볼 뿐이었다.

물가로 올라온 우리는 뜨거운 시멘트 바닥에 엎드려 휴식을 취했다. 검은 물방울이 그의 팔을 타고 한 방울 한 방울 굴러떨어져 거칠거칠한 바닥에 스며들었다. 형에 대한 나의 몇 마디 칭찬은 주위의 시끄러운 소리에 파묻혀 버렸다. 다시 말하려 했지만 형이 뭔가를 생각하고 있는 것 같아 이내 입을 다물었다. 형은 자기만의 세상에서 남이 그 안으로 들어오는 것을 허락하지 않았다.

햇빛이 천천히 이동하고 있었다. 파광이 눈을 자극하면서 전지剪紙 공예처럼 주변 배경을 이용하여 사람들의 형상을 두드러지게 각인하고 있었다. 사촌형이 갑자기 일어서더니 철망으로 막아놓은 심수深水수영장 쪽으로 걸어갔다. 수영장의 맑고 투명한 물은 짙은 푸른색을 띠고 있었다. 수영하는 사람은 적었고, 인명구조 요원은 높다란 사다리 의자에 선글라스를 끼고 앉아 있었다. 사촌형은 먼저 3미터 높이의 다이빙대로 올라가서는 나무로 된 도약판 끄트머리에 서서 두어 번 도약해 허공으로 솟아오르더니 양팔을 벌렸다가 다시 모으면서 물속으로 뚫고 들어갔다. 파란 거품 속에서 다시 수면 위로 떠오른 형은 계단을 따라 물가로 올라와서는 이번에는 더 높은 10미터 다이빙대로 올라갔다. 형은 서둘러 물에 뛰어들지 않았고, 입수하기 전에 먼저 높은 곳에 서서 멀리 주위를 바라보았다.

돌아오는 길에도 형은 여전히 웃는 낯이었지만 다른 생각을 하느라 그런지 눈빛은 장님 같았다. 나는 형의 관심을 끌 방법이 없었다. 이 때문에 몹시 마음이 상했다. 그날 우리는 다 합쳐 열 마디도 하지 않았고, 심지어 헤어질 때 안녕이라는 작별인사도 건네지 않았다. 사촌형과 나의 처음이자 마지막 만남이었다.

4

나는 여자아이들, 특히 한창 크고 있는 소녀들에게 관심을 갖기 시작했다. 금욕의 시대에 수영장은 신체가 가장 많이 노출되는 공공장소였다. 나는 종종 시멘트 바닥에 누워 팔베개를 하고 조는 척하면서 그 우아하고 신비한 곡선들을 훔쳐보곤 했다. 남몰래 스스로 감탄하기도 했다. 뜻밖에도 인간 세상에 이런 피조물들이 있었던 것이다. 어째서 이전에는 눈으로 보고 있으면서도 느끼지 못했던 것일까?

수영장에는 어린아이들이 많아서 수영할 때 종종 모르는 여자애들과 부딪치기도 했다. 무의식 중에 가슴이나 허벅지에 내 몸이 닿으면 전기가 흐르는 것 같은 느낌이 들었다. 대부분은 서로 별 탈 없이 지나쳤지만, 특별히 지독한 애들은 입을 크게 벌리고 욕을 해댔다.

"하는 짓거리 하고는. 더러운 양아치 자식!"

이런 상황에 닥치면 종종 내가 먼저 무뢰한인 척하면서 상대를 향해 악담을 하기도 했다. 그래야 자신이 무뢰한이 아니라는 것을 증명할 수 있기 때문이었다. 수영장에서는 확실히 이처럼 무례하고 꼴불견인 사건들이 발생하곤 했다. 처음에는 사소한 소란으로 시작되지만, 금세 사람들이 몰려 물샐틈없이 둘러싸이면, 그 무리들 가운데 본격적으로 소란을 피우는 사람이 있기 마련이었고, 결국에는 사고를 일으킨 사람이 체포되어 파출소로 끌려갔다. 이런 일에는 반드시 범인과 증거가 다 있기 마련이었다.

사실은 모든 체육활동에는 잠재적인 성적 동력요인이 있었다. 내가 남몰래 짝사랑하는 사촌누나와 낯선 여자아이들의 관심 속에서 내 수영실력은 놀라운 속도로 발전했다. 하지만 가장 이상적인 것은 사촌형처럼 아무렇지 않게 어깨를 들썩거리며 심수수영장에 뛰어들고, 높은 다이빙대에 서서 먼 곳을 바라보는 것이었다.

수영장의 최고 특권을 대표하는 심수수영장은 북극해 빙하의 깨끗한 푸른색과 낮은 수온을 갖추고 있었다. 입구에는 나무 팻말에 '금일 11도'라고 수온이 명시되어 있었다. 나는 북극해 상표의 고급 아이스케키를 떠올렸다. 이에 비해 우리 일반인들의 수영장은 물이 혼탁했다. 색깔을 정확히 묘사하는 게 어려울 정도였다. 수온은 더 말할 것도 없었다. 수심이 얕고 사람이 많은 데다 물을 자주 갈지도 않았다. 그러다 보니 수온은 항상 체온을 넘어 대중목욕탕과 별반 다르지 않았다.

하지만 투명한 파란 물과 낮은 온도의 물에서 수영할 수 있는 특권을 누리려면 반드시 200미터의 관문을 통과하는 수영 심사를 거쳐야 했다. 나는 훈련 강도를 더 높이고 시간도 더 늘렸다. 심지어 밤에도 훈련을 전문적으로 했다. 200미터의 관문을 돌파하기 위한 관건은 처음 50미터 지점에서 나타나는 '가피로假疲勞 상태'를 극복하는 것이었다. 저녁에 개장하는 수영장의 장점은 사람들이 많지 않아 넓은 공간에서 수영을 할 수 있고, 정신과 체력을 집중할 수 있다는 것이었다. 매번 고개를 들고 호흡을 조절할 때마다 보이는 것이라고는 한줄기 등불뿐이었다. 그 불빛은 지금 사랑하고 있거나 나중에 사랑하게 될 사람에게 바칠 진주 꾸러미 같았다.

파란 하늘이 내려다보고 있는 가운데 나는 마침내 심사를 통과했고 심수 합격증을 받아 수영팬티의 가장 눈에 띄는 부분에 꿰매 달았다.

그날 오후, 나는 자신감 넘치는 모습으로 어깨를 건들거리면서 심수수영장을 향해 걸어갔다. 그 순간, 수영장에 있는 모든 여자아이의 시선이 스포트라이트처럼 내게 집중되어 있다고 믿었다. 정신을 차리지 않고 사람들 뒤를 따라가다 10미터 높이의 다이빙대에 올라갔다. 너무 높아 현기증이 나고 감히 아래를 내려다볼 수도 없었다. 먼 곳을 바라본다는 것은 상상조차 할 수 없는 일이었다. 다이빙대 위에서 마음이 삼 가닥처럼 꼬이고 어지러웠지만 이미 물러날 수 없었다. 할 수 없이 나는 한 손으로 코를 잡고 곧은 자세로 뛰어내렸다. 먼저 펑 하는 소리와 함께 거칠고 사나운 물결이 내 몸을 뒤덮으면서 세게 후려쳤다. 얼음처럼 차가운 물이 바늘로 찌르듯이 온몸을 자극했다. 두피가 마비되고 온몸을 찌르는 듯한 고통이 몰려왔다. 간신히 계단을 짚고 물가로 나오자 몸 절반이 빨갛게 부어 있었다. 작은 새우가 허리를 구부리고 있는 것 같았다. 게다가 몸이 덜덜 떨렸다. 다른 건 참을 수 있었지만 몸이 떨리는 것은 도무지 멈출 수가 없었다. 그 순간 나의 유일한 바람은 내 뒷모습을 쫓고 있는 무수한 스포트라이트가 당장 꺼지는 것이었다.

토끼 키우기

1

하루는 건물 아래로 멜대를 멘 농민이 찾아왔다. 머리에 다 헤진 밀짚모자를 쓴 농부는 목소리를 높였다 낮췄다 하면서 어린아이들을 주위로 불러 모았다. 아버지를 따라 길을 걷고 있던 나도 가까이 다가가 기웃거렸다. 멜대에는 대나무 광주리가 두 개 실려 있었고, 그 안에는 뜻밖에도 갓 부화한 병아리가 잔뜩 들어 있었다. 노랗게 반짝거리는 여린 털이 보는 사람들의 마음을 간지럽게 했다. 내가 하도 졸라대자 아버지는 위층으로 올라가 종이상자를 들고 오시더니 병아리를 예닐곱 마리 사주셨다. 집으로 돌아온 나는 가위로 종이상자에 구멍을 내서 공기가 통하게 했다. 임시 닭장인 셈이었다.

병아리들의 가냘픈 울음소리가 내 애간장을 태웠다. 학교가 끝나 집으로 돌아오면 나는 곧장 종이상자로 달려가 병아리들을 먼저 눈으로 살펴본 다음 손으로 쓰다듬다가, 그 가운데 한 마리를 집어 두 손 위에 올려놓았다. 병아리는 부리로 내 손을 쪼고는 몸을 부르르 떨면서 가냘픈 소리로 울었다. 나는 그런 모습에서 한가닥 즐거움을 찾았다.

50년대 말부터 양식이 부족해지기 시작하자 닭 모이로 배추 잎사귀밖에 줄 것이 없었다. 그러자 모이주머니가 부은 닭들은 눈 깜짝할 사이에 희멀건 녹색 똥을 싸면서 금세 시든 꽃처럼 되어버렸고, 그 주위로 파리가 무수히 몰려들었다. 정수리 털이 빠지고 온몸이 더럽기 짝이 없었다. 발톱도 가늘고 날카로워졌다. 우리가 모르는 사이에 어른들은 이미 마음속에 계산해둔 바가 있었다. 암탉은 알을 낳게 남겨두고, 수탉은 잡아먹는 것이었다. 하지만 이런 목표에서 멀리 빗나가는 일이 발생했다. 한차례 역병으로 닭들이 한 마리씩 차례로 죽어버린 것이었다.

이에 비해 양잠은 훨씬 간단했다. 다만 비단을 뽑아내 천을 짜는 날을 기다릴 수 없는 것이 문제였다. 우선은 원가가 낮았다. 빈 신발상자에 뽕잎 몇 장을 깔아주기만 하면 충분했다. 새끼 누에는 쌀벌레만큼이나 작았다. 이른바 '잠식'蠶食이라는 것은 육안으로는 확인하기 어려웠고 약간의 검은 똥만 남았다. 신체의 비례로 따지면 새끼 누에의 성장속도와 식사량은 정말 놀라운 수준이었다. 뽕잎이 부족하다 보니 반경 몇 리 안의 뽕나무는 전부 대머리가 되었다. 굵은 가지에 잎새 하나 달려 있는 것이 대부분이었다. 나는 높은 곳에 오르면 머리가 아찔해지곤 했다. "봄누에가 죽으면 비단실이 나오네"라는 시구가 있지만 내가 키운 누에들은 비단실을 뽑기도 전에 다 죽어버렸다. 그나마 다행인 것은 내가 나방을 무서워

한다는 것이었다. 누에들이 죽지 않았다면, 나는 계속 악몽에 시달렸을 것이다.

금붕어를 키우는 것은 비교적 쉬웠다. 금붕어는 배고픔을 잘 견뎠기 때문에 열흘이나 보름 정도 먹이를 주지 않아도 큰 문제가 없었다. 번거로운 일이 있다면 제때 물을 갈아주는 것이었지만 때로는 이 일도 즐거움이 되곤 했다. 어항을 연못으로 가지고 가서 조리로 한 마리씩 꺼내 커다란 그릇 안에 풀어놓고 금붕어들이 큰 입으로 가쁜 숨을 쉬는 모습을 바라보다 보면 어린아이의 천성적인 장난기가 발동했다. 금붕어의 생활은 완전히 투명했다. 고민되는 것은 금붕어가 우리의 삶을 장식하는 것인지 아니면 우리가 금붕어의 삶을 장식하는 것인지였다.

2

한창 자라기 시작한 내 몸은 대기근이라는 압박에 시달리면서 하루 종일 안절부절못했다. 사람들은 먹는 이야기를 하면서 생존의 이치를 논하기 시작했다. 마오 주석도 이런 지시를 내렸다.

"사람들마다 음식의 적정량을 정해놓고 바쁠 때는 많이 먹고 한가할 때는 적게 먹는다. 바쁠 때는 제대로 지은 밥을 먹고 한가할 때는 죽을 먹는다. 바쁘지도 않고 한가하지도 않을 때는 중간 정도로 지은 밥을 먹는다. 밥을 지을 때는 고구마나 푸성귀, 무, 콩, 토라 등을 함께 넣는다."

학교에서 수업을 줄여야 할 때는 체육 시간이 가장 먼저 없어졌다. 선생님은 학생들에게 에너지를 아끼기 위해 덜 움직이고 자주 누우라고 하시면서, 저녁 식사를 마치면 곧장 잠자리에 들라고 하셨다. 친구 집에 놀러갈 때는 알아서 자기가 먹을 양표糧票를 챙겨가서 식사를 마치면 결산을 해야 했다. 이와 관련된 발명품이 연이어 쏟아져 나왔다. 사람들은 각종 용기에 클로렐라를 키웠다. 쌀을 씻은 물을 버리지 않고 모아두면 매달 두세 근의 침전물을 얻을 수 있었다. 이는 쌀가루라기보다는 모래 등이 섞인 이물질에 지나지 않았다. 아래층 무沐씨네는 콩 균분제를 실행했다. 샤오징小京과 그의 형은 콩을 각각 1,500알 분배받아 이를 가지고 따먹기놀이를 했다. 이런 모습을 지켜보면서 생존을 위한 싸움이 정말 놀랍다는 생각을 하지 않을 수 없었다.

관위안官園에는 노천 농산물시장이 있었다. 사실은 일종의 암시장이었다. 그곳의 물가는 정말 놀라웠다. 배추 한 포기가 5위안, 생선 한 마리가 20위안, 암탉 한 마리가 30위안이나 했지만 주말이면 온 가족이 나들이 가는 명소가 되었다. 아버지는 어쩌다 병든 닭을 싼값에 사오셨다. 곧 죽을 운명인 닭은 이리저리 미친 듯이 날아다니면서 집 안을 온통 닭털로 가득하게 만들었다. 닭은 마침내 솥에 들어가 푹 삶아졌고, 닭 삶은 국물에 훙샤오紅燒*로 양념을 더해 온 가족이 달려들어 뼈까지 알뜰하게 먹어치웠다.

어느 겨울 오후에 아버지는 나와 동생을 데리고 관위안 농산물

---

* 고기나 생선 등에 기름과 설탕을 넣어 볶은 다음 간장을 뿌려 검붉은 색이 되게 익히는 중국식 조리법.

시장에 가서 줄지어 늘어선 좌판을 따라 이리저리 돌아다니셨다. 회색 토끼 몇 마리가 서로 몸을 붙이고 온기를 나누는 모습이 보였다. 입을 오므린 토끼들의 눈이 붉게 빛났다. 사람들이 귀엽다면서 손을 뻗어 어루만졌다. 우리 형제는 아버지를 조르기 시작했다. 아버지는 쭈그리고 앉아 담뱃대를 문 토끼 주인과 얼굴을 마주하고 담배를 피우면서 흥정을 시작했다. 결국 20위안에 암수 한 마리씩을 살 수 있었다.

집으로 돌아오자 책가방에서 나온 토끼 두 마리는 여기저기 킁킁대면서 냄새를 맡았다. 우리는 이리저리 토끼를 따라 뛰어다니며 토끼들보다 더 즐거워했다.

아버지는 어디선가 낡은 나무상자와 판자 몇 조각을 찾아오시더니 쓱싹쓱싹 톱질을 하고 퉁탕퉁탕 망치질을 한 끝에, 마침내 나무상자를 현대화된 토끼집으로 만드셨다. 지붕은 비스듬했다. 집 안은 나무판자로 2층으로 분리해 계단과 연결시켰다. 나무판자가 없는 면은 철망을 설치했고 왼쪽 한구석에 손잡이가 달린 작은 문을 만들었다. 토끼는 아래층에서는 놀거나 음식을 먹거나 배설을 했고 위층에서는 편안하게 잠을 잤다. 토끼집은 발코니에 잘 놓아두었다.

토끼들은 먹성이 좋았다. 영원히 배부르다는 것을 모르는 것 같았다. 뭐든지 가리지 않고 먹어치운 다음 검은콩 같은 똥으로 바꿔놓았다. 나와 동생은 하는 수 없이 자루를 하나 메고 집을 나서서 먼저 마당을 살핀 다음, 이어서 밖으로 영역을 넓혀 허우하이에서 쯔주위안紫竹院공원까지 돌아다녔다. 들판에서의 실천을 통해 우리는 뜻하지 않게 잡초들 외에 사람이 먹을 수 있는 다양한 야생 채소가 있다는 사실을 알게 되었다. 심지어 어떤 것은 맛도 좋았다. 보아하니 사람도 토끼와 크게 다르지 않은 것 같았다. 사람도 토끼와 마찬가지로 생존의 출발선에 서 있었던 것이다.

어느 날 오후, 나는 아래층에 사는 나보다 한두 살 어린 사내아이 팡방뎬龐邦殿과 함께, 우리 집 토끼들과 그 아이 집 암탉들의 생존환경을 개선시켜주기 위해 큰일을 벌이기로 마음먹었다. 우리는 철사로 갈고리를 만들어 1호 건물부터 8호 건물까지 쓰레기통을 샅샅이 뒤졌다. 해가 우리의 뒤꽁무니를 따라다니더니 머리 꼭대기를 지나 건물 뒤쪽으로 넘어갔다. 여덟 개의 쓰레기통에서 우리는 무려 146개의 배추머리를 주웠다. 대단히 화려한 전과였다. 배추머리란 베이징 사람들이 배추를 먹을 때 가장 먼저 도려내는 뿌리 부분을 말한다. 우리는 이걸 암탉과 토끼에게 먹이로 줄 작정이었다.

8호 건물 입구의 희미한 등불 아래서 우리는 배추머리를 공평하게 나눴다. 한 사람 앞에 73개씩으로, 시멘트 부대 두 개에 가득 찼다. 더없이 흥분한 우리는 얼굴이 암탉처럼 빨개졌고, 걸음걸이는 토끼처럼 민첩해졌다.

밤 아홉 시가 되어 집으로 돌아온 나는 곧장 부엌으로 달려가 배추머리를 개수대에 쏟아놓고는 솔로 문질러 닦으면서 부모님에게 자초지종을 설명했다. 두 분 모두 이상한 눈빛으로 나를 쳐다보았다. 두 분은 이 세상의 음식물 사슬에도 높고 낮음의 구분이 있다고 생각했다. 하지만 이런 걸 따질 겨를도 없이 두 분은 내 일을 넘겨받아 깨끗이 씻은 배추머리를 솥에 넣고 깨끗한 물로 삶았다. 그런 다음 반으로 쪼개 간장과 양념을 살짝 뿌리고 비교적 부드러운 가운데 부분부터 씹기 시작했다. 와삭와삭 씹으면서 너무 맛있다며 찬탄을 금치 못했다. 나도 진즉부터 배가 고팠던 터라 함께 달려들어 배추머리의 성찬을 즐겼다. 발코니에 있는 토끼장에서는 톡톡 몸부림치는 소리가 멈추지 않았다.

3

굶주림의 감정이 우리의 삶을 물어뜯고 있었다. 부종浮腫은 갈수록 더 보편적인 현상이 되었다. 얼굴을 마주치면 "식사했어요?"라고 묻던 것이, 이제는 "몸이 안 부었나요?"라고 물으면서 종아리를 먼저 살피게 되었다. 손가락으로 종아리를 누르면 각자의 부종 정도를 확인할 수 있었다. 어머니는 종아리를 눌러 동전을 꽂아놓아도 떨어지지 않았다. 3급이라고 했다. 이는 가장 심한 수준의 부종이었다. 사람들은 최고의 영예라도 되는 것처럼 신기해했다.

어미 토끼가 임신을 했다. 내게는 생식生殖이라는 것이 여전히 수수께끼였다. 어미 토끼는 점차 몸이 둔해지더니 먹이를 먹을 때를 제외하곤 위층에 누워 자기 몸의 털을 한 가닥씩 뜯어 둥지를 만들고 있었다.

어느 날 저녁 무렵, 나는 토끼장 안에서 이상한 동정을 발견했다. 손전등으로 비춰봤더니 다섯 마리나 되는 새끼 토끼들이 어미의 몸을 휘감은 채 꿈틀거리고 있다. 눈을 꼭 감은 새끼 토끼들은 아직 몸에 털이 나지 않아 마치 꼬리 없는 쥐 같았다. 나는 동생들과 함께 작은 문을 열고 새끼 토끼들을 한 마리씩 안아서 꺼낸 다음 손바닥 위에 올려놓고 가볍게 어루만졌다. 뜻밖에도 우리들의 이런 행동이 예상치 못한 화를 불렀다. 새끼 토끼들을 토끼장 안에 도로 넣어주자마자 어미 토끼가 새끼들을 물어버린 것이다. 나중에야 우리는 어미 토끼가 냄새로 자기 새끼를 변별한다는 것을 알게 되었다. 일단 이상한 냄새가 섞이면 육친도 알아보지 못했다.

우리는 재빨리 응급조치를 취했다. 새끼 토끼들을 안고 집 안으로 들어가 솜을 깐 구두상자 안에 넣어준 다음 빨대를 이용하여 먹이를 주었다. 미음도 주고 약간의 우윳가루도 찾아서 먹였다. 당시로서는 대단히 귀한 음식물이었다. 새끼 토끼들은 눈을 감은 채 게걸스럽게 미음과 우유를 먹어댔다. 우리는 그제야 큰 짐을 내려놓은 것 같았다.

그날 우리는 밤새 뒤척이며 잠을 제대로 자지 못했다. 다음 날 아침 구두상자를 열어보니 새끼 토끼 다섯 마리가 모두 죽어 있었다. 사지를 둥그렇게 만 채 온몸이 딱딱하게 굳어 있었다. 우리는 우리들의 실수에 너무나 마음이 아파 울음을 터뜨렸다. 어미 토끼는 아무 일 없었다는 듯이 잘 먹고 잘 마셨다. 토끼의 감정을 누가 알 수 있겠는가?

토끼들은 갈수록 식욕이 왕성해졌고 주변의 풀밭은 갈수록 줄어들었다. 나와 동생은 풀을 찾기 위해 더 멀리 가야 했다. 성문을 나서 들판으로 나갔다가 시골 아이들에게 쫓겨나기 일쑤였다. 토끼들을 위해 우리는 입으로 들어가는 양식과 바꾼 에너지를 거의 다 소진하고 있었다. 똑같이 생존의 출발점에 서 있는 우리와 토끼의 경주는 누가 더 빨리 달리는지를 겨루는 것이 아니라 누가 더 멀리 달리는지를 겨루는 것이었다.

이렇게 중요한 시기에 사촌누나가 우리 집에 놀러왔다. 누나는 베이징사범대학 물리학과 2학년 학생이었다. 집이 저 멀리 광저우 廣州에 있어 학교에 거주하고 있었다. 누나는 부모님의 원성을 듣고는 토끼를 자신에게 맡기라고 제안했다. 학교 기숙사 건물 앞에 넓은 풀밭이 있다고 했다. 토끼들이 아무리 뜯어 먹어도 풀이 다 없어질 리가 없다고 했다. 아래층 계단 사이에 공간이 있어 평소에는 닫아놨다가 휴식 시간에 풀어놓아 방목할 수 있다는 것이었다.

그곳은 토끼들의 천당이었다. 나와 동생은 마침 수영을 배우고 있던 터라 먼저 베이징사범대학 수영장에 가서 정신없이 수영을 한 다음 반쯤 젖은 수영복을 머리에 인 채 토끼를 보러 갔다. 토끼들은 폴짝폴짝 뛰면서 다가와 우리가 신고 있는 슬리퍼를 무는 것으로 친근감을 표시했다. 토끼를 방목하는 것은 양 떼를 방목하는 것과 별 차이가 없어 보였다. 대자연의 순환에는 질서가 있어 사람들의 마음과 정신을 넉넉하고 편안하게 해주는 것 같았다. 토끼들은 가끔씩 바람처럼 몰래 다가오기도 하고 무성한 초목 사이에 숨기도 했다. 때로는 뭔가에 놀란 듯 몸을 세우고 앞다리를 들어올린 채 조심스럽게 주변의 동정을 살피기도 했다.

하지만 좋은 시절은 오래가지 않았다. 누군가 이런 사실을 학교에 알리는 바람에 학교 측에서 간섭을 하기 시작했다. 기숙사에서 동물을 키우는 행위가 공공 환경에 영향을 준다고 선포한 것이다.

서너 달 동안 배불리 먹고 자유롭게 뛰놀던 토끼들은 다시 우리 집 토끼장으로 이사를 해야 했다.

4

소문은 굶주림과 마찬가지로 없는 곳이 없었다. 학교 친구들은 교실의 화로를 에워싸고 워터우를 구우면서 국제정세에 관해 얘기했다. 소련 큰형님이 우리 중국에게 외채를 갚으라고 압박하고 있고, 한국전쟁 때 차용했던 군수품 차관의 상환을 요구하고 있다는 소문이 유행하고 있었다. 닭과 오리, 어류와 육류는 물론, 양곡과 과일까지 요구하고 있다는 것이었다. 일설에 따르면 사과는 특별히 선별해서 보내야 한다고 했다는 것이다. 나는 우리 집 토끼들이 걱정되기 시작했다. 영화에서 러시아 사람들이 전부 토끼털 모자를 쓰고 있었던 것이 생각났다. 기차에 토끼가 가득 실려 시베리아를 횡단하는 비장한 광경을 본 적도 있는 것 같았다.

어미 토끼의 배가 다시 불러왔다. 우리는 토끼장 위층에 마른 풀과 못 쓰는 솜을 깔아주고서 인내심 있게 출산의 순간을 기다렸다. 마침내 새끼 토끼들이 세상에 나왔다. 다 합쳐서 여섯 마리였다. 이번에는 감히 함부로 손댈 수 없었다. 우리는 최선을 다해 어미 토끼를 위한 음식물을 찾아야 했다. 마침 봄이라 푸른 풀들이 땅을 뚫고 나오기 시작했다. 부모님이 주의를 기울이지 않는 틈을 타서, 우리는 마지막 남은 저장배추의 껍질을 벗겨내 잘게 썬 다음 우리가 먹는 연근 가루를 약간 뿌려 토끼들에게 먹였다.

여덟 식구에게 이 토끼장은 너무나 비좁았다. 나는 동생들과 함께 벽돌을 구해다가 발코니 철제 난간 아래에 쌓아 토끼들을 위해 더 넓은 활동공간을 만들어주었다. 새끼 토끼들이 어머니 배를 둘러싸고 몸을 웅크린 채 젖을 빠는 동안 수토끼는 이들을 지켰다. 다행히 베이징에는 매가 거의 없었다.

다음 날 아침, 우리는 모두 대경실색하고 말았다. 뜻밖에도 새끼 세 마리가 사라진 것이었다! 그제야 '벽돌담'에 작은 틈이 벌어져 있는 것을 발견했다. 후다닥 아래층으로 내려간 우리는 궁㢗씨네 마당에서 새끼 토끼들의 시신을 수습했다. 걱정과 상실감에 서둘러 '벽돌담'을 손보기는 했지만 그다음 날에도 또 한 마리가 사라지고 없었다. 토끼는 궁씨네 발코니 화분 위에 떨어져 있었다. 우리는 거의 미칠 지경이었다. 토끼들의 이 맹목적인 자살행위를 정말 이해할 수가 없었다. 토끼들은 아직 눈도 뜨지 못해서 이 세상을 제대로 구경하지 못한 상태였다. 우리는 새끼들을 다시 토끼장에 가두는 수밖에 없었다.

봄이 가고 가을이 왔다. 살아남은 토끼들은 잘 자라주었지만, 이네 마리 식구를 먹여 살리는 일은 더욱더 어려워졌다. 풀을 베어다 먹이느라 나와 동생은 도시 구석구석과 교외 들판을 수없이 돌아다녔다. 여름방학만 되면 모두들 토끼들의 생존을 위해 투쟁해야 했다. 곧 겨울이 다가오면 어떻게 하나? 겨울 배추를 전부 토끼들에게 먹여도 모자랄 것만 같았다. 게다가 차관 상환을 재촉하는 소련 사람들은 애타게 토끼털 모자를 기다리고 있을 터였다.

우리 집의 최고 행정장관인 아버지가 결정을 내리셨다. 토끼를 잡아 배를 채우는 동시에 모든 걱정을 잠재우자는 것이었다. 나는 토끼를 사오던 때부터 키우던 지난 일들을 떠올리면서 생각해보았다. 야생토끼를 집토끼로 키운 것이 우리 조상들이 사냥의 잉여물을 보존하는 방식의 하나였던 것 같다는 생각이 들었다.

나와 동생은 울면서 격렬하게 반대했다. 심지어 항의의 표시로 단식투쟁을 선포하기도 했다. 하지만 지위가 낮은 사람의 주장은 무시되는 법이었다. 독재는 먹이사슬 같아서 역전이 불가능했다.

어느 일요일이었다. 나는 동생과 함께 아침 일찍 집을 나서서 각자 방향을 달리하여 미친 듯이 달리기 시작했다. 우리는 집을 나서기 전에 발코니로 가서 토끼들에게 작별인사를 하지 않았다. 나는 허우하이 물가를 따라 걷다가 인딩교를 지나 옌다이 사가를 가로질러 종루鐘樓와 고루를 지난 다음 가로세로로 어지럽게 얽혀 있는 후퉁의 그물 속에서 길을 잃고 말았다. 사실 토끼가 두 발로 서서 먼 곳을 바라볼 때의 자세는 사람과 몹시 흡사하다. 나는 문득 정신이 아득해졌다. 거리에 두 발로 선 토끼들이 가득한 것 같았다.

날이 어두워지기 시작해서야 나와 동생은 각자 집으로 돌아왔다. 모든 것이 고요하기만 했다. 대학살은 이미 끝난 것 같았다. 최고 행정장관은 침대 위에 누워 책을 읽고 있었다. 어머니가 솥에 먹을 것이 있다고 우리에게 조용히 귀띔해주었다. 토끼에 대해서는 언급하지 않았다. 말하지 않아도 뻔히 알 수 있는 일이었다. 배에서 꼬르륵 소리가 났지만 우리는 절대로 부엌에 들어갈 수 없었다.

나는 침대에 기어올라가 이불로 머리를 감싸쥔 채 소리 없이 울었다.

싼불라오 후퉁 1호

1

1957년 어느 겨울 아침, 어머니는 나를 데리고 눈 내린 뒤의 질척한 후퉁을 가로질러 방금 지은 붉은 벽돌 건물 앞에 이르렀다. 이 흙길은 폭이 한 장丈 정도였고 노면이 울퉁불퉁했으며, 길 한가운데 울타리가 쳐져 있었다. 울타리 안에서는 진한 연기가 피어올랐고, 고구마 굽는 냄새가 났다. 의사였던 어머니는 쉴 새 없이 중얼거리셨다.

"에이 더러워. 이쪽으로 오렴."

고구마 굽는 냄새만 맡으면 나는 개처럼 우리의 새집을 기억하곤 한다. 싼불라오 후퉁 1호였다. 이때를 시작으로, 나는 여러 해 동안 이 길을 수없이 걷게 되었다.

그 겨울 아침, 나는 고개를 들어 먼 곳을 바라보았다. 배수관과 굴뚝을 따라 펼쳐진 창문과 발코니 위를 지나 처마 뒤로 베이징 하늘이 보였다. 이곳은 원래 정화의 저택이 있던 곳이었다. 조각이 어우러진 난간과 옥으로 된 섬돌은 어디로 갔는지 알 수 없고, 가산假山만 눈먼 증인처럼 남아 있었다.

정화는 원래 성이 마馬고 아명이 삼보三保였으나, 명나라 성조 주체에게 정씨 성을 하사받았다. 싼불라오 후퉁의 이름은 여기서 유래되었다. 청淸대 말기에 이르러 대추를 통째로 삼키는 듯한 베이징 사투리 때문에 '삼보'의 중국어 발음이 변질된 데 이어, 서북 지역의 영향을 받아 싼불라오 후퉁으로 고정되면서 길상吉祥의 의미를 갖게 되었다. 정화와 그의 세계 일주는 아직도 수수께끼로 남아 있었다. 무력을 과시하기 위한 것도 아니고 무역이나 장사를 위한 것도 아니라면, 그가 어떤 동기로 그런 대규모 항해에 나선 것인지 알 수 없었다.

직장이 중국민주촉진회로 배정되기 전까지 아버지는 중국인민보험총공사에서 일하셨고, 우리는 푸와이보험공사* 숙소에 살았다. 창문을 밀치면 들판이 펼쳐졌다. 나는 푸와이초등학교에서 '구구九九노래'를 외웠다.

"일구이구는 손에서 나가지 않고, 삼구사구는 얼음 위를 걷네."

집이 이사하면서 다시 훙산사초등학교로 전학하여 구구노래를 마저 외웠다. 계절과 함께 나아가고 있었다.

"오구육구는 강가에서 버들을 구경하고, 칠구에는 강이 열리고, 팔구는 제비가 오네."

집이 다 정리되자 봄이 왔다.

---

* 지금의 얼환로(二環路) 근처.

"구구에 일구를 더하면 소가 온천지의 땅을 일구네."

여덟 살짜리 소년에게는 이사가 연애보다 더 흥분되고 짜릿한 일이었다. 우리는 보험공사 숙소 1층에 살게 되었다. 위뱌오원(俞彪文)* 아저씨네와 함께 살게 된 것이다. 주방과 화장실은 공동으로 사용해야 했다. 하지만 새로 이사한 집은 4층이었고 독립된 문을 사용하는 독립된 공간이었다. 희미하게 페인트 냄새가 남아 있었고 유리의 반사광과 정원, 가산이 있었다. 특히 발코니에서 아래를 내려다보면 사합원의 청회색 지붕의 겹쳐진 기와들이 물결을 이루어 베이징성의 낮은 공제선 위로 솟구쳐 오를 것만 같았다. 그 사이를 비둘기 떼가 번쩍번쩍 날아다녔고 간간이 소음이 하늘의 적막을 돋보이게 했다. 대추나무가 사방에서 바람을 모으고 있었다. 파란 대추가 점점 붉게 익어가면서 길 가던 아이들의 발걸음을 붙잡았다.

나는 차오이판을 알게 되었다. 그의 집은 3층에 있었다. 바로 우리 집 밑이었다. 차오이판은 나보다 생일이 한 달밖에 이르지 않았지만 훨씬 성숙해 보였다. 내가 아직 어린이책 단계에 머물러 있을 때 그는 이불 속에 들어가 손전등을 켜놓고 『홍루몽』을 읽었다. 그는 발육이 빨라 중학교 때 이미 나보다 머리 하나가 더 컸고, 고등학교 때는 같은 학교 친구의 외삼촌과 맞먹을 정도였다. 우리는 서로 다른 초등학교에 다녔고 중학교 때는 같은 학교 다른 반이었으며, 제4중학에 합격하고서야 같은 학교 같은 반에서 공부하게 되

---

* 상하이 국민정부에서 일했으나 1949년 국민정부와 함께 타이완으로 가지 못하고 대륙에 남아 중국인민보험공사를 창건하고 보험정책 및 관련규정을 제정한 인물.

었다. '문화대혁명'만 없었다면 그는 틀림없이 나의 공청단共靑團*
입단 소개인이 되었을 것이다.

2

보험공사는 조금도 위험을 보장해주지 못했다. 같은 아파트에
사는 위뱌오윈 아저씨가 건물에서 뛰어내려 자살한 것이다. 그날
정오에 이런 소식을 듣고서 나는 어리둥절하기만 했다. 나의 이해
능력을 완전히 초월하는 일이었다. 아저씨는 미망인과 두 아들을
남겼다. 나보다 서너 살 어린 큰아들 위메이쑨兪梅蓀은 하루 종일 내
꽁무니를 쫓아 사방으로 돌아다녔고, 둘째 아들은 아직 강보에 싸
여 있었다. 미망인은 우리 집과 벽 하나를 사이에 두고 밤새 흐느
꼈다. 역사 깊은 곳에 남아 있는 그 울음소리를 나 말고 누가 또 들
었을지 알 수 없다.

쌴불라오 후퉁 1호로 이사한 뒤로 나는 마음이 좀 편해졌다. 주
소지가 바뀌면 생활도 새롭게 변하는 것 같았다.

전카이는 쌴불라오 후퉁의 아이들 사이에 장난기로 이름을 날렸다.
원자 안의 노부인들은 걸핏하면 우리 집을 찾아와 문을 두드렸다. 그
러고는 데리고 온 아이의 몸에 빨간약(머큐로크롬)을 바른 상처를

---

* 중국공산주의청년단(中國共産主義靑年團, Communist Youth League, China Youth
League): 중국공산당 주도 아래 14~28세 젊은 단원들의 지도를 맡은 청년 엘리트 조직
이다. 줄여서 공청단이라고 부른다. 공청단 출신은 대부분 급진 개혁파에 속한다.

보여주면서 왜 아들을 잘 관리하지 못하느냐고 따져댔다. 나는 전카이가 또 사고를 쳤다는 걸 알고는 그저 찾아온 사람들에게 사과하는 수밖에 없었다. 축구를 하다가 공을 멀리 차거나 벽돌 조각을 던져 남의 집 유리창을 깨는 일은 다반사였다.

— 아버지의 수필에서

1958년에 우리 집 원자는 항상 소란스러웠다. 신선하고 놀라운 일들이 끊이지 않았다. 하루하루가 명절을 보내는 것 같았다. 먼저 원자 안에 음식점을 열게 되면서 첸씨 아줌마는 이곳으로 출근하게 되었고, 우리 삼남매도 취사를 거들게 되었다. 8호 건물 앞 공터에는 작고 높은 용광로가 설치되었고, 아버지와 삼촌들은 아침부터 저녁까지 바쁘게 돌아쳤다. 연기와 불길이 멈추지 않았고, 결국에는 한 무더기 난로 재 같은 쇠 찌꺼기를 재련해냈다.* 이리하여 징소리와 북소리가 울리면서 사람들의 부러움을 샀다. 어른들이 아이들보다 더 잘 놀았다.

참새잡기 운동도 그해에 절정에 달했다. 베이징 전체가 광적인 상태에 빠져버렸다. 북과 호각이 한꺼번에 울리면서 천지가 진동했다. 사흘 밤낮이 줄곧 시끄럽기만 했다. 학교는 임시휴교를 했고 나는 발코니에서 죽어라고 빈 병과 과자상자를 두드렸다. 팔이 아프고 목이 다 쉬었다. 잠도 제대로 자지 못했다. 자고 싶어도

---

* 마오쩌둥의 지시에 따라 철강 생산량을 늘리기 위해 전국적으로 시행된 이른바 '뒤뜰 용광로 운동'을 말한다.

잠이 오지 않았다. 너무 시끄러웠다. 통계에 따르면 이 시기에 베이징 지역에서만 40여만 마리의 참새가 섬멸되었다고 한다.

유일하게 사람들을 상심하게 한 것은 가산이 사라진 것이었다. 태호석들도 한 덩이씩 거꾸로 매달려 트럭에 실리더니 연기 같은 먼지만 남기고 사라져버렸다. 그곳은 원래 우리가 숨바꼭질을 하던 최적의 장소였다. 들리는 바로는 태호석은 베이징 10대 건축물 가운데 하나인 군사박물관으로 옮겨졌다고 한다. 트랙터가 며칠을 바쁘게 움직이더니 가산을 평지로 만들어버렸다. 그리고 그 자리에 한 줄로 미루나무가 나란히 심어졌다. 미루나무는 놀라운 속도로 자라더니 몇 년 지나지 않아 건물 3, 4층 높이까지 올라갔다.

나는 차오이판과 함께 멀리 돌아다니면서 걸음으로 베이징을 측량하기 시작했다. 수중에 돈 한 푼 없고 가진 것이라고는 끝없이 이어지는 상상력뿐이었다. 그는 『80일간의 세계 일주』에 관해 거창하게 떠들어댔다. 우리는 언젠가 세계 일주를 하게 되리라 굳게 믿었다. 그랬다. 우리는 같은 건물에 사는 여자아이들 몇 명도 함께 데리고 가서 우리를 위해 빨래를 하고 밥을 짓게 하기로 마음먹었다.

더성먼을 나와 치자휘쯔斮家豁子에 이르자 사방에 사람이 하나도 보이지 않았다. 채소밭에 들어가 파란 고추 몇 개를 따는 순간, 시골 아이들에게 들키고 말았다. 흙과 돌멩이가 비처럼 날아와 우리는 머리를 감싸쥔 채 생쥐처럼 도망쳐 나왔다.

3

발코니에 있는 그 배추더미가 상하면서 변화가 시작되었다. 하얗게 짓무른 배추의 냄새는 곧 부종이라는 단어로 전환되었다.

3년 곤란시기에는 먹을 것이 충분치 않았다. 아이들이 배가 고프다고 아우성치면 나는 밖에 나가 뛰면서 놀지 말고 침대에 많이 누워 있으라고 권했다. 둘째 전셴振先이 내게 말했다. "어머니, 하루에 두 끼만 먹으니까 누워 있어도 배가 고파요." 지녠濟年*과 세 아이에게 영양이 부족하면 안 될 것 같아 살아 있는 닭 두 마리를 사다 잘 키운 다음 잡아서 식구들에게 먹여야겠다고 생각했다. 둘째 아이에게 아래층에 내려가 닭을 돌보게 했더니 뜻밖에도 누군가 훔쳐가 버렸다. 지녠은 화가 나서 애먼 아이에게 손찌검을 했다. 한번은 배가 너무 고파 손이 마구 떨리고 식은땀이 났다. 정말로 견디기 어려워 쓰촨四川반점에 가서 국을 한 그릇 사먹었다. 집에 돌아와 보니 온 가족이 배고픔과 싸우고 있었다. 마음이 너무나 아프고 불안했다. 지녠은 그런 내게 너무 자책하지 말라고 말했다. 그러면서 고난 속에서 즐거움을 찾을 줄 알아야 한다며 일요일에 온 가족이 쯔주위안공원으로 놀러 가자고 말했다. 그때 나와 지녠은 아이들이 영양실조 상태에 빠진 것을 보고는 이를 악물고 활어식당에 가서 생선요리를 실컷 먹고 무려 26위안이나 냈던 것으로 기억한다.

– 어머니의 구술 기록에서

---

* 베이다오의 아버지.

활어식당은 쯔주위안공원 동문 안에 있었다. 음식점 앞에는 활어를 키우는 수조가 하나 있어 그 자리에서 물고기를 건져내 음식을 만들었다. 이른바 홍샤오위紅燒魚라는 음식은 간장을 뿌려서 졸이는 것이 전부였고, 다른 양념이나 조리법은 가하지 않았다. 그때 수입으로 볼 때 그 한 끼 식사는 정도를 크게 벗어난 것이었다. 접시에 뼈만 남았는데도 우리 삼남매는 입맛을 쩝쩝 다시면서 큰 눈을 가늘게 떴다.

홍샤오위에 비해 샤오빙은 훨씬 실리적이었다. 일요일이 돌아올 때마다 온 가족이 시안먼西安門에 있는 작은 음식점을 찾아가 샤오빙을 실컷 먹었다. 다른 집들에 비해 그 집이 양도 많고 샤오빙에 기름기도 가장 많았다.

1960년부터 1961년까지 나는 사회주의학원에서 일했다. 그해는 마침 살기 힘든 시기였다. 삼남매가 학교로 찾아오면 평소보다 조금 더 푸짐하게 먹었다. 우리 눈에는 아이들이 한없이 불쌍했다. 때로는 아이들에게 비싼 사탕을 사먹이기도 했다. 아이들이 신이 나서 먹는 모습에 다소나마 위안이 되었다.

– 아버지의 수필에서

큰아들인 나는 부모님을 도와 가족 전체의 생태 평형을 유지할 의무가 있다고 생각했다. 동생들을 감독하여 에너지 소비를 최소한의 수준으로 유지해야 했다. 나와 남동생은 공공식당에 가서 점심을 먹었다. 근근이 허기만 달래는 수준이었다. 여동생은 7·1유아원에 하루 종일 맡겨졌고 식사도 나쁘지 않았다. 때로는 먹다 남은 만터우饅頭* 반 개를 집으로 가져오기도 했다. 문제는 저녁 식사였다. 온 가족이 정확하고 세밀하게 식사량을 계산하여 1인당 두 냥을 넘지 말아야 했다. 첸씨 아줌마는 능력이 대단했지만 별다른 재주를 부리지는 못했다. 한동안 매일 야채 바오쯔包子**밖에 만들지 못했다. 껍질은 얇고 소는 컸다. 나는 솔선수범하며 동생들에게 바오쯔를 적게 먹을 때의 장점들을 설명해주었다. 하지만 전혀 설득력이 없었다.

큰고모부는 독일에서 박사학위를 받았다. 해방 후 전국에서 몇 명밖에 되지 않는 1급 엔지니어 가운데 한 분이라 특공을 누렸다. 고모부는 담배를 안 피웠기 때문에 지급받은 담배를 전부 아버지에게 넘겼다. 기아의 시대인데도 우리 아버지가 피운 담배는 전부 '중화'나 '모란' 같은 유명 상표의 제품이었다. 나의 굶주림은 아버지가 내뿜는 담배 연기를 따라 떠올랐다가 가라앉았다. 심지어 기묘한 환각을 불러일으키기도 했다.

그 시대에는 사람들을 청해 함께 식사를 하는 일이 극히 드물었다. 설이나 명절을 맞아 친척 집을 찾아가 식사를 할 때도 하는 수 없이 양표를 내야 했다. 식사가 끝나면 사람들은 식탁에 둘러앉아 손가락을 꼽아가며 꼼꼼하게 계산을 한 다음 각자 주머니에서 양표를 꺼냈다. 이는 체면을 중시하는 중국인에게는 몹시 민망한 일

* 한족 전통음식으로, 밀가루 반죽을 발효시켜 동글게 빚은 후 찐 것.
** 밀가루 반죽 안에 고기나 야채 등 갖가지 소를 넣어 찐 중국 전통음식으로, 우리가 흔히 먹는 양만두와 비슷하다.

이었다.

어느 월말 저녁에 아버지는 내게 곧 폐기될 1마오짜리 양표를 건네주셨다. 거리에 나가 훈툰馄饨*을 한 그릇 사먹으라는 것이었다. 신제커우 삼거리에 노천 훈툰 가게가 하나 있었다. 내가 자리를 잡고 앉은 것은 이미 열한 시였다. 양표가 만기되기까지 한 시간밖에 남아 있지 않았다. 나는 꼬깃꼬깃한 양표를 회계원에게 건넸다. 뭔가 잘못될 리는 없었다. 그는 손에 잡히는 대로 마른 새우를 몇 마리 집어 그릇에 넣고 훈툰 다섯 개를 채에 담아 뜨거운 물에 데운 다음, 큰 솥에서 뜬 사골국물을 부어 내 앞에 놓아주었다. 김이 모락모락 피어올랐다.

나는 몹시 배가 고팠지만 선뜻 젓가락을 들 수 없었다. 처음으로 혼자 하는 외식이었기 때문에 즐기는 시간을 최대한 연장하고 싶었던 것이다. 솥에 든 사골국물은 계속 끓고 있었고, 회계원은 쇠국자로 솥 주위를 두드렸다. 희미한 등불 아래 나방 몇 마리가 날아다녔다.

4

신도들이 교회당에 가는 것처럼 우리 가족은 일요일마다 후궈사영화관으로 영화를 보러 갔다. 3년 곤란시기일수록 이런 습관을 더 잘 지켰다. 영화가 굶주림에 대한 보상인 것 같았다.

---

* 새우나 고기, 야채 등으로 만든 소를 얇은 피로 싸서 끓여낸 중국 요리.

싼불라오 후퉁을 출발하여 몐화棉花 후퉁 북쪽 모퉁이를 돈 다음, 후궈사 동쪽 골목을 따라 서쪽으로 걸어가면 15분쯤 걸렸다. 후궈사영화관의 외관은 볼품이 없었다. 위에는 통풍구가 설치되어 있어 얼핏 보면 구식 공장 같았다. 여러 해 동안 수리를 하지 않아 벽면의 칠이 다 벗겨져 벽돌 이음새가 그대로 드러났다. 유리문과 영화광고 그리고 매표소 창구만이 진정한 신분을 대변해주고 있었다.

우리 집에서는 『베이징만보』를 구독하고 있었다. 총 4면으로 된 이 신문은 영화광고가 2면과 3면 사이에 끼어 있었다. 아버지는 영화광이라 전문 영화잡지를 서너 종 구독했다. 어떤 영화를 볼지는 주로 아버지가 결정했다. 아버지는 외국 영화를 더 좋아하는 것 같았다. 나는 영화를 제대로 이해하지 못했지만 덩달아 이국 풍경을 좋아하게 되었다. 초기의 소련 영화는 정부의 창춘長春영화제작소에서 번역과 더빙을 한 탓에 동북 지방의 사투리가 섞여 있었다. 처음에 나는 그 동북 사투리를 러시아어로 오해했다.

나는 영화가 시작되기 전 잠깐 동안의 어둠을 좋아했다. 기대와 연상을 할 수 있기 때문이었다. 영화가 방영되기 전의 순간적인 틈과 스크린이 좋았고 공백은 더 좋았다. 갑자기 찾아온 적막 속에서 기계 돌아가는 소리와 간간이 섞여 들려오는 여치 울음소리가 좋았다.

영화가 끝나고 사람들을 따라 영화관 밖으로 나오면 나는 항상 실망을 금치 못했다. 계속 주인공을 따라 지평선 끝까지 가지 못하고 현실이 무료한 속으로 돌아올 수밖에 없는 것이 싫었다. 어머니는 종종 머릿속이 온통 안개에 싸인 것처럼 뒤죽박죽되어 집으로 돌아왔다. 그럴 때면 돌아오는 길 내내 아버지가 영화의 주요 스토리와 인물관계에 대해 자세히 설명해주었다.

그때에는 영화에 등급이 없었다. 한번은 가족 전체가 아르헨티나 영화를 보게 되었다. 이 영화에는 내가 영원히 잊지 못하는 장면이 있었다. 한 악당이 술집에서 너무나 아름답고 순수한 무희를 모욕하면서 옷을 다 찢어버리는 장면이었다. 악당은 무희의 블라우스와 긴 치마를 찢더니 브래지어와 팬티까지 벗겨 갈기갈기 찢은 다음 허공에 뿌렸다. 이런 장면에 놀란 나는 심장이 콩닥콩닥 뛰었다. 여인의 벗은 모습을 간절히 보고 싶어 하면서도 두려움이 앞섰다. 그 중요한 순간에 멋진 사나이 하나가 벌떡 일어나 악당을 상대로 싸움을 벌이면서 손이 닿는 대로 치마를 주워 무희에게 건넸다. 나는 아무것도 보지 못했지만 며칠 동안 제대로 잠을 자지 못했다.

나는 혼자 영화를 보기 시작했다. 특히 기말고사가 시작되는 첫날에는 영화를 보는 것이 가장 효과적인 해방의 방식이었다. 보통 두 편을 연달아 보았는데, 전혀 다른 세계로 빠져들면서 시험을 완전히 잊을 수 있었다. 이상하게도 성적은 나쁘지 않았다. 영화를 보는 것이 전투를 앞두고 칼을 가는 효과를 발휘한 모양이었다.

하루는 학교에 일이 있어서 아버지가 동생만 데리고 후궈사로 영화를 보러 갔다. 영화가 끝나고 나오면서 사람들이 많다 보니 아버지 안경이 바닥에 떨어져 안경알이 깨지고 말았다. 고도 근시였던 아버지는 제대로 걷지도 못했다. 하는 수 없이 동생이 집으로 달려가 다른 안경을 가져와야 했다. 너무나 재미있는 사건이었지만 차마 웃을 수가 없었다. 못하는 것이 없는 아버지가 영화관 문 앞의 차가운 바람 속에서 사방을 두리번거리며 무력한 표정으로 어쩔 줄 모르고 서 있는 모습을 보고 있는 것 같았기 때문이다.

5

쌴불라오 후퉁 1호는 건물 두 동으로 구성되어 있고, 그 사이에 대문이 있었다. 수위실은 과도기의 게으른 특징을 그대로 드러내고 있었다. 대문을 지키는 우伍씨 아저씨는 전화 전달도 담당했다. 전화벨이 울리면 밥그릇을 내려놓고 큰길로 몇 걸음 내려가 손을 나팔모양으로 모으고는 큰 소리로 외쳤다.

"443호, 전화 왔어요."

443호는 바로 우리 집이었다. 4호 건물은 대문에 바로 붙어 있고 4층으로 되어 있었으며, 층마다 두 개의 계단에 네 가구가 살고 있었다. 주민들은 대부분 중국민주촉진회 직원들이다. 우리 집 좌우의 이웃들부터 얘기해본다.

441호에는 독신인 정팡룽 아저씨와 과부인 톈田씨 아줌마가 함께 살았다. 정씨 아저씨는 '우파'로 몰린 뒤에 가정을 꾸려 7호 건물로 이사했다. 톈씨 아줌마는 항상 우울한 표정이었고 좀처럼 웃는 모습을 볼 수 없었지만, 대학교에 다니는 아들은 노래 부르는 걸 무척 좋아했다. 우리는 그런 그에게 몰래 '백령조'百靈鳥라는 별명을 붙여주었다. 그는 매일 계단을 오르내릴 때마다 노래를 불렀다. 웅웅 울리는 계단이 그의 약점인 고음의 한계를 해결해주었다.

442호는 우伍씨네 집이었다. 우찬伍禪 아저씨는 광둥廣東 하이펑현海豊縣 사람으로 일찍이 일본에 유학한 적이 있었다. 나중에는 말레이시아 애국 화교의 지도자가 되었다가 고국으로 돌아와 치공당致公黨*에 가입하여 부주석 직위까지 올라갔다. 치공당은 주로 해외 화교들로 구성된 정당으로, 중국의 여덟 개 민주당파 가운데 막내쯤 되는 조직이었다. 이 조직의 화신이라고 할 수 있는 우찬 아저씨는 외국에서 돈을 벌어 조국으로 돌아와 편안한 생활을 하면서, 항상 말이 없고 웃는 얼굴을 하고 있었다. 아저씨에게는 아주 조용하고 고상한 딸이 셋 있었다. 이상한 것은 벽 하나를 사이에 두고 있으면서도 그 집 식구들이 크게 얘기하는 것을 한 번도 들어보지 못했다는 점이다. 나는 우리가 수도요금과 전기료를 걷는 차례가 되었을 때 슬쩍 우찬 아저씨 집 안의 생활 모습을 엿보고 싶었지만 끝내 아무것도 볼 수 없었다.

444호는 장張씨네 집이었다. 이 집 할머니는 아주 인자하고 상냥했으며, 항상 상하이 사투리로 나를 '큰도련님'이라고 불렀다. 이런 호칭을 듣지 않으려고 나는 발끝으로 살금살금 걸어 다녔지만 할머니는 복도 모퉁이에서 갑자기 나타나곤 하셨다. 내가 얼른 인사를 하면 할머니는 "큰도련님, 돌아오셨군요" 하고 받아주셨다. 장서우핑張守平은 이름 그대로 아주 평범한 사람이었다. 그의 부인은 외국 대사관에서 가정부로 일했다. 슬하에 아들과 딸이 하나

---

* 1925년 미국 캘리포니아에 처음 설립한 해외 화교단체.

씩 있었고 나보다 한 학년 낮은 작은딸은 나와 같은 초등학교에 다녔다. 4학년이 되었을 때 나는 그 애를 짝사랑하게 되었다. 하루는 등굣길에 그 애가 고개를 돌리더니 내게 알은체를 했다. 온몸에 행복의 전류가 짜릿하게 전달되어왔다. 나는 용감하게 그 애에게 다가간 뒤에야 그 애가 알은체를 한 사람이 내가 아니라 내 뒤에 따라오던 다른 여학생이라는 사실을 알게 되었다. 이 집은 무척이나 부유하고 화목한 가정이었다. 가족들 모두 남들과 일정한 거리를 유지하면서 침묵으로 폭풍에 저항했다.

431호는 천陳씨네로, 외국에서 살다 온 치공당 소속 가족이었다. 가장 인상이 깊은 것은 누나와 동생이었다. 제13중학을 졸업한 동생 천춘레이陳春雷는 성적이 우수하여 학교에 남아 물리 교사가 되었다. 그는 만돌린도 연주할 줄 알았다. 누나 천춘뤼陳春綠는 무용학교에서 스페인 무용을 가르쳤다. 얇은 실크 블라우스에 긴 주름치마 차림으로 분장을 한 채 들어올 때는 동유럽의 집시 소녀를 방불케 했다. 이 누나는 나중에 광둥으로 배정되어 베이징을 떠나야 했다. 들리는 소문으로는 나중에 부적절한 남녀관계에 휘말려 노동교화를 받았다고 한다.

433호는 차오曹씨네였다. 차오이판의 아버지 차오바오장曹葆章은 귀와 코 끝에 털이 약간 나 있었다. 그는 40년대에 쓰촨에서 현장 및 국대國大* 대표를 지낸 바 있었다. 해방 후에는 자연스럽게 담배를 끊었다. 그의 아들 차오이판은 나와 나이가 같았고, 여동생

---

* 난징(南京) 국민정부 시기에 명의상 전국 국민을 대표하여 권력을 행사하던 기관.

차오이핑曹一平은 내 여동생 산산姍姍과 나이가 같았다. 두 집안은 아이들끼리 왕래가 빈번했고 아무 때나 문을 열고 드나들었다. 차오이판에게는 동모이부同母異父의 누나가 셋 있었다. 그 가운데 한 명은 지수이탄積水潭병원의 의사에게 시집을 갔다가 70년대 초에 홍콩으로 이주했다.

434호는 팡龐씨네였다. 팡안민龐安民은 원래 우한武漢교통은행 점장으로 돈에 무관심한 사람이었다. 그의 부인은 이리義利식품공장의 회계로 천당의 열쇠를 관장하는 셈이었다. (특히 3년 곤란시기에는 더 그랬다.) 큰형 팡방번龐邦本은 화가였고 형수 쑨위판孫玉範은 여러 해째 병상에 누워 있었다. (다른 절에서 좀더 자세히 설명하기로 한다.) 여동생 팡방쉬안龐邦選은 사대여부중고등학교 2학년 학생으로 성격이 고상하고 자존심이 강했다. 동생 팡방뎬龐邦殿은 문학에 광적인 열정을 보이면서 한동안 소설을 썼지만 나중에는 수학자가 되었다.

421호는 마馬씨네였다. 마더청馬德誠은 쑨원孫文, 호는 중산中山의 시위관侍衛官*이었던 마샹馬湘의 아들이다. 천중밍陳炯明이 광저우에서 반란을 일으켜 총통부를 공격했을 때 마샹이 쑨 부인을 등에 업고 도망쳐 나왔다. 불행하게도 쑨 부인은 유산을 하는 바람에 그 뒤로는 임신이 불가능했다. 전하는 바에 따르면 쑨원이 임종을 앞두고 쑨 부인에게 "마샹은 평생 나를 따라다녔으니 반드시 그의 생활비를 보장해주고 그의 아이들을 전부 훌륭한 인재로 키워줘야 하오"

* 비서관과 유사한 직책.

차오이판(왼쪽)과 동생 차오이핑, 연도 미상.

라고 당부했다고 한다. 당시 마샹은 거의 매년 베이징으로 와 잠시 머물다 가곤 했다. 산보할 때도 몸을 꼿꼿이 펴고 걷는 모습에 군인의 기개가 넘쳤다. 두 손자 다팡大胖과 얼팡二胖은 나중에 유명 교수와 의사가 되어 국부國父인 쑨원의 기대를 저버리지 않았다.

423호는 류劉씨네였다. 류어예劉鶚業는 인품이 돋보이는 인물이었지만 여러 차례 정치운동을 피하느라 고심하다 보니 너무 일찍 대머리가 되었다. 그의 부인은 중학교 교사로 슬하에 딸이 둘 있었으며 우리 집과는 특별한 인연이 있어 사이가 좋았다. 작은딸을 급하게 해산하게 되었을 때 우리 어머니가 아기를 받았던 것이다.

424호는 거葛씨네였다. 거즈청葛志成은 중국민주촉진회 비서장으로 건물 전체를 통틀어 가장 지위가 높은 행정장관이었다. 매일 관용차가 그를 모시러 왔다. 그는 상하이에서 초등학교 교사로 있을 때 지하공작에 가담했고, 해방 후에는 베이징으로 올라와 교육부 관료가 되었다. 평소에는 집 안에 틀어박혀 거의 외출을 하지 않았다. 마치 지하공작을 계속하고 있는 것 같았다. 부인 화진華錦은 제8중학 당지부 서기였다. 양자로 들어온 거자둬葛家鐸는 우리와 처음 만났을 때 여러 가지를 물어봤지만 하나도 대답하지 않아 '거부슈어'葛不說*라는 별명을 얻게 되었다. 그의 집에는 건물을 통틀어 유일하게 개인 전화가 있었다.

422호는 무沐씨네였다. 무샤오량沐紹良은 상무인서관商務印書館**의

* 말을 하지 않는다는 뜻.
** 1897년 장원제(張元濟)가 상하이에 설립한 중국 최대 출판사.

원로 편집자였다. 여러 해 동안 병을 앓고 있던 터에 '문화대혁명'의 충격까지 겹쳐 1969년에 세상을 떠났다. 그는 두 번 결혼을 했는데 첫 번째 부인이 너무 일찍 세상을 떠났다. 너무 젊었던 과부 팡젠민方建民은 온화하고 소박한 성품으로 혼자 두 아이를 잘 키웠다. 나와 나이가 같은 큰아들 무딩이沐定一는 나중에 제8중학에 들어갔고, 동생 무딩성沐定勝은 서예 솜씨가 뛰어나 전국서예대상을 수상했다. 이런 능력 덕분에 공장에 배정되어 일하다가 나중에 현대문학관으로 자리를 옮기게 되었다. 한동안 나와 뜻이 맞아 함께 활동하기도 했다. 심지어 지하 간행물 『오늘』今天을 제작할 때는 등사판 긁는 일을 그가 맡기도 했다.

6

대부분의 사내아이들은 사춘기로 들어서면 누군가 이끌어줄 사람이 필요하다. 정신적 멘토링과 심리치료가 필요한 것이다. 가장 좋은 것은 성숙한 여성이 그 일을 맡아주는 것이다.

우리는 434호의 팡방번을 형님으로 모셨다. 그는 1951년 입대하여 부대에서 미술을 공부했고, 전역한 뒤에는 대학을 졸업하고 중학교에서 미술 교사로 근무했다. 1957년 '우파'로 몰려 타도된 뒤에는 베이징 공안국에서 '우파' 화가들을 위해 설치한 작업실에서 교통표지판을 그렸다. '문화대혁명' 시기에는 허베이河北 싱타이邢臺 자동차수리공장으로 배정되었다. 그가 디자인한 중형 트럭의 외형은 오늘날 공상과학영화에 등장하는 외계인의 전차와 흡사했다.

　형수 쑨위판은 일본의 '전쟁고아'로 다롄大連에서 출생했다.
1945년 패전으로 부모가 그녀만 남겨두고 철수하는 바람에 중국
인 가정에 양녀로 들어갔다. 당시 그녀의 나이는 갓 서른이었다.
피부는 까만 편이었고 눈은 컸지만 코와 입은 작았다. 형님은 촬영
기술이 뛰어나 그가 찍은 형수의 사진은 유명 영화배우를 능가했
다. 특히 붉은 격자무늬 두건을 쓰고 미루나무에 몸을 기대고 찍은
사진은 러시아의 정취가 가득했다.

　434호는 방 두 칸에 거실이 있는 구조로, 건물 전체를 통틀어 가
장 면적이 컸다. 형수는 여러 해 동안 병으로 누워 있느라 작은 거
실을 독차지했고, 두꺼운 커튼이 소란한 외부 세계를 완전히 차단
시켜주었다. 그녀는 특별히 남의 얘기에 귀를 기울이는 재주가 있
었다. 얘기를 다 듣고 나면 한두 마디 가장 중요한 부분에 대해 질
문을 던짐으로써 상대를 즐겁게 해주었다. 얘기하는 사람들도 그
녀에게 감복하지 않을 수 없었다.

　1970년 초의 어느 화창한 겨울날, 형수는 우리 어린아이들과 함
께 나들이에 나섰다. 우리는 싼불라오 후퉁을 출발하여, 신나게 웃
고 떠들면서 14번 버스를 타고 중산中山공원으로 가서, 누렇게 마
른 잔디밭에 둥그렇게 둘러서서 배구를 했다. 형수는 큰 키에 검은
스웨터를 입고 있어 마치 코치가 선수들을 훈련시키고 있는 것 같
았다. 해 질 무렵이 되자 우리는 걸어서 신차오新橋반점으로 가서
다 같이 저녁을 먹었다. 이는 형수가 우리에게 남겨준 유일한 실외
이미지였다.

나와 차오이판, 캉청은 그림자처럼 하나로 붙어 다녔다. 형수는 그런 우리를 '세 검객'이라고 불렀다. 형수를 만나기는 쉽지 않았다. 먼저 팡씨 아저씨의 안색부터 살펴야 했다. 그가 간부학교로 간 다음에는 또 첸씨 아줌마의 잔소리를 견뎌야 했다. 나중에는 첸씨 아줌마도 양저우揚州의 고향으로 돌아갔다. 형님은 평소에 싱타이현에 있다가 매달 한두 번씩 휴가를 내서 집으로 돌아왔다.

네이멍구에 삽대揷隊*된 팡씨 집안의 딸이 겨울 농한기를 이용하여 베이징으로 돌아왔다. 그녀는 원래 사대여부중고등학교 2학년 학생으로, 우리보다 한 살 위였다. 그녀는 똑똑하고 예쁜 누나를 한 명 데리고 왔다. 성이 쑹宋인 이 누나는 소프라노 가수였다. 우리 세 검객은 이 누나에게 홀딱 빠져 한차례 심한 감정의 풍파를 겪어야 했다. 온갖 혼란이 다 가라앉고 난 뒤의 상처의 흔적은 더 치유하기 힘들었다. 그리하여 돌아가면서 형수를 찾아가 단독으로 밀담을 나누게 되었고, 형수는 길 잃은 어린 양 같은 우리를 잘못된 번뇌에서 벗어날 수 있게 해주었다.

거주위원회에서 형수가 젊은이들의 정신을 부식시키고 있다는 소문이 흘러나왔다. 우리는 잠시 바람을 피해야 했다. 사실 형수는 여성 정치위원으로 긍정적인 교육만 받은 사람이었다. 형수는 우리에게 적극적으로 자신을 개발하고 발전시켜 사회에 공헌할 수 있는 사람이 되어야 한다고 격려했다. 형수는 또 내 시가 너무 비

* 1960년대 중국에서 도시 청소년들을 농촌 인민공사 생산대에 편입시켜 노동을 통해 의식개조를 진행했던 조치.

관적이고 우울하다고 지적하면서 조국을 노래하고 노동자, 농민, 군인을 예찬해야 한다고 말했다. 어찌 된 일인지 이런 말이 형수의 입에서 나왔는데도 별로 위압감을 느낄 수 없었다. 형수는 목소리가 좀 쉰 편이라 가볍게 말할 때면 모종의 최면 효과가 있는 것 같았다.

내가 결혼을 하면서 형수와 왕래가 뜸해지긴 했지만, 부모님을 뵈러 집에 들를 때마다 형수 댁에도 들러 잠시 앉아 있곤 했다. 형수의 작고 앙증맞은 입에도 어느새 가는 주름이 생겼다. 시간의 조각품이었다.

1997년 여름, 나는 캘리포니아 새빌스에서 형님의 친필 편지를 받았다. 형수가 폐병으로 이미 세상을 떠났다는 소식이었다. 임종하기 몇 달 전부터 내 시집을 머리맡에 두고 읽었다고 했다.

7

베이징 사회의 판도 안에서 싼불라오 후퉁 1호의 위치를 설명하려면 '대원'과 '후퉁'부터 얘기해야 할 것이다. 대원과 후퉁은 서로 전혀 다른 정치문화다. 일반적으로 대원은 묘당의 높은 곳에 거주하는 외래 입주자들을 상징하고, 후퉁은 드넓은 강호의 원주민들을 상징한다. 대원은 권력을 의미하고, 후퉁은 역사를 관통한다고 할 수 있다.

물론 문제는 그렇게 간단하지 않다. 진정한 고관들은 후퉁 깊숙한 곳에 틀어박혀 밖으로 잘 나오지 않기 때문이다. 예컨대 우리

대원에 사는 사람들은 대부분 중하층 간부들이지만, 민주당파의 원로들은 집권당을 따라 후퉁 깊은 곳으로 은신했다. 그들은 곤경에 처해도 미력한 힘으로나마 서로를 돕고 의지하기 때문에 벼슬을 빼앗기고 혁직革職을 당한다 해도 '마지막 귀족'이 되어 평소처럼 잘 먹고 잘살 수 있는 것이다.

대원은 3등, 6등, 9등으로 구분되었다. 이는 부분적으로 국가기관과 연관이 있었다. 민주당파는 개별 역사시기에 지위가 다소 올라가긴 했지만 기본적으로 불안한 세력에 속했다. 그래서 싼불라오 후퉁 1호에 사는 귀족들은 스스로를 잘 알고 있었다. 이러한 등급의식은 발성학에서도 체현되었다. 특히 문화대혁명 시기에 남들이 자기 집안을 "중앙직속기관 가정입니다!" "국가계획위원회 가정입니다!" "해군 대원 가정입니다!"라고 소개할 때, 우리는 "싼불라오 가정입니다!"라고 말했다.

그 시절 시내에는 큰 건물이 많지 않았다. 싼불라오 후퉁 1호는 그 지역의 랜드마크가 되는 건물이었다. 사방 4~5리 밖에서도 보였다. 나와 훙산사초등학교를 함께 다녔던 친구들은 대부분 하류 계층 출신이었다. 친구 집에 놀러가서 친구 부모님이 나에게 어디 사느냐고 물으면, 친구가 먼저 나서서 "얘는 싼불라오 후퉁 건물에 살아요"라고 대신 말해주었다. 그러면 친구 부모님의 눈이 휘둥그레졌다. 국가기관의 부품과 폐품의 차이에 대해 일반 백성들은 그다지 변별력이 없었다.

싼불라오 후퉁 1호에서 자란 아이들의 마음속에는 후퉁 건축의 아기자기함과 비가 오고 난 뒤의 물웅덩이, 초여름의 홰나무 꽃향기 그리고 저녁 무렵의 가로등이 영원히 그리운 풍경으로 남아 있다. 서양식 건물의 단순한 구조에 비해 후통의 이런 풍경에서는 평민들의 야성과 자유를 느낄 수 있었다. 여름이면 공용 수돗가에서 반라의 남녀들이 우스운 동작이나 한담으로 사람들을 웃게 했고, 아이들은 서로 쫓고 쫓기면서 뛰어놀았다. 담장 구석을 지나 작은 마당으로 들어서면 비스듬히 기울어진 집 옆에 깨진 기와와 벽돌이 잔뜩 쌓여 있었다. 그곳에는 또 다른 삶이 있었다. 조부모와 손주 3대가 한데 모여 시끌벅적하게 살면서 거친 외표 안에서 깊은 사랑을 나누고 있었다. 게다가 좌우 이웃들과도 진심에서 우러나오는 우애와 보살핌을 나누고 있었다. 후통 깊은 곳에서 바라보면 큰 건물에 대해 은근히 적의가 생겨났다. 이는 사춘기의 반항과 무관하지 않을 것이다. 큰 건물은 부권과 질서를 대표했기 때문이다.

대원의 아이들은 모험하기 위해 자주 후통을 드나들곤 했다. 하지만 몇몇 진정한 후통 친구를 제외하면 낯선 후통 사람들에게서 욕설을 들을 수도 있었고, 심지어 폭력에 직면할 수도 있었다.

관톄린은 내 초등학교 친구로, 한동안 아주 친하게 지냈다. 그의 집은 근처 후통의 작은 원자 안에 있었다. 큰 건물에 가려 거의 햇빛이 들지 않았다. 그의 어머니는 병으로 일찍 돌아가셨고 아버지는 소방대원이었다. 아버지가 3교대로 출근하다 보니 집에 있는 시간이 거의 없었다. 내게 가장 깊은 인상을 준 것은 오래된 구리 대야였다. 여기저기 긁히고 찌그러진 자국이 많았지만 가보로 전해지고 있는 것 같았다. 수업이 끝나면 관톄린은 난로를 피워 더운 물을 대야에 담았다. 그런 다음 손으로 수온을 가늠해본 후 천천히 두 손을 담그고 지그시 눈을 감았다.

한번은 내가 그에게 우리 아버지의 글씨 솜씨가 정말 대단하다고 허풍을 떨었다. 그가 놀란 눈으로 나를 바라보았다. 내가 그의 아버지에 관해 묻자 그는 입을 다물었다. 현실적인 차원에서 글씨를 쓰는 것과 큰 화재에서 목숨을 걸고 높은 곳에 올라가 불을 끄는 행위는 절대로 대등할 수 없었던 것이다. 그는 아버지마저 잃을 수는 없었다.

또 다른 후퉁에도 친구가 살고 있었다. 이름은 기억나지 않지만 초등학교 같은 반 친구로 허우하이 근처에 살았다. 그 친구의 아버지는 길거리에서 물건을 팔았다. 갖가지 주전부리와 바느질용품 등 잡화를 팔면서 뽑기 장사도 함께했다. 칸이 쳐진 나무상자에 창호지를 붙여놓고 한 번에 2펀씩 받고 손가락으로 창호지를 뚫어 승패를 가리는 뽑기였다. 승률은 50퍼센트였고, 상품은 사탕이나 유리구슬, 장난감 등이었다. 나는 매일 이 도박에서 이길 수 있었다. 원리는 간단했다. 그의 아들이 내게 사전에 비밀을 다 알려줬던 것이다.

8

'문화대혁명'이 터진 그해, 나는 열일곱 살이었다. 내가 다니던 베이징 제4중학은 폭풍의 중심에 있었다. 내게는 수리화數理化 과목의 위기가 임박한 때였다. 기말고사가 다가오고 있었던 것이다. 학교가 전년석인 휴교를 선포하자 나는 너무 기뻐서 펄쩍펄쩍 뛰었다. 부르주아 교육노선의 실패와 수학 및 과학 과목에 대한 열등감과 스트레스에서 벗어나게 된 것이 너무도 반가웠던 것이다. 처음에는 문화대혁명이 일종의 광란의 축제로 다가왔다. 매일 아침 잠에서 깰 때마다 불안감을 떨칠 수 없었다. 마오 주석이 생각을 바꿀까봐 두려웠다. 그가 영원히 학교 문을 닫기로 결정하고서야 마음을 놓을 수 있었다.

조반造反*활동에 분화分化가 나타났다. 출신이 좋은 학생들이 주력군이 되고 우리는 밖으로 밀려났다. 집 안에서 한가하게 뒹굴게 되자 나는 우울해졌다. 나는 동생들을 도와 대자보를 써서 선생님들이 방향도 없이 이론만 연구한다고 비판했다. 하지만 이것으로도 큰 자극이 되진 못했다. 역사상 유례가 없는 이 대규모 폭풍과 파도 속에서 선생님들은 작은 물고기나 새우에 불과했다.

나는 아이들의 왕이 되어 같은 건물에 사는 나보다 조금 어린 남자아이들과 함께 형세를 분석했다. 그 분석을 토대로 대어를 찾아갔다. 다름 아닌 8호 건물에 사는 천셴츠陳咸池였다. 그는 일찍이 국민당 특무기관에서 일한 적이 있어 해방 후 여러 해 동안 감옥생활을 했다는 소문이 돌았다. 전형적인 '역사반혁명'에 속했다.

나는 대여섯 명의 아이들을 데리고 그의 집으로 쳐들어갔다. 문을 두드린 우리는 먼저 마오 주석 어록을 낭독했다.

"모든 반동적인 것은 타도하지 않으면 절대 스스로 쓰러지지 않

---

* 원래는 반란을 일으킨다는 뜻이지만, 문화대혁명 시기에는 자본주의 노선을 걷는 주자파(走資派)에 대한 비판과 투쟁을 의미했다.

는다. 이는 땅바닥을 빗자루로 쓰는 것과 같다. 쓸어내지 않으면 흙먼지가 스스로 물러가는 법이 없다."

우리는 손가락 하나 건드리지 않았는데 천셴츠 스스로 무너졌다. 그는 손에 선거인증명서를 들고서 자신도 인민의 일원임을 밝혔다.

하지만 우리는 막무가내로 그를 4호 건물 앞으로 끌고 가 억지로 의자에 앉혔다. 그런 다음 내가 집으로 돌아가 바리캉을 가져다가 아이들이 빙 둘러싼 가운데 그의 머리를 밀기 시작했다. 잔뜩 기름 낀 머리에 바리캉이 닿는 순간 뜻밖에도 나는 현기증이 나서 잠시 머뭇거렸다. 그러다가 마침내 정신을 차리고 머리 한가운데로 길을 냈다. 바리캉이 성능이 좋지 않아 여러 차례 반복하고서야 파란 두피가 드러났다. 이것이 바로 그 시절에 유행하던 '음양두'陰陽頭*였다. 나는 바리캉 성능이 좋지 않은 것이 아니라 내 오른손에 문제가 있다는 것을 깨달았다. 계속 손이 떨렸던 것이다. 하는 수 없이 바리캉을 내려놓고 왼손으로 오른손을 붙들어야 했지만 아무 일 없는 척하면서 계속 아이들을 지휘했다.

천셴츠는 고개를 숙이고 색이 바랜 중산복中山服**을 끌어당겨 머리를 가렸다. 첫 번째 소란이 가라앉자 이것이 철모르는 아이들의 나쁜 짓에 불과했다는 것을 분명히 알 수 있었다. 우리를 무시하는 그의 태도가 우리를 격분하게 만들었고 그 자리에서 소규모 비판

* 조롱의 의미로 태극 모양으로 깎은 두발 형태.
** 쑨원이 즐겨 입던 개량식 중국 남성 복장으로, 그의 호를 따서 '중산복'이라 부른다.

투쟁대회가 열렸다. 하지만 지나가는 사람들 몇몇과 아이들만 열을 올리고 있었다. 천셴츠는 제트기 자세로 앉지도 않고 고개만 숙인 채 우리가 묻는 말에 무조건 모른다고 대답했다. 우리는 큰 소리로 고함을 쳤다.

"천셴츠를 타도하자!"

"적이 투항하지 않으면 완전히 멸망시켜야 한다!"

우리는 우선 그를 보일러실에 가둬놓고 그가 기물을 파괴할 것을 우려하여 다시 8호 건물의 지하실로 옮겼다. 그런 다음 3교대로 돌아가면서 그를 감시했다. 제때에 식사를 제공해야 할 뿐만 아니라 화장실도 데리고 가야 했다. 그가 도망칠까봐 걱정되기도 했고 자살할까봐 두렵기도 했다. 이틀이 지나자 우리는 모두 지쳐버렸다. 연일 하품을 해대다가 결국 그를 석방하는 것 외에 다른 길이 없다는 결론을 내리게 되었다.

우리가 그를 지하실로 데리고 간 뒤로 아주 오랫동안 갇혀 있어서 그런지, 얼굴이 창백해진 그는 눈을 게슴츠레 뜨고 고개를 들어 해를 바라보았다. 내가 먼저 마오 주석 어록을 낭독했다.

"정책과 책략은 당의 생명이다. 각급 지도 동지들은 충분히 주의하여 대의를 가볍게 여기는 일이 없어야 한다."

그런 다음 함부로 돌아다녀선 안 되고 반드시 제때에 자기 위치를 알려야 한다고 엄숙하게 경고했다. 그 뒤로 길에서 그를 마주칠 때마다 나는 귀신을 만난 것처럼 놀라 최대한 멀리 돌아갔다.

여러 해가 지나 영국 작가 골딩William Golding의 『파리대왕』을 읽게 되었다. 그 대담한 구상이 우리에겐 무정한 현실이 되었다.

9

광란의 축제는 너무나 빨리 피비린내 나는 비극으로 변하기 시작했다. 우리 건물에 사는 최고 행정장관 거즈청의 부인 화진은 제8중학 당지부 서기였다. 학교에 구금된 그녀는 심한 고문과 모욕을 견디지 못하고 결국 8월 22일 새벽 스스로 목을 매어 죽었다. 곧이어 차오이판네 집이 베이징항공우주대학 홍위병들에게 가택수색을 당했다. 그의 부모님은 강제로 원적지 쓰촨으로 송환되었다.

싼불라오 후퉁 1호는 베이징 가택수색의 거의 첫 번째 목표가 되어 하루 종일 소란스러웠다. 3호 건물의 자오쥔마이趙君邁는 랴오선전투遼沈戰役*에서 포로가 된 국민당 창춘시 시장 출신이다. 그는 매일 마당에서 검무를 추었다. 한들한들 몸을 움직이는 모습이 마치 승천을 준비하는 것 같았다. 그날 홍위병들이 가택수색을 벌이자 그는 반항을 시도하다가 하마터면 맞아 죽을 뻔했다. 보아하니 그는 이미 승천 준비를 마친 것 같았다.

각 건물 입구에는 공고문이 붙어 있었다. 전체 주민들이 반혁명이기 때문에 모월 모일에 모든 세대를 상대로 가택수색을 진행할 것이며 요행은 있을 수 없다는 내용이었다. 동시에 먼저 '사구'四舊**와 관련된 물품을 자진해서 내놓으라고 했다. 내놓지 않고 있다가 발각될 경우 때려죽여도 무방하다는 것이었다. 그리하여 우리는 먼저 자발적으로 자기 집을 수색하여 '사구'로 의심받을 만한 물건

---

* 중국 제2차 국공내전의 '3대전투' 가운데 하나로, 1948년 9월 12일부터 11월 2일까지 52일 동안 계속됐다.

** 문화대혁명 당시 타도대상이었던 구사상, 구문화, 구풍속 구습관을 통칭하는 말.

들을 전부 주민위원회로 보냈다. 여기에는 상아로 된 마작도구도 있었다. 여러 해가 지나 아버지는 이 물건을 언급하면서 몹시 가슴 아파하셨다. 하지만 사기극이었다. 가택수색을 한다고 허풍을 떨던 홍위병들의 모습은 찾아볼 수도 없었다. 공연히 겁만 준 것이었다.

어느 여름날 저녁, 우리 집이 야간 당직을 설 차례라는 통지가 왔다. 대문을 지키던 우씨 아저씨가 바닥을 쓸면서 문밖으로 나섰다. 들리는 바에 따르면 아저씨는 도망쳐 온 부농이라서 고향으로 돌아가지 못하는 처지라고 했다. 그는 거무스레한 얼굴에 키가 크고 머리가 벗겨졌으며 등도 약간 굽었다. 거친 면으로 된 저고리와 검은 반바지를 입고 있는 모습이 마치 자루에 담긴 활 같았다. 그는 허베이 사투리가 심했고 목소리가 아주 컸다. 나중에 그의 뒤를 이어 대문을 지키게 된 수위들은 확성기를 사용했지만 그의 목소리에 비할 바가 되지 못했다.

그날, 밤 깊은 시간에 2호 건물에 사는 한 여자아이가 내게 울면서 하소연했다. 날이 밝으면 가족들 모두 기차에 실려 강제로 이주하여 다시는 베이징으로 돌아오지 못하게 된다는 것이었다. 홍위병들의 명령하에 10만이 넘는 베이징 주민들이 강제로 원적지로 돌아갔다. 희미한 등불 아래서 그 애는 훌쩍훌쩍 소리 내어 울었다. 수정 같은 눈물방울이 땅에 뚝뚝 떨어졌다.

피비린내 나는 폭풍우의 여름이 지나갔다.

'문화대혁명'은 민주당파들에게 민주를 실천할 수 있는 기회를 가져다주었다. 중국민주촉진회 중앙위원회에서는 직원 20여 명을 민주적인 게임법칙에 따라 두 부류로 나누었다. 아버지는 대자보를 쓰느라 바빴지만 붓을 잡게 된 것을 무척 기쁘게 여기며 피곤함을 모르고 일했다. 아버지는 표어를 내걸다가 사다리에서 떨어져 오른팔이 부러지는 바람에 지수이탄병원에 입원하게 되었다. 의사와 간호사들 모두 파벌을 나누어 싸우느라 정신이 없어 환자들에게 소홀했다. 부러진 아버지 팔의 뼈가 붙긴 했지만 비스듬하게 틀어지고 말았다.

"혁명을 끝까지 밀고 나가자"는 구호 아래 백성들의 일상생활에는 새로운 풍경이 등장하게 되었다. 기념휘장 모으기와 닭 피 주사 맞기*, 손바닥 지압, 열대어 기르기 같은 것들이었다. 평안리 삼거리에는 마오 주석 기념휘장을 전문적으로 파는 집무시장이 생겨 물물교환도 했다. 나도 기념휘장 몇 개를 들고 사람들 무리 속에 섞여 사발만 한 휘장과 교환하고 싶었지만, 사람들은 나를 거들떠보지도 않았다. 아버지는 파벌투쟁의 급류 속에서 용감하게 직장을 나와 트랜지스터 라디오에 집착하기 시작했다.

그때의 주요 연료는 벌집연탄이었다. 원래는 연탄가게 노동자들이 평판 삼륜차에 가득 싣고 다니면서 집집마다 날라다주던 것을, 문화대혁명이 터지자 노동자들이 조반을 일으켜 더 이상 부르주아 계층을 위해 복무하려 들지 않았다. 광주리에 가득 담긴 벌집연탄을 운반하기 위해 집집마다 알아서 방법을 강구해야 했다. 광주리 하나에 60~70근 정도 나갔기 때문에 어지간한 장사가 아니

---

* 1년 된 수탉의 피를 추출해서 혈관에 주사하면 혈기가 왕성해진다는 잘못된 인식에 따라 혁명성을 강조하는 행위로서 유행함.

면 들기 어려웠다. 그래서 당시에는 어느 집 사위가 되려면 먼저 벌집연탄 광주리를 들어 나르는 시험을 통과해야 했다.

'문화대혁명'의 혼란을 틈타 한 폐품수거업소에서 온갖 쓰레기를 몰래 대원 동쪽 농구장에 가져다가 잔뜩 쌓아놓았다. 나중에 이는 선견지명이 뛰어난 행동으로 증명되었다. 60년대에 전국 인민이 대규모로 이주하면서 장사의 기회가 크게 늘어났다. 나와 차오이판도 폐품수거업소에 가서 고객들을 가로막고 폐지로 팔기 위해 가져온 헌책 가운데 맘에 드는 것들을 골랐다. 심지어 소개장을 이용하여 혼란한 틈을 타서 직접 폐지더미 속에 들어가 보물을 찾기도 했다.

전국 인민들의 대규모 이주와 동시에 베이징에서는 도처에 방공호를 파기 시작했고, 대원마다 토목공사가 벌어졌다. 가장 먼저 재앙을 만난 것은 하늘을 가리던 그 버드나무들이었다. 버드나무들을 전부 베어 실어가는 바람에 천지가 맨땅이 되고 말았다.

10

싼불라오 후퉁 1호도 사람들이 다 떠나버려 텅 비었다. 문 앞에 그물을 쳐 참새를 잡을 수 있을 정도로 사람들 발길이 뚝 끊어졌다. 폐품수거업소도 장사가 시들해졌다. 산처럼 쌓여 있던 폐품이 이제는 마술이라도 부린 듯 광주리 몇 개에 전부 담겨 있었다.

1969년 봄, 나는 베이징 제6건축회사로 배정되어 허베이 웨이현蔚縣으로 가서 폭약을 터뜨려 산을 뚫는 일을 하게 되었다. 그렇게 1년 남짓 일하고 나서 공사장이 베이징 팡산房山의 둥팡훙東方紅 정유공장으로 바뀌었고, 2주에 한 번씩 휴가를 얻어 집으로 돌아 갈 수 있게 되었다.

우리 집은 모임 장소가 되었다. 두꺼운 커튼을 치고 친한 친구 서너 명이 한데 모여 책을 읽고 글을 쓰고 술을 마시고 음악을 들 었다. 물론 사랑도 했다. 우리의 행적은 일찌감치 건물 주민위원 회의 감시대상이 되었다. 어느 날 밤, 차오이판이 집에서 사진을 현상했다. 붉은 등과 확대기의 불빛이 특별한 신호로 간주되면서 '전족 조사대'가 곧장 시청西城파출소에 신고하여 경찰들이 들이닥 쳤다. 아무 수확도 얻지 못한 경찰들은 결국 애먼 고전음악 레코드 판을 전부 몰수해갔다.

우리는 테너 가수 캉젠康健을 집으로 초청했다. 그는 머리가 됫 박만큼이나 컸고 혈색이 좋았다. 한밤에 붉은 태양이 뜬 것처럼 작 은 집에 가득 들어찬 손님들을 환히 비춰주었다. 그가 소리 내어 웃을 때면 창문이 흔들릴 정도였다. 그가 「볼가강의 어부」를 큰 소 리로 노래하자 장내에 있던 사람들 모두 아연실색했다. 그가 노래 를 부르면 4~5리 밖에서도 그의 노래에 실린 세상을 향한 경종을 들을 수 있었다는 말이 전해질 정도였다.

"세상의 평탄치 않은 길들을 전부 열어 가리라."

여러 해가 지나 같은 건물에 살던 아이들이 돌아왔다. 삽대되어 갔던 아이들, 건설병단으로 끌려갔던 아이들, 군대 갔던 아이들, 노동개조 에 끌려갔던 아이들이 가양각색의 경험을 뒤로하고 속속 돌아왔다.

나와 지녠도 함께 샤허현^{沙河縣}의 5·7간부학교에서 베이징으로 돌아왔다. 유독 우리 딸 산산만 돌아오지 못하고 있었다.

— 어머니의 구술 기록에서

우리의 살롱은 하는 수 없이 진지를 다른 곳으로 옮겨야 했다. 우리는 직접 만든 가짜 월 정기승차권을 이용하여 황량한 교외로 나가 모임을 가졌다.

70년대 초, 전카이도가 스무 살이 되었다. 녀석은 이미 펜을 들어 시를 쓰고 소설을 쓰기 시작했다. 녀석은 걸핏하면 휴가를 내고 집에 와 있었다. 집에 오면 부엌을 서재 삼아 틀어박힌 채 글만 썼다. 때로는 한밤중에 화장실에 가려고 일어나보면 부엌에는 아직 노란 등불이 밝혀져 있었다.

— 아버지의 수필에서

아버지를 통해 나는 1호 건물에 사는 펑이다이^{馮亦代} 아저씨를 알게 되었고, 아저씨를 통해 더 많은 책과 사람을 알게 되었다. 나는 자주 아저씨 댁을 찾아가 앉아 있다 나오곤 했다. 아저씨는 항상 밝게 웃는 얼굴에 손에는 담배 파이프를 들고 있었다. 사유와 연기가 함께 하늘로 올라가는 것 같았다. 앞치마를 두르고 팔 토시를 한 아주머니는 난로와 사전^{辭典} 사이를 분주히 오가고 있었다. 아주머니는 거의 실명 상태라 문을 열어줄 때면 두꺼운 안경 너머로 나를 한참이나 쳐다보곤 했다. 그리고 나서 돋보기를 들고 아저씨를 도와 단어의 뜻을 찾아주었다.

1976년 10월 초의 어느 날 저녁, 나는 '사인방'*이 타도되었다는 희소식을 갖고 아저씨 댁을 찾았다. 아저씨는 부엌에서 수건으로 등을 밀고 계셨다. 이렇게 아저씨의 역사가 함께 전환되기 시작했다.

1978년 연말에 나는 친구들과 함께 잡지 『오늘』을 창간했다. 일부 제본 작업은 우리 집에서 했다. 등사지가 한 장 한 장 침대 밑과 바닥에 두루 널렸고, 진한 등사잉크 냄새가 코를 찔렀다. 집 안이 마치 시장바닥 같았다. 나는 사람들을 모으느라 정신없이 바빴다. 아마 주민위원회 파출소도 우리 때문에 추가근무를 했을 것이다.

1980년 가을, 나는 결혼을 하면서 싼불라오 후통 1호에서 이사해 나왔다.

11

2001년 말, 차오이판은 직접 차를 운전하여 나를 싼불라오 후통 1호로 데려다주었다. 꿈에 그리던 집이 이제 어디가 어딘지 구분할 수 없었다. 건물은 무척이나 낮았고 창문도 좁기만 했다. 바깥 창문은 페인트가 다 벗겨져 쇠락한 모습을 감출 수 없었다.

우리는 함께 옛 이웃들을 찾아가 보았다. 먼저 434호 광씨네 집

---

* 장칭(江靑), 왕훙원(王洪文), 장춘차오(張春橋), 야오원위안(姚文元) 등 문화대혁명 시기에 무소불위의 권력을 휘둘렀닌 긍민당 기드자 네 몃을 일컫는 말.

을 방문했다. 팡방번 형님은 문을 활짝 열고 우리를 맞아주었다. 머리는 눈꽃이 내려앉은 것 같았지만 자세는 여전히 꼿꼿했다. 팡방쉬안은 한 투자회사의 이사장이 되어 있었다. 그의 옷차림과 행동거지가 사회가 발전하고 있는 커다란 방향을 암시하고 있었다. 형님은 큰 잔치를 마련하여 건물에 있는 아이들을 전부 초대했다. 우리 집은 세를 주어 다른 사람들이 살고 있었다. 잘된 일이라고 생각했다. 아픈 기억의 한구석을 건드리고 싶지 않았다.

이웃들과 작별인사를 할 때쯤 해가 뉘엿뉘엿 가라앉기 시작했다. 원래 방공호가 있던 자리에는 표준화 가옥 건축공사가 한창이었다. 30년 전에는 그 자리에 버드나무들이 벌채를 기다리고 있었고, 40년 전에는 가산의 태호석들이 트럭에 실려 신축 중인 군사박물관으로 옮겨지고 있었다. 600년 전에는 그 자리에서 정화가 난간에 기대어 후원의 가산을 내려다보고 있었다.

저녁놀 속에서 집집마다 불이 켜지기 시작했다. 새들은 둥지로 돌아가고 만물이 고요함 속으로 가라앉고 있었다.

첸씨 아줌마

아버지의 말씀에 따르면 50년대 초 왕위전王玉珍이라는 바오딩保定의 농촌 아가씨가 집안에 분쟁이 생기자 베이징으로 와서 송사를 진행했다고 한다. 일단 시작된 송사는 질질 시간을 끌면서 언제 끝날지 알 수 없었다. 그러자 그녀는 우리 집에 와서 가정부로 일하기 시작했다. 우리는 둥쟈오민항의 외교부가外交部街 1호에 살고 있었기 때문에 법원이 있는 사법부가司法部街까지는 몇 걸음밖에 되지 않았다.

왕위전은 몸이 건장하고 힘도 좋은 데다 목소리도 우렁찼다. 아이들을 돌보면서 빨래를 하고 밥을 하는 등, 모든 일을 도맡아하면서도 전혀 힘들어하지 않았다. 아버지가 퇴근하여 집에 돌아오면 그녀 혼자 문 앞에 나와 한 손에는 나를 안고 다른 한 손으로는 동생을 안고서 번갈아가며 밥을 먹이고 있었다고 한다. 부모님은 낮에 출근을 해야 했기 때문에 재판이 있는 날이면 우리도 왕위전을 따라서 법정 안까지 가야 했다. 2년 후 왕위전이 소송을 마무리하고 바오딩으로 돌아갈 무렵 나와 동생은 이리저리 마구 뛰어다니며 놀고 있었다.

1

1957년 말, 우리 집에 새 가정부가 왔다. 이름은 첸자전錢家珍으로 장쑤江蘇 양저우 사람이었다. 그녀의 남편은 작은 규모로 장사를 하고 있었다. 남편이 바람을 피우자 그녀는 일시적인 분노를 참지 못하고 혼자 베이징으로 와버렸다. 처음에 새어머니 집에 묵던 그녀는 폐를 끼치기 싫다는 생각에 스스로 숙식을 해결하기로 결심하고 부모님 동료의 소개로 우리 집에 오게 되었다. 첸씨 아줌마와 나는 서로 세월의 증인이 되어주었다. 여덟 살 아이였던 나는 자라서 건축 노동자로 일하게 되었고, 그사이에 첸씨 아줌마는 우아한 자태가 남아 있는 젊은 부녀자에서 이마에 주름이 가득한 노파가 되었다.

개혁개방 이전, 부모님은 월급에 거의 손대지 않았다. 매달 다 합쳐서 239위안(5인 가족으로서는 어느 정도 소강小康 생활을 할 수 있는 정도의 액수였다) 정도 되는 월급에서 두 분의 용돈을 뺀 나머지를 전부 첸씨 아줌마에게 넘겨 관리하게 했다.

첸씨 아줌마는 글을 읽지도 쓰지도 못했기 때문에, 부모님을 제외하면 내가 우리 집에서 교육 수준이 가장 높은 편이다 보니, 장부를 기록하는 일은 자연스럽게 내 일이 되었다. 매일 저녁 식사를 마치고 집 안 정리를 하고 나면 나는 첸씨 아줌마와 얼굴을 맞대고 식탁에 앉아 큰 눈을 작게 뜨고 가정경제건설을 위한 일일결산을 해야 했다. 장부로 쓰는 16절지 연습장 표지에는 기름자국이 얼룩덜룩했고 여기저기 접힌 곳도 많았다. 페이지마다 자로 그은 굵은 줄이 있어 물품, 날짜, 금액별로 구분하여 액수를 기입하도록 되어 있었다. 첸씨 아줌마는 손가락을 꼽아가며 조목조목 지출 내역을 말하면서 주머니에서 잔돈을 꺼내놓았다. 갖가지 도형을 그려가며 아주 작은 액수의 지출을 표시하기도 했다. 도형의 형태에 따라 품목과 지출의 크기가 달랐다. 원시인들의 부호를 생각나게 하는 도형들이었다.

나로서는 이런 작업이 정말로 귀찮았지만 1년 365일 거의 하루도 빠트리는 일이 없었다. 이 일을 하루 이틀 빠트리기라도 하면 더 많은 시간과 정력을 들여 보충해 넣어야 했다. 노는 걸 좋아하는 나는 애당초 이 일에 마음이 없어서 틈만 나면 빠져나갈 궁리를 했다. 그럴 때면 첸씨 아줌마는 선수를 쳐서 정색을 했고 식탁을 두드리면서 눈을 부릅떴다. 우리는 거의 매일 낯을 붉히며 흩어졌다. 사실 이 장부를 부모님은 한 번도 자세히 살펴본 적이 없었다. 첸씨 아줌마도 이런 사실을 알고 있었다. 이것만으로도 그녀의 청빈함을 증명하기에 충분했다.

또 한 가지 불가능한 임무가 있었다. 편지를 대신 써주는 것이었다. 첸씨 아줌마의 삶에 대해 나는 별로 아는 것이 없었다. 아줌마는 입만 열었다 하면 자신이 대단한 집안 딸이었다고 말하곤 했다. 아줌마에게는 결벽증이 있었다. 옷은 물론, 침대보가 조금이라도 더러워지는 것을 용서하지 못했다. 매번 채소를 다듬을 때에도 버리는 것이 남기는 것보다 많았다. 이 모든 것이 부잣집 출신 여자들의 병폐임에 틀림이 없었다.

첸씨 아줌마에게는 이모동부異母同父의 여동생이 하나 있었다. 매번 양저우에서 온 편지를 받는 것이 아줌마에게는 가장 중요하고 반가운 일이었다. 편지가 잘 전달되게 하기 위해 아줌마는 우편배달부 샤오자오小趙에게 여자친구를 소개해주겠다고 허풍을 떨었다. 샤오자오는 아주 깨끗하고 말끔한 청년으로, 천성적으로 부끄러움을 많이 타는 유형이었다. 그를 위해 준비한 후보자는 농촌 아가씨 아니면 사리분별이 부족한 여자였다. 매번 두 사람이 소개받는 자리에는 나도 함께 있었다. 샤오자오에게 미안한 마음에 손에 땀이 날 정도였지만, 그렇다고 중간에 끼어들어 뭐라고 말할 수 있는 처지도 못 됐다. 첸씨 아줌마의 사교 범위에는 한계가 있었다. 그 시절에는 사회등급이 표면상의 평등에 가려져 있었다. 샤오자오는 그 후 나이가 들어서도 여전히 독신을 유지했다.

첸씨 아줌마는 일이 끝나면 앞치마와 팔 토시를 벗어놓고 베개 밑에서 방금 배달된 편지를 꺼냈다. 내가 편지지를 펼쳐놓고 주절주절 읽어주어야 했다. 모르는 글자는 그냥 건너뛰었다. 그럴 때면 첸씨 아줌마는 의혹이 가득한 표정을 지으면서 다시 읽어달라고 했다. 이어서 답장도 써야 했다. 초등학교 2학년 때라 내가 쓸 수 있는 글자는 300자 정도밖에 되지 않았다. 정말로 글자로 쓸 수 없는 부분은 그림으로 그렸다. 그림은 첸씨 아줌마에게서 배웠다. 다행히 편지글은 일정한 격식이 있었다. 예컨대 서두 부분은 대개 "편지 잘 받았어. 모두들 잘 지내고 있는 걸 알게 되니 나도 마음을 놓을 수 있을 것 같아"로 시작되었다.

이렇게 오랜 시간이 지나면서 첸씨 아줌마의 동생에게도 편지 읽기와 쓰기를 도와주는 '대리인'이 있다는 사실을 알게 되었다. 그녀의 딸이었다. 나와 나이가 비슷한 이 소녀는 나중에 장시江西로 삽대되어 갔다. 한동안 우리는 동병상련으로 두 사람의 편지에 다른 얘기를 끼워 넣어 첸씨 아줌마를 당혹스럽게 만들기도 했다.

2

첸씨 아줌마는 글을 모르긴 했지만 해방발解放脚*이었다. 남들에게 뒤처지는 것이 싫어 사회활동에 적극 참여하고 싶어 했다. 하지만 변화가 많은 그 시대에는 쉽지 않은 일이었다. 신사회에서는 가정부라는 신분이 무척이나 복잡하고 불안정했다. 특히 문화대혁명의 혼란 중에는 정치적 위험도 뒤따랐다.

1958년 여름, 집 근처 항공 후퉁 벽면에 '대약진운동' 선전화가 등장했다. 그 색조는 여름을 더욱 뜨겁게 만들었다. 변형된 노동자 농민의 형상이 변형된 시대를 대변했지만 바람이 불다가 햇볕이 강하게 내리쬐는 것 같은 돌발적인 변화에 그들은 점점 담장 안으로 몸을 숨기기 시작했다. 아이들에게는 격동의 세월이었다. 하루하루가 명절을 보내는 것 같았다.

가을이 왔다. 우리 건물 건너편에 줄지어 늘어서 있는 거주위원

* 전족을 하지 않은 보통 발로 신사회를 상징하다

회의 서양식 단층 건물에 공공식당이 운영되기 시작했다. 첸씨 아줌마는 당의 호소에 호응하여 우리 삼남매를 젖혀두고 몸을 돌려 표표히 식당으로 가서 흰 가운을 입었다. 그녀는 완전히 다른 사람으로 변해 있었다. 눈웃음까지 치는 것이 무척이나 득의양양한 모습이었다. 한동안 아줌마의 진한 양저우 사투리에 보통화普通話*가 섞인 목소리가 귓가를 맴돌았다. 첸씨 아줌마는 여전히 우리 집에서 묵었지만 우리 삼남매에게는 무척 소홀했다. 우리 부모님과 사전에 약속이 되어 있었는지 아니면 혼자 결정을 내린 것인지 알 수 없었다. 언제든지 이사해서 나갈 수 있는 상황이었다. 우리 삼남매는 어리둥절했지만 달리 선택의 여지가 없어 공공식당에 가서 식사를 했다. 우리는 아주 빨리 첸씨 아줌마의 해방감을 이해하게 되었다. 아줌마는 독립되어 아무런 구속도 받지 않는 상태에서 집단의 공간과 우정을 만끽하고 있었다.

식당은 심각한 적자에 시달리다가 몇 달 못 가서 문을 닫고 말았다. 첸씨 아줌마는 가운을 벗고 다시 파란색 팔 토시를 하고 우리 집에서 밥을 짓기 시작했다. 하루 종일 초상을 치른 사람처럼 우울한 표정에 말이 별로 없었고, 가끔씩 멍한 표정으로 창가에 서 있곤 했다. 그런 아줌마의 등 뒤로 밥 짓는 연기에 오염된 베이징의 겨울 하늘이 펼쳐졌다.

어느덧 7~8년이 지나 하늘은 또다시 아줌마에게 장난을 쳤다. 1966년 여름에 문화대혁명이 터진 것이었다. 첸씨 아줌마는 처

* 중국 표준어.

삼남매, 1959년.
왼쪽부터 전셴, 전카이, 산산.

음에는 아무런 반응도 보이지 않고 사태를 관망하다가 어느 붉은 8월 아침, 잠자리에서 일어나자마자 누런 군복(정통 국방색 군복과 달랐다)을 챙겨 입고 가슴에는 마오 주석의 상장像章을 달고 허리에는 혁대를 꽉 조여 맸다. 그러고는 위풍당당하게 문을 쾅 닫고 나갔다. 아줌마는 반파업 상태에 처해 있었다. 반파업이라는 것은 우리에게 시간에 맞춰 밥을 차려주지 않고 자기가 먹고 싶을 때 밥을 해서 우리와 함께 먹는다는 뜻이다. 그해 첸씨 아줌마의 나이는 마흔셋이었다. 어쩌면 인생의 내리막길이 시작되기 전의 마지막 몸부림인지도 몰랐다. 운명을 바꿀 수 있는 마지막 기회였는지도 몰랐다.

거센 변화의 흐름 속에서 누가 누구를 돌볼 수 있는 상황이 아니었다. 모든 사람이 혁명의 열정에 빠져 있었다. 내가 알기로는 첸씨 아줌마는 한동안 충자무忠字舞*를 추고 주민위원회의 비판투쟁대회에 참여하느라 바삐 돌아쳤다. 하지만 글자를 모르는 데다 양저우 사투리가 심해 마오 주석 어록을 외우는 데는 어려움이 많았다. 그해에는 우리도 거의 광란상태에 빠져 있었기 때문에 반쯤 미쳐 있는 첸씨 아줌마가 정상으로 보였다.

그러나 얼마 못 가서 첸씨 아줌마는 거대한 흐름에서 용감하게 빠져나왔다. 군복을 벗고 숨겨두었던 파란색 저고리를 꺼내 입었다. 깃털을 단 새가 겨울을 날 준비를 하고 있는 것 같았다. 대체 어떤 말 못 할 사연이 감춰져 있는 걸까? 그건 알 수 없었지만 사회적

---

* 문화대혁명 시기에 광장에서 집회를 열 때나 행군할 때 집단으로 추던 군무.

지위가 낮은 사람이 거대한 시대를 향해 나아가다 보면 매복해 있는 수많은 위험과 상해에 노출되리라는 것은 충분히 상상할 수 있었다.

아버지의 직장에는 대자보가 나붙었다. 아버지의 성과 이름을 밝히면서 가정부를 고용하는 것이 부르주아 생활방식을 유지하는 것이라고 비판하는 내용이었다. 두려움과 놀라움에 아버지는 그날 저녁으로 첸씨 아줌마와 상의하여 잠시 피해 있을 것을 권하였고, 노년은 꼭 보장하겠다고 약속했다.

첸씨 아줌마는 아무 일도 없었다는 듯이 아침 일찍 일어나 참빗으로 머리를 빗어 쪽을 졌다. 며칠 뒤 아줌마는 우리 삼남매를 위해 점심을 차려주고는 짐을 싸서 떠났다. 처음에는 다시 돌아와 우리를 잠시 살펴보더니 이윽고 우리의 시야에서 희미해져 갔다. 갑자기 아줌마가 삼륜차 차부와 결혼한다는 소식이 들려왔다. 그런 변화가 그다지 놀랍지도 않을 시대인데도 우리는 적이 놀라움을 금할 수 없었다.

어느 일요일 오후, 나는 자전거를 타고 시쓰베이西四北 대가를 따라 남쪽으로 달려 마침내 문패의 번호를 찾았다. 여러 가구가 모여 사는 대원으로 몹시 시끄럽고 소란했다. 한 아이가 인도하는 대로 따라가 보니, 과연 첸씨 아줌마가 주렴을 들추고 고개를 내밀었다. 집이 너무 작아 4~5평방미터밖에 되지 않은 데다 부뚜막이 절반을 차지하고 있었고 천장과 창문만 종이를 새로 바른 상태였다. 첸씨 아줌마는 나를 하나밖에 없는 의자에 앉히고 자신은 부뚜막에 걸터앉았다. 몹시 당혹스럽고 혼란스러웠다. 이런저런 얘기를 늘어놓다가 마지막으로 아줌마의 혼사에 관해 물었다.

"영감은 일하러 갔어."

아줌마가 말했다. 나무처럼 굳은 표정이었다.

어색한 침묵이 흘렀다. 아줌마는 내게 차를 우려주고 밥도 차려주었지만, 나는 급한 일이 있다는 핑계를 대고 서둘러 작별인사를 건네고 몸을 돌려 인파 속으로 몸을 숨겼다. 며칠 후 아줌마의 이혼 소식이 전해졌지만 집안에는 아무런 파문도 일지 않았다. 들리는 얘기로는 이혼 사유가 너무나 단순했다. 첸씨 아줌마가 더러운 것을 못 참는다는 것이었다.

3

1969년 초, 첸씨 아줌마가 다시 우리 집으로 이사해 들어왔다. 주로 집을 보기 위해서였다. 사람들은 떠나고 건물은 텅 비어 있었다. 어머니는 허난河南 신양현信陽縣의 간부학교로 가고, 동생은 중국과 몽골의 국경지대에 위치한 건설병단으로 배속되어 갔다. 나는 허베이 웨이현의 건설회사로 배정되어 갔고, 이어서 여동생도 어머니가 있는 간부학교로 갔다. 아버지는 이 모든 분산의 대미를 장식하듯 후베이湖北 사양현沙洋縣의 간부학교로 떠났다.

동생이 건설병단으로 떠나던 날, 아버지는 더네이 대가의 집합장소까지 동생을 배웅해주고 오다가 건물 앞에서 첸씨 아줌마를 만났다. 첸씨 아줌마는 다급하고 걱정스런 표정으로 말했다.

"바오바오保保*가 몽골 여자를 데리고 오면 어떻게 하지요? 그러면 안 되는데. 이런 건 참견하지 않으면 안 되는 일이에요. 한마디 꼭 하셔야 한다고요."

"그런 얘긴 안 했는데."

아버지가 대답했다.

"다시 가실 필요 없어요. 이미 멀리 갔을 거예요."

아줌마는 하늘을 우러러보며 긴 탄식을 내뱉었다.

"아이고, 맙소사!"

1970년 여름, 우리 공사장이 웨이현에서 베이징 근교로 이전하면서 한 주 간격으로 쉴 수 있게 되었다. 토요일 오전에 대형 승합차로 공사장을 떠났다가 월요일 아침에 집합하여 다시 돌아왔다. 집에 돌아오면 첸씨 아줌마는 내 주위를 빙빙 맴돌았다. 먼저 이것저것 캐물으면서 큰 그릇에 국수를 가득 끓여주었다. 간장과 식초, 파를 넣은 데다 돼지기름도 한 숟가락 넣고 위에는 계란부침도 두 개 얹어주었다. 그러고는 흐뭇한 표정으로 내가 게 눈 감추듯 국수를 먹어치우는 모습을 바라보곤 했다.

아줌마는 갑자기 늙어버렸다. 얼굴에 가는 주름이 가득했다. 사진이 나이를 증명해주었다. 주민등록 수속을 위해 내가 찍어준 증명사진이었다. 사진은 내가 좋아하는 기술이라 여러 해 동안 아주 힘들게 수련을 했다. 하지만 촬영 대상은 전부 예쁜 여자아이들이었다. 먼저 흰 침대보를 철사에 걸어 배경으로 삼고 출력이 높은

---

* 동생 전쳰의 아넝.

대형 전구 세 개를 켜서 조명을 밝힌 다음, 삼각대에 체코산 '애호자 120' 카메라를 고정시키고 노출을 조정하여 셔터를 찰칵 누르면 그만이었다.

첸씨 아줌마 사진은 실패였음을 인정하지 않을 수 없다. 아줌마의 평가대로라면 '귀신' 같았다. 첫째, 노출이 지나쳤고, 둘째, 초점거리가 너무 명확했으며, 셋째, 최상의 촬영 각도를 찾지 못했기 때문이다. 물론 이후의 제작에도 문제가 있었다. 나는 공사장으로 출근을 하면서 필름을 아래층에 사는 차오이판에게 맡겼다. 우리는 확대기 한 대를 공동으로 소유하고 있었다.

나중에 차오이판은 내게 원망 섞인 어투로 방법이 없다고 말했다. 필름의 노출이 너무 심해 4호 인화지를 쓴다 해도 바닥이 아주 검게 나올 수밖에 없다는 것이었다. 이어서 그는 더 큰 실수를 저질렀다. 열 장이 넘는 못 쓰게 된 사진을 그냥 쓰레기통에 버린 것이었다. 그런데 어떤 나쁜 놈이 이를 주워 건물 복도와 창문에 붙여놓았다. 첸씨 아줌마는 수배범이 된 것 같았다. 머리끝까지 화가 난 아줌마는 백방으로 범인을 찾아다닌 결과, 범죄의 발단이 나에게서 시작되었다는 것을 알게 되었다.

첸씨 아줌마는 우리 집에서 편하게 지냈지만 마음은 편치 못했는지 120위안을 주고 내게 둥펑東風표 손목시계를 사주었다. 이즈음에 나는 아버지에게서 편지를 한 통 받게 되었다. 간부학교에서도 가정부를 둔 것은 부르주아 생활방식을 증명하는 것이라는 평가와 함께 격리조사와 노동감독을 받았다는 내용이었다. 아버지의 정신적 압박이 어땠는지 충분히 상상할 수 있었다. 최대한 에돌려 얘기하려 했지만, 첸씨 아줌마는 얘기를 시작하자마자 무슨 뜻인지 알아채고는 곧장 짐을 싸서 고향으로 돌아갔다.

우리는 결국 아줌마의 노년을 책임지겠다고 한 약속을 지키지 못했다.

4

1982년 봄, 에스페란토어 잡지 『중국보도』의 기자가 된 나는 대운하에 관한 자료를 수집하기 위해 베이징을 출발하여 대운하를 따라 남하하는 길에 양저우를 지나게 되었다. 사전에 첸씨 아줌마의 여동생에게 편지를 써서 나의 일정을 알렸다. 그날 오후, 시 정부를 방문하고 나서 아줌마의 여동생 집을 찾아갔다. 초조하게 나를 기다리고 있던 첸씨 아줌마는 나를 보자마자 작은 눈이 왕방울만 해졌다. 하지만 눈물을 흘리진 않았다. 여동생의 말투에서 첸씨 아줌마가 집 안에서 이렇다 할 지위가 없다는 것을 알 수 있었다. 나는 아줌마의 집에 가보고 싶다고 제안했다.

청석이 깔린 축축한 길을 따라 우리는 어깨를 나란히 하고 걸었다. 뜻밖에도 아줌마는 몸집이 아주 작았고 그림자는 더 작았다. 언제든지 대지 위에서 사라질 것만 같았다. 아줌마의 집은 작고 휑한 나무집에 불과했다. 대나무로 된 침대 외에는 거의 아무것도 없었다. 나는 현지에서 산 양철통 비스킷과 트랜지스터 라디오를 선물로 드렸다. 아무래도 적절하지 못한 선물인 것 같았다.

아줌마의 혼탁한 눈빛 속에서 나는 두려움을 발견했다. 노년의 굶주림과 죽음에 대한 두려움이었다. 아줌마는 뭔가 얘기를 할 듯 말 듯 주저하다가 내가 작별인사를 할 때가 되어서야 힘겹게 입을 열었다.

"내게 필요한 건 돈이야!"

나는 멍한 표정을 지었다. 그 적나라한 빈곤에 할 말을 잃었다. 나는 걱정하지 말라고 위로하면서 집에 돌아가면 돈을 보내주겠다고 약속했다. 나중에 어머니가 70위안을 보내주었다. 문 앞에서 등지고 선 석양이 아줌마의 몸을 황금빛으로 물들였다. 아줌마는 웃을 듯이 입술을 움직였지만 끝내 웃지 않았다.

큰 거리와 작은 골목 도처에 첸씨 아줌마의 입에서 나온 양저우 사투리가 떠다녔다. 이곳이 바로 그녀의 고향이었다.

독서

1

독서는 공부와 아무런 관련도 없다. 독서와 공부는 별개의 일이다. 읽는다讀는 행위는 교정 밖에 있고 책書은 교과서 밖에 있다. 독서는 생명의 어떤 신비한 동력에서 나오는 것이기 때문에 현실적인 이익과는 아무런 관련도 없다. 하지만 독서 경험은 길을 안내하는 등불과 같아서 인생의 어두운 곳들을 환하게 비춰준다. 어둠의 끝자락에는 콩알만 한 등불이 있다. 이것이 바로 독서의 출발점이다.

60년대 초의 베이징 지도를 펼쳐 보면 멘화 후퉁과 후궈사 대가 서북쪽 모퉁이에 아동서점이 하나 있는 것을 알 수 있었다. 이 아동서점에서 서쪽으로 가다가 꽃가게를 지나면 그 유명한 후궈사 음식거리가 나온다. 그곳에는 군침 도는 탕얼둬糖耳朵*와 루다군驢打

* 귀 모양의 밀떡조각.

滚*, 아이워워艾窩窩**, 찹쌀도넛, 멘차麵茶***, 더우푸나오豆腐腦**** 등이 있었다. 이런 가게들은, 유리창 아랫부분 절반은 흰색으로 칠해져 있고 윗부분 절반은 수증기로 덮여 있어 안에 있는 사람의 형체가 희미하게 보였다. 기름 솥에서는 지글지글 음식 튀기는 소리가 나면서 사방으로 먹음직스런 냄새가 퍼져나갔다. 주머니 사정은 넉넉하지 않았지만 나는 항상 음식 가게들과 아동서점 사이를 배회하곤 했다. 배에서 꼬르륵 소리가 나는 것과 머리가 텅 비어 있는 것 가운데 하나를 선택해야만 하는 상황에서 나는 항상 후자를 선택했다.

규모가 그다지 크지 않은 아동서점의 주요 고객은 아이들이었다. 이 서점의 기능은 오늘날의 PC방과 유사했다. 서점에 들어서면 번호와 함께 벽에 가득 붙어 있는 책 표지들과 눈앞에 아름답게 펼쳐진 물건들 때문에 가슴이 벅차오르곤 했다. 표지가 뜯겨나간 책들은 누런 포장용지로 표지를 만들어 달고 그 위에 손글씨로 책 제목과 번호를 써 붙였다. 계산대에는 정가가 적혀 있었다. 2펀만 내면 책 한 권을 빌려서 볼 수 있었다. 물론 따로 보증금을 내야 하지만 책을 반납하면 돌려받았다. 서점 안에서 읽고 반납할 경우에는 대여료가 1펀밖에 되지 않았고 보증금을 낼 필요도 없었다.

3년 곤란시기에는 모든 초등학교가 오전수업만 했다. 오후에는

---

* 좁쌀가루 경단.

** 설탕을 버무린 떡.

*** 좁쌀가루죽.

**** 순두부찌개.

조를 나누어 숙제를 하거나 각자 흩어져 자기가 하고 싶은 일을 할 수 있었다. 아동서점에 가는 것도 그 가운데 하나였다. 삼삼오오 무리 지어 서점에 들어가 책을 몇 권 빌린 다음 이를 다 함께 나눠 읽으면 대여료를 크게 절약할 수 있었다. 서점 안에서는 서로 책을 바꿔보지 못한다는 명문화된 규정이 있었지만, 서점 주인은 보고도 못 본 척해주었다.

벽에 붙어 있는, 높이가 제각각인 두 겹의 긴 나무의자는 진한 갈색 칠이 닳아서 희미하게 나뭇결을 드러내고 있었다. 사이사이에 작은 나무의자들이 듬성듬성 놓여 있었다. 우리는 쉭쉭 책장을 넘기면서 감탄사를 연발하기도 하고 나지막한 소리로 읽고 있는 책에 대한 소감과 의견을 나누기도 했다. 똑딱똑딱 움직이던 구식 괘종시계가 댕댕 시간을 알리면 우리는 그제야 시간이 흐른 것을 알았다. 하늘이 어두워지고 문 닫을 시간이 되어 주인이 재촉을 하면, 우리는 서둘러 마무리 부분을 향해 막바지 질주를 해보지만 중요한 내용을 알기에는 역부족이었다. 아동서점을 나오면 마치 다른 세상에 있다가 다시 현실로 돌아온 것 같아 어느 것이 진실인지 구별이 되지 않았다. 주머니를 이리저리 뒤져보니 5편이 나왔다. 흥분한 나는 주전부리 가게로 곧장 달려가 탕얼뒤를 사서 내 자신을 위로했다.

당시에 유행하던 『수호전』이나 『삼국연의』, 『양씨 가문의 장군』楊家將 같은 그림책 외에, 나는 지하투쟁이나 간첩 잡는 이야기를 더 좋아했다. 예컨대 『봄바람에 들불 이는 옛 성에서의 싸움』野火春風鬪古城이나 『적의 심장 속에서 싸우다』戰鬪在敵人心臟裏, 『51호 병참』 등

영화를 각색한 책이 많았다. 아동서점은 글을 배우지 못한 데서 오는 독서의 어려움을 크게 보완해주었지만, 무엇보다도 중요한 것은 오락적 성격이었다. 이른바 오락이라는 것은 본질적으로 중간 이하의 지능지수를 가진 독자들의 열독 욕구를 만족시켜주는 것을 말한다. 예컨대 우리 같은 사내아이들이 그 대상에 해당했다. 시비곡직과 인과관계를 일목요연하게 알 수 있고, 영웅은 정의로워 항상 푸른 소나무에 둘러싸여 있고, 악인은 항상 어두운 그림자 속에 숨어 있었다. 반역자들은 처음부터 허점을 남기다가 좋지 못한 최후를 맞게 된다.

주전부리 가게 주변에서 하는 독서에는 어느 정도 영웅주의 색채가 따랐다. 각종 위협과 유혹에 저항하면서 끝까지 반역자가 되지 않은 성취감이 따랐던 것이다.

2

그림 위주의 아동도서에서 문자 위주의 일반 도서로 바뀐 것은 인생의 커다란 발전이었다. 마치 원숭이에서 인간으로 진화하는 것 같았다.

우리 아버지는 아마추어 문학애호가였다. 이른바 아마추어 애호가라는 것은 잡다하고 무작위적이라는 것을 의미한다. 뭔가를 잡으면 잡은 그것을 사지 절대 구체적으로 뭘 고르는 적이 없다. 우리 집에는 적갈색 나무 책장이 있었다. 크지도 않고 작지도 않았다. 책 200~300권을 놓을 수 있었다. 책장은 바깥방 북쪽 벽(예전에는 조상의 위패를 모시던 곳이었지만 '문화대혁명' 중에는 마오쩌둥의 초상을 걸어놓았다) 왼쪽에 세워져 있어 우리 집이 문화를 얼마나 중요시하는지를 엿볼 수 있었다.

책의 배열 순서에는 엄격한 등급 구별이 있었다. 마르크스, 엥겔스, 레닌, 스탈린, 마오쩌둥의 저작과 루쉰魯迅의 문집은 가장 높은 곳에서 내려다보면서 정통을 대표했다. 두 번째 칸에는 고문과 사전류가 놓여 있어 전통을 대표했다. 예컨대 『당시삼백수』唐詩三百首나 『송사선』宋詞選, 『고문관지』古文觀止, 『삼국연의』『수호전』『홍루몽』 같은 것들이었다. 여기에 『사원』辭源과 『시사격률』詩詞格律, 『현대한어사전』『러한대사전』 등도 있었다. 그 바로 아래 칸에는 당대 혁명소설들이 도통道統을 대표하고 있었다. 예컨대 『열화금강』烈火金鋼이나 『붉은 바위』紅岩, 『창업사』創業史, 『봄바람에 들불 이는 옛 성에서의 싸움』『씀바귀꽃』苦菜花 등이었다.

산문과 수필도 있었다. 예컨대 웨이웨이의 『누가 가장 귀여운 사람인가』, 류바이위의 『홍마노집』 같은 책들로, 나중에는 나의 주요 발췌 대상이 되었다. 그 화려한 어휘와 수사들이 오탈자가 수두룩한 내 작문에 끼어 지나치게 눈부셔 보였다. 맨 아래 칸에는 각종 잡지가 놓여 통속성을 대표했다. 그중에는 『수확』收穫이나 『상하이문학』『러시아어 학습』 같은 잡지들이 있었지만 가장 많은 것은 뜻밖에도 영화잡지였다. 『대중영화』나 『상영화보』 같은 통속 간행물 외에 『중국영화』『영화문학』『영화예술』『영화극본』 같은 전문 잡지들도 한 무더기 구독했다. 나는 심지어 아버지에게 남몰래 영화 극본을 쓰고 싶은 충동이 있었던 것은 아닐까 하고 줄곧 의심했다.

나의 독서 취미는 정반대로 아래에서 위로 올라갔다. 가장 먼저 영화잡지, 특히 영화극본(감독에게 제공된 작업용 각본을 포함하여)에서 시작했다. 대부분 간단한 대화 위주의 글이었다. 줄거리가 치밀하고 화면이 강렬했기 때문이었다. 아동서점의 그림책에서 글자 위주의 책으로 넘어가는 단계였다. 프리즈 프레임이나 플래시백, 페이드 아웃, 롱 테이크, 오프 스크린 보이스 같은 전문용어가 무척 많았지만 전혀 문제가 되지 않았다. 오선지 악보를 모르면서도 노래를 할 수 있는 것과 마찬가지였다. 극본을 읽는 것은 공짜로 영화를 보는 것과 마찬가지였다. 심지어 영화를 보는 것보다 더 강렬했다. 문자가 화면으로 바뀌면서 상상의 공간이 더 컸기 때문이다. 나중에 내가 시를 쓰게 된 것도 어느 정도 이런 열독과 관련이 있다. 내게는 소련 영화감독 에이젠슈타인Sergei Eisenstein의 몽타주 연구가 영화이론보다는 시에 관한 이론에 가까운 걸로 느껴졌다.

한 층 위로 올라가 나는 혁명소설에 빠지기 시작했다. 그중에서도 마음을 가장 격동케 한 것은 성적인 묘사들이었다. 내게 처음으로 성에 눈을 뜨게 한 사람으로는 펑더잉馮德英을 가장 먼저 거론해야 할 것이다. 그의 장편소설『씀바귀꽃』과『개나리꽃』迎春花은 나에게 성에 관한 최초의 계몽 서적이었다. 이 두 작품에는 폭력과 변태, 심지어 근친상간의 선정적인 내용도 담겨 있었다. 읽고 나서는 넋이 나가고 살이 떨릴 정도였다. 그만 읽으려 해도 도저히 멈출 수가 없었다. 계급적 차이의 문제 때문에 강한 죄책감에 시달리기도 했다. 나는 우리 세대의 성적 계몽이 어느 정도 혁명소설과 연관이 있다고 믿었다. 성과 폭력이 혁명이라는 이름으로 우리의 의식 깊은 곳에 잠입했던 것이다.

글자책을 읽는 것은 어른들에게서 칭찬을 받기 위해서였다. 어린 나이에 어떻게 칭찬을 마다할 수 있겠는가? 초등학교 3, 4학년 때 어머니는 나를 자신이 다니고 있는 인민은행 본점의 도서관에 데리고 간 적이 있었다. 나는 서가에서 가장 두꺼운 소련 소설을 한 권 골랐다. 700쪽이 넘는 책이었다. 열람실에 앉아서 보란 듯이 펼쳐 읽기 시작했다. 별일 아닌 일에 도서관 직원은 크게 놀라 책을 빌리러 온 사람들을 전부 내 주위로 끌고 와 구경하게 했다. 마치 내가 외계인이라도 되는 것 같았다. 이런 의미에서 나는 정말 외계인이었다. 읽는 책이 모두 천서天書였기 때문이다. 알지도 못하는 글자 사이를 이리저리 오가면서 줄거리를 제대로 연결하지 못했던 것이다.

나는 고문까지 읽기 시작했다. 이는 아버지의 강제적인 의지와 관련이 있었다. 아버지는 내게 억지로 당시唐詩와 송사宋詞를 외우게 했다. 특히 여름과 겨울의 방학이면 거의 매일 한 수씩 외워야 했다. 한창 놀 나이에 옛 선인들의 한가한 정취에 빠질 여유가 어디 있겠는가? 커튼이 흔들리는 가운데 나는 머리를 쥐어짜면서 시를 암송해야 했다.

이끼 낀 계단은 푸르고, 발을 통해 들어오는 풀빛은 더욱 파랗구나. 서문고를 타기니 불경을 뒤적이며 담소하는 큰 학자들만 있을 뿐, 백성들은 왕래하지 않는구나. 사죽의 악기로 귀를 어지럽히지 않고, 관아의 문서들로 몸을 수고롭게 하지 않으니, 남양 제갈량의 집이나 서촉 양자운의 정자와 같네. 일찍이 공자께서도, "군자가 거처함에 누추함이 어디 있으리"라고 하셨네.

苔痕上階綠, 草色入簾靑, 可以調素琴, 閱金經, 談笑有鴻儒, 往來無白丁, 無絲竹之亂耳, 無案牘之勞形, 南陽諸葛廬, 西蜀子雲亭, 孔子云: 何陋之有.

— 유우석劉禹錫, 「누실명」陋室銘에서

책장 맨 꼭대기에 있던 책들은 겉모습이 너무나 장엄한 데다 너무 두껍고 무거워 감히 범접할 수가 없었다. 그러다가 '문화대혁명' 시기가 되어서야 대자보를 쓸 때 처음 사용하기 시작했다. 이책들을 읽고 또 읽으면서 아버지가 책장 맨 꼭대기에 올려놓은 이치를 깨달을 수 있었다. 높은 데 있으면 외로울 수밖에 없는 것이었다.

3

열 살쯤 되던 해에 나는 중대한 비밀을 하나 발견하게 되었다. 우리 집 문에서 부엌으로 통하는 다락방에 대량의 '금서'가 쌓여 있다는 사실이었다.

내 키는 작고 다락방은 높았으니 원래는 아무 일도 없어야 했다. 하지만 호기심이 많던 나는 집에 아무도 없는 틈을 이용하여 등받이 의자 두 개를 쌓아놓고 그 위에 앉은뱅이 의자를 하나 더 올렸다. 정확히 조준하여 한 치의 빈틈도 없게 했다. 완전히 서커스 공연 같았다. 애석한 점은 공연을 봐줄 손님이 없다는 것이었다. 유일한 관객은 나였다. 어쨌든 높이 올라가 도대체 어찌 된 일인지 확인하지 않을 수 없었다.

다락방 문을 여는 순간 헌책 냄새와 먼지 냄새가 얼굴을 덮쳤다. 나는 헌책방을 자주 돌아다녔기 때문에 오래된 종이의 그윽한 향기가 좋았다. 향을 피워 아주 먼 곳에 가 있는 영혼을 부르는 것만 같았다. 하지만 이곳의 책들은 어둠 속에 너무 오래 갇혀 있던 탓인지 옛 종이 냄새가 100배는 더 강했다. 적의와 침략성으로 가득한 범죄자 같았다. 냄새를 맡자마자 머리가 어지러웠다. 숨을 고르고 정신을 집중하자 냄새의 충격과 어둠에 점차 적응이 되었다. 나는 직감적으로 이곳이야말로 진정한 보물창고라는 것을 알아차렸다.

나는 지금도 그 가운데 적지 않은 책들의 장정과 외관이 손상된 정도 그리고 독특한 냄새를 기억하고 있다. 그 책들은 다양한 연대와 지역에서 온 것들이었고, 제각기 서로 다른 여행 노선을 간직하고 있었다. 먼저 펄프 산지가 달랐다. 여기에 면화와 볏짚을 혼합한 다음, 각지의 온도와 습도의 차이를 더하고 사계절 냄새와 음식 맛을 흡착해놓았다. 모든 책이 생명을 지니고 있었고 각자의 나이와 원적, 이름을 가지고 있었다.

우리 집 다락방의 장서는 대략 네 가지로 분류할 수 있었다. 첫째는 오래된 환본의 『딩송건기』唐宋傳奇와 『경세항언』警世恒言, 『봉신

연의』封神演義 등이었고, 둘째는 해방 전에 출판된 각종 소설들로, 장헌수이와 위다푸郁達夫 등의 작품이 포함되어 있었다. 심지어 마오둔茅盾의 작품도 이런 냉궁에 갇혀 있었던 것으로 보아, 노골적인 색정적 묘사가 담겨 있었던 것 같았다. 셋째는 30~40년대에 유행했던 각종 화보들로, 『랑요우』良友와 『부인화보』 『영화예술화보』 등이 포함되어 있었다. 넷째는 어머니가 예전에 의학을 배울 때 사용했던 『생리해부학』이나 『부인과대전』 같은 전공 교재들이었다.

우리 집이 이중적인 문화생활 상태에 놓여 있었다는 것을 쉽게 알 수 있었다. 서가는 대외적으로 개방된 것으로 정통과 주류를 대표했고, 다락방은 은밀하게 폐쇄된 것으로 불법과 금기를 대표하고 있었다. 다락방의 비밀을 발견한 그날부터 나도 덩달아 이중적인 문화생활을 하게 되었다.

수업을 마치고 집으로 돌아오면 나는 등받이 의자와 앉은뱅이 의자를 차례로 쌓아올린 다음, 살금살금 기어올라가 다락방 문을 열고 어둠 속을 더듬어 책을 한 권씩 꺼냈다. 일단 그 자리에서 대충 살펴보고 마음에 드는 책을 아래로 운반했다. 다 읽고 난 책은 부모님이 퇴근하시기 전에 제자리에 가져다 놓았다.

다락방은 깊고 팔은 짧았다. 그래서 더 깊은 곳까지 닿으려면 앉은뱅이 의자를 하나 더 올려야 했다. 한순간의 실수로 말에서 떨어져 사람이 나뒹구는 꼴이 되기 십상이었다. 떨어지면서 몸의 중심을 잡지 못해 코가 멍들고 얼굴이 붓기도 했다. 나의 초기 독서 경험에서 공개와 비밀, 정통과 반역의 구분 외에 더 중요한 것은 이런 아픔의 기억이었다. 나는 이것이 금서를 읽는 데 필요한 대가라고 생각한다.

고대의 전기부터 현대소설까지 성적인 묘사는 혁명소설에 비해 바르지 못한 것으로 인식되었지만, 사실 성적 금기는 나중에 생겨난 것이었다.『생리해부학』같은 의학서에서는 여성 신체 각 기관의 구조와 기능까지 언급하고 있어 눈이 휘둥그레지고 입이 쩍 벌어졌던 기억이 있다. 아기가 어떻게 생겨나 어떻게 어디로 나오는지 자세히 알 수 있었다. 5·4신문화운동* 이후의 상류 산문에 비하면 류바이위 등의 글은 가짜 약을 파는 돌팔이 의사에 불과했다.

결국 다락방 안의 무질서와 혼란이 아버지의 의심을 불러일으키고 말았다. 아버지는 다락방에 자물쇠를 채웠지만 사물의 내부 깊숙이 들어가고자 하는 나의 결심을 막을 수 있는 것은 아무것도 없었다. 여기저기 뒤져서 마침내 열쇠를 찾아냈던 것이다.

4

다락방과 관련된 나의 비밀 독서는 열네 살쯤에 시작되어 열일곱 살까지 계속되었다. 그해 '문화대혁명'이 일어났다. 나는 적극적으로 조반에 참가하면서도 여전히 다락방 속 금단의 열매를 몰래 훔쳐 먹고 있었다. 그러다가 그해 8월 어느 날, 건물 입구에 어떤 홍위병 조직의 공고가 나붙었다. 집집마다 가택수색을 진행하

* 윌슨의 민족자결주의 영향으로 베이징대학 교수와 학생들을 주축으로 일어났던 반제국주의, 반봉건주의 백닝운동.

여 '사구'와 관련된 물품이나 서적을 몰수한다는 내용이었다. 지정된 기일 안에 주민위원회에 제출하지 않고 있다가 발각될 경우에는 때려죽여도 무방하다는 것이었다.

식구들 모두 사흘 내내 분주하게 움직였다. 아버지는 다락방 문을 열고 장서를 전부 꺼내 한곳에 쌓았다. 나의 성장과 함께했던 책들이 마침내 환한 대낮에 소각을 기다리게 되었다. 책들이 불길 속에서 소용돌이치는 형상과 소리를 상상하자 너무나 슬픈 나머지 일말의 남모를 희열이 느껴졌다.

상하이에 가다

1

1957년 여름, '반우파운동'이 들불처럼 일어났다. 나는 어리둥절하기만 했다. 어른들의 세계는 정말 위험하다는 생각이 들었다. 환한 대낮에 숨바꼭질로 시작하여 이판사판 목숨을 건 싸움으로 발전해가는 것 같았다. 하루는 음악학교에서 아이들을 가르치던 사촌누나가 우리 집에 놀러왔다. 나는 아무 생각 없이 "누나는 우파예요?" 하고 물었다. 누나는 대답하지 않고 방긋 웃기만 했다. 아버지는 내가 생각 없이 아무 말이나 마구 하다가 나중에 큰 사달을 일으킬 놈이라면서 불같이 화를 냈다. 이틀도 지나지 않아 1957년 7월 19일 점심때쯤 우리와 같은 건물에 살던 남자 주인 위뱌오원이 건물 밖으로 몸을 던져 자살했다. 어릴 때부터 아주 오랫동안 죽음에 대해 깊이 사유해온 나였지만, '자살'이라는 단어가 갖는 특유의 함의에 놀라움을 금할 수 없었다.

비로 이때, 어머니는 휴가를 내고서 나를 데리고 상하이에 있는 외할아버지 댁에 갔다. 이것이 나로서는 태어나서 처음 하는 장거리 여행이었다. 그때의 흥분은 충분히 상상할 수 있을 것이다. 나는 손가락을 꼽으면서 그날을 목 빠지게 기다렸다. 게다가 한밤중에는 이제 혼자가 되어버린 정鄭씨 아줌마의 울음소리 때문에 잠을 깨기 일쑤였고, 항상 죽음의 그림자에 눌려 숨이 막힐 지경이었다. 마침내 그런 상황에서 벗어날 수 있는 기회가 찾아온 것이다.

외할아버지는 지난해 큰일을 당하셨다. 큰길에서 축구를 하던 아이가 힘껏 찬 공에 그대로 맞아 고개가 젖혀지면서 뒤로 넘어져 머리를 크게 다쳤던 것이다. 이 일로 외할아버지는 반신불수가 되었고 언어능력도 상실했다. 외할아버지는 원래 몸이 아주 건강하셨고 운동을 좋아하여 겨울에도 얼음물로 목욕을 하곤 하셨다. 1953년에는 베이징에 와서 잠시 머무는 동안에는 산수 좋은 곳을 두루 돌아다니셨다. 앨범을 보면 할아버지 특유의 낙천적인 미소를 볼 수 있었다.

첸먼前門 기차역에서 나는 난생처음으로 아주 가까운 거리에서 기관차를 보게 되었다. 거대한 바퀴와 객차를 연결하는 막대, 높다란 조종실에 번쩍번쩍 윤이 나는 황동 배관과 음침한 보일러 등이 나를 완전히 압도해버렸다. 기적이 길게 세 번 울리자 객차가 잠시 흔들렸다. 나는 어머니와 함께 경좌硬座* 좌석에 나란히 앉았다. 내

---

* 당시 중국의 객차는 일반적으로 딱딱한 좌석에 앉아서 가는 경좌(硬座)와 푹신한 좌석에 앉아서 가는 연좌(軟座), 딱딱한 침대에 누워 가는 경와(硬臥), 푹신한 침대에 누워 가는 연와(軟臥) 등 네 가지로 구분되었고, 이 가운데 경좌의 가격이 가장 저렴했다.

자리가 창가 쪽이었다. 나무와 들판과 마을들이 등 뒤로 휙휙 지나
갔다. 크고 작은 철교들을 통과할 때면 기차는 요란하게 또 다른
유형의 굉음을 내며 지나갔다. 어머니는 지난済南역 플랫폼에서 통
닭을 한 마리 샀다. 승무원이 커다란 찻주전자에 우려낸 차를 따
라주었다. 우리는 준비해온 법랑 물통에 차를 받아 작은 탁자 위
에 올려놓았다. 기차가 흔들릴 때마다 물통 뚜껑이 가볍게 달그
락거렸다.

한밤중 요란한 소리에 잠에서 깼다. 어머니가 내게 푸커우浦口에
도착한 기차가 증기선에 실려 강을 건너는 중이라고 말해주었다.
누군가 호루라기를 불면서 지휘를 했다. 완충기가 삐걱삐걱 요란
한 소리를 내고 있었다. 기차는 여러 부분으로 나뉘어 증기선 갑판
위의 레일로 옮겨졌다.

강 위에는 칠흑 같은 어둠이 깔려 있었다. 파도가 이따금씩 뱃
머리를 때리면서 퍽퍽 둔탁한 소리를 냈다. 인부들이 작은 쇠망치
를 들고 다니면서 기차 바퀴를 두들겨 점검하느라 여기저기서 뚱
땅거리는 소리가 요란했다. 몇 시간 법석을 떤 끝에 우리는 마침내
강 건너편에 당도할 수 있었다. 이튿날 오전, 기차는 마침내 상하
이역에 들어섰다. 친척들이 플랫폼에 마중 나와 있었다. 우리는 삼
륜차를 나누어 타고 홍커우구虹口區 뒤룬로多倫路에 있는 한 석고문石
庫門* 앞에 도착했다.

---

* 중국 전통가옥인 '사합원'에 서양 건축양식을 가미하여 변형시킨 상하이 특유의 전통
수거방식.

외할아버지 쑨하이샤孫海霞*는 1880년에 저장浙江 샤오싱현紹興縣에서 태어났다. 외할아버지는 어린 시절 사숙에 다니다가 나중에는 시험에 합격하여 상하이전신電信전문학교에 다니게 되었다. 졸업 후에는 한커우漢口전보국으로 배정되어 구미 지역과의 전신업무를 담당했다. 외할아버지는 황싱黃興**과 친하게 지내면서 동맹회同盟會***에 가입했다. 외할아버지는 우창기의武昌起義****가 발발하기 전에 외할머니와 아이들을 후난湖南 웨양현岳陽縣의 친척집으로 보냈다. 우창기의 기간에는 결사대에 들어가 신속하게 통신을 장악하고 전신을 통해 지휘부의 명령을 전달하여 적시에 부대를 이동시키는 공을 세웠다. 다음 날 개최된 공로축하대회에서 외할아버지는 일등공로상과 함께 상금으로 은화 천 대양大洋*****을 받았다. 황싱은 외할아버지에게 혁명정부에 남아 전신총감독을 맡아달라고 했지만 외할아버지는 이를 완곡하게 거절하고 후베이 중샹현鐘祥縣으로 갔다. 그곳에서 전신국 국장을 맡으면서 상금으로 받은 돈으로 중창중학中強中學을 설립하여 교장을 겸임했다.

매일 아침, 학교 국기게양식이 끝나면 외할아버지는 학생들을

* 자(字)는 슈광(曙光)이다.
** 중국 근대의 민주혁명가이자 중화민국 창립자 중 한 명으로, 쑨원의 가장 친한 친구이기도 하다.
*** 쑨원이 조직한 중국 최초의 정당.
**** 1911년 10월 10일, 중국 후베이 우창에서 일어난 봉기로, 청 왕조를 무너뜨리고 중화민국을 세운 신해혁명의 시발점이 되었다.
***** 민국 시기 1위안짜리 은화.

향해 직접 연설을 하면서 사시에 관해 얘기했고 민주와 과학의 이치를 역설했다. 1919년 5·4신문화운동 시기에는 중샹에서 지지대회를 열고 가두시위를 조직하여 베이징의 학생운동을 지지했다. 1927년 '4·12사변'* 직후에는 지역의 토호와 악덕 지주들이 회도문會道門** 세력과 결탁하여 현縣 당부黨部와 농민협회 등의 기관을 공격했다. 전보국과 중창중학도 이들의 공격을 피하지 못했다. 그들은 외할아버지 집에 들이닥쳐 셋째 외삼촌을 붙잡아 매달아놓고 죽도록 두들겨 팼다. 일반 백성들의 엄호하에 쑨씨 집안 사람들은 전부 다른 신분으로 변장하여 성문을 빠져나갔다. 외할아버지는 전보국 뒷산 숲속에 몸을 숨기고 있다가 어둠을 틈타 성벽을 넘어 갖은 고초 끝에 간신히 우한으로 피신했다.

교통부 전신총국은 그를 상하이로 전보 발령하여 몇몇 외국 전보회사를 인수하여 관리하게 했다. 상하이가 함락되자 일본인들은 외할아버지에게 일본인들을 대신하여 화중華中전보국을 맡아 꼭두각시 노릇을 하라고 요구했다. 외할아버지는 즉시 병을 핑계로 사직서를 내고 쑤저우蘇州의 시골로 숨어들었다. 일본인들은 외할아버지를 연회에 여러 차례 초청하기도 했다. 더 이상 숨을 곳이 없다고 판단한 외할아버지는 봉쇄선을 통과하여 여기저기 전전하다가 충칭重慶으로 건너갔다. 교통부에서는 외할아버지를 전신국

---

* 1927년 4월 12일, 상하이에서 국민당이 중국공산당 초기의 혁명 진영을 무력으로 진압하고 공격한 사건이다. 이로 인해 제1차 국공합작이 무산되고 제1차 국공내전이 시작됐다.

** 종교적 성격을 띤 비밀결사조직을 일컫는 말

감찰 총책임자로 임명했다. 가족들과 헤어져 하늘 끝처럼 멀리 떨어진 채로 눈 깜짝할 사이에 8년이 지났다. 항일전쟁에서 승리한 후 외할아버지는 청두成都전신국 국장으로 자리를 옮겼다. 1948년, 전신국 노동자들이 대규모 파업을 일으켰을 때 외할아버지의 도움을 받아 전국에 공개전보를 칠 수 있었다. 이 일로 외할아버지는 즉시 사직명령을 받았다. 청두전신국 노동자 800여 명이 눈물로 외할아버지를 떠나보냈다. 상하이로 돌아온 외할아버지는 해방 후에 상하이전신국 부국장을 맡아 퇴직할 때까지 그 자리를 지켰다.

외할아버지의 파란만장한 생애에는 나와 관련된 일도 등장한다. 1946년 초, 어머니는 외할머니를 따라 외할아버지를 만나기 위해 비행기를 타고 충칭으로 갔다. 충칭 산후바珊瑚壩공항에 내렸지만 공항 전화기를 사용할 줄 몰랐던 외할머니가 어머니를 시켜 옆에 서 있던 젊은이에게 도움을 청했다. 그 젊은이의 도움으로 금세 통화를 할 수 있었다. 젊은이는 충칭에서 베이징으로 발령을 받아 가는 길이었지만 비행기 표를 구하는 것이 여의치 않아 동료들과 함께 번갈아가면서 줄을 서고 있던 중이었다. 외할머니는 그 젊은이의 출중한 용모와 깍듯하고 예의 바른 모습을 보고는 베이징에 가거든 막내 이모를 찾아가 보살펴달라고 부탁했다. 그 젊은이를 사위로 삼고 싶으셨던 것이다. 그 젊은이가 바로 우리 아버지다.

아버지는 베이징에 도착하고 얼마 지나지 않아 이모를 찾아갔지만 부재중이라 쪽지를 남기고 돌아왔다. 하지만 이모는 실연의 아픔을 이기지 못하고 갑자기 철로에 누워 자살해버리고 말았다.

너무나 참담한 비극으로 인해 아버지와 어머니는 베이징과 상하이라는 먼 거리를 사이에 두고 빈번하게 편지를 주고받게 되었다. 그리하여 1948년 5월, 아버지는 상하이에서 어머니와 결혼을 하셨고, 함께 베이징으로 이사했다. 이렇게 해서 나도 이 세상에 나오게 되었다.

한 생명이 탄생하기까지는 수많은 우연이 따르는 법이다. 전쟁이 일어나지 않았다면, 외할아버지가 타향을 떠돌지 않았다면, 어머니가 충칭으로 가는 외할머니와 동행하지 않았다면, 아버지의 전보발령이 없었다면, 전쟁 직후 공항과 혼란이 없었다면, 전화시설이 낙후하지 않았다면, 이모의 비극이 없었다면, 베이징과 상하이라는 두 도시 사이의 서신왕래가 없었다면, 과연 내가 있을 수 있었을까?

3

외할아버지는 입이 돌아가고 눈빛은 비스듬히 기운 채로 수시로 입가에 침을 흘리며 나를 멍한 표정으로 바라보곤 하셨다. 우리는 서로 마주보고 앉아 있었지만, 발로 테이블 다리를 문질러 나한 번 외할아버지 한 번 번갈아가며 지직지직 소리를 내는 것으로밖에는 소통할 수 없었다. 그러나 그 순간만큼은 외할아버지의 혼탁한 눈동자가 장난꾸러기 아이처럼 반짝거렸다.

외할머니는 아이를 열넷이나 낳았고, 그 가운데 열셋이 살아남았다. 내게는 외삼촌 어덟 분과 이모 네 분이 있는 것이다. 외할머니는 내가 태어난 첫해에 폐암으로 돌아가셨다. 외할아버지는 여러 해를 혼자 사시다가 새로 나이 든 반려자를 찾으셨다. 그분은 키는 크지 않았지만 기운이 넘쳤고, 신비로우면서도 변화무쌍한 눈빛을 갖고 있었다. 새 외할머니가 생김으로써 외할아버지와 자식들 사이의 관계가 다소 소원해졌다. 외할아버지가 반신불수가 되고 나서야 자식들은 다시 외할아버지 곁으로 돌아왔다.

나는 어머니와 함께 외할아버지 댁에서 지내면서 조용한 삶 속에 도사리고 있는 흉악한 위험을 가까운 거리에서 목격할 수 있었다. 새 외할머니가 가족들의 적의에 저항할 수 있으려면 반드시 강인한 정신력을 갖춰야 했다. 그렇지 못했다면 일찌감치 대문 밖으로 쫓겨났을 것이다. 가족 비밀회의를 하든 개별적으로 사담을 나누든 간에 어른들은 나를 피하는 법이 없었다. 내게는 상하이 방언이 그다지 낯설지 않았다. 내가 주위에서 일어나는 일들을 기억하기 시작할 때부터 아버지와 어머니는 서로 상하이 사투리로 비밀 대화를 나누곤 하셨다. 그러다가 내가 상하이 사투리를 알아들을 수 있게 되자, 두 분은 다시 보통화로 바꾸는 수밖에 없었다. 당시 나는 자신만의 세계에 깊이 빠져 있었기 때문에 가족들 사이의 분쟁에는 전혀 관심이 없었다. 하지만 단편적으로 오가는 말들을 통해 새 외할머니의 가장 큰 죄는 외할아버지를 학대하는 것이라는 사실을 알게 되었다. '늑대 외할머니'나 다를 바 없었다. '늑대 외할머니'와 함께 살려면 나는 최대한 무고한 척해야 했다.

외할아버지의 집은 직장에서 배정해준 것이었다. 퇴직할 때의 직위가 상하이전신국 부국장이었기 때문이다. 외할아버지가 살았던 그 석고문은 시대의 변화에 따라 끊임없이 분리되었다가 합쳐지기를 반복하다 보니 지형이 무척이나 복잡했다. 대문 안으로 들어서서 천정天井*을 지나 객당을 따라 왼쪽으로 올라가면 바로 위층이었다. 계단 아래에는 작은 부엌이 하나 있었고, 계단 중간쯤에 정자간亭子間**이 있었으며, 위층은 10여 평방미터 정도 크기의 안채가 있었다. 외할아버지와 '늑대 외할머니'는 안채에 살았고, 나와 어머니는 그 좁은 정자간에서 살았다.

어느 날, 어머니는 친척들과 함께 외출하고 나 혼자 집에 남아 따분하고 심심하던 터에 무심코 창밖을 내다보았다. 대나무 장대에 널려 있는 형형색색의 빨래들이 수평선을 가리고 있었다. 가까이에서 한 무리의 사내아이들이 천정에 모여 조잘거리고 있었다. 쉴 새 없이 수다만 이어지고 이렇다 할 행동은 하지 않았다. 아이들의 그런 모습에 오히려 내가 조바심이 날 정도였다. 나는 사과를 거의 다 먹고, 남은 부분은 아이들 쪽으로 휙 내던졌다. 그러고는 재빨리 고개를 숙이고 몸을 잔뜩 웅크린 채 살그머니 창가에서 물러났다.

이튿날 저녁 무렵, 어머니와 함께 집으로 돌아오는 길에 어머니는 먼저 집으로 올라가고 나 혼자 사내아이들에게 둘러싸였다. 아이들은 덩치가 제각각이었고 모두들 그림자처럼 침묵하고 있었다. 뜻밖에도 깡마르고 키가 큰 아이가 우두머리였다. 그 아이는

* 안채와 사랑채 사이의 작은 마당.
** 상하이의 석고문 건축에서 아래위층 계단 사이에 있는 작은 방으로, 외지에서 온 문인들이 많이 거주했다.

내게 사과 씨를 왜 던졌느냐고 따지면서 어디서 왔냐고 물었다. 나
는 대답을 거부했다. 우리는 아주 가까운 거리에서 서로를 노려보
고 있었다. 먼저 눈을 깜박거리는 사람이 지는 게임이라도 하는 것
같았다. 어머니가 위층에서 나를 부르는 소리가 들렸다. 그 아이가
손으로 내 어깨를 툭툭 치자 패거리들은 한 걸음 뒤로 물러서며 내
게 길을 열어주었다. 그 뒤로 사내아이들은 내가 집을 드나들 때
마다 말없이 나를 바라보곤 했다. 적의는 조금도 느껴지지 않았다.
그들은 나를 쳐다보다가 이내 다시 떠들기 시작했다. 하늘과 땅이
마르고 닳도록 끝없이 떠들 기세였다.

  화이하이淮海 중로中路 698호는 2층으로 된 작은 양옥으로, 일곱
째 외삼촌과 여덟째 외삼촌의 집이었다. 두 외숙모는 자매지간이
라 외숙모들의 친척도 이곳에 함께 살았다. 가족끼리 다시 사돈을
맺은 겹사돈인 셈이었다. 아이들이 하나둘씩 태어나기 시작하면
서 집은 금세 비좁아졌다. 한 번도 만난 적 없는 사촌 형제자매가
내 앞에 무더기로 등장했다. 그들은 휘휘 무리지어 다니면서 상하
이 사투리를 쏟아냈다. 그들 사이에 섞여 있으면 나는 더더욱 외톨
이가 되었다.

  여덟째 외삼촌은 상하이 성웨한聖約翰대학을 졸업하고 중학교
에서 영어를 가르쳤다. 일곱째 외삼촌은 비행기 조종사로서, 내 마
음속의 영웅이었다. 그는 '양항기의'兩航起義*에도 참여한 적이 있었

* 1949년 11월 9일, 국민당의 양대(兩大) 항공회사가 홍콩에서 봉기를 선언하고 비행
기 열두 대를 몰고 대륙으로 돌아간 사건을 말한다. 중국공산당은 이를 성공적인 애국
혁명투쟁으로 규정했다.

다. 문화대혁명 시기에 일곱째 외삼촌이 '간첩 혐의자'로 지목되어 장기간 비판투쟁을 당하면서 혹독한 구타에 시달려야 했다. 여러 해가 지나 복권된 외삼촌이 베이징에 왔을 때 문화대혁명 당시에 맞아서 부러지고 변형된 오른손 새끼손가락을 보고 너무 충격을 받은 나는, 나도 모르게 큰 소리로 울음을 터뜨리고 말았다.

4

많은 형제자매 가운데 어머니는 둘째 이모와 가장 친했다. 둘째 이모는 상하이 광츠廣慈병원에서 수간호사로 일하고 있었다. 해방 전에 이모는 공산당에 입당했다. 해방 전야에 이모는 장난江南조선소 소장의 특별 개인 간호사로 일하고 있었다. 이모의 권유에 따라 소장은 시설철거명령 집행을 지연시키고 조선소를 온전히 새 정권에게 넘겨주었다. 1950년, 이모는 베이징으로 전보되어 장칭江青*을 포함한 고위간부들의 특별 간호사로 일했다. 이것이 이모의 운명에 커다란 화근이 되었다.

둘째 이모는 지병이 있어서 평생 시집을 가지 않았다. 이모의 생활은 늘 검소하고 소박했다. 늘 더블브레스트의 남색 레닌복과 흰 운동화 차림이었다. 봉급을 많이 받았지만 아껴 먹고 아껴 쓰면서 친척 아이들을 도왔다. 매년 설을 쇨 때면 이모는 우리에게 옷과

* 江青(1914~91): 상하이의 삼류 영화배우로 활동하다가 옌안(延安)으로 가서 마오쩌둥의 부인이 되었다. 문화대혁명 시기에는 사인방 중 하나였다.

책가방, 필통 같은 선물을 사주셨다. 상하이에 거주하는 동안 어머니는 둘째 이모와 왕래가 가장 잦았다. 두 분은 만날 때마다 할 말이 끝도 없이 많았다. 삼륜차를 타고 외출할 때면 나는 두 분 사이에 앉아 상하이 사투리의 속도와 밀도를 느끼고 배웠다.

1968년 겨울, 우리 가족은 한밤중에 상하이에서 온 긴급 전보를 받게 되었다. 둘째 이모가 자살했다는 것이었다. 어머니는 가슴이 찢어질 듯 아프게 우셨다. 살고 싶은 생각이 없을 정도로 괴로워하셨다. 광츠병원의 조반파는 이모가 격리조사를 받으면서 죄가 드러나 처벌받을 것이 두려워 자살했다고 해명했다. 그러면서 가족들이 시신을 확인하기도 전에 서둘러 화장해버렸다. 나중에 들은 바로는 장칭과 연관된 일 때문에 자살을 결심한 것이라고 했다. 이모가 너무 많은 것을 알고 있는 것이 문제였다.

시단에서 줄을 서서 함께 차를 기다리던 어머니가 갑자기 소리 내어 울음을 터뜨리셨던 일도 기억난다. 나도 터져 나오는 눈물을 간신히 삼키면서 어머니한테 다시는 둘째 이모 일로 울어선 안 된다고 낮은 목소리로 일깨워주었다. 이모는 계급투쟁의 적이었기 때문이다. 나는 갑자기 어른이 되어버렸다. 큰아들로서 어머니와 집안의 안전을 책임져야 했다. 며칠 동안 북풍이 미친 듯이 위세를 떨치며 깊은 밤 우리 집 대문을 사납게 흔들어댔다. 끅끅 낮게 흐느끼는 어머니의 울음소리를 들으니 과거의 정씨 아줌마가 생각났다.

1957년 여름, 나는 삼륜차를 타고 상하이 거리와 작은 골목 사이를 누비고 다니면서 어머니와 둘째 이모 사이에 앉아 두 분의 가슴 앞쪽과 등 뒤, 팔꿈치 아래로 세상을 엿보았다. 모성의 날개

아래서 푸근한 안도감을 느끼기도 했다. 둘째 이모는 나한테 가장 잘해주셨다. 수시로 내게 두 가지 색으로 된 네모난 얼음과자를 사 주시곤 했다.

5

상하이에 대한 나의 인상은 무척 혼란스럽다는 것이다. 그 번화 함에는 실로 놀라움을 금할 수 없었다. 베이징과는 완전히 다른 세 상이었다. 하지만 그 번화함 뒤에는 뭔가가 숨겨져 있는 것 같았 다. 내게 좀더 중요한 것은 베이징에서 멀리 떨어져 베이징을 새롭 게 인식할 수 있었다는 점이다. 베이징의 하늘과 땅, 경계 그리고 그 가능성의 외연을 알게 되었다. 훗날 내가 세상 모든 곳을 미친 듯이 돌아다니게 된 것도 그 시작은 생애 첫 장거리 여행으로 거슬 러 올라간다. 여러 해가 지나 나는 러시아 시인 발몬트Konstantin Bal' mont의 시구를 읽게 되었다. "내가 이 세상에 온 것은 태양과 푸른 지평선을 보기 위함이었네." 이 시구는 단번에 내 가슴을 파고들 었고, 상하이 여행 이후 줄곧 내 내면에 잠재되어 있던 여행 충동 을 확연하게 드러내주었다.

상하이에 머문 지 겨우 10여 일밖에 되지 않았는데도 베이징이 그리워지기 시작했다. 친구들이 그립고 집과 골목이 그리웠다. 베 이징 특유의 냄새도 그립고, 심지어 그렇게 진저리치게 싫어했던 학교도 그리웠다. 처음으로 향수라는 감정을 온몸으로 느끼게 된 것이다.

1957년 8월 1일은 건군 30주년 기념일이었다. 그날 저녁, 어머니와 친척들은 나를 데리고 와이탄^{外灘} 구경을 갔다. 황푸강^{黃浦江}에는 형형색색의 장식용 등을 단 군함 여러 척이 도열해 일제히 기적을 울리고 있었다. 해병들은 선연에 나란히 서서 사람들을 향해 경례를 올렸다. 갑자기 공중에서 축포가 터지면서 수면을 환하게 비췄다. 나는 일곱째 외삼촌 어깨 위에 올라타 주위 사람들보다 더 높은 곳에서 흥분에 겨워 우아 하고 큰 소리로 탄성을 내질렀다. 다음 날은 내 여덟 번째 생일이었다.

초등학교

1

1957년 겨울, 나는 푸와이초등학교 2학년에 다니고 있었다. 그런데 우리 가족이 푸와이보험공사 기숙사에서 나와 싼불라오 후퉁 1호로 이사하면서, 집 가까이 있는 훙산사초등학교로 전학해야 했다.

선생님이 나를 교실로 데리고 들어갔을 때, 어떤 아이들은 책상을 두드렸고 어떤 아이들은 우우 소리를 질러댔다. 희미한 어둠 속에서 아이들의 눈동자와 치아가 하얗게 빛났다. 나는 융을 덧댄 면모자와 귀마개를 하고 외투 깃을 세우고 있었다. 마치 7품 현관縣官 같은 모습이었다. 전학 온 아이가 마주하게 된 것은 낯선 집단의 적대감이었다. 하지만 그것이 아이에게 줄 상처 따위에 신경을 쓰는 사람은 아무도 없었다.

훙산사는 명나라 시기의 사찰로, 베이징에 잔뜩 들어선 그 수많은 사원 가운데 규모도 비교적 작고, 절을 지키는 신령도 없으며,

향불마저 근근이 이어지는 정도로 있다가 결국 초등학교로 개조
되고 말았다. 중도 떠나고 절도 사라진 상황에서 1965년에는 홍산
사 후퉁을 아예 홍산 후퉁으로 개명하고 초등학교도 홍산초등학
교로 이름을 바꿔버렸다.

나는 구글어스Google Earth로 베이징에 들어가 독수리가 선회하
면서 활강하듯이 톈안먼天安門과 고궁古宮, 자금성紫禁城, 스차하이, 더
네이 대가 등지를 따라가다 쌴불라오 후퉁을 찾아내고 다시 옆으
로 약간 이동하여 홍산 후퉁을 찾아냈다. 마우스로 확대하여 밑으
로 확 내려가보니 홍산 후퉁 3호는 몇 그루 나무 사이로 사라져버
렸다. 그 옆에는 흉물스런 현대식 건물이 하나 서 있었다. 톈홍산天
弘善호텔이었다. 인터넷에 들어가 검색해보니 뜻밖에도 홍산초등
학교에 관한 자료는 찾을 수 없었다.

정확히 반세기가 지났다. 1958년 이른 봄, 날이 좀 풀리나 싶더
니 금세 다시 추워졌다. 교문을 들어서면 영벽影壁*에 새겨진 "열심
히 공부하여 하루하루 향상하자"라는 표어가 눈에 들어왔다. 수위
실 옆으로 비틀려 휘어진 버드나무 가지에서 싹이 돋아나오고 있
었다. 앞마당을 비스듬히 가로질러 북동쪽 모퉁이에 있는 교실에
들어서면 문에서 삐걱 소리가 났다. 일렬로 나 있는 작은 창문들
도 이리저리 휘어져 있었고 천장도 낮았다. 뒷마당 쪽으로 방향을
바꿔 재방齋房**을 개조한 교실과 콘크리트 탁구대를 돌아가면 뿌연

---

* 문밖에서 안을 훤히 들여다볼 수 없도록 문 안에 설치한 커다란 가림벽.
** 승려들의 좌선공간.

먼지가 흩날리는 운동장이 나왔다. 북쪽 담벼락 밑에는 벽돌을 쌓아 만든 연단이 있었다. 교장 선생님이 있는 힘껏 "깃발 올려!"라고 외치면 전교생이 일제히 칼로 자른 듯 줄을 맞춰 차렷 자세를 취하고 큰 소리로 합창했다.

"우리 신중국의 어린이들은 청소년의 선봉으로서 대동단결하여 부모님의 정신을 이어받아 고난을 두려워하지 않고 책임의 무게를 두려워하지 않으며……."

학교로 가는 길에는 관문이 여러 개 있었다. 마당 대문을 나서자마자 두 장애물이 발길을 막았다. 하나는 길 한복판에 있는 군고구마 노점이었고 다른 하나는 건너편 화즈花枝 후퉁 입구에 있는 아침식당이었다. 군고구마를 굽는 달콤한 냄새와 튀김 솥 안에서 지글지글 소리를 내는 기름 냄새는 지나가는 사람들의 발걸음을 도저히 뗄 수 없게 만들었다.

겹겹의 포위를 뚫고 간신히 골목을 빠져나와 길을 건너면, 바로 앞에 또다시 자그마한 구멍가게와 맞닥뜨려야 했다. 이 가게는 훙산사 후퉁 어귀 북서쪽 모퉁이에 자리 잡고 있었다. 나는 무의식적으로 주머니 안을 만지작거리고 침을 삼키면서 계속 앞으로 나아갔다. 마침내 교문 앞에 이르면 그곳에 또다시 노점상 하나가 기다리고 있었다. 옛날 복장을 한 마술사처럼 그가 손을 한 번 획 움직이면 순식간에 갖가지 주전부리가 눈앞에 펼쳐졌다. 말린 과일과 얼음사탕을 비롯하여 산사山楂나무 열매, 계피 등은 아이들의 넋을 쏙 빼기에 충분했다. 바로 이때 수업 시작종이 울렸다.

무쇠를 주조하여 만든 그 종은 아마도 사라진 절의 마지막 남은 보물이었을 것이다. 역사의 뿌연 안개를 관통하여 댕댕 울리는 소리에 맞춰 우리는 수시로 일어섰다 앉으면서 수업의 시작과 끝을 반복했다. 시간을 대표하는 종소리는 시간을 토막 내어 사람들에게 시간을 소홀히 하게 만든다. 바로 이런 종소리 속에서 우리는 무럭무럭 자랐다.

"1학년 꼬마는 한 대 때리면 펄쩍 뛰고, 2학년 꼬마는 한 대 때리면 눈을 껌뻑이지요."

'유급하는 아이'를 제외하면 모두들 한 학년만 진급해도 다 큰 어른이 된 것처럼 어깨에 힘을 주며 신입생들을 놀려대곤 했다.

2

나는 상성으로 전교에 이름을 날렸다. 아마도 「어지러운 모습」亂形容*이라는 제목의 상성이었던 것 같다. 나는 이것을 라디오에서 먼저 들었고 나중에 『곡예』曲藝라는 잡지에서 원본을 찾아냈다. 사전을 찾아가며 글자마다 발음을 표시한 다음 막힘없이 술술 나올 때까지 외웠다. 당시는 '어지러운 모습'의 시대였다. 우리의 글짓기는 여기저기에서 베끼는 것이나 다름 없었다. 주로 무의미하고 공허한 형용사들을 많이 베꼈다.

운동장 연단에 올라서니 머리카락이 곤두서는 것 같고 장딴지에 경련이 일었다. 확성기에서 찌지직거리는 잡음이 나면서 내게

---

* 라오서(老舍)가 1961년에 창작한 상성 작품.

잠시나마 숨 돌릴 틈을 주었다. 나는 마음속으로 중얼거렸다.

'단상 아래가 온통 수박밭이 되어라.'

이런 주문은 과연 영험한 효력을 발휘했다. 강둑이 터지기라도 한 것처럼 한 번 입을 열자 청산유수처럼 거침없이 이야기가 쏟아져 나왔다. 청중들은 전부 내 상성 이야기에 푹 빠져버렸고, 나는 일주일 만에 전교에서 가장 유명한 인사가 되었다. 내게 수많은 시선이 쏟아졌다. 유명인이 되었다고 특별히 달라진 것은 없었다. 그저 마음이 훨씬 더 뒤숭숭한 것뿐이었다. 일주일쯤 지나자 나를 쳐다보는 시선들이 없었다. 상실감이 느껴지긴 했지만, 한편으로는 무거운 짐을 내려놓은 듯 편안함도 없지 않았다.

나중에 나는 특기 종목을 시 낭송으로 바꿨다. 그때 외워서 낭송한 작품은 가오스치高士其*의 「시간의 노래」時間의 歌로, 신문에서 읽고 오려둔 시였다. 가오스치는 신체적으로는 장애인이었지만 의지는 누구보다 건강했던 과학보급 작가였다. 그의 시에는 과학주의적 의미가 가득했다. 나는 연단에 서서 먼저 속으로 '수박밭 주문'을 외운 다음, 목청을 높여 낭송을 시작했다.

"시간이여……."

4학년 작문 수업시간에 나는 처음으로 시를 썼다. 『인민일보』에서 읽은 시 몇 편을 모아 짜깁기한 것이었다. 온통 거창한 말뿐이었다. 이를테면 "역사의 수레바퀴는 전진한다" "제국주의의 주구" "사마귀가 수레를 막고 있다" "공산주의의 내일" 같은 것들이었다.

---

* 중국의 유명한 과학자이사 싞기고, 끼하ㅂ규에 앞장섰고 사회활동가로도 활약했다.

아마도 가오스치의 '시간관'에 영향을 받았던 것 같았다.

시대에 맞춰 앞으로 나아간 결과 가장 먼저 찾아온 대가는 굶주림이었다. 3년 곤란시기 동안 수업 중간에 쉬는 시간이 되면 모두들 모여서 하는 일이 주로 '정신精神 회식'이었다. 당시에 유행했던 주장은 맛있는 것들은 전부 '소련 큰형님'이 싹 쓸어 기차로 실어 갔다는 것이었다. 모두들 분노에 가득 차 주먹을 움켜쥐고 몸을 떨었다. 하지만 그것으로 그쳐야 했다. 체력을 소진한 결과는 더한 굶주림뿐이었기 때문이다.

급식 상황을 개선하기 위해 학교 식당에서는 돼지를 두 마리 키웠다. 운동장에 풀어놓고 기르다 보니, 돼지들은 수업이 끝났다 하면 전교 남학생들의 추격 대상이 되었다. 돼지들은 쫓기면서 사방팔방 뛰어다녔다. 울타리도 넘고 담장도 뛰어 넘었다. 하도 뛰어서인지 피골이 상접했고 두 눈만 매섭게 빛났다. 돼지라기보다는 개에 가까웠다. 돼지의 눈으로 보면 인간들이 전부 미친 것 같았을 것이다. 종소리만 울리면 인간들은 문으로, 창문으로 쏟아져 나와 돼지에게 달려들었다. 하나같이 시퍼런 눈을 부릅뜨고 고기를 먹고야 말겠다는 신호를 보내고 있었던 것이다.

3

학교는 겉으로는 교장 선생님이 관리하는 것 같았지만 그 이면에는 또 다른 은밀한 권력시스템이 감춰져 있었다. 다름 아닌 폭력이었다.

어느 날, 나와 천춘레이는 운동장 옆 교실 한쪽 벽면에 칠판신문*을 적고 있었다. 햇살이 따스하게 내리쬐는 오후였다. 매화꽃이 향기를 뿌리며 흩날리고 있었다. 방과 후라 대부분의 학생들이 집으로 돌아가 교정은 너무나도 고요했다. 우리 둘의 협력은 처음에는 무척이나 유쾌했고 웃다가 떠들기를 반복했다. 그러다가 지면 배치 때문에 말다툼을 벌이게 되었다. 처음에는 말로 싸우다가 갑자기 그가 먼저 나를 향해 돌진해왔다. 주먹이 비 오듯 날아와 내 머리와 얼굴을 마구 가격했다. 나는 순간적으로 눈이 침침하고 앞이 잘 보이지 않았다. 극심한 통증을 느끼면서도 잔인하게 웃고 있는 그의 일그러진 얼굴을 어렴풋이 보았다. 나는 한없이 치욕스러웠다. 눈에 눈물이 가득 고였지만 있는 힘을 다해 참았다. 눈물이 얼굴 위로 흘러내리지는 않았다.

이것이 주먹에 담긴 진리였다. 나는 이 밀림의 법칙에서 가장 중요한 것이 보호자를 찾는 것이라는 사실을 본능적으로 깨달았다. 우리 반에는 리시위李希禹라는 친구가 있었다. 우리 학교 축구팀의 공격수였다. 키는 작달막했지만 팔다리가 짧고 굵었고, 못생긴 데다 인상이 아주 험악했다. 가늘게 째진 눈은 한 번도 잠에서 깬 적이 없는 것 같았다. 조용히 있으면 잠자는 사자 같다가도 몸을 움직였다 하면 힘센 맹수처럼 사나웠다. 동네 깡패들도 그를 은근히 무서워할 정도였다.

어떻게 된 일인지 시간이 지나면서 나도 모르는 사이에 리시위

* 공장이나 기관, 학교 등에서 칠판에 적어 알리는 공고.

가 내 보호자가 되어 있었다. 사람과 사람 사이에는 자연스러운 권력관계가 존재하는 법이었다. 하지만 그런 관계의 인과를 명확하게 설명하기는 쉽지 않다. 아마도 대부분의 친구가 하층 서민 출신인 데 반해 그의 아버지는 고급 엔지니어였고, 그의 이런 가정 배경이 나와 비슷하다는 것이 동질감으로 작용했던 것 같다. 그의 집은 학교에서 멀지 않았다. 대문과 마당을 단독으로 쓰는 단독주택이었다. 그의 집에는 정말 탐스러운 대추나무가 한 그루 있었다. 놀랍게도 그는 자신만의 침실을 사용하고 있었다. 이는 당시로서는 상상도 할 수 없는 일이었다. 그는 집에서는 매우 정상적이고 유순했다. 교양을 갖춘 착한 아이 같았다.

어느 겨울날 아침, 나는 언제나처럼 수업 시작 15분 전쯤 교실로 들어갔다. 몇몇 친구가 난로 주위에 모여 도란도란 이야기를 나누면서 웃음꽃을 피우고 있었다. 리시위가 다가오더니 버터를 발라 구웠다는 만터우를 한 쪽 내밀었다. 나는 그의 지나친 호의와 괴상한 미소 때문에 경계심이 일어 거절했다. 그가 화를 내며 말했다. "날 우습게 보는 거냐? 이런 의리 없는 자식 같으니라고." 나중에 안 사실이지만 그 만터우에 바른 것은 버터가 아니라 콧물이었다. 나는 이 일로 큰 상처를 받았다. 이 세상에는 더 중요한 것이 있다는 것을 알게 되었다. 다름 아닌 존엄이었다. 그때 이후로 나는 최대한 그를 피했다. 동시에 어떻게 다가올지 모르는 피비린내 나는 복수에 대비해야 했다. 나는 늘 반쯤 잠들어 있는 듯한 그의 실눈의 사정거리 안에 있었다. 그는 심사숙고하는 것 같기도 하고, 뭔가 망설이는 것 같기도 했다.

우리 반에 라이더성賴德生이라는 일본 교포 아이가 새로 왔다. 그에게는 한 학년 위인 라이원룽賴文龍이라는 형이 있었다. 둘 다 키가 크고 건장했다. 그들은 먼저 탁구로 전교를 휩쓸었고 이어서 각 종목의 기록들을 갈아치웠다. 일본에서 자란 그들에게는 무슨 꿍꿍이 같은 것도 전혀 없었고 지하권력에 대해서도 아는 것이 없었다. 하지만 아무도 그들을 건드리지 않았다. 그들이 보이지 않게 개척한 권력의 공백이 나에게 커다란 안도감을 주었다. 우리는 서로 아주 가까운 곳에 살고 있었고, 그러다 보니 무척 친하게 지냈다.

형제는 일본에서 최첨단 기술을 가져왔다. 무엇보다도 반도체 라디오는 조형이 매우 정교하고 음질이 뛰어났다. 특히 다이얼식 버튼은 마치 현실의 기폭제가 되는 장치 같아서 나에게 일종의 경외감을 갖게 했다. 게다가 일본 화보에 나오는 미녀들은 내게 끝없는 상상을 유발했다. 알고 보니 우리의 삶 밖에 또 다른 세계가 있었던 것이다.

4

우리의 첫 번째 담임은 리 선생님이었다. 선생님은 매일 아침 정확히 시간을 맞춰 우리 집 건물 아래를 지나갔다. 뚜벅뚜벅 울리는 선생님의 구둣발 소리가 잡다한 발소리 속에서 선명하게 들리면, 나는 얼른 침대에서 기어 내려왔다. 선생님은 깡마른 몸집에 키가 무척 크셨다. 피부색은 검은 편이었고, 항상 근엄한 표정을 짓고 있었나. 말을 할 때는 울대뼈가 크게 출렁거렸다. 선생님은 자주 빨아서 색이 바랜 오래된 남색 제복을 자주 입으셨다. 옷깃은 항상 끝까지 단추로 단단히 잠갔고, 검정 가죽구두를 반짝반짝 광이 나게 닦고 다니셨다. 자주 감기에 걸렸기 때문에 걸핏하면 바지 주머니에서 손수건을 꺼내 킁킁 코를 풀거나 아무 데나 가래를 뱉곤 하셨다. (하지만 교실에서는 그런 적이 없었다.) 선생님이 가래를 뱉는 모습은 그 자세가 정말로 우아하기 그지없었다. 허리를 굽히지 않고 고개만 돌린 채로 시선은 앞을 향하고서 입만 비스듬히 하고 퉤 하고 침을 뱉었다!

선생님은 종종 무미건조한 교과서 본문 사이사이에 우리에게 커다란 깨달음을 주는 짧은 이야기들을 끼워 넣곤 하셨다. 집안을 말아먹은 사내가 있었다. 그는 평소 고기소가 든 바오쯔를 즐겨 먹었는데, 꼬투리는 늘 뱉어버렸다. 이것을 옆집 노선생이 주워서 잘 모아두었다. 훗날 가세가 기울어 그는 하룻밤 사이에 비렁뱅이가 되었다. 어느 날 그가 옆집 대문 앞에 와서 구걸을 하자, 노선생이 주머니를 하나 꺼내 그에게 건넸다. 그 안에는 바오쯔 꼬투리가 가득 들어 있었다. 그는 그걸 먹으면서 세상에 이렇게 맛있는 음식은 처음 먹어본다면서 감탄을 연발했다. 노선생이 말했다.

"이게 다 과거에 자네가 버린 걸세."

여기까지 말하고 나서 리 선생님은 의미심장한 표정으로 목소리를 높여 반 전체를 쭉 훑어보셨다. 하지만 안타깝게도 당시 우리에게는 말아먹을 집안은커녕 고기소가 든 바오쯔조차 없었다.

늘 감기를 달고 다니던 리 선생님은 수업시간에 우리에게 진지한 태도로 '은교해독환'銀翹解毒丸을 추천하셨다.

"밀제蜜製가 뭔지 알겠니? 다름 아니라 꿀로 만들었다는 거야. 그러니까 너희는 꿀단지 안에서 자라는 셈이 되지. 납환蠟丸은 뭔지 알아? 맛이 날아가지 않게 밀랍으로 밀봉한 게 바로 납환이야. 한 알에 2마오밖에 안 해. 비싸지 않은 편이지. 게다가 그 맛도 아주 특별하거든."

선생님의 말씀에 따르면 거의 선단仙丹이나 다름없었다. 반 전체를 통틀어 그 말을 믿은 사람은 나밖에 없었다. 두 달쯤 지나 나는 어느 음산한 한약방에 들어가 그동안 모아둔 동전들을 높다란 계산대에 올려놓고 '선단' 한 알을 받아 나왔다. 그런 다음 사람들이 없는 좁은 곳으로 들어가 밀랍 껍질을 까서 입속에 넣고 씹었다. 어찌나 쓰던지 하마터면 토할 뻔했다.

내가 5학년이 될 무렵 학교의 무쇠 종은 전기벨로 바뀌었고, 담임도 둥징보董靜波 선생님으로 바뀌었다. 둥 선생님은 목까지 내려오는 가지런한 단발머리에 안경을 쓰셨고 단추가 두 줄로 나란히 달린 여성 레닌복을 입고 있었다. 품위 있고 군더더기 없이 깔끔한 모습이었다. 선생님은 늘 생글생글 웃는 모습이었다. 적어도 나에게는 그랬다. 내 글이 항상 작문의 모범이 되었던 것을 보면 아마도 내가 선생님의 애제자 가운데 하나였던 것 같다. 나는 국어 과목이 좋아졌다. 산술보다는 글을 다루는 과목이 훨씬 더 자신 있었다. 서예를 배운 덕분에 내 펜글씨는 힘이 넘치는 안체顔體*에 가까웠다. 둥 선생님은 그런 내 글씨를 아주 높이 평가

* 당나라 서예가 안진경(顔眞卿)의 서체.

하시면서 반 전체 학생들 앞에서 크게 칭찬해주셨다. 갑자기 하늘이 확 트이면서 환해지는 듯한 기분이었다. 여러 해가 지나 나는 산문집『실패의 책』失敗之書 서문에서 이렇게 썼다.

　"내 초등학교 시절의 작문은 항상 둥 선생님의 호평을 받았고, 반 전체 학생들 앞에서 낭독하기도 했다. 당시 내 심장이 쿵쾅쿵쾅 심하게 뛰었던 기억이 난다. 그것이 내가 공개적으로 글을 발표하기 시작한 첫 번째 자리였다고 할 수 있다. 어쩌면 둥 선생님이 나의 첫 편집자이자 출판자였는지도 모른다."

　나는 수업시간에 자주 꿈속을 거닐거나 허구의 세계를 헤매곤 했다. 그럴 때마다 둥 선생님은 늘 선의의 방식으로 나를 일깨워주셨다. 이를테면 아주 쉬운 문제를 내서 나를 현실로 돌아오게 해주셨다.

　"아주 정확하게 잘 맞혔어, 자오전카이."

　이어서 선생님은 교편을 휘두르면서 말씀하셨다.

　"여러분, 모두들 한눈팔지 말고 정신 똑바로 차려요."

　여러 해 동안 해외를 떠돌면서 나는 마침내 어머니를 통해 둥 선생님을 찾아 편지를 주고받을 수 있게 되었다. 2001년 말, 오랫동안 떠나 있던 베이징으로 돌아왔을 때 나는 따로 시간을 내서 둥 선생님을 찾아갔다. 선생님은 이미 백발이 성성했고 다리도 불편해 온종일 침대에 누워 일어나지 못하셨다. 선생님은 나와 다른 친구들의 졸업사진을 찾아내셨다. 지금의 나와 겹치는 모습을 찾아보기 어려웠다. 선생님의 말투에는 허베이 억양이 약간 섞여 있었다. 이 역시 내 기억과는 차이가 있는 부분이었다. 선생님은 마지막으로 웅얼거리듯이 말씀하셨다.

"자, 이제 가봐야지. 여기서 시간 낭비하지 말고."

나는 선생님이 탓한 것이 내가 아니라 시간이었을 거라고 생각했다.

작년 말, 어머니와 함께 홍콩 지우룽탕九龍塘의 한 상하이 음식점에서 점심을 먹은 적이 있다. 그때 어머니가 무의식중에 둥 선생님이 세상을 떠나셨다는 얘기를 하셨다. 나는 순간 정신이 아득해졌다. 얼굴 가득 쏟아지는 눈물을 주체할 수 없었다.

초등학교에서 중학교로 진학하기 위해 시 전체를 대상으로 한 시험에서 둥 선생님이 시험 감독을 맡으셨다. 교실 안은 무서울 정도로 조용했다. 슥슥 답안을 적는 소리를 제외하고는 지붕 위에서 참새들이 떠드는 소리만 들릴 뿐이었다. 나는 안도의 숨을 내쉬었다. 국어 문제가 쉬워서 마음속으로는 득의만면했다. 틀린 글자를 수정하는 문제에서 '극적'極積*이라는 두 글자에 내 눈길이 잠시 멈췄다가 이내 그냥 지나쳐버렸다. 그때 마침 둥 선생님이 내 옆을 지나가셨다. 선생님의 시선에서 묘한 압박감을 느꼈다. 선생님은 내 책상을 탁탁 치시면서 몸을 돌려 학생들에게 말했다.

"여러분, 건성으로 풀지 마세요. 답안지를 내기 전에 한 번씩 꼼꼼히 검토하도록 하세요."

둥 선생님의 이런 지적은 나를 위한 것임이 분명했다. 나는 아주

---

* 적극(積極)과 극적(積極) 두 글자의 중국어 발음이 같아서 '극적'으로 순서가 바뀌어도 '지지'로 발음된다.

꼼꼼하게 앞뒤로 훑어보았다. 아무리 봐도 틀린 곳이 없었다. 나는 시험시간이 다 끝나기 전에 앞당겨 답안지를 제출했다.

'극적' 한 단어 때문에 나는 2점이 모자라 1지망이었던 베이징 제4중학에 합격하지 못했다.

베이징 제13중학

1

1962년 여름, 나는 초등학교를 졸업하고 베이징 제13중학에 합격했다. 제13중학은 초등학교에 비해 집에서 두 배나 먼 거리에 자리 잡고 있었다. 나의 세계도 두 배 넓어진 셈이었다.

이곳은 일찍이 강희제康熙帝의 열다섯 번째 아들 유군왕愉郡王*의 왕부王府였던 곳이다. 1902년, 순친왕醇親王의 일곱 번째 아들 재도載濤가 종군왕鐘郡王의 양자로 입적되어 패륵貝勒**의 작위를 승계하고 왕부로 들어가면서 도패륵부濤貝勒府라는 이름을 얻게 되었다. 선통宣統*** 연간에 재도는 섭정왕 동생의 신분으로 황실 호위 부대인 금

---

* 군왕은 중국 청대 친왕(親王) 다음에 해당하는 작위였다.

** 청대의 종실 및 몽골 외번에 주어졌던 작위로 군왕 다음가는 지위.

*** 1909년부터 1911년까지 청나라 마지막 황제였던 푸이(溥儀)의 재위기간에 사용된 연호.

위군禁衛軍의 훈련대신을 지냈다. 장쉰張勳*이 복위되자 그는 다시 금위군 사령관이 되었고, 중화인민공화국 정권이 수립되었을 때는 전국정치협상회의 위원으로 변신하기도 했다. 1925년, 재도는 자신의 왕부를 로마교황청에 장기 임대하여 대학을 설립할 수 있게 했다. 이렇게 설립된 대학이 바로 푸런輔仁대학이었다. 푸런대학은 1929년 부속중학 남학생부를 개설했다. 그리고 1951년 베이징 제13중학으로 이름을 바꾸게 되었다.

우리 학교는 남쪽을 바라보며 북쪽에 자리 잡고 있었다. 정문은 동쪽으로 나 있었다. 중앙로와 동로東路에는 각각 사진원四進院**이 있었고, 서로西路에는 극장과 긴 회랑, 정자와 누대, 가산 등이 있었다. 세월은 마치 시커먼 남학생들이 무리지어 휘휘 몰려다니는 것 같았다. 학생들이 빠른 발걸음으로 퉁탕거리면서 위풍당당하게 교실로 들어왔다가, 마침내 서쪽 운동장 먼지 속으로 사라지는 것과 다르지 않았다. 우리 교실은 운동장 바로 입구에 있었다. 나는 세월의 발걸음, 그 방향과 동태를 아주 잘 알고 있었다.

개학 첫날, 나는 가방을 메고 교정에 들어서자마자 정신이 아득해졌다. 하늘과 해를 뒤덮을 것처럼 까마득한 고등학생들 등 뒤로 나의 미래가 한눈에 보였다. 한 계단 한 계단이 대학입시로 가는 외나무다리(그 밑은 깊은 심연이었다)를 향하고 있었다. 이곳을 출발하여 대학에 들어가게 되고, 두려운 어른들의 세계로 들어가

* 중국 근대 북양군벌로, 청대 말기에 윈난과 간쑤(甘肅), 장난(江南)의 도독을 지냈다.
** 사합원의 안마당을 '진'(進)이라 하고 그 수에 따라 일진원, 이진원, 삼진원 식으로 확대된다.

게 되는 것이었다.

제13중학은 남학교였다. 여학생들이 형성하는 완충지대가 없다는 것은 적나라한 밀림의 법칙이 지배한다는 것을 의미했다. 하지만 실상은 그렇지 않았다. 나는 사람이 일정한 나이가 되면 교활해져 지능과 의지로 주먹을 대신하기 시작한다는 사실을 깨닫게 되었다. 이것이 바로 어른들의 세계에 존재하는 권력의 원천이었다.

입학하던 해에 나는 열세 살이었다. 신체적인 면에서나 지능적인 면에서 나는 비교적 늦게 성숙한 편이었다. 나와 차오이판이 건물 앞에서 함께 찍은 사진이 이런 사실을 증명해준다. 차오이판은 덩치가 크고 키도 훤칠한 데다 안경 너머로 보이는 눈빛에 자신감이 넘쳤고 울대뼈가 툭 튀어나와 있었다. 입술 위로는 희미한 수염자국도 보였다. 그에 비해 나는 머리통 절반 정도나 작았고, 반바지 아래로 장작개비처럼 비쩍 마른 종아리가 드러나 있었다. 얼굴 가득 젖비린내가 풍겼고, 눈빛은 흐릿한 데다 무척이나 산만했다. 그해는 전환의 해였다. 우리는 각자 다른 초등학교를 다니다가 제13중학에 합격해 들어왔다. 조를 나눠 경기하는 맞수처럼 그는 2반, 나는 4반에서 결승점을 향해 달리기 시작했다.

반에는 '큰 목'이라는 별명을 가진 친구가 있었다. 지능에 문제가 있어 2년이나 유급을 당했다. 특별한 일이 없는 한 그는 계속 유급을 당하게 될 것이었다. 우리는 학년이 오르내리는 조합 속에서 만나게 되었다. 그는 호랑이 등에 곰의 허리를 갖고 있었다. 팔뚝이 내 허벅지보다 굵었다. 목에 석고로 된 테를 두르고 있어 '큰 목'이라는 별명이 붙게 되었다. 그는 평행봉 연습을 하다가 손이 미끄러지는 바람에 목이 쑥 들어가 버렸다고 했다. 장기적으로 목을 잡아빼는 수술을 해야 고칠 수 있다는 것이었다. 나는 지금도 왠지 미안해하는 듯한 그의 미소를 기억한다. 우연히 이 세상에 뛰어들어와 몹시 송구스럽다는 듯한 의미의 미소였다. 당시에는 여전히 '어려운 시대'의 그림자가 드리워져 있었다. 학교 식당에는 의자가 없어서 식탁 주변에 둘러서서 밥을 먹었다. 식사는 늘 '큰 목'의 노랫소리 속에서 끝이 났다. 그는 건축공사 현장에서 조수로 일한 적이 있어서 그런지 식사량이 놀라울 정도로 많았고, 배급되는 양식의 정량으로는 생존이 불가능했다. 그래서 그는 노래를 팔아 양식을 구해야 했다. 노래마다 값이 달라 어떤 노래는 만터우 반 개고, 어떤 노래는 워터우 한 개를 주어야 했다.

'큰 목'은 목소리가 그다지 좋지 않았지만 노래를 아주 진지하게 불렀다. 꾀를 부린 적이 한 번도 없었다. 고음 부분에 이르면 석고 테 사이로 창백한 목을 길게 뽑았다. 노래를 마치면 만터우나 워터우를 두세 입에 뚝딱 먹어치우고는 또다시 개처럼 눈을 번득이며 구걸을 했다. 그의 노래는 특별했다. 하층민들의 생활과 연관이 있는 것이 분명했다. 특히 외설적인 곡조는 우리에게 성을 일깨워준 첫 번째 성교육이 되기도 했다.

우리가 2학년으로 진급할 때 '큰 목'은 유급 연한이 초과되어 퇴학을 당하고 말았다. 고된 노동의 행렬로 돌아가 우리와는 다른 길을 가게 될 것이었다. 이별을 앞둔 마지막 점심시간에는 거의 모든 친구가 그에게 만터우를 하나씩 나눠주었다. 그는 아주 많은 노래를 불렀다. 이번에는 노래를 파는 것이 아니라 우정과 자신의 예측

할 수 없는 운명을 위해 노래하고 있었다. 가장 격앙된 대목에 이르자 목 밑까지 커다랗게 벌려졌던 그의 입이 갑자기 조그맣게 오므라들더니 뚝 멈춰버렸다.

2

1962년 가을, 우리 집에는 초대하지도 않은 손님이 찾아왔다. 다름 아닌 우리 이종 숙부와 베이다황北大荒*에서 함께 생활했던 전우 루盧씨 아저씨다.

융야오咏瑤 숙부는 원래 베이징의 공군 후근부後勤部에서 일하던 청년 장교였다. 키는 크지 않지만 잘생기고 다부진 체격으로 내 어린 시절 마음속 영웅이었다. 특히 설을 쇨 때면 짙은 초록색 군복에 영장과 견장을 달고 무장용 벨트를 찬 채 머리에는 챙이 달린 정모를 쓰고 찾아왔다. 너무나 신기하고 기백이 넘치는 모습이었다. 숙부가 현관에 들어서서 내게 얘기를 할 때면, 부러움으로 가득한 아이들의 눈빛이 나의 허영심을 극도로 자극했다. 숙부가 가고 나면 나는 어깨에 잔뜩 힘을 주면서 숙부가 수많은 미군 전투기를 격추시켰다며 허풍을 떨곤 했다. 우리 집은 커튼부터 셔츠까지 모든 것이 붕붕 떠다녔다. 전부 숙부가 준 낙하산 천으로 만들었기 때문이다. 숙부가 비행기를 몰고 우리를 하늘에서 데려왔다는 것

---

* 헤이룽강(黑龍江) 곡지(谷地)와 싼강(三江)평원, 넌강(嫩江)유역에 이르는 면적 1억 무(畝, 100평)의 광대한 황무지로서, 50년대에 이르러 대규모 농지개간사업을 벌여 곡창시대로 변모했다.

을 증명해 보이기라도 하는 것 같았다.

1958년 이른 봄, 숙부는 전역하여 베이다황으로 가면서 마지막으로 우리 집에 들러 작별인사를 했다. 그때 어머니도 마침 산둥山東 농촌으로 하방下放*되어 내려가야 했다. 군복을 벗은 숙부의 모습은 초라하기 그지없었다. 그 모습이 나를 너무나 힘들게 했다. 나는 슬그머니 어른들의 눈길을 피해 밖으로 빠져나왔다.

"널 보러 또 오마."

숙부가 떠나면서 내게 말씀하셨다. 그러고는 몸을 돌려 내 어린 시절의 지평선 밖으로 사라졌다.

루씨 아저씨의 출현에 나는 속으로 무척이나 기뻤다. 과연 숙부가 지평선 저 너머에서 사람을 보내온 것이었다. 루씨 아저씨는 트랙터 기사였다. 트랙터를 수리하기 위해 망치로 부품을 두드리다가 쇠 파편이 튀어 오른쪽 눈에 박히고 말았다. 그곳 농장의 병원에서 치료를 받긴 했지만 별로 효과가 없어서, 베이징 퉁런同仁병원으로 옮겨오게 된 것이었다. 그는 숙부의 소개로 우리 집에서 기거하게 되었다.

"의사가 내게 개 눈을 박아준다더구나."

루씨 아저씨가 내게 말했다. 이 말에 나는 당혹감을 감출 수 없었다. 개의 눈알로 세상을 보면 대체 어떤 느낌일까? 그러나 알고보니 농담이었다. 의사는 그에게 가짜 눈알을 박아주었다. 우리가

---

* 공산당 간부나 지식인들의 사상을 단련시키게 위해 공장이나 농촌, 광산 등지로 보내 노동교화를 시킨 것을 말한다.

구슬치기를 하며 노는 유리구슬과 비슷했다. 아저씨는 종종 화장실에 틀어박혀 가짜 눈을 빼내 작은 유리컵에 넣어 씻곤 했다.

숙부는 꿈속에도 자주 나타났다. 얼음과 눈으로 뒤덮인 곳에서 천군만마의 군대를 지휘하는 모습이었다. 루씨 아저씨에게 그곳에 대해 캐물었지만 아저씨는 피하기만 할 뿐 대답을 해주지 않았다. 틀림없이 군사기밀일 것이라는 생각이 들었다.

어느 날 저녁, 루씨 아저씨가 마침내 내게 이야기를 하나 해주었다. 등불 아래서 그의 두 눈동자가 색다른 빛을 내고 있었다. 유리 눈알은 지나치게 맑고 투명하게 빛났다.

"한밤중에 곰 한 마리가 느닷없이 농장 창고에 뛰어들었어. 먹을 걸 찾느라고 상자며 선반을 다 뒤집어엎었지. 초병이 그놈을 발견했어. 우리는 그놈을 둥그렇게 에워싸고 먼저 공포를 쏘아 경고를 했지. 그런데 갑자기 그놈이 우리를 향해 달려들 줄 누가 알겠어. 총을 쏘긴 했지만 안타깝게도 가슴팍의 흰 털 부분을 맞히지 못했어. 거기가 급소인데 말이야. 하는 수 없이 자동소총과 기관총을 동원했지. 마침내 그놈이 쓰러졌어. 서른아홉 발을 맞았더라고."

다소 실망스런 이야기였다. 하지만 내가 학교 친구들한테 전해준 얘기에서는 숙부가 곰과의 전투에서 지휘관을 맡았다.

그 시절 베이징은 밤이 무척이나 어두웠고, 먹은 것이 없어 뱃속은 텅 비어 있다 보니 모두들 일찌감치 집에 돌아가 잠자리에 들었다. 그런데 루씨 아저씨는 오히려 베이징의 '상류생활'을 발견했다. 다름 아닌 연극 무대였다. 아저씨는 사람도 낯설고 땅도 생소

한 데다 친구도 없는 터라 항상 나를 데리고 다녔다. 아저씨와 함께 본 연극으로는 「혁명의 이름으로」以革命的名義와 「총을 든 사람」帶槍的人, 「이솝」伊索 등이 있었다. 이 가운데 가장 인상 깊었던 것은 '인예'人藝*가 공연한 「이솝」이었다.

어느 늦가을 저녁이었다. 방금 내린 비에 낙엽 썩는 냄새가 축축했다. 수도首都극장은 왕푸징王府井 대가에 자리 잡고 있었다. 유리창이 아주 크고 투명한 것이 해질 무렵의 맑은 하늘 같았다. 계단 위의 관중들은 또 다른 행성을 향해 가는 사람들 같았다. 그 가운데 깡마른 사내아이가 있었다. 바로 나였다. 그리고 유리 눈알을 한 아저씨가 있었다. 나는 대형 샹들리에의 밝고 부드러운 빛에 약간 현기증이 났다. 낮게 깔리는 종소리가 퍼지자 조명이 어두워졌다. 붉은 막이 천천히 올라가면서 무대 위에 고대 로마제국의 둥근 기둥과 계단이 나타났다.

그날 밤 나는 밤새도록 거의 한숨도 자지 못했다. 그 뒤로 놀랍게도 나는 귀신에 홀리기라도 한 것처럼 대사를 몇 단락씩 외울 수 있었고, 이를 과장된 무대 억양으로 (이솝의 혼이 빙의된 것처럼) 따라하게 되었다. 나는 반쯤 미쳐 있었다. 학교 친구들 앞에서는 자유를 위해서라면 죽는 한이 있어도 시험의 노예는 되지 않겠노라고 선언하기도 했다. 수업시간에 선생님이 물의 분자식을 물어보셨을 때는 엉뚱한 소리를 했다. 나는 「이솝」에서 배운 어투로 대답했다.

* 베이징 인민예술극원의 약칭.

"그대가 강과 바다를 나눌 수 있다면 내가 바다를 다 마셔버리겠소. 나의 주인은……."

선생님은 내가 정신병에 걸린 것 같다고 생각하셨다.

당시는 양식 배급량이 부족해 어느 집에 손님으로 가도 식사는 각자 자기 양표를 준비하여 해결해야 했다. 양표를 제대로 내지 않아 아버지와 루씨 아저씨 사이에 마찰이 생겼다. 나는 마음속으로 아저씨 편을 들었다. 이유는 아주 간단했다. 아저씨가 나를 데리고 베이징의 어두컴컴한 골목들을 돌아다녔고, 내게 빛나는 환상의 세계를 보여주었기 때문이다. 나는 현실과 무관한 그 모든 것에 완전히 빠져들고 있었다.

3

중학교 3년은 말할 수 없이 길고 지루하기만 했다. 그리고 시험은 영원으로 통하는 그 어떤 가능성들을 하나하나 막는 문들과 같았다. 나는 시험이 제일 싫었다. 내가 보기에, 시험은 인류가 개발한 가장 사악한 제도요, 아이들에게 일찌감치 인생의 괴로움을 맛보게 하는 음모였다.

나는 초등학교 시절 산수가 좀 떨어졌다. 그런데 중학교 수학 수업을 듣고 보니 인생의 고해가 끝이 없음을 비로소 알게 되었다. 정수 나누기 말고도 플러스, 마이너스, 역관계, 거기다 거듭제곱과 제곱근 구하기로 세상을 완전히 해체시키니 사람이 거의 미칠 지경이었다. 나는 수학의 세계에서 완전히 길을 잃고 말았다. 기말고

가족 사진, 1963년경.
아랫줄 맨 오른쪽이 베이다오.

사를 최종 심판이라고 한다면, 상황을 진단해보나 마나 중형을 기다리는 신세일 것이다. 그러나 누구에게나 살아날 구멍은 있는 법이었다. 시험 전날, 나는 연속으로 영화 두 편을 보았다. 깜깜한 암흑 속에서 나는 모든 것을 잊었다. 아마도 마음이 편안해서였는지 시험 성적이 그런대로 무난하게 나왔다.

수학을 제외하면 러시아어가 어려웠다. 소련과의 마찰로 서로 원수가 되었는데도, 대부분의 중학교에서는 전과 다름없이 러시아어를 가르쳤다. 가장 어려운 것은 권설음이었다. 다행히 북방 마부의 외침 소리에도 권설음이 들어 있어서, 먼저 마차 끌기를 배우면서 러시아어를 익혔다. 메모지 앞뒤로 각각 중국어와 러시아어 단어를 적어들고 아침부터 허우하이로 가서 죽어라고 외웠다. 비슷한 발음을 이용해 외우다 보니 평생 잊기 어려운 것들도 있었다. '토요일'субботa, 수보따은 '책가방이 크다'書包大, 수바오다로, '일요일'воскресенье, 바스크레세니예은 '양말이 신발 안에 걸려 있다'襪子攔在鞋裏面, 와즈거짜이시에리몐로, '귀가하다'домой, 다모이는 '뜨개질을 하다'打毛衣, 다마오이로 바꿔서 외웠다. '문화대혁명' 시기에는 영어를 배우게 되었지만 수업을 열심히 듣지는 않았다. 같은 발음으로 외운 것은 딱 한마디였다. 'Long live Chairman Mao!'마오 주석 만세!를 '늑대가 나타나 앞에서 뛴다!'狼來了前面跑, 랑라이러첸몐파오!로 바꿔 외운 것이었다.

작문수업도 갈수록 매력을 잃어갔다. 작문에 정치가 개입하기 시작했다. "레이펑 동지를 본받자"라는 구호 아래, 좋은 일도 해야 할 뿐만 아니라 레이펑 아저씨처럼 일기도 써야 했다.

그날 오후 나는 창차오 사거리 입구에 숨어 있었다. 더네이 대가는 여기에서 북쪽으로 300~400미터가량 이어지는, 경사가 심한 비탈길이었다. 짐칸에 물건을 가득 실은 삼륜자전거 한 대가 비탈길을 올라가고 있었다. 등의 맨살을 다 드러낸 아저씨가 기를 쓰며 페달을 밟고 있었다. 나는 재빨리 수레 뒤로 달려가 몸을 한껏 기울여 힘껏 밀어주었다. 아저씨가 끄는 대로 열심히 밀었다. 아저씨가 뒤를 힐끗 돌아보더니 고개를 끄덕였다. 나는 삼륜자전거가 비탈길 꼭대기에 당도할 때까지 계속 밀었다. 꼭대기에 이르니 마침 그곳에 작은 식당이 하나 있었다. 나는 아저씨에게 잠깐만 기다리라고 하고는 얼른 식당 안으로 뛰어들어가 2마오를 주고 샤오빙 네 개를 사서 아저씨 손에 쥐여주었다. 말문이 막힌 아저씨는 눈을 동그랗게 뜨고 나를 쳐다보았다.

집으로 돌아온 나는 이 일을 먼저 일기에 적은 다음 다시 작문 공책에 옮겨 다음 날 선생님께 제출했다. 선생님은 이 글을 국어 시간에 반 전체 학생들 앞에서 낭독하게 했다. 처음에는 조금 우쭐했지만 뒤로 갈수록 부끄러워졌다. 나중에는 너무 창피해 쥐구멍이라도 찾아 들어가고 싶은 심정이었다. 나쁜 짓을 하다가 현장에서 걸린 것보다 더 창피했다. 그 뒤로 나는 다시는 일기를 쓰지 않았다.

4

2학년 2학기가 끝나갈 무렵이었다. 기말고사가 코앞에 닥쳤다. 교사식당은 식사를 특별히 따로 준비했지만, 학생식당은 큰 솥에 한꺼번에 대량으로 음식을 했다. 다행히 매주 수요일에는 메뉴가 바뀌었기 때문에 조금 기다려지기도 했다. 어느 수요일 점심, 학생 식당에서 야채 바오쯔와 계란탕을 제공했다. 학생들은 줄을 서서 기다리며 좋아서 어쩔 줄 몰라 했다.

나는 바오쯔와 계란탕을 들고 교실로 돌아와 친구들과 함께 수다를 떨면서 먹었다. 갑자기 바오쯔 안에서 이물질이 씹혀 뱉어내서 살펴보니 뜻밖에도 죽은 바퀴벌레였다. 책상을 탁 치며 벌떡 일어선 나는 몇몇 친구에게 둘러싸여 식당으로 뛰어 내려갔다. 마침 국을 푸던 주방장이 일을 마무리하고 있었다. 그는 이런 일은 식당 관리원에게 얘기해야 한다고 우물우물 얼버무렸다. 나는 단코*처럼 야채 바오쯔를 치켜들고 군중을 이끌고 가서 식당 사무실을 포위했다.

식당 관리원 라오리老李는 하얀 얼굴에 뾰족한 입과 원숭이처럼 쑥 들어간 볼, 세모꼴 눈을 하고 있었다. 그는 식당 관리와 식자재 구입을 담당하고 있었다. 하루 종일 자전거를 타고 느긋하게 교정을 오갔지만 광주리에 가득한 닭과 오리, 생선, 고기 등은 학생식당과는 전혀 상관없는 것들이었다. 내가 격앙된 어조로 쏟아내는 얘기를 다 듣고 나서 그가 말했다.

"내 생각에는 이렇게 하는 게 좋겠네. 주방장한테 말해서 자네 야채 바오쯔를 다른 걸로 바꿔주는 거야."

---

* 고리키(Maxim Gorky)의 소설『이제르길 노파』에 나오는 인물로, 도탄에 빠진 종족을 희망의 길로 인도한다

"뭐라고요?"

나는 화가 나서 목청을 높이며 말을 받았다.

"바오쯔를 바꿔주기만 하면 일이 해결된다는 말인가요?"

"그럼 어쩌자는 거냐?"

라오리가 차분한 어투로 되물었다.

순간 나는 말문이 막혀 멍한 표정을 지었다. 하지만 이내 당당하게 말을 이었다.

"오늘 이후로 매일 위생검사를 해서 급식환경을 개선하도록 하세요. 그리고 전체 학생에게 공개사과하세요!"

"그럼 너는 그게 마른새우가 아니라 바퀴벌레라는 걸 어떻게 증명할 테냐?"

라오리가 반문했다. 나는 몸을 돌려 학생들을 선동했다.

"여러분, 말해보세요. 우리 식당에서 야채 바오쯔에 마른새우를 넣었나요?"

"아니요!"

학생들이 일제히 라오리를 향해 소리쳤다.

"우리 식당에 맞서 싸웁시다!"

"싸웁시다!"

격분한 학생들은 나를 따라 구호를 외쳐댔다. 삽시간에 통제 불능 상태가 되었다.

"네가 또 난동을 부리겠다는 거냐?"

라오리가 버럭 소리를 질렀다. 핏기가 싹 가신 얼굴이었다.

"자오전카이, 말 안 듣고 말썽만 피우는 건 여전하구나. 내가 분명히 말해두지. 한 번만 더 난동을 부리고 시끄럽게 굴면 아예 식당 출입 자격을 박탈해버리겠다. 그리고 교장실에 보고해서 퇴학 처벌을 받게 하겠어. 누구든지 이 녀석에게 동조했다가는 똑같은 처벌을 받게 될게다!"

과연 그의 위협은 효과가 있었다. 학생들 대부분이 흩어져 돌아가고 나와 같은 반 친구 두세 명만 남았다. 퇴학과 부모님의 반응을 생각하니 나도 기가 죽었는데, 언제 가버렸는지 그 두세 명마저 보이지 않았다. 나 혼자 남아 라오리와 대치하면서 서로를 노려보고 있었다. 수업 시작종이 울렸다. 나는 야채 바오쯔를 땅바닥에 세게 집어던지고는 씩씩거리면서 자리를 떴다.

생전 처음으로 학생들을 선동한 난동은 실패로 끝나고 말았다. 나는 권력이란 원래 이치를 따르지 않는다는 것을 깨닫게 되었다. 바퀴벌레가 얼마든지 마른새우가 될 수 있는 것이었다. 아울러 반란을 일으키려면 어떤 결과도 달게 받아들일 수 있을 만큼 마음이 강해야 한다는 것도 실감했다.

5

당시 베이징 중학생 사이에는 제8중학은 동창회가 유명하고, 제3중학은 학비가 비싸기로 유명하며, 제4중학은 근시안이 많기로 유명하고, 제13중학은 군악대가 유명하다는 말이 널리 퍼져 있었다. 군악대는 제13중학의 자랑이었다. 그 금관악기들은 전부 푸린대학 부속중학교 시절에 사용하던 것을 그대로 물려받은 것이라 여기저기 파이고 긁힌 자국이 있었다. 특히 커다란 흐른은 때운 자국도 있었다. 그런데도 베이징 중학교들의 운동회를 비롯하여 각종 대형 집회에서는 제13중학이 가장 멋진 모습을 자랑했다.

1963년 여름방학 때, 나와 차오이판은 베이징 중학생들을 위한 '샤오바로小八路 여름캠프'에 참가했다. 차오이판은 반장이라 2반 대열의 맨 앞에서 행진했고, 나는 평범한 데다 덩치도 작아 4반 대열의 맨 끄트머리쯤에 대충 섞여 걷고 있었다. 대열이 학교 운동장을 출발했다. 맨 앞에는 군악대가 있었다. 햇빛이 금관악기 위로 반짝였다. 갑자기 북과 나팔이 일제히 소리를 뿜어내면서 천지가 떠나갈 듯 진동했다. 나는 대열을 정리하면서 차오이판과 엇갈려 지나쳤다. 우리는 득의양양한 모습으로 눈빛을 서로 교환했다.

베이징 제4중학

1

1965년 여름방학에 입학허가서를 받았다. 마침내 베이징 제4중학에 합격한 것이다.

제4중학은 베이징뿐만 아니라 전국에서 가장 좋은 중고등학교 가운데 하나로, 내게는 천국처럼 요원한 곳이었다. 초등학교에서 중학교로 진학하는 입학시험을 볼 때 입학지원서에 희망 학교를 적어 냈었다. 1지망은 제4중학, 2지망은 제13중학, 3지망은 제14중학이었다. 이는 당시 중상위권 성적을 가진 남학생들의 공통적인 선택유형이었다. 하지만 정작 시험에서 나는 '적극'을 '극적'으로 거꾸로 써놓은 함정을 간파하지 못하는 바람에 천국으로 가는 길목에서 방향을 틀어 제13중학에 입학하게 되었다.

그날의 시험 감독관은 둥 선생님이었다. 선생님은 내 자리 옆에 한참이나 서 계시다가 긴 한숨을 내쉬며 답안지를 제출하기 진에 다시 한 번 꼼꼼히 살피라고 전체 학생에게 당부하셨다. 나는 시험지를 한 번 훑어보고 나서 "다 맞았네"라고 자신만만해 하며 답안지를 제출했다. 결국 보기 좋게 낙방하여 아버지한테 호되게 욕을 얻어먹었다. 그해 여름방학 내내 나는 고개를 들고 다닐 수 없었다.

중학교 3년은 교실 문 앞에 서 있는 홰나무의 흔들림 속에서 조용히 지나갔다. 3학년 1학기부터 나는 아버지의 압력에 따라 새벽같이 일어나서 밤늦게 잠자리에 들기를 반복하면서 한 걸음 한 걸음 '적극'적으로 나의 길을 재촉했다.

시험이 다가올수록 나는 미신에 더 민감해졌다. 특히 숫자 '4'에 대해서는 더더욱 그랬다. 하루는 학교에서 다샹펑大翔鳳 후통을 따라 집으로 돌아가는 길에 눈을 감고 네 걸음, 눈을 뜨고 네 걸음, 또다시 눈을 감고 네 걸음을 걷는 식으로 반복해서 걸었다. 그렇게 계속 걷다가 류인가柳蔭街 가까이 이르렀을 때쯤 눈을 크게 떴다. 눈앞에 웬 할머니가 잔뜩 놀란 얼굴을 하고 서 있었다. 내가 눈을 뜨는 걸 보고는 할머니가 깔깔 웃으며 말했다.

"난 저 불쌍한 장님 아이가 어째서 지팡이도 없이 돌아다니나 했구먼!"

이런 사정을 하늘이 들었는지 이 장님 아이는 마침내 천국의 문고리를 잡게 되었다. 그해 여름, 나의 사회적 지위가 눈에 띄게 올라갔다. 아버지도 다른 눈으로 나를 대하기 시작했고 이웃과 친척들의 칭찬도 이어졌다. 굳이 학교 배지를 달고 다니지 않아도 거의 모든 인류의 귀염둥이가 된 것 같았다. 더 신바람 나는 일은 아랫집에 사는 친구 차오이판도 제4중학에 합격했다는 사실이다. 게다가 우리는 같은 반에 배정되었다.

2

베이징 제4중학은 1907년 창립되었다. 창립 당시의 교명은 '순톈중학당'順天中學堂이었으나 1912년에 '징스京師공립 제4중학'으로 개명되었고, 1949년에는 다시 '베이징 제4중학'으로 이름을 바꾸었다. 우리 집과의 거리는 제13중학과 비슷했다. 걸어서 20분 정도밖에 걸리지 않았다.

9월 1일 개학하던 날, 나는 일찌감치 일어나 가방을 열었다 닫았다 하면서 안절부절못했다. 그렇게 한참을 뭉그적거리다가 차오이판과 만나 함께 등교했다. 교문은 회색 벽돌과 돌로 지어진 패방牌坊* 건축물로, 청말민초清末民初 시기의 풍격을 그대로 간직하고 있었다. 귀모뤄郭沫若**가 쓴 '베이징4중'北京四中이라는 글씨가 현판석에 빨갛게 새겨져 있었다. 회색 벽과 철제 교문은 약간 음산한 분위기를 자아냈다. 이런 분위기 때문에 교문은 어느 국산 영화에서 일본 헌병사령부의 모습으로 활용되기도 했다.

개학 첫날은 선생님과 학생들이 만나는 날이었다. 내가 배정된 고등 1학년 5반은 차오이판만 빼고 전부 모르는 얼굴들이었다. 나는 은근히 마음이 불안했다. 단추를 잘못 채운 채 사람들 앞에 서

* 중국 전통건축물의 하나로 효자나 열녀 등 남의 모범이 될 만한 행위나 공로가 있는 사람을 표창하고 기념하기 위해 세우거나 미관을 위해 세운 문짝 없는 문.
** 중국 역사학자이자 현대문학 작가.

베이징 제4중학 교문.

서 가리지도 못하고 다시 고쳐 채우지도 못하는 것 같은 불안감이었다.

개학하고 얼마 지나지 않아 주판알을 튕겨보고서야 나는 문제의 심각성을 의식하게 되었다. 국어는 특별히 우수하진 않았지만 그런대로 괜찮은 편이었다. 문제는 수학과 물리, 화학 같은 수리화 과목들이었다. 이 과목들이 악몽처럼 나를 짓눌렀다. 숨을 쉴 수가 없었다. 특히 수학이 가장 심했다. 일단 정수만 넘어가면 오리무중에 빠져 동서남북을 구분할 수 없었다. 게다가 주변 친구들은 서로 앞서가려고 경쟁하고 있었고, 심지어 3학년 교과서에나 나오는 미적분을 미리 공부하는 친구도 있었다. 나는 홀로 고통 속에서 절규했다. 이 숫자의 천국에 들어온 것이 너무 후회스러웠다.

솔직히 말하자면 학교 전체의 분위기가 나를 옥죄었지만, 그렇다고 그 원인과 맥락을 정확히 설명하기도 어려웠다. 어쨌든 어딘가 잘못되었다는 느낌이었다. 예컨대 옷차림만 보더라도 땀에 전 낡은 조끼와 여기저기 덧대어 기워 입은 바지, 발가락이 드러난 군용 운동화가 수상할 정도로 지나치게 수수했다. 제4중학에 정부 고위간부 자제들이 집중되어 있다는 것은 누구나 다 아는 사실이었다. 무언가 의도적으로 은폐되고 있는 것이 분명했다. 잠복기의 전염병처럼 언제라도 폭발할 수 있었다.

담임인 톈융田傭 선생님은 수학 교사로 우리보다 나이가 여덟아홉 살 정도 많았다. 흰 테 안경을 썼고 혈색이 좋아 윤기가 흐르는 얼굴에는 기운이 넘쳤다. 하루 종일 우리와 달리기도 하고 농구도 하며 펄펄 날았다. 마치 골목대장 같았다. 톈 선생님은 베이징 사범대학교를 갓 졸업한 총각 선생님이었다. 매달 월급으로 56위안을 받아 베이징에 거주하면서 명문 중학에서 교편을 잡고 있었다. 너무나도 훌륭한 운명의 약속이었다.

우리와 함께 시골로 하방되어 내려가 노동을 할 때도 선생님은 솔선수범하여 일을 도맡아 하시면서 반 전체가 기거할 장소와 식사를 책임졌다. 선생님이 허리에 새끼줄을 질끈 동여매고 직접 불을 지펴 음식을 할 때면 나와 다른 친구 한 명이 옆에서 조수 노릇을 했다. 고기 비계에서 기름을 우려낸 다음 고구마를 숭숭 썰어 넣고 기름이 밴 고구마에 간장을 뿌려 한 번 볶아주면 맛있는 향기가 사방으로 퍼졌다. 밥상이 다 차려지면 선생님은 또 모든 학생에게 일일이 국자로 음식을 떠주었다.

'사청운동'四淸運動*이 한창이었던 그해, 다시 계급투쟁이 대두되었다. 어머니는 1년 동안 구이양貴陽으로 파견되어 그곳 은행 시스템의 '사청' 작업에 참여하게 되었다. 우리가 시골로 내려가 가장 먼저 맞닥뜨린 어려움은 농민들과 인사를 나누는 일이었다. 지주나 부농과 마주치면 어떻게 해야 하는지 의견이 분분했다. 우리는 지주나 부농들은 반드시 음흉하게 생겼을 것이라고 결론을 내렸다. 마을 간부에게 물어보니 그런 기준으로는 사람을 구별할 수 없을 것 같아 차라리 아무에게도 인사를 하지 않기로 했다.

어느 날 작업 중간 휴식시간에 있었던 일이다. 친구 K가 작은

---

* 1963~66년에 중국공산당이 전국의 도시와 농촌에서 대대적으로 전개한 사회주의 교육운동으로 임금, 장부, 창고, 재산 등 네 가지를 청산한다는 것이었다.

칼을 내 옆구리에 들이댔다. 처음에는 장난이었지만 점점 진지해졌다. 내가 굴복하지 않자 K는 아무도 모르게 손에 힘을 주었다. 칼끝이 점점 옆구리 깊숙이 파고들어 왔다. 우리는 서로 노려보면서 몇 분 동안이나 그렇게 대치했다. 나는 갑자기 극심한 통증을 느껴 그를 밀쳐버렸다. 그는 싸늘하게 웃으면서 나의 혁명의지를 시험해본 것이라고 말했다. 그 후 나는 그를 무서워하며 멀리했다. 싸움을 좋아하는 속성이 계급의식과 함께 깨어나고 있었다.

1966년 봄, 폭풍우가 다가오고 있었다. 갖가지 조짐이 나타났다. 우리는 위험의 징후를 감지한 작은 동물들처럼 경각심으로 가득 차 있었다. 쉬는 시간에 우리는 혁명의 이상과 생사의 위기에 관해 열띤 토론을 벌였다. 모두가 최후의 관문을 맞이하고 있는 것 같았다. 나는 희생되기 직전에 외칠 구호를 만들어 속으로 반복적으로 연습했다. 상상 속에서 나의 마지막 순간은 푸른 소나무에 둘러싸여 있어야 했다. 심지어 나는 문틈에 손가락을 끼워 넣고 아파서 온몸이 땀에 흠뻑 젖을 때까지 조이는 행동을 해보기도 했다. 나는 참혹한 형벌 앞에서 반역자가 될 가능성이 크다는 걸 스스로 인정했다.

나는 공청단 단원도 아니었다. 배척당하고 있다는 공포감 같은 걸 느꼈지만 어떻게 해야 그런 조직에 접근할 수 있는지 알 수 없었다. 차오이판이 나의 입단신청 추천인이 될 수 있었다. 다시 말해서 그가 조직을 대표하고 있었던 것이다. 이 사실이 내게 희망을 주었다. 어쨌든 그는 형제 같은 친구가 아니던가. 그를 슬쩍 떠보았지만 차오이판은 입을 굳게 다물었다.

3

'문화대혁명'이 발발했다. 1966년 6월 1일, 『인민일보』에는 「우귀사신牛鬼蛇神*을 모두 쓸어버리자」라는 제목의 사설이 게재되었다. 이때부터 제4중학도 공식적으로 휴교에 들어갔다. 이 소식을 들은 나와 친구들은 교실에서 일제히 기뻐하면서 그 자리에서 펄쩍펄쩍 뛰었다. 동기가 불순하다는 것은 우리 스스로 잘 알고 있었다. 다름 아니라 수리화 과목들의 시험, 즉 기말고사가 코앞에 닥친 것이었다. 하느님도 눈이 있어 그해에 나를 천당으로 이끄시더니 이번에는 깊은 물과 뜨거운 불에서 구해주신 것이었다. 나는 매일 아침 눈을 뜰 때마다 혹시 마오 주석이 생각을 바꾸지는 않을까 두려웠다. 하지만 그 노인은 결국 최후의 결정을 내렸고, 교문은 다시 열리지 않았다.

5월 말부터 나는 같은 반 친구들 몇 명과 함께 아침 일찍 집을 나서서 밤늦게야 귀가했다. 난자오南郊 다훙면 밖 베이징 식품학교에 가서 학생들에게 수업을 거부하고 혁명에 참여하자고 선동했다. 우리가 정한 구호는 "자산계급을 위해 케이크를 굽지 말자"였다. 하지만 굶주렸던 경험 때문인지 케이크 얘기가 나오자 입에 침이 고이는 것을 막을 수 없었고, 연설할 때는 여기저기 마구 침이 튀었다. 식품학교 학생들은 대부분 하층민 출신이었다. 입이 아프도록 설명했지만 왜 수업 거부를 해야 하는지, 왜 케이크를 구워서는 안 되는지 알아듣지 못했다. 토론 중에 한 여학생이 내게 "도대

* 온갖 잡귀신이란 뜻으로, 문화대혁명 당시 반혁명분자들을 의미함.

232

체 케이크와 자산계급이 무슨 상관이에요?"라고 물었다. 학생들의 적대심이 너무 강해 도저히 설득할 수 없었다. 결국 우리는 포기하고 철수해야 했다.

제4중학의 당위원회 기능이 마비되자 3학년 각 반의 공청단 지부가 연합하여 관리했다. 나는 학교에서 대자보를 쓰느라 이틀 밤을 꼬박 새웠다. 사흘째 되던 날 밤에는 친구들과 칭화淸華대학 부속중학교로 가서 제압당한 홍위병을 응원했다. 정신이 몽롱하고 다리가 후들거렸다. 불빛에 눈이 부셨고 함성이 멀어졌다 가까워지기를 반복했다. 혁명은 광란의 축제처럼 우리의 피를 끓어오르게 했다.

어느 날 교실에서 친구들의 옷차림에 놀라움을 금치 못했다. 친구들의 모습이 한순간에 완전히 변해버렸다. 최근 유행하는 녹색 군복에 장교용 모직 외투를 입고 커다란 가죽 부츠를 신었다. 허리에는 넓적한 혁대를 차고 팔에는 홍위병 완장을 두른 채 고급 자전거를 타고 무리지어 환호하고 있었다. 내가 막 입학했을 때 느꼈던 뭔지 모를 억압의 정체는 바로 이런 우월감이었다. 잠복기를 지난 전염병이 마침내 창궐하기 시작한 것이다.

"아비가 영웅이면 아들은 대장부요, 아비가 반동분자면 아들은 개자식이다"라는 구호가 생겨났다. 거의 모든 사람이 이 구호의 주인공이 되어 엮여 들어갔다. 이 구호는 금세「홍위병전가」紅衛兵戰歌로 발전했다. 우리 반 반장 류훙쉬안劉輝宣이 작곡과 작사를 도맡아 단번에 유명 인사가 되었다. 이 노래의 마지막 구절은 "아비가 영웅이면 아들은 대장부요, 아비가 반동분자면 아들은 개자식이다. 혁명을 원하면 일어서서 나오고, 혁명을 원치 않는다면 당장 꺼져라, 개자식!"으로 바뀌었다. 이 노래를 합창할 때마다 우리는 항상 "꺼져라, 개자식" 부분을 끊임없이 반복했다. 빈 골짜기에 울려 퍼지는 메아리 같았다.

그 당시 토론을 할 때 상대방의 첫마디는 항상 "너의 출신성분이 무엇이냐?"였다. 출신이 좋지 않으면 한바탕 욕설과 폭력에 시달려야 했다. 내 출신성분은 정부기관 직원이지만 아버지가 구사회*에서는 은행에서 일한 적이 있었기 때문에 의심스러운 부류에 속했다. 결국 다시 한 번 운동의 대열에서 배척당하고 말았다.

학교 담장 쪽 운동장 한구석에 있는 숲에서 자물쇠가 채워져 있지 않은 자전거를 하나 발견했다. 코스터 브레이크페달을 뒤로 밟아 작동시키는 자전거 제동장치가 달린 녹슨 자전거는 몹시 낡은 데다 바퀴살도 얼마 남아 있지 않았다. 자전거 벨에는 노끈이 매달려 있어 이걸 당겨야 띠리링 소리가 났다. 며칠을 유심히 관찰해봤지만 찾아가는 사람이 나타나지 않았다. 나는 진귀한 보물을 얻은 심정으로 잠시 빌려 타기로 했다.

낡은 자전거의 장점은 자물쇠 없이 아무 데나 세워놓아도 도난의 위험이 없이 안전하다는 것이었다. 고위간부 자녀들이 타는 융지우永久** 13형 망간 자전거에 비할 바는 아니었지만 타고 달리는 데는 별문제가 없었다. 어쨌든 이 자전거는 내가 보유하게 된 첫

---

* 중화인민공화국 수립 이전을 가리킴.
** 상하이의 유명 자전거 브랜드.

번째 교통수단이었다. 속도가 주는 쾌감은 걸어만 다니는 뭇 중생들은 절대 느낄 수 없는 것이었다. 나는 이 자전거를 타고 혁명의 급류를 드나들었다. 이제는 나 자신을 아웃사이더로 자처하지 않았다. 내가 자신이 혁명의 주력군이라는 착각에 빠지기도 했다. 나중에 『돈키호테』를 읽고서야 문득 돈키호테 역시 말을 타다가 미쳤을 것이라는 생각이 들었다.

하루는 자전거를 타고 집에서 나와 더네이 대가를 따라 학교로 가고 있었는데, 창차오 사거리에서 비탈길을 따라 미끄러져 내려오다가 경찰 초소 앞에서 그대로 곤두박질치고 말았다. 순식간에 사람들이 몰려들어 나를 에워쌌다. 온몸이 상처투성이가 되었다. 더 재수 없는 것은 무수한 사람들의 구경거리가 된 것이다. 너무나 창피했다. 이 사고는 누군가 내게 던지는 엄중한 경고 같았다. 나는 적절한 시기에 자전거를 버리기로 마음먹고 자전거를 원래 있던 자리에 몰래 가져다 놓았다. 신기하게도 자전거는 한나절도 지나지 않아 어디론가 사라져버렸다.

4

6월 4일, 베이징 시위원회가 파견한 공작소조小組가 학교에 들어와 상주하게 되었다. 이어서 6월 15일에는 전교생이 모인 가운데 여교장 양빈楊濱에 대한 비판투쟁대회가 열렸다.

6월 어느 날, 제4중학 2학년 학생인 류위안劉源이 편지 한 통을 국가주석인 아버지 류사오치劉少奇의 책상 위에 올려놓았다. 막후에서 이를 모의한 사람은 고등학교 3학년 5반의 몇몇 고위간부 자제들이었다. 그들은 내부로부터 중앙정부가 대학입시를 폐지하려 한다는 사실을 알아내고는 이 역사적인 기회를 놓치지 않기로 마음먹은 것이었다. 6월 18일, 『인민일보』는 베이징 제4중학과 베이징 제1여중이 내놓은 대학입시 폐지에 관한 제안서를 신문지상에 실었다.

8월 4일, 홍위병을 사칭한 '반동학생'들이 왕푸징에서 발견되었다. 이들은 학교로 끌려가 운동장에서 초주검이 되도록 두들겨 맞았다. 이와 동시에 스무 명 남짓한 학교 임원과 교사들이 학생들에게 조리돌림과 주먹질, 발길질을 당했다. 8월 25일, 제4중학의 고위간부 자제들이 중심이 되어 '수도 홍위병 서부지구 규찰대'를 설립한 데 이어 10호 통령通令*이 발의되었다.

제4중학은 베이징 '문화대혁명'의 중심 가운데 하나가 되었다. 천지를 뒤덮는 대자보 외에도 갖가지 은밀한 모의들이 계속 진행되면서 뒤이어 나타나게 될 각종 파벌조직에 대한 복선을 남겼다. 출신 문제 때문에 학교 친구들 사이에 분화가 한층 심해졌다. 이 '귀족'학교가 갑자기 소박함과 고상함의 가면을 벗어던지고 흉악한 본래의 얼굴을 드러낸 것이다.

나를 가장 놀라게 한 것은 천성적으로 수줍음을 많이 타던 우리 반 친구 C였다. 그는 공청단에 입단할 때 서면 사상보고에서 여성의 생식기와 유방의 형상을 포함한 자신의 성에 관한 상상을 털어

---

* 상급기관의 명령을 지방과 각 부서 등에 하달하는 동일 명령.

놓은 적이 있었다. 이 고해성사의 내용들이 대자보로 상세하게 공개되어 모든 사람의 웃음거리가 되리라고는 아무도 생각지 못했다. C는 반동학생으로 분류되어 모두의 시야에서 사라졌다. 대체 누가 이런 사실을 폭로한 것일까?

8월 18일, 나는 톈안먼 광장에 가보았다. 마오 주석이 처음으로 홍위병들을 접견하는 자리였다. 우리는 날이 밝자마자 류부六部 입구로 가서 도열하고 기다렸다. 톈안먼 광장 쪽으로 갈수록 계속 인파에 떠밀렸다. 우리는 펄쩍펄쩍 뛰며 고성을 질러댔다. 까치발을 하고 톈안먼 성루를 올려다보기도 했지만 보이는 건 아무것도 없었다. 멀리 초록색 점들만 몇 개 눈에 들어올 뿐이었다. 나는 아마도 그중 하나가 마오 주석일 것이라고 추측했다. 그 광기어린 기억의 심층에서 잊히지 않는 것은 바로 그 초록색 점들이었다.

폭력은 찌는 듯한 더위를 따라 더욱 고조되었다. 도처에서 끊임없이 비판투쟁과 조리돌림, 가택수색, 재산 몰수, 구타가 벌어졌다. 베이징 시내 전체에 피비린내가 진동했다. 모든 사람을 전율케 하는 그 악명 높은 '붉은 8월'이었다.

1966년 8월 2일은 내 열일곱 번째 생일이었다. 낮에는 집에 아무도 없었다. 나는 커튼을 쳐놓고 침대에 누워 천장을 바라보았다. 기분이 밑바닥까지 가라앉았다. 인생이 방향을 트는 시기에 나는 과거를 회고하고 미래를 전망해보고 싶었다. 하지만 아무것도 보이지 않았다. 가슴속이 텅 비어 있었다.

35년이 지나 아버지 병세가 위중해져 베이징으로 돌아왔다. 그날 니와 동생은 택시를 타고 핑안平安 대로를 지나 부모님의 집으로 갔다. 갑자기 동생이 철제 난간 뒤에 있는 흰색 현대식 건물들을 가리키며 물었다.

"저기가 어딘지 알아?"

나는 맞혀보려고 애써봤지만 전혀 실마리를 찾을 수 없어 멍한 표정으로 고개를 가로저었다.

"저기가 바로 제4중학이야."

동생이 말했다.

5

당시 베이징 중학교 전체를 통틀어 특급교사*가 네 명 있었다. 그 가운데 두 명이 제4중학에 있었다. 화학 교사 류징쿤劉景昆 선생님과 물리 교사 장쯔어張子謂 선생님이었다. 두 분 모두 국보급 인물이었다. 어느 해인가 장쯔어 선생님이 고등학교 3학년 물리를 가르쳤다. 그해 그가 예상한 문제 여섯 개 가운데 네 개가 대학입시에 출제되었다. 대단한 적중률이었다. 학생들은 일찌감치 시험지를 제출하고 나서 "장 선생님, 만세!"를 외쳤다고 한다.

삼각함수를 가르치던 리웨이李蔚 선생님은 세모꼴 눈에 아래턱이 수염 자국으로 파르스름했다. 선생님은 항상 종이 울리기 몇 분 전에 교실로 들어와 문제를 하나 칠판에 적었다. 내 눈에는 귀신 쫓는 부적처럼 보였지만(눈이 어지러웠다) 거의 모든 친구가 이

---

* 국가가 선전적이고 전문성이 있는 우수한 교사에게 수여한 칭호.

미 답을 알기라도 하는 듯이 앞다투어 손을 들면서 서로 자기가 먼저 대답하겠다고 나섰다. 리 선생님은 당황하지 않고 침착하게 세모꼴 눈으로 교실을 한 바퀴 획 둘러보면서 습관적으로 아래턱을 만졌다. 아주 진한 허베이 리현蠡縣 억양으로 "자오-전-카이" 하고 나를 호명했다. 거기다 '카이'開를 3성으로 발음해서* 더더욱 내 정신을 빼놓았다. 나는 매번 대답을 할 수 없었다. 이 일은 뜻밖에도 영원히 내 마음의 병이 되었다. 세월이 지나 내가 딸아이 숙제를 도와줄 때도 삼각함수 얘기만 들으면 가장 먼저 나오는 반응은 어지럽고 구역질이 나는 것이었다.

『학습』 잡지가 1958년에 정간되면서 일부 편집자들은 업종을 바꿔 교사가 되었다. 이리하여 황칭하黃慶發 선생님이 우리 국어 선생님이 되었다. 선생님은 사십대 초반에 대머리였고 항상 얼굴 가득 쓴웃음을 짓고 있었다. 자신의 존재에 대해 미안함을 표하는 것 같았다. 그는 고문古文을 가르치면서 독특한 방법을 사용했다. 학생들에게 고문에 대해 비주批注**를 달게 하는 것이었다. 선생님은 만족스러운 듯 고개를 흔들며 내가 쓴 유종원柳宗元의 「소석담기」小石潭記 비주를 읽었다.

"언덕에서 서쪽으로 백이십 보 걸으니 대숲을 사이에 두고 물소리가 들려오네. 동그란 패옥이 찰랑거리는 것 같아 마음이 즐겁기만 하네."

---

* 원래는 높고 길게 끄는 1성인데 낮게 꺾어 올리는 3성으로 발음한 것.
** 원문에 대한 느낌과 주석

선생님은 잠시 멈추고 "즐거워하다"라는 비주를 읽었다. 그러고는 다시 계속해서 읽어 내려갔다. 나는 아무 생각 없이 대충 베껴 쓴 것이었는데 뜻밖에도 비주 덕분에 '충분히 가르쳐볼 만한 젊은이'라는 칭찬을 받았다. 선생님은 내게 아이들 앞에서 계속 낭독하라고 하셨다. 나는 기분이 좋아 고개를 까닥거리며 열심히 읽었다. "마음이 즐겁기만 하네"라는 대목에 이르러 잠시 멈췄다가 내가 단 비주 "아주 훌륭하군"을 읽었다. 뜻밖에도 '아주'頗를 'po'로 읽어야 하는데 'pi'로 잘못 읽어 '비위 좋구나'라는 뜻이 되고 말았다. 교실 안은 한순간에 웃음바다가 되었다.

러시아어를 가르치던 링스쥔凌石軍 선생님은 뚱뚱해서 맵시가 나지는 않았지만 은근히 오기가 있었다. 선생님은 수업할 때마다 작은 카드 한 장을 달랑 들고 들어와서는 따다다다 쉴 새 없이 말을 쏟아내었다. 일종의 언어마술 같았다. 선생님은 러시아어 문법책을 낸 적도 있었다. 게다가 일본어도 아주 잘했다. 러시아어를 일본어 교재로 독학했다는 소문도 있었다. 선생님에게는 또 다른 놀라운 재주가 있었다. 학교 수영장의 수면 위에 누워 신문을 보는 것이었다. 손발을 움직이지도 않았다. 나는 러시아어를 열심히 배우지는 않았지만 몰래 이 기술을 따라했다. 하지만 잠깐 정신을 놓는 사이에 물을 먹고 말았다.

영어 선생님인 샹리項立 선생님은 교정을 비스듬히 가로질러 갈 때마다 모든 사람의 이목을 끌었다. 선생님은 영어를 가르치면서 자신이 영국신사임을 강조했다. 여름에는 하얀 양복을 입고 겨울에는 멜빵 달린 반바지에 하얀 스타킹과 반질반질 광을 낸 구두를 신었다. 수업시간에는 나이프와 포크를 풀세트로 교실에 가져와 냅킨을 두른 채 서양식 식사예절을 시연하기도 했다. 과거에 선생님은 교회학교에서 일등을 하여 외국인 여선생님이 그를 집으로 초대해 크림케이크를 대접했다는 소문이 있었다. 이때 단어 하나를 틀리게 말하는 바람에 여선생님이 벌로 케이크를 도로 빼앗았다고 한다.

체육 선생님인 한마오푸韓茂富 선생님과 우지민吳濟民 선생님은 국가급 농구심판이었다. 한마오푸 선생님은 키는 별로 크지 않지만 총기가 있고 야무진 인물이었다. 우지민 선생님은 키가 훤칠하고 덩치도 커서 모두들 그를 '다우'大吳라고 불렀다. 소련 여자농구 국가대표 팀이 베이징에 와서 중국 여자농구 팀과 경기를 했을 때, 한마오푸 선생님이 주심을 보고 '다우' 선생님이 직접 심판대를 지켰다고 했다. 경기가 막바지에 이르자 끝내기가 아쉬웠던 두 선생님이 서로 짜고서 스톱워치를 멈춰둔 것을 소련 팀 스태프가 발견해 항의하는 사태가 벌어졌고, 이로 인해 '다우' 선생님은 일급 심판 자격을 상실했다고 한다.

여교장 양빈楊濱 선생님은 옌안 산베이陝北공립학교 출신으로, 혁명에 참여한 후 중요 증인란에 적어 넣은 사람이 바로 예췬葉群*이었다. 해방 이후 오랫동안 베이징 제1여중 교장으로 재직하다가 1965년 제4중학으로 전보되었다. 일설에 따르면 베이징 시교육국 국장과 제4중학 교장이라는 두 직책 가운데 후자를 택한 것이라고

---

* 중국공산당? 이자였던 린뱌오(林彪)의 두 번째 부인.

한다.

부교장 류톄링劉鐵嶺 선생님은 느긋한 성격에 항상 자신감이 넘치는 분으로 '문화대혁명' 시기에 쓴 일기에서 스무 살에 학교 당 지부 위원, 서른 살에 지역위원회 위원, 마흔 살에 시위원회 위원, 쉰 살에 중앙위원회 위원이 되겠다는 포부를 밝혔다고 한다. 모든 것이 계획대로 진행되고 있었다. '문화대혁명'이 시작될 당시 사십대 초반이었던 그는 이미 시위원회 위원이 되어 있었다.

이들 교장과 교사들의 권위와 위엄, 지위가 하룻밤 사이에 땅에 떨어지리라고는 감히 누구도 상상하지 못했을 것이다. '문화대혁명'이 터지자 먼저 대자보가 천지를 뒤덮었고 비판투쟁대회가 쉴 새 없이 이어졌다. 절정은 1966년 8월 4일 일요일이었다. 스무 명 남짓 되는 학교 임원과 교사들이 고깔모자를 쓰고 죄명이 적힌 팻말을 목에 건 채 조리돌림을 당한 다음 운동장으로 끌려나왔다. 그들은 학생들의 왁자지껄한 욕지거리와 주먹질, 발길질 사이로 치욕스럽게 비틀거리면서 지나가야 했다. 마지막으로 학생들은 그들에게 「귀견수전가」鬼見愁戰歌를 합창하게 했다.

"저는 우귀사신이요, 인민의 죄인입니다. 저는 죄를 지었습니다. 죽을 죄를 지었습니다. 인민의 망치로 저를 깨부숴주세요."

임원과 교사들 가운데 부교장 류톄링 선생님의 목소리가 가장 맑고 깨끗했다.

인민해방군 선전대가 주최한 한 비판투쟁대회에서는 다우 선생님이 뛰어나와 양빈 교장을 가리키며 말했다.

"양빈, 당신이 감히 해방군에 반대하다니!"

그러고는 팔을 휘두르며 "해방군을 타도하자!"라고 크게 외쳤다. 갑자기 놀라 정신을 차린 그는 자신이 중대한 금기를 범했다는 것을 깨닫고는 얼굴이 흙빛이 되어 덜덜 떨며 말했다.

"제가 큰 죄를 지었습니다. 마오 주석님께 사죄드립니다."

그는 마오 주석의 초상화 앞에서 엉덩이가 들리도록 허리를 굽히며 머리를 조아렸다. 콩알만 한 굵은 땀방울이 투둑투둑 떨어져 내렸다.

가장 충격적인 일은 역시 국어 선생님이었던 류청슈劉承秀 선생님의 자살사건이었다. '계급대오정비운동' 중에 선생님은 조사를 받다가 아들이 부대에서 전역조치되는 수모를 당하고 말았다. 그날 새벽 다섯 시, 선생님은 식당 뒤편의 좁은 통로에서 칼로 자신의 목구멍을 찔러 살을 도려냈다. 너무나 참혹하여 눈 뜨고 볼 수 없었다고 한다. 놀랍게도 평범한 중년 여성이 이처럼 잔인한 방식으로 목숨을 끊었던 것이다. 이 소식은 금세 기숙사 안에 쫙 퍼졌다. 나는 마침 6재齋에서 불을 피우고 있었다. 짙은 연기에 숨이 막히고 눈도 제대로 뜰 수 없었다.

6

1966년 8월 초, 나는 학교로 입주해 들어갔다. 학생기숙사는 학교 동남쪽 교학연구소조의 원자와 붙어 있었다. 같은 방향으로 나란히 붙어 있는 두 동의 단층 건물로 구성된 독립된 원자였다. 방 크기는 세각기 달랐고 위아래 2층으로 침대가 배열되어 있었다.

번호 순서에 따라 일률적으로 '재'라고 불렀다. 맨 처음에 나는 13재에 거주하다가 나중에 6재로 옮겨 2년 연속 거주했다. 학생 기숙사는 원래 집이 먼 친구들을 위해 제공되는 것이었지만, '문화대혁명'의 혼란을 틈타 관리하는 사람이 없자 모두들 속속 이사해 들어왔다.

천장이 서로 통하도록 연결되어 있는 데다 너무 낡아서 벽에도 귀가 달린 듯이 모든 소식이 순식간에 널리 퍼졌다. 난로에 불을 피워 연기가 올라가면 벽 너머에서도 함께 기침을 했다. '문화대혁명'이 터지기 전에는 매일 밤 열 시 소등하기 십 분 전에 예비종이 울렸다. 기숙사는 화장실과 상당히 멀리 떨어져 있었다. 남학교였기 때문에 학생들은 하나둘 뛰어나와 아무 거리낌 없이 연못이나 나무 옆에 오줌을 누었다. 기숙사 마당에서는 언제나 독한 지린내가 진동했다. 학생지도원 위치중禹啓中이 매일 밤 열 시 십 분 전에 원자에 와서 검사를 했다. 효과는 금세 나타났고 이 일은 '대우치뇨'大禹治尿*의 미담으로 전해졌다.

나와 같은 기숙사를 쓰던 Z는 간부 자제였다. 그는 허풍을 잘 떠는 호색한인 데다 유머감각도 있어 아주 재미있었다. 1966년 8월 말의 어느 날 밤, 그가 방금 동네 불량배를 하나 잡아다 지하실에 가둬두었다고 말하면서 한번 가보지 않겠느냐고 물었다. 나는 호기심에 그를 따라가 보았다. 나는 지하실 창문 밖에 쪼그리고 앉아

---

* 위치중의 성이 위(禹)인 점에 착안하여 노상방뇨를 해결한 것을 대우치수(大禹治水, 중국의 홍수 신화)에 비유한 말.

안을 들여다보았다.

그날 Z가 심판을 주재했고 군복을 입은 두 '노병'老兵*이 조수로 거들었다. '불량배'는 웃옷을 벗어 상체를 다 드러낸 채로 바닥에 꿇어앉아 있었다. Z가 거칠고 무서운 목소리로 뭔가 묻자 그는 우물우물 말끝을 흐렸다. 한 조수가 굵은 쇠사슬을 들어 그의 어깨를 철썩 후려쳤다. 금세 깊고 선명한 핏자국이 새겨졌다. 쇠사슬을 다시 들어 올리자 Z가 재빨리 말렸다. 나는 더 이상 지켜볼 수가 없어 얼른 기숙사로 돌아와 침대에 누웠다. 한밤중이 되어서야 Z가 돌아왔다. 그는 다소 흥분하기도 하고 만족스러워하기도 했다. 그가 내게 소감을 물었다. 나는 얼른 다른 데로 화제를 돌렸다. 그 잔혹한 장면에 속해 있던 그를 본 뒤로 나는 그와 점점 소원해졌다. 그리고 얼마 지나지 않아 나는 13재에서 6재로 이사했다.

'문화대혁명'이 진행되는 동안 학교 기숙사에는 들고나는 사람이 아주 많았다. 1967년 봄, 6재에 새 식구 류위안이 들어왔다. 그의 아버지는 전 국가주석 류샤오치였다. 내 바로 위 침대를 사용했던 그는 왠지 모르게 늘 침울했고 평소에 방에 돌아오면 곧바로 잠자리에 들었다. 하지만 우리가 귀신 이야기를 할 때면 그도 귀를 쫑긋 세우고 들었다. 한 달 남짓 지나 그는 소리 소문도 없이 사라졌다.

귀신 이야기를 하려면 먼저 등을 끄고 특수 음향효과도 준비해야 했다. 예컨대 입으로 음악 소리를 내거나 사전에 망가진 세숫대

---

* 문화대혁명 초기 홍위병의 약칭.

야를 준비했다가 클라이맥스 순간에 내던지는 것이었다. 아예 침대 매트를 밀어버리기도 했다. 화들짝 놀란 친구들은 온몸의 털이 곤두서고 이야기를 하던 친구마저 놀라서 까무러치곤 했다. 이는 거의 매일 잠들기 전에 행해지는 고정 레퍼토리였다.

식당 급식이 너무 형편없다 보니 우리는 야밤을 틈타 식당에 몰래 들어가 배추와 석탄을 훔쳐 우리끼리 밥을 해먹기도 했다. 이보다 더 심한 것은 겨울에도 교실에 난방을 공급하지 않은 것이었다. 친구들은 등교를 하면 먼저 하나둘 6재로 와서 몸을 녹였다. 하지만 6재에 발을 들여놓으려면 적정한 대가를 지불해야 했다. 맨손인 친구들에게는 문을 열어주지 않았다. 거절당한 친구들은 발을 구르며 욕을 해댔지만 밖이 엄동설한이라 돌아가지 못하고 하는 수 없이 입장료를 내야 했다. 우리는 여기저기서 책과 신문, 잡지 등을 모아 폐품수집소에 팔았다. 유리병에 동전이 가득 찬 것을 보면서 우리는 기대에 부풀어 주먹과 손바닥을 비볐다. 우선 음식을 주문하고 구입하여 우적우적 정신없이 먹어댔다. 나중에는 너무 배가 불러 몸을 움직이는 것조차 힘들었다.

7

베이징 제4중학은 '귀족'학교인 동시에 평민학교였다. 그 사이에는 일종의 분열이 내재해 있었다. 그 분열은 처음에는 그다지 뚜렷하지 않았다. 어쩌면 의도적으로 은폐된 것이었는지도 모른다. 하지만 '문화대혁명'이 그 분열을 극단으로 몰고 갔고, 골이 깊게 파이고 말았다.

학교에는 강의동이 2층짜리 건물 하나뿐이었다. 조건이 너무 열악했다. 겨울에는 난방이 되지 않아 날씨가 추워지면 알탄 난로를 피워야 했다. 집안 형편이 어려운 아이들은 점심을 각자 준비해왔다. 준비해온 알루미늄 도시락을 망태에 넣어 쉬는 시간에 식당으로 내려보냈다. 거기서 커다란 솥에 넣고 한꺼번에 데우는 것이었다. 어떤 친구들은 이것이 귀찮아 그냥 알탄 난로 위에 올려놓고 데우기도 했다. 그럴 때면 교실 안이 온통 잡다한 냄새로 가득 찼다.

식당에서는 하루 식비가 3마오 3펀이었고 이 가운데 밥이나 만터우 가격이 1마오 6펀이었다. 식당이 커서 수백 명을 거뜬히 수용할 수 있었고 테이블 하나에 열 명씩 자유롭게 모여 식사를 할 수 있었다. 의자는 없어서 서서 먹어야 했다. 주방장 아저씨가 굵고 둥근 막대기에 커다란 나무통을 걸쳐 들고 나오면 모두들 웅성거리며 흥분하기 시작했다. 젊은 청년들의 왕성한 위장이 만들어내는 소란이었다. 테이블마다 대표를 내보내면 이들이 각자 세숫대야를 두 개씩 들고 줄을 섰다. 세숫대야 한 개에는 밥이나 만터우를 담고, 다른 한 개에는 반찬을 담았다. 양빈 교장 선생님은 이런 모습을 보고는 영양기준에 미치지 못한다는 것을 알고는 식비를 4마오로 올리면 어떻겠느냐고 제안했다. 고기를 곁들인 고급 급식을 제공하자는 것이었다. 뜻밖에도 절반 이상의 학생들이 이에 호응하지 않았다. 평균적으로 가정형편이 얼마나 궁핍한지 알 수 있었다. '문화대혁명'이 터지자 양빈 교장의 이런 제안은 수정주의 행위와 학생 사이에 위화감을 조장했다는 죄목이 되고 말았다.

성장발육이 가장 왕성한 시기라 학생들은 어디서나 신맛이 동반된 허기를 느꼈다. 어떤 학생이 대자보를 붙였다.

"워터우 두 개로 잘 먹었다고 자랑하지만, 길게 선 줄 하나 푸른 하늘로 올라가네. 창 너머 후덕한 주방장의 미소, 문밖에는 피골이 상접한 학생들."[*]

'문화대혁명'이 터지자 수업은 줄줄이 폐지되고 식당은 질서가 무너져 난장판이 되었다. 하지만 학교 규정에 따라 급식비에서 밥과 만터우 값인 하루 1마오 6펀씩만 환불해줄 수 있었다. 차오이판이 내게 이런 얘기를 들려주었다. 한번은 식권을 반납하고 급식비를 돌려받기 위해 식당 창구로 가서 줄을 섰다고 한다. 차오이판 바로 앞에 류위안이 서 있었다. 급식비를 환불받으려고 식당관리원인 류칭펑劉慶豐과 실랑이를 벌이다가 단호하게 거절당하고 말았다. 관리원이 "안 돼. 증명서를 가져와"라고 딱 잘라 말하자 류위안은 화가 나서 귀까지 새빨개진 채 씩씩거리며 돌아갔다. 류칭펑은 나중에 '계급대오정비운동' 때 붙잡혀 비판투쟁을 당한 뒤에 강물에 뛰어들어 자살했다.

"인간세상은 변화무쌍하여 귀족 가문의 공자도 재난에 빠지기 쉽다"人世滄桑, 公子落難는 말은 케케묵은 옛날 얘기다. 하지만 그런 얘

---

[*] 두보(杜甫)의 시구 "꾀꼬리 두 마리 푸른 버드나무에서 놀고, 한줄기 백로 떼가 푸른 하늘로 날아오르네. 창문은 서령산 천년의 눈을 머금고 있고, 문밖에 먼 뱃길 동오의 배들이 수없이 떠 있네"(兩个黃鸝鳴翠柳, 一行白鷺上靑天. 窗含西岭千秋雪, 門泊東吳万里船)를 그대로 본떠 패러디한 글이다.

기를 들고 나니 출세를 하더라도 과거를 잊지 않고 백성들을 잘 대해주어야 한다는 생각이 들었다.

8

1966년 9월 상순, 나는 작은 나무상자를 만들어 그 위에 직접 붉은 페인트로 글씨를 썼다.

"마오 주석님의 말씀을 뇌리에 새기고 핏속에 녹여 행동으로 나타나게 하자."

이 상자의 크기는 『마오쩌둥 선집』 네 권을 넣기에 안성맞춤이었다. 나는 곧바로 지수이탄병원으로 아버지를 만나러 갔다. 아버지는 표어를 쓰다가 사다리에서 떨어져 오른팔이 부러졌다. 나는 과일이나 영양식품은 준비하지 못하고 마오 주석의 반신 조각상만 들고 가 아버지의 침대맡 탁자에 올려 두었다.

소개편지 한 장 덕분에 우리 여섯 명의 평민출신 친구들은 함께 전국 관련串聯* 여행을 떠날 수 있었다. 병원으로 아버지 병문안을 다녀온 다음 날, 나는 『마오쩌둥 선집』을 넣은 작은 나무상자를 메고 길을 떠났다.

11월 초에 베이징으로 돌아와 보니 많은 것이 달라져 있었다. '혈통론'**에 대한 비판으로 기존 홍위병의 통치 지위가 뿌리째 흔

---

* 전국의 홍위병들이 마오쩌둥에게 열병을 받기 위해 베이징으로 집결하는 운동.
** 계급적 입장과 정치적 행동, 사상, 품성 등이 모두 출신 가정에서 결정된다는 견해.

들리고 있었다. 시대의 요구에 부응하여 평민 출신 자제들을 위주로 한 각종 조반 조직들이 생겨났다. 그 가운데는 우리 반이 설립한 '붉은 봉우리'紅蜂 전투대도 있었다.

1967년 초봄, 교내 조반파 조직들이 연합하여 '신4중코뮌'新四中公社을 설립했다. 베이징 중학은 '4·3파'와 '4·4파'로 나뉘었다. '신4중코뮌'은 '4·3파'에 속했다. 『4·3전보』四三戰報에 게재된 「새로운 사조를 논하다-4·3파 선언」이란 제목의 논설에서는 '재산과 권력의 재분배를 실행할 것'과 '특권계층을 타도할 것'을 제안했다. 무질서한 계파투쟁의 배후에도 이성적 정치와 사회에 대한 호소가 있었음을 알 수 있다. 작가 장샹룽張祥龍은 나중에 나와 아주 친한 친구가 되었다. 그의 형 장샹핑張祥平은 '신4중코뮌'의 핵심 필진이었다.

2년 전인 2007년은 베이징 제4중학이 백주년 되는 해였다. 대단히 떠들썩한 행사였다고 한다. 나는 우리 모교가 도대체 무엇을 경축해야 하는 건지 정말 이해할 수 없었다. 원로 교장 류테링이 경축행사에서 축사를 했다고 한다. 예전과 다름없이 쩌렁쩌렁한 목소리였을 것이다. 1966년 그 여름날 선생님들과 함께 비판투쟁을 당하던 선생님들과 함께 그가 「귀견수전가」를 부르던 광경을 떠올리지 않을 수 없었다.

9

"잘 들어. 너희가 6재에서 뭔가 잃어버리면 전부 나 장위하이張育

海가 한 짓이라는 걸 알아둬."

나는 조그만 창문의 뿌연 유리를 통해 밖을 내다보았다. 키가 크고 호리호리한 그의 몸밖에 보이지 않았다. 낡은 책가방을 등에 메고 양손은 허리를 짚고 있었다. 여드름 몇 개가 얼굴 위에서 팔딱거리며 고함을 치고 있었다. 나는 차오이판이 없다고 대답했다. 그제야 그는 욕설을 퍼부으며 돌아갔다. 그가 차오이판을 찍은 이상 6재의 안녕은 보장할 수 없게 되었다. 모두가 그를 깡패라며 싫어했고 차오이판에게는 그와 가까이 지내지 말라고 충고했다.

장위하이가 속한 고등학교 2학년 2반과 우리 고등학교 1학년 5반의 관계는 평범한 관계가 아니었다. '신4중코뮌'에 함께 소속되어 있고 6재를 공유하고 있을 뿐만 아니라 특별히 의기투합이 잘 되었다. 이를테면 두 반 모두 반주류의식이 있었고 혁명의 파도에 휩쓸리면서도 모종의 해학적 태도를 유지했다. 장위하이의 말에 따르면 "정치는 희극성으로 가득 차 있고 희극은 정치성으로 가득 차 있었다."

사실 장위하이는 아무 문제 없는 모범생이었다. 학교에서는 수업면제제도를 실행했다. 면제시험을 통과한 사람은 수업을 듣는 대신 자습실에서 자습을 할 수 있었다. 학기 중에 있었던 수학시험에서 그는 30분도 안 되어 답안지를 제출하고도 만점을 받았다. 수학뿐만 아니라 영어도 수업을 면제받았다. '문화대혁명' 기간에는 그가 수학개혁 세미나를 주재하기도 했는데, 특급교사였던 장쯔어 선생님이 참석했다. 세미나에서는 주객이 전도되어 그가 칠판을 종횡무진 누비며 자신 있게 주장을 펼쳤다. 사회의 일대 변혁이 아니었다면 그는 교수가 되고도 남을 인재였다.

장위하이는 공부만 잘한 것이 아니라 농구와 수영, 바이올린까지 거의 모든 분야에 정통했다. 특히 휘파람 솜씨는 정말 일품이었다. 입술을 동그랗게 오므려 지그시 힘을 주고 양 볼의 모든 근육을 움직여 들고나는 바람을 섬세하게 조절하면, 맑고 가느다란 소리가 부드럽게 하늘로 날아올랐다가 땅으로 툭 떨어지듯 변화무쌍한 곡조를 만들어냈다. 곡목을 물어보니 비제Georges Bizet의 「목가」라고 했다. 나중에는 이 곡을 들을 때마다 그의 휘파람이 생각나곤 했다.

장위하이는 집에서 넷째로, 위로 형이 셋 있었다. 그의 아버지는 영국에서 유학하고 돌아온 유학파였으나 오래전에 교통사고로 세상을 떠나고 말았다. 그의 어머니가 대학 도서관에서 일하면서 혼자서 아들들을 키워냈다.

장위하이가 가장 참지 못하는 것이 바로 평범하고 용속한 것이었다. 장차 크게 출세할 법한 전도유망한 친구에 관한 얘기가 나오면, 그는 "앞으로 말이야, 저 친구 아주 잘 먹고 잘살게 될 거야. 마흔이 되기 전에 대머리가 될 거라고"라고 말하면서 축 늘어진 몸으로 소파에 파묻혀 두 엄지손가락으로 툭 튀어나온 배를 이리저리 어루만지는 간부의 위엄을 흉내 내곤 했다.

고등학교 2학년 2반의 에너지는 대단했다. 순식간에 신문 두 종을 만들어냈다. 하나는 머우즈징牟志京이 주간을 맡은 『중학문혁보』中學文革報로, 위뤄커遇羅克의 「출신론」出身論을 게재했다. 다른 하나는 장위하이와 몇몇 친구가 함께 만든 『지파춘래보』只把春來報였다. 신문의 이름은 마오쩌둥의 시구를 중의적으로 이용하여 그가 붙인 것이었다.* 2호에는 자신이 쓴 글 「출신을 논하다」論出身를 게재하여 위뤄커의 「출신론」에 대응했다. 상대적으로 『중학문혁보』는 전국에 영향력을 미칠 정도로 위력이 대단했다. 덕분에 『지파춘래보』도 빛을 볼 수 있었다. 나도 길거리에서 "신문이요, 신문 사세요!"라고 외치며 신문을 팔았다. 제4중학에서 만들었고 출신과 연관된 내용이 실렸다고 선전하자 많은 사람이 앞다투어 사갔다.

고등학교 2학년 2반이 만든 신문이 시내 전체를 떠들썩하게 만들자 1학년 5반도 뒤질세라 차오이판이 앞장서서 기념 배지를 만들기로 했다. 디자인은 마르크스, 엥겔스, 레닌, 스탈린, 마오쩌둥의 두상을 나란히 배열해놓고 그 아래에 '신4중코뮌'이라고 붉은 글씨를 새긴 형태였다. 우리는 혼신의 힘을 쏟아부었다. 칠기부七機部에서 최상의 알루미늄 판을 구한 우리는 중앙미술학원 출신 예술가에게 디자인을 부탁했다. 마지막으로 법랑공장에 가서 모형을 제작했다. 모형이 만들어지기를 기다리는 동안 뜻하지 않은 일이 발생했다. 상부에서 마오쩌둥과 4대 지도자를 나란히 배열해서는 안 된다는 지시가 내려온 것이었다.

1967년 늦가을, 고등학교 1학년 5반과 2학년 2반 학생 10여 명이 모여 융딩먼永定門 밖에 있는 법랑공장을 찾아갔다. 행동대장은 장위하이와 우리 반 쉬진보徐金波였다. 싸움을 하려면 먼저 진영을 갖춰야 했다. 스캉청史康成과 랑팡鄭放, 우웨이궈吳偉國가 자전거를 타

---

* 마오쩌둥의 시 「복산자·영매」(卜算子·咏梅)에서 "봄이 돌아온 것만 알려주다"라는 시구글 뜻한다.

고 공장 입구를 지키면서 명령을 기다리고 있었고, 공장 입구에서 작업라인까지는 발 빠른 친구들이 일정한 간격으로 배치되어 있었다. 차오이판이 앞에 나서서 공장 측과 교섭을 벌였고 장위하이가 그 옆에 그림자처럼 붙어 있었다. 협박도 해보고 회유도 해봤지만 소용없었다. 차오이판은 모형 책임자 류劉 선생에게 기념이라도 하게 한 번 볼 수만 있게 해달라고 간청했다. 류 선생이 견본을 건네는 순간 장위하이가 잽싸게 달려들어 낚아채 달아났다. 중간에 몇몇 손을 거쳐 공장 입구에 도달하자 스캉청과 랑팡의 엄호하에 우웨이궈가 넘겨받아 자전거를 타고 유유히 사라졌다. 공장 사람들이 소리를 지르며 뒤를 쫓았다.

"저기 키 큰 놈을 잡아! 저놈이 대장이야!"

장위하이는 일찌감치 인파 속으로 사라진 뒤였다. 공장 측에서는 인질 셋을 붙잡았지만 아무리 추궁해도 자초지종을 캐낼 수 없자 하는 수 없이 풀어주었다.

승리를 거둔 우리는 6재에서 합류했다. 모두들 왁자지껄하게 사건의 과정을 얘기하면서 가슴이 떨리고 숨이 막혔던 그 순간을 새로운 시각에서 재조명했다. 장위하이는 여유를 보이면서 한 발 뒤로 물러서서 휘파람으로 비제의 「투우사의 노래」를 흥얼거렸다.

1968년 가을, 공선대工宣隊*가 장위하이를 격리시켜 조사하려 했다. 들리는 얘기로는 그가 '반혁명집단 사건'과 연관되어 있다고 했다. 그는 다급한 나머지 우선 윈난 농장으로 가서 잠시 머무르다

---

* '노동자 마오쩌둥사상 선전대'(工人毛澤東思想宣傳隊)의 약칭.

가 나중에 버마공산당 인민군에 들어가기로 결정했다. 떠나기 직전 그는 친구들에게 작별인사를 하면서 베이징은 끝내 자신을 받아들이지 않을 것이라고 말했다. 그럴 바에야 중앙정부의 손이 미치지 않는 먼 곳에 가서 자유롭게 사는 게 낫다고 했다.

1969년 봄, 장위하이는 국경을 넘어 버마공산당 인민군에 들어갔고, 그해 여름 전투에서 희생되었다. 당시 나이 겨우 스물한 살이었다. 그가 버마에서 친구들에게 보내온 몇 통의 편지는 사후에 지식청년들 사이에 널리 필사되어 유전되었다. 죽기 며칠 전에 쓴 편지에서 그는 이렇게 썼다.

"……우리는 아직 젊고 살아갈 길이 멀다. ……역사의 조류에 투신할 기회가 없어서가 아니라 아직 준비되어 있지 않고 단련이 부족하기 때문이다. 때가 되면 우리도 조류에 휩쓸려 들어가게 될 것이다. 때로는 자신을 주체하지 못해 기회를 놓치기도 한다."

나의 시 「별빛」星光은 이렇게 시작한다.

헤어질 때 너는 내게 말했지,

이러지 말라고.

우린 아직 젊고

살아갈 길이 멀다고.

너는 몸을 돌려 가버렸지

별빛 하나 끌고서.

별빛은 너를 따라

지평선 위로 사라졌지.

여러 해 동안 아름답고 날씬한 한 여인이 '여자친구'의 신분으로 그의 어머니 집을 드나들었다. 그녀는 노인네들한테 장위하이가 돌아오기를 기다리고 있다고 말했다.

10

1965년, 내가 교문에 막 들어섰을 때 제4중학은 베이징 시교육국의 '사회주의 교육운동' 시범학교가 되었고, 고등학교 2학년 2반이 전교의 중심이 되었다. 거기서 반동학생 머우즈징이 나왔다. 이런 마음의 상처는 거대한 그늘이 되어 사람들을 뒤덮으며 학생들을 일찍 철들게 했다. 그리고 그들은 특수한 집단이 되었다.

머우즈징 자신은 일찌감치 이 그늘에서 빠져나왔다. 그는 천성이 낙천적이고 사고가 날카로우며 범상치 않은 인물이었다. 한 친구의 말에 따르면 그는 상투적인 말을 한 적이 한 번도 없었다고 한다. 그는 광대뼈가 툭 튀어나온 데다 콧등이 무척 넓었고 남의 얘기를 항상 귀 기울여 진지하게 경청했다. 나는 그의 집에 가본 적이 있다. 따스하고 화목한 가정이었다. 아버지는 철도연구원에서 통역원으로 일했고, 어머니는 도면제작을 했다. 그에게는 아주 귀여운 여동생이 하나 있었다.

친구들끼리 일기를 교환해보는 수업 때문에 이를 통해 밝혀진 내용들이 증거가 되곤 했다. 이리하여 그는 '부르주아 계급의 효자요, 어진 후계자'가 되었다. 하지만 그 자신은 이런 일에 전혀 개의치 않았다. 정말로 그를 격분하게 한 것은 다른 사건이었다. 그는 나중에 이 일에 관해 친구들에게 털어놓았다.

"하루는 내가 운동장에서 축구를 하다가 교실로 돌아와 보니 친구 여럿이 벽에 붙은 소자보 앞에 모여 있더라고. 나도 머리를 들이밀고 읽어보았지. 소자보에는 '머우즈징은 애정지상주의자다'라고 쓰여 있더군. 나는 순간적으로 자살하고 싶은 생각이 들었어. 나는 남이 내 감정의 영역을 짓밟는 것은 절대로 용납할 수 없었거든. 그때 내 주머니에 2위안이 들어 있었어. 나는 일단 실컷 먹은 다음에 자살하기로 마음먹었어."

천성대로라면 그는 자살할 수 없었다. 더구나 수많은 굵직한 일이 그의 행동을 기다리고 있었다.

그는 처음 "아비가 영웅이면 아들은 대장부요, 아비가 반동분자면 아들은 개자식이다"라는 대련을 들었을 때 놀라움을 금치 못하고 당장 칭화대학 부속중학으로 달려가 그 대련을 비판하는 대자보를 붙였다고 한다. 이어진 중앙음악학원에서의 변론대회에서도 그는 무대에 올라가 이 대련을 비판하는 말을 했다. 몇 명의 여자 홍위병이 무대 위로 뛰어 올라가 마이크를 뺏고 그의 얼굴에 침을 뱉었다. 현장에 있던 몇몇 제4중학 학생이 무대로 올라가 그가 반동학생이라고 폭로했다. 제4중학 조직의 비판대회에서 그는 굴복하지 않았을 뿐만 아니라 오히려 부당하게 당하고 있던 다른 학생을 옹호했다. 그 결과 살기등등한 류휘쉬안劉輝宣에게 맞아 앞니가 하나 날아갔다.

그해 겨울, 머우즈징은 거리에서 「출신론」이라는 제목의 소자보와 그 위에 적힌 주소를 보고 위뤄원遇羅文을 찾아갔다. 얘기는 아주 잘 통했다. 이리하여 그는 활자 인쇄로 소형 신문을 만들어 이 글을 널리 알리기로 했다. 1967년 1월 18일, 『중학문혁보』가 창간되었다. 그 가운데 「출신론」이 지면을 세 페이지나 차지했다. '베이징가정 출신문제 연구소조'라고 서명한 진짜 작가는 위뤄원의 형인 위뤄커였다. 그는 『중학문혁보』의 주필이 되었다.

열여덟 살의 주간 머우즈징은 당시 「출신론」의 작가가 누구인지 전혀 알지 못했다. 그는 위뤄커와 처음 대면했을 때의 인상을 이렇게 묘사했다.

"생김새가 아주 특이했어. 키는 그다지 크지 않은데 등이 엄청나게 굽어 있었고 얼굴은 핏기 하나 없이 창백했지. 심한 근시라 안경이 팽팽 돌았어. 하지만 눈빛은 아주 날카롭고 목소리도 낭랑했지. 게다가 위트도 있고 유머감각도 있었어. 그때는 마침 겨울이었어. 그의 집 옆에 임시로 지어 놓은 '얼음굴'이라는 작은 집 안에서 나는 아주 따뜻했지."

『중학문혁보』는 공급이 딸릴 정도로 수요가 많아 계속 재판을 찍어야 했다. 한동안 제4중학 교문 앞은 각지에서 몰려든 사람들로 인산인해를 이루었다. 초조감과 기대에 찬 수많은 눈동자가 마치 바다에 떠 있는 포말 같았다. 그들은 중앙문혁소조中央文革小組가 공개적으로 「출신론」을 비판하는 태도를 보일 때까지 총 6호를 발행했다. 머우즈징은 편집회의를 열어 희생할 각오가 되어 있지 않은 사람들은 당장 나가라고 말했다. 물러나려는 사람은 아무도 없었다. 모두들 그대로 남았다.

1968년 연말에 위뤄커가 잡혀갔다. 그리고 1970년 3월 5일에 공개재판을 거쳐 처형되었다. 그때 나이 겨우 스물일곱이었다. 잡혀가기 전에 그는 머우즈징에게 "너한테 미안하다. 이렇게 젊은 너를 내가 끌어들였구나"라고 말했다. 마지막으로 그는 '마오 주석님께 보내는 편지'를 머우즈징에게 보관해달라고 부탁했다. 안타깝게도 이 편지는 은닉하기 위해 여러 사람의 손을 거치는 과정에서 유실되고 말았다.

1975년 가을, 나는 류위劉羽와 함께 우타이산五台山에 갔다. 길에서 돈을 다 써버리는 바람에 다퉁大同을 경유하여 베이징으로 돌아온 우리는, 철로국 노동자가 되어 있는 머우즈징을 찾아가 5위안을 빌려 그의 기숙사에서 하룻밤을 묵었다. 그날 밤, 머우즈징은 눈을 가늘게 뜨고 입을 약간 벌린 채로 열광적인 아코디언 연주를 보여주었다. 술에 취한 것 같기도 하고 미친 것 같기도 했다.

11

자오징싱趙京興은 나보다 한 학년 아래였지만 나보다 훨씬 조숙했다. 갓 열여덟 살이 된 그는 이미 마르크스, 엥겔스, 레닌, 스탈린 전집을 전부 통독한 상태였다. 『자본론』만 해도 이미 여섯 번이나 읽었고 헤겔, 칸트, 포이어바흐 등 서양의 대표 철학자들에게 정통해 있었다. 또한 『철학비판』이나 『정치경제학 담화요록』 같은 책을 쓰기도 했다. 혁명의 퇴조에 따라 일어난 독서열풍 속에서 사대여부중師大女附中의 한 여학생이 옮겨 쓴 원고 일부가 책으로 인쇄되어 베이징의 중학생들 사이에 널리 유전되었다. 이 책을 처음 읽고 얼마나 놀랐는지 나는 지금도 생생하게 기억하고 있다. 글자는 다 알았지만 전체적인 의미를 이해할 수 없었다. 게다가 자꾸만 행이 넘나들었다. 나와 성이 같은 이 친구가 나를 정말 화나게 만들고 있었다.

자오징싱은 가난한 집 출신이었다. 아버지는 재봉사인데 검게 그을리고 뚱뚱한 체구에 항상 면당바지緬襠褲*를 입은 채로 등을 훤히 드러내고 다녔다. 문화와는 털끝만큼도 관련이 없는 집안에서 뜻밖에도 이런 철학자가 나온 것이었다.

그는 공공연하게 '상산하향上山下鄉운동'**을 반대하며 대자보를 써서 학교에 붙이기도 했다. 그는 땅 1무당 평균 인구가 증가하여 농민의 부담이 가중되는 것은 불 보듯 뻔한 일이고, 따라서 이는 도시의 위기를 농민에게 전가하는 처사라고 주장했다. 그는 젊고 혈기왕성한 청년으로서 가리는 것 없이 하고 싶은 말을 거침없이 다했다. 생사의 문제는 안중에도 없었다.

원래 생물실험실이었던 곳에서 열린 제2차 비판투쟁대회에서 사회자가 큰 소리로 외쳤다.

"자오징싱, 흉악한 이리의 야심을 가진 네놈이 감히 마오쩌둥 사상을 비판하려 하다니, 이는 도저히 그냥 넘길 수가 없는 일이다."

이에 자오징싱은 먼저 마르크스와 엥겔스 책 몇 페이지 몇 번째 단락을 정확히 찾아 인용하면서 말을 받았다.

---

* 양쪽 가랑이가 벌어진 중국식 옛날 바지로, 굵은 허리띠가 특징이다.
** 문화대혁명 당시, 기관의 간부나 청년 지식인들이 지방으로 내려가 노동자, 농민과 함께 노동을 하고 이를 통해 사상성을 높이려 했던 조치.

"비판이 곧 학습이고 혁명입니다."

이어서 그는 당당하게 말을 이었다.

"저는 네 가지 분야에서 마오쩌둥 사상을 발전시켰습니다."

그러면서 하나하나 구체적으로 예를 들어 설명했다.

자오징싱의 논리는 하늘이 놀라고 땅이 흔들릴 정도로 완전히 새로운 것이었다. 예컨대 그는 "문화대혁명은 사회모순이 일제히 폭발한 것"이라고 했고 "사회주의가 문화대혁명에까지 이른 것은 마치 기관차가 좌우로 흔들리면서 어디로 가야 할지 모르는 것과 같다"고 말했다. 또한 일기에는 "사람들의 지하활동에 따라 장차 새로운 역사무대가 출현할 것이다"라고 썼고 『정치경제학 담화 요록』에서는 "상품경제가 계획경제를 무너뜨려야 한다"고 주장했다. 이처럼 대역무도한 생각을 갖고 있었으니 온갖 처벌을 자초한 것은 너무도 당연한 결과였다.

1968년 연말, 나는 스캉청의 집에서 자오징싱의 여자친구 타오뤄쑹陶洛誦*을 만났다. 그녀는 사대부속여중에 다니는 고등학교 2학년 학생이었다. 시의에 맞지 않게 흰색 원피스를 입고 있었다. "자오징싱은 마오쩌둥 사상에 반대하지 않아요"라고 말하던 그녀의 모습이 지금도 기억에 생생하게 남아 있다. 타오뤄쑹이 "소녀의 눈앞에 열여덟 살의 철학자가 서 있네"라고 쓴 연애편지는 심오하고 난해했던 철학적 기록과 함께 지금까지도 전해지고 있다.

타오뤄쑹은 무척 아름다웠지만 바이완좡百萬莊에서 '미남미녀

---

* 후저우(湖州) 문단에서 유명작가로 활동 중임.

평가전문가'로 알려진 사람에게는 79점밖에 받지 못했다. 당시에는 미녀의 기준이 비너스였고 미남의 기준이 다비드였다는 것을 나중에야 들어 알게 되었다.

차오이판과 나는 집에서 공기총 사격연습을 했다. 표적지는 현상한 뒤에 폐기된 사진들이었다. 여기에는 우리 자신들의 얼굴도 들어 있었다. 표적지 뒤에는 『홍기』紅旗 잡지를 받쳐두었다. 공기총 탄알을 회수하기 위해서였다. 그 무렵 자오징싱이 찾아왔다. 우리에게 타오뤄쑹의 증명사진을 확대해달라고 부탁하기 위해서였다. 우리는 사진을 확대하고 남는 한 장을 표적지로 사용했다. 이 일이 어떻게 새어나갔는지 모르겠지만, 하루는 자오징싱이 책을 빌리러 와서 물었다.

"타오뤄쑹이 너희한테 혹시 자기를 죽도록 싫어하느냐고 물어봐 달라고 하더군. 정말 그런 거야?"

1968년 연말에는 매일 폭설이 이어졌다. 지독하게 추운 날씨였다. 6재는 갈수록 스산해졌다. 기숙사 학생들 대부분이 줄줄이 농촌의 생산대로 삽대되어 갔다. 교정에는 인적을 찾아볼 수 없었다. 대자보가 붙었던 자리도 공고문만 몇 개 붙어 있을 뿐 텅 비어 몹시 썰렁했다.

작은 마당에서 학생들 네 명이 공선대에 의해 격리조사를 받고 있었다. 그중에는 자오징싱도 포함되어 있었다. 그는 공안부가 지정한 '주범'이었다. 그는 줄곧 배시시 웃고만 있었다. 머리를 책에 파묻고 명상의 세계에 빠져 있었다. 그의 관심이 철학에서 정치경제학으로 옮겨가고 있던 터였다.

자오징싱 외에 우리 반 학생이 두 명 더 있었다. 류휘쉬안과 스캉청으로, 벽 하나를 사이에 두고 나란히 갇혀 있었다. 두 사람은 각각 '혈통론'을 선전하거나 반대했다는 이유로 잡혀온 것이었다. 전혀 다른 길이 하나로 귀착된 것이다. 이들을 지키는 사람도 학교 친구라서 대충 감시하면서 편의를 봐주고 있었다. 나는 자주 스캉청을 찾아가 책도 전해주고 이런저런 소식도 알려주었다. 류휘쉬안과 눈이 마주칠 때면 그와도 인사를 나눴다. 그들 네 친구는 하나가 되어 잘 지냈다. 아침저녁으로 불을 피울 때면 부지깽이를 빌려주면서 서로 자신들에 관한 얘기와 함께 독서 후 감상을 주고받곤 했다.

1970년 2월, 자오징싱과 타오뤄쑹은 함께 수갑을 차고 투옥되었다.

12

1966년 10월부터 베이징 중학교들의 혁명세력이 점차 '문화대혁명' 초기의 홍위병을 대체하면서 주류가 되었다. 하지만 금세 분열이 생겼다. 1967년 봄, 중앙위원회의 수장이 4월 3일과 4월 4일에 한 두 차례 한 연설로 '4·3파'와 '4·4'파가 생겨났다. '신4중코뮌'은 온건적인 '4·3파'와 '4·3.5파'로 분류되었다.

1967년 4월 말, 햇살이 눈부신 계절에 버들솜이 날리고 있었다. '베이징 노병합창단'이 베이징 제4중학 식당에서 「장정조가」長征組歌 리허설을 하고 있었다. 지휘자는 류휘쉬안이었다. "하늘을 가린 먹구름은 오래가지 못하네. 붉은 태양이 영원히 빛을 뿌리기 때문에"라는 대목에서 고음부로 치달을 때마다 번번이 그의 고함소리에 중단되었다. 중간 휴식시간에 합창단 남학생들 몇 명이 교문 앞에 모여 햇볕을 쬐고 있었다.

나는 수위실에서 친구와 함께 대자보를 쓰고 있었다. 당시에는 교문을 지키는 수위가 필요 없었기 때문에 수위실도 홍위병들이 자유롭게 사용할 수 있었다. 창문을 통해 밖에서 수다 떠는 소리가 들려왔다. 이어서 뭔가를 선동하는 것 같더니 갑자기 욕설을 퍼부으면서 누군가를 두들겨 패는 소리로 바뀌었다. 그들이 교문 밖에서 누군가를 끌어들여 주먹으로 때리고 발길질을 하고 있는 모습이 보였다. 사지를 붙잡고 나무에 머리를 쿵쿵 소리가 나도록 찍기도 했다. 듣자 하니 시위대를 쫓아다니던 다른 학교 남학생 두 명이 자전거를 타고 지나가다가 합창단 사람들과 말싸움을 벌인 끝에 한 명은 도망가고 한 명만 붙잡혔다는 것이었다.

이는 벌집을 쑤시는 일이나 마찬가지였다. 상대는 베이징 건공建工학교의 '비호대飛虎隊'였다. 이들은 무시무시한 '4·3파'의 일원으로 용감하고 싸움에 능하기로 명성이 자자했다. 그들과의 무력투쟁으로 사람이 죽기도 했다. 전원이 무장한 상태로 시신을 들고 베이징 수도경비구역으로 가서 항의시위를 벌인 경력도 있었다. 누군가 '비호대'가 우리의 목을 치러 오고 있다고 알려주었다.

원시적인 '기습전'이었다. 우선 무차별 폭격이 있었다. 돌멩이가 수없이 교문 안으로 날아들어 후두둑 땅을 두들겼다. 기와와 유리창이 무수히 깨졌다. 이어서 '비호대'는 교문으로 돌진해 들어와 대오를 두 갈래로 분산시킨 다음 재빨리 고지를 점령했다. 담장에도 물샐틈없이 인원을 배치하고 교문을 봉쇄했다. 그들은 버드나무 가지로 만든 안전모와 방호마스크를 쓰고 손에는 강철 파이프로 된 긴 창을 들고 있었다. 선봉부대가 길을 열자 주력부대가 방진方陳을 이루어 우르르 밀어닥쳤다. 살기가 하늘을 찌르는 가운데 관 하나가 분위기를 압도했다.

'노병합창단'은 재빨리 교정 서쪽 끝에 있는 식당으로 도망쳤다. 다행히 '신4중코뮌'과 '비호대'는 한 가족이었다. 우리의 만류로 '비호대' 대군은 진군속도를 늦췄다.

갑자기 기숙사 작은 마당에서 누군가 튀어나왔다. 손에 아무것도 들고 있지 않았다. 그는 미친 듯이 욕설을 퍼부으면서 대군의 길을 가로막았다. 류휘쉬안이었다. 순간 '비호대' 10여 명이 그를 겹겹이 에워쌌다. 긴 창이 사방팔방에서 그를 겨눴다. 햇빛을 받은 창끝이 차갑게 번뜩였다. 담임인 톈융 선생님이 우리 몇몇을 데리고 달려가 몸으로 그들을 막아서며 류휘쉬안을 용서해달라고 사정했다. 그러면서 강경하게 몸부림치는 그를 억지로 붙잡아 기숙사 마당으로 돌려보냈다. 그는 친구들의 손에 끌려가면서도 끊임없이 욕설을 퍼부었다.

대군의 진용은 마치 파도 같았고 관은 그 위에 떠 있는 배 같았다. 그들은 소용돌이를 돌아 계속 전진했다. 류휘쉬안이 또다시 식당에 나타났다. 그의 지휘 아래 뿔뿔이 흩어졌던 합창단 병사들이 구호를 높이 외쳤다. 하지만 대군이 코앞까지 압박해오고 그들의 손에 들린 긴 창이 빽빽한 숲을 이루고 있는 모습을 보고는 류휘쉬안도 하는 수 없이 철수명령을 내려야 했다.

"모두 무기를 버리고 흩어져!"

합창단 남학생들은 손에 들고 있던 작대기를 내던지고 각자 뿔뿔이 흩어져 도망쳤다. 여학생들은 날카로운 비명을 지르며 우왕좌왕하고 있었다. 우리는 간신히 양쪽을 떨어뜨린 다음, 합창단 친구들에게 어서 군복*을 벗고 인파 속으로 섞여 들어가라고 충고했다. 식당 건물과 담장 사이의 좁은 통로에 숨어 있던 몇 명은 마지막으로 담을 넘어 도망쳤다. 우리가 개입하여 중재함으로써 피비린내 나는 무력투쟁은 소수의 가벼운 상처로 마무리되었다. 노병 측이 입은 최대의 손실은 식당 주변에 세워두었던 망간 자전거가 박살 난 정도였다.

중편소설 『저녁노을이 사라질 때』當晚霞消失的時候로 이름을 알리게 된 류휘쉬안**은 당시 상황을 이렇게 회고했다.

우리 학교에는 '신4중코뮌'이라는 군중조직이 있었습니다. 파리코뮌의 의미를 차용한 조직으로 우리와는 대립관계에 있었어요. 특히 양샤오칭楊小青이라는 친구는 저와 원한이 아주 깊었지요. 만났다 하면 서로 잡아먹지 못해 안달이었으니까요. 한번은 다른 학교 학생들이 우리 학교로 쳐들어와 큰 폭력사태가 벌어졌어요. 난투극 도중 저는 겹겹이 에워싼 포위망에 갇히고 말았습니다. 그때 놀랍게도 양샤오칭이 나서서 목숨을 걸고 나를 구해줬어요. 하지만 그 일이 있고

---

* '노병'에게는 신분의 상징이었다.
** 리핑(禮平)이라는 예명으로 발표되었다.

나서도 우리는 만났다 하면 서로 으르렁거렸지요. 이런 태도를 두고
"원칙을 견지한다"고 하지요. 하지만 저는 마음속으로는 그를 존중
합니다. 당시에는 그를 존경했지요.

13

1968년 봄, 학교에 불청객이 몇 명 찾아왔다. 그들은 곧바로 교
장실 마당 동쪽 남단에 있는 '혁명위원회 교육혁명판공실'로 들어
갔다. 입구에는 아직 '중학홍위병대표대회 작전부 연락처'라고 쓰
인 현판이 걸려 있었다. 이곳은 베이징 중학 '4·3파'의 유일한 상
설기구였다.

그들은 베이징사범대학 학생들이었다. 중앙문혁소조의 소개장
을 갖고 있다는 것을 이유로 아주 거만한 태도를 보였고 책상과 의
자를 아주 거칠게 다루면서 쿵쾅쿵쾅 소리를 냈다. 이들이 찾아온
목적은 수정주의 교육노선에서 대학입시제도를 조사하는 것이었
다. 다시 말해 구대입제도가 어떻게 노동자와 농민의 자식들에게
불이익을 주었고 어떻게 흑오류黑五類* 자식들을 보호했는지를 조
사한다는 것이었다.

대학입시를 주관하던 전 교무주임 취다퉁屈大同이 소식을 듣고
곧바로 달려왔다. 두렵고 불안하여 어쩔 줄 몰라 하는 모습이었다.
그러면서도 속으로는 '문화대혁명'이 시작된 지 벌써 2년이 다 되

---

* 지주, 자산가, 반혁명분자, 불량배, 우익 등 다섯 가지 유형의 반동계층.

어가지만 아직 이렇다 할 큰일은 당한 적이 없으니 이번에도 별일 없을 것이라고 생각했다. 그는 소개장을 다 읽고 나서 잠시 침묵하더니 마침내 천천히 한숨을 내쉬며 입을 열었다.

"제가 여러분을 실망시켜드릴 것 같네요."

사실 제4중학의 대입 합격률은 95퍼센트 정도였지만 동점자가 나왔을 때는 출신이 안 좋은 학생들이 우선적으로 탈락하곤 했다. 그가 설명을 계속했다.

"모든 학생의 당안檔案* 봉투 정면에 양식이 있습니다. 양식 오른쪽 상단에 바로 중학정치심사 의견이 기록되어 있지요. 여기에 불합격 의견이 적히면 부처님이 온다 해도 합격할 수 없습니다."

취다퉁 자신이 바로 국민당 장군의 아들로서 우여곡절을 겪으며 힘들게 명문학교의 교무주임 자리까지 올라온 사람이었기 때문에 그 안에 담긴 수수께끼 같은 얘기에 대해서는 누구보다도 잘 알고 있었다. 방문객들이 얼굴 가득 놀란 표정을 짓자 그는 한층 더 득의양양해지며 말을 이었다.

"예를 들어 설명하지요. 첸웨이장錢偉長이 누군지 아십니까? 그 유명한 과학자 겸 대학교수로서 골수 우파인 인물이지요. 그의 아들 첸위안카이錢元凱도 정치심사에서 불합격 판정을 받았습니다. 그러니 점수가 아무리 좋아도 소용없었지요. 어느 대학에서도 받아주지 않을 테니까요. 이게 바로 당의 계급노선입니다."

---

* 한 개인의 인생궤적의 요약이라고 할 수 있으며, 기관에 채용될 때나 정치활동을 할 때 중요한 기준이 되는 자료.

취다퉁은 첸위안카이의 고3 담임이었고, 그에게 출신문제는 진학에 절대로 영향을 주지 않을 것이라고 맹세한 적이 있었다. 그 때문에 첸위안카이는 칭화대학에 응시했고 화베이華北 지역 전체에서 2등을 했는데도 어느 대학에도 합격하지 못했다. 1958년 9월, 그는 스징산石景山 철강공장에서 노동자로 일하다가 2년 뒤에는 선반기능공으로 자리를 옮겼다. 그는 거친 노동을 하는 중에도 공부를 게을리하지 않았다. 사진촬영을 좋아했던 그는 1968년에 사진기 등 촬영장비를 자체 제작하기도 했다. 나중에는 카메라 제작공장으로 재배치되었다. 기술자에서 시작해 전력을 다해 수석 엔지니어의 자리까지 오른 그는 카메라 기술이론의 권위자가 되었다.

대학입시에 낙방하자 그의 아버지가 그에게 말했다.

"학교를 다닌다는 것은 누군가의 통제를 받는 것이다. 하지만 독서와 실천은 지식을 얻을 수 있는 가장 중요한 수업이지. 독서와 실천을 통해 배울 수 있는 권리는 네 손에 쥐어져 있다. 이런 권리는 누구도 빼앗을 수 없지. 공부를 삶의 습관으로 만들면 된다. 이것이 그 어떤 명문대학에 들어가는 것보다 훨씬 중요하다!"

첸위안카이는 아버지의 이 말을 항상 기억하고 있었다.

그는 인생이라는 쓴 술을 처음에는 취다퉁 선생님과 함께 빚었지만 같이 맛볼 수는 없었다. 학교 동창모임에 첸위안카이가 온다고 하면 취다퉁은 자리를 피하고 나타나지 않았다.

14

1968년 여름이 물러가고 가을이 올 무렵, 베이징에 '홍위병 6514부대'라는 이름의 신출귀몰한 비밀조직이 출현했다. 그들은 동에 번쩍 서에 번쩍하며 도처에 현수막을 걸고 다녔다. "베이징 중학문혁 탄압의 앞잡이 리중치李鐘奇를 끌어내자!" "학생운동을 탄압하는 사람에게 좋은 결말이 있을 수 없다!" "공사의 원칙은 영원하다!" 같은 내용이었다. 등사기로 찍어 만든 소형 신문『원칙』原則도 함께 붙이고 다녔다.

사실 이는 우리 반 친구 대여섯 명이 한 일이었다. 그 번호에는 허세가 좀 있어 어렵지 않게 해독할 수 있었다. 제4중학 고등학교 1반과 5반, 6재를 거꾸로 해서 '6514부대'라고 명명한 것이었다.

1968년 봄, 중앙위원회의 이념해석에 대한 이견과 대학의 각 계파조직의 개입으로 '4·3파'와 '4·4파'의 충돌이 날로 격해졌다. 사태를 진정시키기 위해 공선대와 군선대가 베이징 중학에 투입되어 '혁명위원회'를 설립했다. 당시 중학군사관제 책임자는 베이징 위수구衛戍區 부사령관 리중치였다.

'문화대혁명'의 거대한 조류는 어물쩍 물러가기 시작했고, 우리는 자신들이 누군가에게 팔려간다는 느낌이 들었다. 이와 동시에 두 계파 충돌의 배후에는 "20년 후에 두고 보자" "너희가 펜이라면 우리는 총이다. 미래가 누구의 것이 되는지 두고 보자" 하는 등 '노병'의 의미심장한 도전이 잔재하고 있었다.

교정의 좁은 길목이나 글의 행간 도처에 그들의 오만한 그림자가 투영되어 있었다. 이는 '혈통'에서 오는 오만이었고 역사를 뛰어넘는 오만이었다. 어리고 무지한 것은 차치하고, 중요한 것은 그들이 한 번도 반성이라는 것을 한 적이 없다는 사실이었다. (일부 소수는 제외하고) 이는 아주 깊은 상처였다. 그들 자신에게도 마찬가지였다. 이 상처는 40년 동안 줄곧 유효했다. '평민'과 '귀족'의 경계가 역사의 상흔이 되어 지금까지도 아물지 않고 있는 것이다.

'홍위병 6514부대'가 행동을 개시했다. 이는 리중치라는 장군에 대해 앙심을 품고 있어서가 아니라 관방의 역사서술에 잠대사潛臺詞*를 만들어 순조롭게 이어지는 그들의 역사기록에 일종의 암시를 남기기 위해서였다. 우리는 낮에 등사판으로 간행물을 찍어내고 현수막을 만들어 한밤중에 출동했다. 심지어 위수구 사령부 맞은편 담벼락에 현수막을 내걸기도 했다.

어느 날 밤, 우리는 짐을 운반할 때 쓰는 평판 삼륜차 페달을 열심히 밟아 서창안가西長安街 골목 깊숙한 곳에 있는 베이징 제6중학에 도착했다. 톈안먼에서 그리 멀지 않은 곳이었다. 교문 밖 벽돌 담장에 현수막과 신문 『원칙』을 붙이고 돌아서는 순간, 갑자기 학교 안에서 10여 명의 남학생들이 튀어나왔다. 그들의 손에는 야구방망이와 용수철 자물쇠가 들려 있었지만, 우리에게는 빗자루와 양철통밖에 없었다. 양측이 몸을 맞대고 대치했다. 상대방의 숨소리까지 들릴 정도였다. 나도 심장박동이 점점 빨라지면서 피가 솟구쳤다. 머릿속이 하얘졌다. 상대방의 눈동자 속에서 피를 갈망하는 나 자신을 볼 수 있었다. 오래전 수렵과 전쟁 시대를 살았던 인

* 내면 속에 포함되어 있거나 대사로는 완전히 표현할 수 없는 언어 외의 의미.

간의 원시적 본능이 어느 순간 우리를 지배하고 있는 것이었다.

한 치의 양보도 없는 대치가 몇 분간 이어졌다. 한 세기는 되는 것처럼 길고 지루한 시간이었다. 우리는 한발 물러서서 등 뒤로 욕설만 남기고 자리를 떴다. 철수속도가 중요했다. 너무 빨라서도 안 되고 너무 느려서도 안 되었다. 골목을 빠져나온 우리는 창안가에 이르렀다. 가을바람이 불어와 나도 모르게 부르르 진저리를 쳤다.

15

1968년 겨울, 텐융 선생님을 포함하여 열 명 남짓한 우리 일행은 허베이 안신현安新縣 바이양뎬白洋淀 지역으로 가서 '교육혁명고찰'을 진행했다. 전국을 휩쓸던 상산하향운동 속에서 우리가 바로 교육혁명의 대상이라는 것은 좀 이해하기 어려운 일이었다. 이 여행에는 그 시대의 광풍의 흔적이 담겨 있었다.

우리는 무력투쟁의 절정에 서 있었다. 성省 군구軍區와 38군이 각각 지지하던 두 계파의 싸움으로 온 천지가 암흑이 되었다. 전쟁의 불씨는 바이양뎬까지 미쳤다. 이곳은 항일전쟁의 본거지로, 농민들도 풍부한 전쟁경험을 지니고 있었다.

현위원회의 초대소에 들어가자마자 우리는 부고와 추도회 통지를 받았다. 현성에서 있었던 공방전에서 현성을 점령한 측 일곱 명이 사망했다는 것이었다. 그들의 관할구역이라 선택의 여지가 없었다. 우리는 화환과 함께 "죽어 귀신이 된 벗을 보며 억눌린 울분으로 빗발치는 총칼을 향해 시를 찾네"라는 루쉰의 시구로 커다란 만련挽聯*을 써서 거리에 세워두었다. 확성기에서는 쉬지 않고 추도곡이 흘러나왔다. 우리는 시신들이 안치된 천막으로 들어가 망자를 향해 세 번 허리를 구부려 애도의 뜻을 표했다. 죽은 사람을 직접 본 것은 그때가 처음이었다. 남자도 있고 여자도 있었다. 누런 피부가 햇빛에 반사되어 반투명하게 보였다. 문득 그림자극이 생각났다. 더 끔찍한 것은 있는 힘을 다해 호흡을 참아야 할 정도로 지독했던 악취였다.

베이징에서 온 대표로서 우리는 자연스럽게 '마오 주석이 보낸 가족'이 되었다. 혁명조직의 우두머리와 망자의 유가족들도 우리에게 장례식의 귀빈이 되어달라고 거듭 요청해왔다. 우리는 완곡하게 거절하고 현위원회 초대소로 돌아왔다. 나는 헛구역질이 계속 올라와 저녁을 거르기로 했다. 어두컴컴한 등불 아래서 슬픈 탄식이 이어졌다.

안전을 기하기 위해 조사는 청관城關중학에서 시작되었다. 농촌 아이들이 공부를 하기 위해 감당해야 하는 고생은 우리의 상상을 초월했다. 꼭두새벽부터 밤늦게까지 오락거리라고는 하나도 없는 상태에서 호롱불에 의지해 밤을 새워가며 책을 읽었고 잠자리와 급식도 너무나 열악했다. 그들의 소망은 도시로 나가 대학에 다니는 것이었다. 그렇게 땅에 매여 있는 자신들의 운명을 철저히 바꾸는 것이 일생의 소원이었다. 정원이 제한되어 있다 보니 이들은 베이징 학생들의 수준을 크게 뛰어넘어야만 대학에 합격할 가능성

* 죽은 사람을 애도하는 대련.

이 있었다. 이런 사실에 우리는 놀라움을 금할 수 없었다. 공정한 기준을 적용한다면 베이징 제4중학 학생의 절반은 대학에 떨어질 것이었다. 이러한 사회적 불평등은 완전히 우리의 상상 밖이었다.

봉화가 다시 피어올랐다. 상대 파벌이 현성을 공격하기 시작한 것이다. 총격과 포화가 끊이지 않았다. 특히 밤에는 더했다. 슝슝 총알이 날아다니는 소리에 잠을 이룰 수가 없었다. 현성은 언제라도 함락될 수 있었다. 게다가 현위원회 초대소는 주요 공격목표 가운데 하나였다. 톈융 선생님은 허리에 새끼줄을 묶고 초대소 정문 밖으로 뛰어나가 포화가 어느 정도인지 정찰했다. 선생님이 고양이처럼 몸을 웅크린 채 숨어 있다가 이내 낮은 포복으로 기어가는 모습이 보였다. 초대소 수위인 노인이 총소리에 귀를 기울여보더니 하품을 하며 말했다.

"적들은 아주 멀리 있으니 가서 잠이나 더 자도록 해요."

현위원회 초대소에 틀어박힌 지 10여 일이 지났다. 이런저런 소문 말고는 바깥세상에 대해 아는 것이 전혀 없었다. 배후에 있는 군대의 압력으로 양측은 마침내 협상 테이블에 앉게 되었다. 우리는 바오딩으로 가는 첫 장거리버스를 타고 포위된 도시를 빠져나왔다.

베이징으로 돌아온 지 얼마 되지 않아 설을 맞았다. 학교 친구들과의 모임에서 술을 진탕 마시고 거나하게 취한 나는 고래고래 악을 쓰며 노래를 부르다가 목 놓아 울기도 했다. 옛 정취가 담긴 문언시를 쓰는 것이 유행하면서 모두들 압운을 맞춰가며 서로 시를 주고받았다. 이별의 아픔을 얼마나 더 견뎌야 할까! 베이징 기차역이 우리의 마지막 교실이 되었다. 새로운 과목은 작별이었다.

대관련

1

1966년 9월 중순, 나와 장첸張潛, 판종푸潘宗福, 양샤오윈楊曉雲, 장요우주張友筞, 쉬진보 등 같은 반 친구 여섯 명은 함께 남행열차에 올랐다.

8월 18일부터 마오 주석은 톈안먼에서 연속적으로 여덟 차례에 걸쳐 홍위병을 접견함으로써 문화대혁명의 새로운 절정인 '대관련'大串聯을 발동했다. 중국공산당 중앙위원회 문건은 전국 각지 학생들이 베이징으로 찾아오는 것을 지지하는 동시에 베이징 학생들이 전국 각지로 흩어져 혁명의 경험을 교류하는 것을 지지한다고 밝혔다. 교통비와 생활비도 국가에서 지원하기로 했다. 이리하여 전국의 중고등학생들은 기차를 비롯한 모든 공공교통을 무상으로 이용할 수 있게 되었고, 각지에 접대소도 설치되어 숙박과 식사를 제공했다. 맨 처음에는 이것이 홍위병들의 특권이었지만 외지로 출장을 가려면 정치심사*를 받아야 했다. 그러던 것이 마오 주석이 강력한 파도를 일으켜 일거에 갑문閘門을 무너뜨려 버린 것이다.

쉬진보가 홍위병 장張 아무개가 만든 백지 추천서를 준비하여 우리들 평민 자제 몇몇을 불러 모은 다음 이름을 써넣었다. 백지 한 장으로 자신의 출신성분을 증명한 것이었다. 소개장을 가지고 둥단東單에 있는 철로국 매표소에 가서 줄을 선 우리는 마침내 여섯 장의 무료 기차표를 손에 넣을 수 있었다.

나로서는 처음 부모님 곁을 떠나는 장거리 여행이었다. 짐은 아주 단출했다. 갈아입을 옷 몇 벌을 쑤셔 넣은 작은 책가방과 『마오 쩌둥 선집』을 담은 작은 나무상자가 전부였다. 이 상자는 내가 직접 만들고 그 위에 붉은 페인트로 "마오 주석님 말씀을 뇌리에 새기고 핏속에 녹여 행동으로 나타나게 하자"라고 썼다.

우리는 바오지寶鷄에서 열차를 갈아타야 했다. 밤이라 몹시 추웠고 기관차에서는 연신 짙은 연기가 피어올라 플랫폼의 불빛을 가렸다. 청두에 도착한 것은 이미 한밤중이 되어서였다. 남방의 따스하고 축축한 공기가 얼굴 위로 불어와 천천히 떠다녔다. 그 부드러운 흐름 속에는 기차가 움직일 때의 짜릿한 전율도 섞여 있었다. 역 광장에 있는 홍위병 접대소에서는 우리를 청두 제14중학에 배정해주었다. 들리는 얘기로는 우리가 베이징에서 왔기 때문에 접대를 담당한 교사와 학생들이 특별히 친절한 것이라고 했다. 우리

---

* 가정 출신성분 조사.

를 위해 특별히 죽순채 볶음에 대통밥을 밤참으로 준비해두었다고도 했다. 남녀로 나눠 다른 교실에서 잠을 자게 되었다. 교실 바닥에 잠자리를 펴려면 책상과 걸상은 전부 한쪽으로 밀어놓아야 했다. 흥분한 우리는 소곤소곤 얘기를 주고받다가 누군가 시끄럽다고 항의하는 소리를 듣고서야 입을 닫고는 깊은 잠에 빠졌다.

다음 날 오전 우리는 쓰촨 성위원회 마당으로 갔다. 대자보가 하늘과 땅을 뒤덮고 있었다. 서남 지구의 일인자 리징취안^{李井泉}*을 겨냥한 내용들이었다. 여전히 학생의 습관을 유지하고 있던 우리는 대자보를 읽으면서 그 내용을 공책에 옮겨 적었다. 대자보는 갖가지 놀라운 내막들을 들춰내고 있었다. 예컨대 천부지국^{天府之國}이라 불리는 중국의 3년 곤란시기에 굶어죽은 사람이 100만 명이 넘는다는 얘기도 있었다. 하지만 "중국이 이렇게 넓은데 어느 조대^{朝代}든지 굶어죽는 사람이 없었던 때가 있었던가?"라는 리징취안의 명언은 모르는 사람이 없었다. 게다가 그가 관련된 부패사건들은 연애소설만큼이나 사람들의 얼굴을 뜨겁게 했다.

청두에서 100여 리 떨어진 다이현^{大邑縣} 안런^{安仁}의 오래된 마을은 지주 류원차이^{劉文彩}의 장원과 '수조원'^{收租院}으로 유명해서 그런지 대관련의 중심지가 되었다. 1965년 쓰촨미술대학 조소과의 사제들이 현지 예술가들과 함께 진흙으로 대형 조소군상인 '수조원'을 제작하여 전국을 떠들썩하게 한 데 이어 이를 베이징미술관에

---

* 마오쩌둥, 저우언라이 등과 같은 중국의 혁명 1세대로, 쓰촨 인민정부 주석을 역임한 적이 있다. 3년 곤란시기에 중앙정부의 지시에 따라 쓰촨의 양곡을 다른 지역에 보내는 바람에 쓰촨 경내에서도 많은 아사자가 발생했고, 이에 대한 민분이 대단했다.

도 전시하여 각급 학교 선생님들과 학생들에게 단체로 관람하게 했다. 선생님들은 우리에게 전시회를 관람한 감상문을 쓰게 했다.

안런 고적에는 깊고 그윽한 대형 저택이 많았다. 류원차이의 장원은 그 가운데 하나일 뿐이었다. 우리는 인파 속에서 몸부림치면서도 몸을 마음대로 가눌 수 없었다. 발 디딜 만한 공간도 없었다. 해 그림자가 서쪽으로 기울고 사람들이 적어질 즈음 갑자기 어디선가 특이한 냄새가 났다. 누군가 길가에 기름 솥을 걸어놓고 오리를 튀기고 있었다. 한 마리에 1위안 5마오였다. 우리는 각자 한 마리씩 사서 만터우를 담으려고 가지고 다니던 비닐주머니에 싸서 가방에 넣었다. 나중에 찬찬히 씹어보니 뼈만 남은 오리였다. 시외버스 터미널로 돌아가는 길에 나는 판종푸와 함께 만터우를 오리 튀김 기름에 찍어 먹었다. 너무나 맛있어 감탄을 멈추지 못했다. 우리는 그 느낌을 최고의 형용사로 표현했다.

"젠장, 죽도록 맛있네!"

비록 병에 걸린 오리이긴 했지만 여행하는 내내, 심지어 평생 동안 그 무한한 맛을 되새기기에 충분했다.

장요우주는 우리 반 농구팀의 선봉으로 키가 크고 덩치도 좋았다. 그의 집에서 만든 땅콩잼 당병糖餅 얘기만 나와도 그는 의기양양한 모습을 보였다. 나는 그에게 '땅콩잼 당병'이라는 별명을 붙여주었다. 하지만 그는 청두에 도착하자마자 배탈이 나서 몸져눕고 말았다. 금세 털고 일어서지 못한 그는 결국 남은 일정을 포기하고 베이징으로 돌아가야 했다. 나는 그의 별명을 설사 환자라는 의미의 '아리리'阿痢痢로 바꿔주었다. 소리 효과뿐만 아니라 이국의 정서도 담겨 있어 더욱 친근하게 느껴지는 별명이었다.

충칭에 도착한 우리는 거웨산歌樂山 아래 있는 서남정법학원西南政法學院에 여장을 풀었다. 열사능원烈士陵園이 아주 가까워 걸어서도 갈 수 있었다. 이곳에는 한때 국민당 '군통국'軍統局 본부와 '중미中美특종기술합작소'가 있었다. 우리는 『붉은 바위』를 읽으며 자란 세대였다. 그 놀라운 이야기가 전부 이곳에서 일어난 일이었다. 하지만 고목이 하늘을 찌르고 구름과 안개가 떠다니는 거웨산의 풍경은 신선들의 경지와 다르지 않았다.

2

충칭의 차오톈먼朝天門 부두에 도착했다. 기적이 세 번 울리자 여객선은 밧줄을 풀고 항해에 나섰다. 갑판이 가볍게 흔들렸다. 우리는 3등창에 묵었다. 위아래에 여섯 개의 침상이 있었지만 배표의 부족으로 두 명이 한 침대를 사용해야 했다. 그래도 기차를 타는 것보다 훨씬 편하고 쾌적했다. 평온하고 소음이 없는 데다 공기도 신선했다. 멀리 떨어져 있는 절벽을 갑판에서 바라보니 교과서에서 읽은 이백李白의 시 「아침 일찍 백제성을 떠나다」早發白帝가 생각났다.

강 양안에는 원숭이 울음소리 멈추지 않는데,
가벼운 배는 이미 만 겹의 산을 지났네.
兩岸猿聲啼不住, 輕舟已過萬重山.

원숭이는 아마 오래전에 자취를 감췄을 테고, 배는 승객 초과로 수시로 위험에 처할 수 있었다. 방송에서는 마오 주석의 어록과 혁명가요가 흘러나오다가 간간이 모든 승객에게 주의사항을 하달하고 있었다. 경치를 감상하려고 선현 한쪽으로 너무 몰리지 말라는 것이었다. 산샤三峽를 지날 때쯤 한밤중이 되었고, 우리는 모두 깊은 잠에 빠졌다. 아름다운 풍경은 우리의 꿈속에 아무런 흔적도 남기지 않았다.

같은 선창에는 베이징공업대학 학생들도 있었다. 남학생 하나에 여학생이 셋이었다. 남학생의 이름은 쉬룽정徐榮正이고 별명은 '라오피아'老pia였다. '피아'는 한자로 어떻게 쓰는지 알 수 없었다. 아마도 아래턱뼈가 긴 것*과 관련이 있을 것 같았다. 샤먼厦門 지메이集美 수산학교의 남학생 세 명도 있었다. 그 가운데 웡치후이翁其慧라는 친구는 말이 없고 다소 멍청해 보였지만 나하고는 말이 잘 통했다.

같은 선창에서 사흘을 지내면서 우리 세 무리의 학생들은 쉽게 하나가 되어 함께 여행을 계속하기로 결정했다. 비교적 똑똑하고 자기보다 남을 먼저 생각할 줄 아는 라오피아가 자연스럽게 우두머리가 되었다. 그는 지도를 펼쳐 보이며 우리가 앞으로 나아가게 될 방향을 설명해주었다. 우한에서 뭍에 올라 며칠 쉰 다음 주저우株州를 거쳐 샤오산韶山으로 가서 곧장 광저우로 남하한다는 것이었다.

한커우에서 우리는 어느 중학교에 여장을 풀었다. 나는 큰외삼촌을 만나러 갔다. 큰외삼촌은 황푸黃埔군관학교 출신으로 나중에

---

* 학명은 '거합증'(巨頜症).

는 진링金陵대학에서 수학했고 '7·7사변' 후에는 후베이로 가서 유격전을 전개했으며 잉청현應城縣 현장 겸 유격대 사령관을 역임했다. '문화대혁명'이 시작된 뒤에는 우한 부시장으로 부임했다. 민주인사인 덕분에 실질적인 권력이 없었는데도 첫 번째 투쟁의 소용돌이에서 무사히 살아남을 수 있었다.

큰외삼촌 댁은 톈진로天津路의 어느 작은 건물 안에 있었다. 정문 앞에는 수위실도 있었다. 거실이 아주 넓고 밝았다. 나는 소파가 가라앉아 그 안에 푹 파묻힐 것이 두려워 한쪽 구석에 엉덩이만 걸치고 앉아 토끼처럼 겁먹은 얼굴을 하고 있었다. 방문이 자주 열리고 닫히면서 사촌 형과 누나들이 마구 들락거렸다. 가장 존귀한 손님인 폭풍우를 기다리고 있는 것 같았다. 평소 입담이 좋던 큰외삼촌은 정신이 나간 듯한 표정이었다. 웃음소리도 왠지 공허하기만 했다. 연무를 따라 천장 위로 흩어지는 것 같았다. 큰외숙모만 냉랭함 속에서도 따스함을 보이면서 내게 뜨거운 국물국수를 만들어주셨다. 나이는 어렸지만 분위기가 불편함을 알아챈 나는 국수를 먹자마자 얼른 작별인사를 하고 나왔다.

우한에서 주저우까지는 객차가 만원이라 덮개가 달린 화물칸에 타야 했다. 기차는 마구 흔들리면서 가다가 멈추기를 반복했다. 문틈으로 희미하게 바깥 풍경이 보였다. 가장 골치 아픈 일은 화장실에 가는 것이었다. 열차가 멈춰도 멀리 갈 수 없다 보니 남녀가 좌우로 나뉘어 열차에서 내려 땅바닥에서 일을 해결했다. 열차가 달리는 중에도 남학생들은 참을 수 없을 정도가 되면 언제든지 몸을 돌려 창문을 통해 소변을 보았고, 여학생들은 동료들이 담요로 번

갈아 가려주면서 일을 해결했다. 그러다 보니 냄새가 지독해 숨쉬기조차 어려울 정도였다.

주저우에 도착한 우리는 열차를 갈아타고 샤오산으로 향했다. 가는 길 내내 홍기紅旗를 든 장거리 여행 행렬이 끊이지 않았다. 한 달째 여행하고 있는 사람들도 적지 않았다. 그들은 봉두난발에 얼굴이 지저분했고 옷도 남루하기 그지없었다. 우리를 보자 갑자기 정신이 들었는지 노래를 부르며 마오 어록을 외우기 시작했다.

성지로 가는 여행의 종점은 텅 빈 벽돌건물 몇 동이 전부였다. 주변은 온통 반쯤 벗겨진 산비탈이었다. 이곳이 바로 홍태양紅太陽* 이 솟아오르던 곳이었다. 나는 작은 나무상자에서 『마오쩌둥 선집』 네 권을 꺼내놓고 동행하는 친구들과 함께 마오 주석의 고적 앞에서 선서의식을 거행했다. 모두들 오른팔을 들어 올리고 혁명을 끝까지 밀고 나갈 것을 굳게 맹세했다.

3

기차는 줄곧 남쪽을 향해 달려갔다. 기온이 점점 높아지면서 객차 안이 참을 수 없을 정도로 더웠다. 모두들 일제히 겉옷을 벗기 시작하더니 일부 남학생은 아예 웃통을 다 벗어버렸고 여학생들은 반팔 티셔츠만 입고 있었다.

기차는 한밤중에 광저우에 도착했다. 도처에 늘어져 흔들리는

---

* 문화대혁명 시기에 마오쩌둥을 상징하던 말.

종려나무 잎이 눈에 들어왔다. 크기가 부채만 한 잎사귀 사이사이에 축축하고 뜨거운 바람이 머물러 있는 것 같았다. 우리의 숙소는 화난華南농학원으로 배정되었다. 도착하자마자 모두들 수돗가로 달려가 반바지 차림으로 온몸을 시원하게 물에 적셨다.

광저우에는 우리 큰이모가 계셨다. 큰이모와 이모부는 둘 다 중학교 선생님이셨다. 두 분은 문화대혁명으로 인해 적지 않은 타격을 입었지만 내륙의 상황에 비하면 훨씬 양호한 편이었다. 독특한 지리적 위치 때문에 광저우는 개방 정도가 내륙을 훨씬 능가했다. 우리는 황화강黃花崗*과 웨슈越秀공원, 바윈산白雲山, 광저우교역회 등을 견학했다. 대관련은 우리에게서 조금씩 변질되어가고 있었다. 혁명의 이름으로 사방을 돌아다니며 구경하는 것에 여념이 없었던 것이다.

라오피아는 키에프135 카메라를 갖고 있어 우리에게 잊기 어려운 순간들을 많이 남겨주었다. 내 손에도 단체사진 몇 장이 들려 있었다.

광저우는 별천지였다. 우리 같은 북방사람들에게는 열대의 풍경에 이국의 정취가 잔뜩 담겨 있는 것 같았다. 심지어 다른 나라에 온 것 같은 느낌이 들기도 했다. 언어마저 잘 통하지 않았기 때문이다. 길을 가다가 화장실을 찾을 때도 말을 알아들을 수 없어 쩔쩔매야 했다. 급한 대로 기지를 발휘하여 필사를 통해 간신히 소통할 수 있었다. 그곳 여자아이들의 모습은 더 말할 것도 없었다.

---

* 광저우기의가 일어난 곳인 동시에 기의에서 희생된 72열사의 능묘가 있는 곳.

너무나 이국적이고 다양해서 푸른 군복에 파란 재킷을 걸쳤는데도 알록달록한 속옷이 밖으로 다 노출되었다.

4

마지막 종착지는 상하이였다. 상하이에서는 제11국영면화공장에 묵게 되었다. 나는 여덟 살 때 어머니를 따라 외할아버지를 뵈러 이곳에 온 적이 있었다. 동료들에게 자랑하지 않을 수 없는 경력이었다. 그날 밤, 나는 동료들을 이끌고 와이탄에 가서 황푸강의 거대한 여객선과 십리양루十里洋樓*를 구경시켜주었다. 사람들로 하여금 넋을 잃게 만든 야경의 배후에는 일반 백성들의 일상생활이 자리하고 있었다. 룽탕弄堂** 위의 하늘에는 말리려고 널어놓은 다양한 색깔과 형태의 옷들이 만국기처럼 펄럭이고 있었다. 버스가 굽이굽이 돌아 정류장에 들어올 때면 차장이 창문 밖으로 머리를 내밀고 큰 소리로 외치면서 나무 판때기로 차체를 두드렸다. 도처에 작은 깃발을 든 노인들이 보였다. 이들은 치안을 유지하기보다는 자신들이 아직 건재하다는 것을 과시하기 위해 나와 있는 것 같았다. 하루는 모두들 일찍 일어나 기차표를 받기 위해 줄을 서러 갔다. 이른 아침의 희미한 햇빛 속에서 집집마다 문 앞에 나와 변기통을 닦고 있

---

* 조계지(租界地, 1842년 아편전쟁 패배로 난징조약에 따라 중국이 8개국 열강에 무상으로 임대했던 땅) 시절 황푸강을 따라 와이탄에 10리 정도의 길이로 건설된 다양한 건축양식의 서양식 건물들.

** 베이징의 후통과 유사한 상하이의 작은 골목들.

는 모습만 눈에 들어왔다. 마치 장엄한 아침의식 같았다.

나는 루이진로瑞金路에 위치한 상하이 광즈廣慈의원에서 근무하고 있는 둘째 이모를 찾아갔다. 도처에 대자보가 가득했지만 그래도 병원은 정상적으로 운영되고 있었다. 호리부護理部에서 둘째 이모를 찾았다. 호리부 주임인 이모는 간호사들을 배정하느라 몹시 바빴다. 잠시 기다리다 보니 어느새 정오가 되었다. 이모는 나를 데리고 근처 음식점으로 가서 점심을 사주셨다.

음식점에는 사람들이 많지 않았다. 둘째 이모는 특별히 나를 위해 생선과 고기 요리를 주문했다. 우리는 마주 앉아 식사를 했다. 식탁 위로 햇빛이 환하게 비쳤다. 내가 상하이까지 오는 길에 겪었던 갖가지 일들을 얘기하자 이모는 조용히 들어주었다. 간간이 끼어들어 몇 가지 묻기도 했다. 이모는 아득한 눈길로 몇 마디 격려의 말도 해주었다. 그때 그 자리가 둘째 이모와 마지막 만남이 되었다. 2년 뒤, 이모는 조사과정에서 비판투쟁을 당해 돌아가시고 말았다. 가족들이 시신을 확인하지도 못했는데 병원에서는 서둘러 이모를 화장해버리고 말았다.

아주 조용한 오후였다. 벽시계의 바늘은 부지런히 움직이고 있었다. 갑자기 이마가 가려워 손으로 만져보니 뜻밖에도 이가 만져졌다. 대관련 기간에 사람들은 이를 '혁명충'이라고 불렀다. 이는 생명력이 극도로 강해 약을 뿌리거나 불에 태워도 잘 죽지 않았다. 물에 담그거나 얼려도 소용이 없었다. 사람과 함께 하늘 끝까지 따라가려는 것 같았다.

나는 이를 잡아 식탁 위에 내려놓은 다음 손으로 눌러 죽였다.

다행히 둘째 이모는 눈길을 다른 데 두고 있어 이를 보지 못했다. 그렇지 않았다면 대경실색하면서 나를 병원으로 데려가 철저하게 소독했을 것이다. 이를 죽이는 소리는 아주 작았지만 무척이나 경쾌하게 들렸다. 마이크나 확성기로 확대하면 우렛소리로 들렸을 것이다.

5

1966년 11월 10일, 고발하기 위해 베이징으로 몰려가려는 천여 명의 '상하이노동자 혁명조반총사령부' 성원들이 상하이 서북쪽 교외 13킬로미터쯤 되는 지점에 있는 자딩현嘉定縣 안팅安亭역에서 저지된 후 와해되는 일이 발생했다. 베이징으로 가는 14호 급행열차를 막느라 경호선京滬線*은 20시간 넘게 불통이었다. 이것이 그 유명한 '안팅사건'이었다.

마침 그다음 날 우리는 베이징으로 돌아가는 기차표를 가지고 상하이역에 도착했다가 눈앞의 장면을 보고 놀라움을 금치 못했다. 대합실과 플랫폼은 물샐틈없이 사람들로 가득했고 철로 위까지 사람들로 넘쳤다. 요란한 소음과 혼탁한 공기가 짙은 안개처럼 하늘과 땅을 가득 뒤덮고 있었다.

우리는 아침부터 오후가 될 때까지 기다렸지만 아무리 해도 방법이 없었다. 결국 어떤 기차도 역으로 들어오지 않을 것이라고 단

---

* 베이징과 상하이를 오가는 철로.

정한 우리는 라오피아의 지휘 아래 곧장 행동에 나서기로 결정했다. '상하이역 특별규찰대'를 조직하는 것이었다. 먼저 라오피아가 앞에 나서서 베이징에서 온 다른 대학생 및 중고등학생들과 상의하여 규찰대를 조직했다. 규찰대 대원은 금세 수십 명으로 늘어났다. 이어서 규찰대는 상하이철로국의 조반파 조직을 상대로 담판을 벌이기로 결정했다.

라오피아는 내게도 임무를 내렸다. 화동국華東局과 상하이 시위원회와 접촉을 해보라는 것이었다. 천피셴陳丕顯이나 차오디치우曹荻秋 같은 책임자들의 이름은 대자보를 통해 이미 잘 알고 있었다. 규찰대의 이름으로 조도실調度室의 전화선 일부를 장악한 나는, 먼저 사호대査號臺를 통해 다시 화동국 천피셴의 사무실로 전화를 걸었다. 마침내 누군가 전화를 받았다. 자칭 비서라고 했다. 나는 다짜고짜 천피셴 본인과 통화해야 한다고 큰소리쳤다. 상대방은 '상하이역 특별규찰대'가 뭔지 잘 모르겠다면서 나와의 통화에 몹시 소극적으로 대응했다. 화가 난 나는 호통을 치면서 지금 상하이역에서 벌어지고 있는 공전의 혼란상황에 대해 화동국 제1서기인 천피셴이 책임져야 한다고 으름장을 놓았다. 비서는 금세 쩔쩔매면서 서기에게 꼭 전달하겠다고 약속했다.

'중앙문혁소조'의 개입으로 '안팅사건'의 위기는 무사히 넘길 수 있었다. 규찰대는 밤새 역사를 정리하고 철로 위에 있던 사람들을 찾아냈다. 그리고 객차마다 사람을 배치해 반드시 검표를 한 다음에 열차에 태우게 했다. 우리는 목이 다 쉬었지만 막강한 인원에 의지하여 분란을 일으킨 사람들을 전부 제압했다. 다음 날 오전,

마침내 베이징으로 가는 첫차가 시동을 걸었다. 우리는 먼저 열차에 올라 객차의 문과 창문을 닫아버렸다. '상하이역 특별규찰대'는 이틀밖에 안 되는 짧은 기간에 역사적인 사명을 잘 완수해냈다.

객차는 적재 한도를 심하게 초과했다. 객차 한 량의 제한인원이 108명인데, 실제로 탑승한 인원은 그 세 배가 넘었다. 사람들은 짐을 올려놓는 선반과 좌석 등받이 위에까지 올라가 누웠고, 화장실도 사람들로 가득 차 애당초 사용이 불가능했다. 열차는 가다가 서기를 반복했다. 때로는 몇 시간씩 멈춰 서 있기도 했다. 모두 돌아가면서 차에서 내려 식사와 화장실 문제를 해결해야 했다. 종종 기적을 울려 예고하지도 않고 갑자기 출발하는 일도 있었다. 이럴 때면 차에서 내려 볼일을 보고 있던 사람들은 황급히 열차에 오르느라 창문으로 기어오르기도 했지만, 동작이 느린 사람들은 그대로 낙오되는 수밖에 없었다.

나의 '좌석'은 등받이 위라 정말로 몸의 중심을 잡을 수가 없었다. 양쪽 벽에 박혀 있는 옷걸이 사이에 머리를 끼우고서야 간신히 잠을 청할 수 있었다. 뜻밖에도 이 방법으로 꿈속에서도 몸의 균형을 유지할 수 있었다. 가는 길 내내 집으로 돌아가는 꿈을 꾸기도 하고 집을 떠나는 꿈을 꾸기도 했다.

사흘 밤낮을 달리고 나서야 열차는 마침내 베이징 역사 안으로 들어섰다.

아버지

당신께서 저를 불러 아들이 되게 하셨기에
저는 당신을 따라 아버지가 되었습니다.
– 베이다오, 「아버지께」給父親에서

1

아버지에 대한 최초의 기억은 오래된 사진 한 장으로 시작된다. 사진의 배경은 톈탄天壇 치녠뎬祈年殿이다. 아버지는 두 팔을 앞을 향해 팔짱을 낀 채 가슴을 활짝 열고 웃고 있다. 몸은 한백옥漢白玉 난간에 깊숙이 엎드려 있다. 사진을 현상하면서 아버지는 사진관에 특별히 부탁하여 한백옥 난간을 따라 테두리를 넣게 했다. 난간 부분만 감광이 되지 않다 보니 얼핏 보면 옷소매가 사진틀 안에서 미끄러져 내려올 것만 같았다. 이 사진은 내가 태어나기 전에 찍은 것이다. 내가 이 사진을 좋아하는 이유는 아버지가 청춘의 자신감으로 가득 차이처럼 환히 웃고 있는 모습을 본 적이 없기 때문이다. 나는 이 사진이 아버지의 기억에 관한 출발점이라고 굳게 믿고 싶다.

1949년 10월, 우리는 아들에게 '칭칭'慶慶이라는 아명을 지어주었다. 첫아들이 생긴 뒤로 우리 부부는 몹시 바빠졌다. 메이리美利*는 아들에게 작은 옷을 만들어주고 자주 목욕을 시켜주었다. 모유가 넉넉하지 않아서 매일 여러 차례 고형 우유를 먹였다. 나는 아들이 잠을 잘 잘 수 있도록 자주 품에 안고 이리저리 흔들어주었다. 그리고 여러 각도에서 사진도 많이 찍어주었다. 부부 둘밖에 없던 가정에 이 보물 같은 아기가 생기자 모든 것에 생기가 넘쳤다.

                        – 아버지의 수필에서

내가 태어나고 얼마 지나지 않아 우리 가족은 두어푸강에서 푸첸가로 이사를 했다. 톈안먼 성루에서 아주 가까운 곳이었다. 국경절을 맞을 때마다 아버지는 나를 안고 이웃들과 함께 작은 원문 입구에서 열병식과 군인들의 시가행진을 구경하곤 했다. 가장 멋있는 장면은 예화禮花**였다. 다음 날 아침이면 원문 앞에서는 예화의 잔해를 주우려는 사람들이 장사진을 이루었지만, 오색찬란한 꽃불 같은 이 사람들은 마치 도화선에 불이 점화되기라도 한 듯 금세 흩어져 사라졌다.

* 베이다오의 어머니.
** 경축 행사를 거행할 때 쏘아올리는 꽃불.

창안가는 아주 넓었고 그 대각선 건너편에 중산공원이 있었다. 아버지는 자주 나를 데리고 그곳으로 햇볕을 쬐러 가곤 했다. 궤도전차가 딩동딩동 소리를 내면서 창안가를 지나다녔다. 푸첸가까지는 한 정거장밖에 되지 않았다. 아버지는 나를 데리고 전차 타는 걸 무척 좋아했다. 우리는 종점인 시단까지 갔다가 다시 되돌아오곤 했다. 러시아워가 아닐 때면 전차 안은 텅 비었고 천장에 매달린 둥근 손잡이만 이리저리 흔들렸다. 나는 기사 바로 뒷자리에 앉아서 기사가 도금한 쇠줄로 된 조종간을 움직이는 모습을 신기한 듯이 구경하곤 했다. 나와 아버지는 이 전차를 '딩동차'라고 불렀다.

여름이면 중산공원에서는 거의 매주 주말에 노천에서 영화를 상영했다. 인근에 사는 사람들은 저마다 접이식 의자를 들고 나와 먼저 자리를 잡느라 아우성이었다. 여행객들은 잔디밭이나 돌계단에 흩어져 앉아 날이 완전히 어두워지기를 기다렸다. 판이 바뀐 것인지 아니면 절단된 필름이라 그런지, 완전히 공백인 은막에 단조로운 기계음만 들리기 일쑤였다.

내게 가장 깊은 인상을 준 영화는 소련 액션영화 「한 송이 붉은 꽃」이었다. 구체적인 스토리는 다 잊었지만 여주인공이 어린 소녀였던 것만은 분명하게 기억한다. 소녀는 이 세상에서 가장 아름다운 꽃을 찾는 과정에서 괴수(왕자의 화신)를 만나게 된다. 영화의 결말에서 소녀는 "오빠!"라고 소리친다. 너무나 처량한 그 한마디는 이후 종종 내 꿈속에 나타나곤 했다.

가장 곤혹스럽고 이해가 되지 않았던 것은 영화가 상영되기 시작하면 스크린 뒤 궁전 벽 위의 푸른 기와가 사라진다는 것이었다. 아버지에게 따져 물어봤지만 표현이 정확하지 않아서 무슨 말인지 알 수가 없었다. 나중에야 나는 스크린 뒤의 세계가 잠시 현실 세계를 가려버린다는 것을 알게 되었다.

어느 주말 저녁에 중산공원에서 또다시 「한 송이 붉은 꽃」을 상영했다. 그날 정오에 너무 흥분한 나는 아버지가 아무리 뭐라고 해도 낮잠을 자지 않았다. 화가 난 아버지는 나를 문밖으로 내보낸 다음 문을 잠가버렸다. 나는 맨발로 울면서 소리치다가 마구 문을 두드렸다. 차가운 돌계단이 나를 더욱 화나게 했다. 어떻게 잠이 들었는지 알 수 없었다. 깨어보니 천장에 전등 불빛이 어른거렸다. 발에 신겨져 있는 양말이 나를 무척 편안하게 해주었다. 어머니가 다가와 다정한 눈빛으로 나를 바라보았다. 내가 「한 송이 붉은 꽃」은 어떻게 되었는지 묻자, 어머니는 날이 이미 어두워졌다고 말했다. 영화를 놓쳐버린 것이다.

2

칭칭은 탁아소에 가는 것을 몹시 싫어한다. 토요일마다 가서 칭칭을 데려올 때면 너무나 기쁘지만 월요일 아침에 다시 돌려보내는 일은 정말 힘들다. 월요일 아침이 되면 아무리 달래도 소용이 없다. 칭칭은 "나 탁아소 안 갈래요!"만 반복한다. 출근하느라 바쁜 우리는 칭칭을 동물원에 데려간다고 속이는 수밖에 없다. 칭칭은 일단 믿는다. 탁아소에 도착할 즈음 칭칭은 긴장하기 시작하다가 탁아소로 가는 걸 알고는 이내 울음을 터뜨린다. 나는 칭칭이 차에서 뛰어내릴까 두려워 품에 꼭 안고 내린다. 탁아소 문 앞에 이르면 칭칭은 도망치려고 발버둥을 친다. 하는 수 없이 나는 칭칭을 번쩍 안아 탁아소 안으로 밀어넣는다. 칭칭은 그제야 아줌마들이 조용해지는 것을 보고는 눈물이 마르지 않은 얼굴로 말한다.

"아빠, 안녕!"

– 아버지의 수필에서

나는 어려서부터 면역력이 형편없었다. 탁아소에 유행한 전염병은 하나도 나를 비껴가지 않았다. 특히 백일해에 걸렸을 때는 기침이 심해 밤새 잠도 자지 못했다. 부모님은 번갈아가며 나를 안아 달랬다. 의사 한 분이 크롤로톡신chlorotoxin이 효과가 있다고 했다. 수입품이라 대단히 비싼 약이었다. 아버지는 비축해둔 마지막 황금 한 냥을 팔아 약을 열 알 넘게 구입했다. 의사의 지시대로 비닐 껍질을 벗기고 한 알을 둘로 나눠 아침저녁으로 한 번씩 먹였다. 약이 너무 써서 나는 입에 넣자마자 도로 토해버리고 말았다. 아버지는 내게 아주 비싼 약이라 또 토하면 다시는 약을 살 돈이 없으니 꼭 삼키라고 신신당부하셨다. 나는 머리를 끄덕이고는 이를 악물고 울면서 약을 삼켰다.

성장한 뒤로도 부모님은 반복적으로 이 얘기를 하곤 하셨다. 약을 먹는 것이 무슨 영웅적인 업적이라도 되는 것 같았다. 사실 이런 얘기는 거의 모든 가정에 있는 전통의 일부로서, 강력한 심리적 암시 기능을 갖는다. 심지어 그 배후에는 성공만 허락하고 실패는 용납하지 않는 조상들의 의지가 담겨 있기도 하다.

한번은 칭칭에게 홍역 증상이 나타나 탁아소 격리실에 들어가게 되었다. 우리가 찾아가도 격리실 유리창 밖에서만 바라볼 수 있었다. 그런데도 칭칭은 우리를 무척 반가워하면서 손짓을 해가며 얘기를 주고받았다. 나중에 탁아소 아줌마의 얘기를 들으니 그날 우리가 간 뒤에도 칭칭은 계속 침대 위에 서서 밤새 잠을 자려 하지 않았다고 한다. 아줌마가 왜 자지 않느냐고 묻자 칭칭은 엄마 아빠를 기다려야 한다고 대답했다고 한다.

– 아버지의 수필에서

동생은 나와 정반대였다. 동생은 탁아소를 대단히 좋아했다. 매주 토요일에 아버지가 데리러 가면 동생은 머리를 갸웃거리며 집에 가고 싶지 않다고 말했다고 한다.

전카이와 전셴은 어려서부터 성격이 판이하게 달랐다. 녀석들에게 월병月餠을 하나씩 사주면 먹는 방식도 사뭇 달랐다. 전카이는 먼저 월병 안에 든 소를 다 먹은 다음 외피를 먹었다. 전셴은 완전히 반대였다. 먼저 외피를 다 먹은 다음에 소를 종이로 싸서 주머니에 넣고 다니며 천천히 먹었다. 월병 하나 먹는 데도 며칠이 걸렸다.

– 아버지의 수필에서

내가 어렸을 때 아버지는 인내심이 무척 강했다. 항상 나와 놀아주셨고 옛날 애기도 많이 해주셨다. 아버지는 작은 수첩의 모든 페이지마다 사람을 하나씩 그려 넣었다. 사람들의 동작은 조금씩 달랐다. 수첩을 연속적으로 펼치면 작은 사람이 움직였다. 활동사진 같았다. 시간이 가면서 동생들이 점차 내 자리를 대체하기 시작했다. 나는 다소 낙담하기도 질투하기도 했지만, 한편으로는 뿌듯하기도 했다. 그만큼 내가 성장한 것이기 때문이다.

푸와이 대가에서 쌴불라오 후퉁 1호로 이사한 뒤로 우리는 독립된 집을 갖게 되었다. 평소에 부모님은 일찍 집을 나서서 저녁 늦게야 돌아왔다. 첸씨 아줌마의 감독하에 우리는 제때 잠자고 제때 기상하고 제때 숙제를 해야 했다. 일요일만 예외였다. 어머니는 일찍 일어나 첸씨 아줌마를 도와 아침 식사를 준비했고, 우리 삼남매는 부모님의 침대에서 아버지와 함께 장난을 치며 놀았다. 한동안 우리는 말장난에 심취했었다. 예컨대 각자의 색깔에 따라 이름을 붙이는 것이었다. 아버지를 '빨간 아빠' '파란 아빠' 또는 '초록 아빠'라고 부르다가 마음대로 바꿔 부르면서 한바탕 깔깔대며 웃곤 했다.

3

확실히 아버지는 여러 개의 색깔을 갖고 있었다.

아버지와 맨 처음 충돌한 일은 일곱 살 전후에 일어났다. 당시 우리 집은 보험공사 숙소에 살고 있었다. 위뱌오윈 아저씨네와 방네 칸짜리 집을 두 칸씩 차지하여 함께 살면서 부엌과 화장실을 공동으로 사용했다. 그해 여름, 위뱌오원 아저씨는 우파로 몰리자 건물에서 뛰어내려 자살했다. 홀로 남은 미망인이 두 아들을 데리고 처량하고 적막하게 살아야 했다.

폭풍우는 곧이어 우리 집 문틈을 비집고 들어왔다. 부모님이 자주 다투기 시작한 것이다. 그래야만 부하가 초과된 에너지를 발산할 수 있는 것 같았다. 눈 깜짝할 사이에 아버지의 성격이 폭풍으로 변해갔다. 얼굴에 흉악한 표정이 가득해지고 상심이 병적으로 심해지면서 사람이 송두리째 변해갔다. 나는 굳세게 어머니 편을 들었다. 어머니는 약자였기 때문이다.

모든 사달의 시작은 닭털이나 마늘껍질처럼 사소한 일들이었다. 말하자면 전부 아버지의 잘못도 아니었다. 한번은 책을 좋아하는 아버지가 벽돌만큼이나 두꺼운 『러한사전』을 사오셨다. 아버지가 그때 러시아어를 배우고 계셨기 때문이다. 사전을 산 것 자체는 절대로 비난받을 일이 아니었다. 나는 지금도 그 사전의 정가가 12위안 9마오였던 것을 기억하고 있다. 당시 내가 본 책 중에 가장 비쌌다. 다섯 식구를 먹여살려야 하는 주부인 어머니로서는 받아들이기 어려운 일이었다. 이는 가정 내 정치에서 가장 어두운 부분이었다.

한번은 아버지가 침실 문을 잡고 큰 소리로 고함을 쳤고, 몹시 화가 난 어머니는 오두궤 위에 놓여 있는 화병을 집어던졌다. 아버지는 재빨리 몸을 피했고 화병은 산산조각이 났다. 나도 마침 그 자리에 있었다. 유일한 목격자인 나는 너무 놀라 온몸을 부들부들 떨었다. 그러면서도 재빨리 어머니와 아버지 사이로 뛰어들어 아

버지를 노려보았다. 적의가 가득한 눈빛이었다. 이는 아버지로서
도 생각지 못한 일이었다. 번쩍 치켜든 아버지의 손이 허공에 그대
로 멈춰버렸다.

어머니가 병이 나는 건 항상 아버지와의 말다툼과 연관이 있는
것 같았다. 어머니가 몸져누워 일어나지 못할 때마다 나는 근처 제
과점에 가서 둘둘 말린 계란과자를 사드리곤 했다. 이 과자는 선단
의 묘약 같았다. 집으로 오는 길에 나는 종이봉지를 열어 냄새를
맡으면서 백설처럼 넘치는 크림을 연상하고 군침을 삼켰지만 끝
까지 과자에 손을 대진 않았다.

어느 날 저녁, 아버지는 내가 오두궤 안에 보관해둔 간식을 훔쳐
먹었다고 생각하셨다. 전에 음식을 훔쳐 먹은 적이 있긴 했지만 이번
에는 너무나 억울했다. 내가 죽어도 인정하지 않자 아버지는 무릎을
꿇린 채 따귀를 몇 대 때렸다. 가장 마음이 아팠던 것은 뜻밖에도 어
머니가 아버지 편에 선 것이었다. 닭털 총채를 마구 휘두르면서 암암
리에 나를 보호해주긴 했지만 섭섭함은 떨칠 수 없었다.

빨간 아빠, 파란 아빠, 초록 아빠가 갑자기 검정 아빠로 변했다.

싼불라오 후퉁 1호로 이사한 뒤로 부모님의 말다툼은 더욱더 빈
번해졌다. 나는 상처 입은 작은 동물처럼 신경이 날카로워지고 모
든 감각기관들이 극도로 민감해졌다. 재난이 다가오지나 않을까
하는 두려움에 수시로 떨었다. 나의 이런 예감은 어김없이 현실로
나타났다. 나는 그런 내가 미웠다. 어리고 무력해서 어머니를 보호
해줄 수 없는 내가 몹시 싫었다.

아버지의 권력은 집 안에서 집 밖으로 확장되기 시작했다. 어느

날 저녁 나는 침대에 누워 잘 준비를 하다가 문득 아버지가 음울한 표정으로 담배를 피우면서 방 안을 왔다 갔다 하는 것을 발견했다. 나는 책을 읽는 척하면서 아버지의 일거일동을 유심히 관찰했다. 아버지는 갑자기 밖으로 뛰어나가더니 옆집 정광룽 아저씨네 집 문을 세게 두드렸다. 두 분의 대화는 분명하게 듣지 못했지만 아버지의 목소리가 갈수록 커졌다. 이윽고 탁자를 내리치는 소리도 들렸다. 나는 이불을 머리끝까지 뒤집어썼다. 귀에 들리는 것은 쿵쿵거리는 내 심장소리뿐이었다. 몹시 창피했다. 아버지는 한밤중이 되어서야 돌아와서는 어머니와 침실에서 소곤소곤 얘기를 나눴다. 나는 악몽에 시달려야 했다.

복도에서 정씨 아저씨와 마주치자, 아저씨는 목을 가볍게 움츠리면서 야릇한 웃음을 지었다. 눈빛을 위로 향한 모습이 뭔가 인생의 진실과 묘미를 깨달은 것 같았다. 나는 부모님이 주고받는 얘기의 조각들을 통해 정씨 아저씨가 중대한 잘못을 저질렀고, 아버지가 조직을 대표해서 정씨 아저씨에게 뭔가 얘기를 한다는 사실을 알게 되었다. 여러 해가 지나 아버지는 내게 몇 달만 더 일찍 인사조정이 있었다면 아버지가 먼저 같은 잘못을 저질러 정씨 아저씨 역을 대신하게 됐을 거라고 말해주었다.

전카이는 노는 것을 좋아했고 학교 성적은 보통이었다. 하지만 국어와 작문 과목에서는 종종 선생님의 칭찬을 받곤 했다. 학부모회에서 전카이의 결점에 관해 언급할 때면 빠지지 않는 얘기가 "공부에 별로 관심이 없고" "사소한 장난을 잘 친다"는 것이었다. 아마도 중간고사 기간이었던 것 같다. 한번은 내가 전카이의 성적표를 보았더니 수학 점수가 4.5점이었다. 어째서 이런 점수를 받게 된 건지 도무지 이해할 수가 없었다. 전카이에게 묻자 "만점이 5점인데 약간 실수를 해서 4.5점을 받은 거예요"라고 대답했다. 녀석의 이런 설명은 그런대로 일리가 있는 것 같았지만 아무래도 믿을 수가 없었다. 학교를 찾아가 선생님에게 물어보고 나서야 전카이의 점수가 45점이라는 것을 알게 되었다. 전카이가 4와 5 사이에 점을 하나 찍어 4.5점으로 만든 것이었다. 이 일로 녀석을 호되게 나무라자 녀석도 잘못을 인정했다.

- 아버지의 수필에서

마침내 세월이 부모님을 화해시켜주었다. 만년에 이르자 부모님에게는 다하지 못하는 얘기가 항상 있었다. '반려자'라는 단어의 함의를 생각하게 하는 모습이었다. 아버지가 돌아가시고 3년 뒤에 어머니는 인터뷰에서 이렇게 말했다.

우리의 결혼생활은 평생 화목하고 따스했어요. 중간에 폭풍과 소나기가 있긴 했지만요.

- 어머니의 구술 기록에서

4

1960년 여름부터 아버지는 중국민주촉진회를 떠나 중앙사회주의학원 교무처에서 일하게 되었다. 이곳은 중앙통일전선부의 일부였고 모든 학생이 각 민주당파의 상층부 출신이었다.

주말이면 나는 동생들을 데리고 아버지 직장으로 놀러 갔다. 사회주의학원은 쯔주위안공원 북쪽에 자리 잡고 있어 11번 무궤전차를 타고 종점에서 내려 바이스교白石橋를 따라 50~60미터만 가면 됐다. 가는 길 내내 거친 들판이었고, 개울물이 졸졸 흐르는 가운데 개구리 울음소리가 요란했다. 사회주의학원은 하얀 6층 건물 몇 동으로 구성되어 있었다. 앞에는 분수가 있었지만 항상 말라 있어 물은 구경도 할 수 없었다. 대문에는 군인들이 보초를 서고 있었고, 안으로 들어가려면 반드시 등록을 해야 했다. 우리는 나중에 수위실 사람들을 잘 알게 되면서 이런 수속을 면제받았다.

아버지는 기숙사 옆에 임시로 방을 얻어 지내고 있었다. 우리는 아버지 덕분에 덩달아 통일전선의 후광을 누릴 수 있었다. 그곳에서 제공하는 식사는 아주 훌륭했고 주말에는 영화도 상영했다. 시설도 아주 좋아 전용 탁구장도 있었다. 아버지는 국가 3급 탁구심판 최저 1급이었다. 주로 아마추어 경기의 심판을 보았지만 시종일관 직업정신을 유지했다. 아버지는 복장을 단정히 하고 앉아 렌즈가 번쩍거리는 안경을 쓴 채 로봇처럼 표정 없는 얼굴로 한 글자 한 글자 또박또박 "3 대 2, 서브 체인지!"라고 선포하면서 팔을 엑스로 교차하여 자리를 바꾸게 했다.

아버지는 몹시 바빠 식당에서 식사할 때만 종종 모습을 나타냈다. 나는 혼자 한가하게 돌아다니면서 구경하는 것을 좋아했고, 종종 수많은 건물 사이의 미궁에서 길을 잃곤 했다. 엘리베이터를 관리하는 왕王씨 아저씨랑 친해지면서 아저씨를 도와 엘리베이터를 조종하기도 했다. 아저씨가 전역 군인이라는 사실 때문에 나는 아저씨에게 더욱 경의를 표하면서 어떤 총을 쏴봤는지 물어보았다. 나중에 아저씨가 '문화대혁명' 기간에 자살했다는 소식을 들었을 때는 충격이 작지 않았다.

하루는 아버지가 의미를 알 수 없는 표정으로 내게 말했다. 한 학생이 기숙사에서 소지품을 남김없이 도난당했는데 피해액이 10만 위안에 달한다는 것이다. 천문학적인 숫자였다. 아버지는 한마디 덧붙였다.

"큰 문제는 없었어. 그 사람은 그날로 비행기를 타고 상하이로 가서 다시 살림을 마련했으니까. 전국적으로 이름이 잘 알려진 부잣집 아들이었거든."

아버지는 목소리를 낮춰 그 사람의 이름도 말해주었다. 마치 국가기밀을 말하는 것 같았다.

한가하고 무료할 때면 나는 동생들을 데리고 침대 위에 누워 「우리는 공산주의 후계자」라는 노래를 불렀다. 끝부분에 이르러 동생들은 일부러 음조를 틀려 나를 화나게 했다. 하지만 이는 환경의 문제였다. 게다가 이런 곳에서 노래를 부르는 것이라 내게는 심각한 문제로 느껴졌다. 아버지에게 이런 사실을 알리자 아버지는 내 머리를 쓰다듬으면서 "저 애들은 너보다 어리잖니. 네가 다 참아야 해"라고 말했다.

당시는 마침 3년 곤란시기라 아이들은 학원에 와서 어느 정도 잘 먹을 수 있었다. 우리는 아이들이 불쌍해 가끔씩 고급 사탕을 몇 개 사다주곤 했다. 아이들이 사탕을 먹고 기뻐하는 모습을 보면서 우리는 큰 위안을 얻었다. 그 힘든 세월에 우리는 이리저리 아이들을 좀더 잘 먹일 수 있는 방법들을 생각해냈다. 영양부족이 아이들의 성장에 안 좋은 영향을 줄까봐 두려웠다. 학원에서는 교내에 공지를 조성하여 직원들에게 자류지로 나눠주었다. 나는 아이들을 위해 녹두와 고구마를 심었다. 평소에 관리할 시간이 없었는데도 가을이 되자 수확량이 적지 않았다. 나는 전카이와 함께 녹두와 고구마를 마대자루에 담아 집으로 운반했다. 양식이 제법 늘어났다.

　　　　　　　　　　　　　　　　　　　　 - 아버지의 수필에서

그건 내가 처음으로 한 육체노동이었다. 지독하게 뜨거운 해를 머리에 이고 삽과 곡괭이로 고구마를 캐서 흙을 대충 털어낸 다음 마대자루에 담았다. 노동의 수확에 대해 무척이나 자랑스러웠고 아버지와 어깨를 나란히 할 수 있었다는 데 자부심을 느꼈다.

발코니에 쌓아두고 겨울을 나려 했던 고구마는 변질되고 말았다. 나는 의자에 앉아 군데군데 썩은 고구마를 깨물어 먹었다. 아버지는 사온 지 얼마 안 되는 모란표 라디오와 전축을 틀었다. 라디오에서는 반복적으로 「봄의 서곡」이 흘러나와 상한 고구마 맛과 함께 내 기억 깊은 곳에 각인되었다.

5

1974년 여름, 아버지는 중화서국에서 갓 출간한 번체자로 된

『청사고』淸史稿 한 질을 사오셨다. 다 합쳐서 48권이나 됐다. 서가에 다 꽂지 못해 일부는 침대 옆 바닥에 쌓아두었다. 나는 아버지가 그 가운데 한 권을 유독 열심히 뒤적거리고 있는 것을 알게 되었다. 알고 보니 책의 내용 상당 부분이 우리 조상들에 관한 기록이었다.

가계의 족보는 거의 강희 연간까지 거슬러 올라갔다. 원적은 안휘安徽 휘주徽州 휴녕현休寧縣이지만, 제29대 조승항趙承恒에 이르러 절강浙江 귀안현歸安縣*으로 이주했다. 조택인 청란당淸瀾堂은 호주湖州 죽안항竹安巷에 위치해 있고, 최초의 주인이었던 조병언趙炳言은 관직이 호남순무湖南巡撫와 형부우시랑刑部右侍郎에 이르렀다. 셋째 아들 조경현趙景賢은 일찍이 유월兪樾의 아버지 유홍참兪鴻漸에게서 수학하고 유월과 함께 향시鄉試에 붙어 거인擧人이 되었다. 유월의 기술에 따르면 "조경현은 어려서부터 뜻이 높고 기개가 넘쳤다. 풍채가 있는 젊은이가 협객과 대장부의 기질까지 갖추고 있어 호연지기가 넘쳤다"고 한다. 하지만 그는 거액의 기부금을 내고 지부知府라는 관직을 받고 나서도 실제로 부임하지는 않았다.

태평천국군이 흥기하자 조경현은 호주에서 민단民團을 조직하여 훈련시켰고 청동포靑銅包를 이용하여 서쪽 성문**을 지켰다. 1860년 2월에 이수성李秀成의 대군이 호주를 압박했지만 조경현은 2년 동안이나 이를 막아냈다. 이것이 청사에 길이 빛나는 호주 보

---

* 현재 후저우의 일부.
** 후저우에서는 지금도 '청동문' '청동교'라는 이름을 그대로 사용한다.

위전투였다. 청 정부는 장수를 보호하기 위해 그를 다른 지역에 관원으로 임명하고 가벼운 무장으로 싸움에 임하라고 명령했지만, 그는 고향을 사수하여 성과 함께 죽을 길을 택하기로 결심했다. 그는 결국 양식이 떨어지는 바람에 1862년 5월에 성이 함락되면서 포로가 되고 말았다.

『청사고』에서는 그에 관해 이렇게 기술하고 있다.

조경현은 관리의 제복을 입고 적을 만나자 소리쳤다. "어서 나를 죽이고 백성들은 해치지 말라." 적의 우두머리 담소광譚紹洸은 조경현에게 "그대를 죽이는 일은 없을 것이다"라고 말했다. 이에 조경현이 검을 뽑아 스스로 자결하려 했으나 검마저 빼앗기고 소주蘇州로 압송되어 온갖 방법으로 협박과 회유를 당했지만 절대로 굴복하지 않았다. 이렇게 반년을 버텼으나 이수성은 기필코 조경현을 투항시킬 것을 고집하면서 글을 써서 권고하기도 했다. ……이수성은 강북으로 가면서도 담소광에게 조경현을 죽이지 말라고 일렀다. 조경현은 그 틈을 이용하여 칼을 뽑아 이수성을 죽일 계획을 세웠으나 이수성이 가버리자 하루 종일 위태롭게 앉아 술만 마셨다. 이듬해 3월, 담소광은 태창太倉의 패적들이 "조경현이 관군과 내통하고 있으며 장차 관군이 소주를 습격하려 한다"고 말하는 걸 듣고는 조경현을 불러 추궁했으나, 조경현은 거짓말과 욕설로 대응했다. 이에 그는 총을 맞고 사망했다.

호주성이 함락되자 조씨 가문 사람들은 전부 죽거나 도망쳤다.

큰아들 조심언趙深彦은 호남에 있다가 소식을 듣고 곧장 독약을 먹고 자결했다. 당시 나이 겨우 스무 살이었다. 함풍제咸豊帝는 조경현이 죽었다는 소식을 듣고 조지詔旨를 내려 "군센 절개와 고고한 충성에 기꺼이 절을 올리고 싶다"라고 말하면서 높은 격식을 갖춰 무휼撫恤하고 호주에 사당을 세우도록 명하는 한편 국사관에 그의 전기를 기록하게 했다.

여러 해가 지나 유월은 경학經學의 대사가 되었다. 하루는 그가 소주의 옛집 곡원曲園에 깊이 칩거하고 있는데 누군가가 찾아와 만나기를 청했다. 찾아온 사람은 다름 아닌 조경현의 손자 조횡趙鋐이었다. 그의 손에는 할아버지의 유묵遺墨이 들려 있었다. 그 가운데는 호주가 위기에 처했을 때 사람을 시켜 외부로 빼낸 밀지도 포함되어 있었다. 유월은 조광현의 오언율시 다섯 수를 펼쳐 읽고는 탄식을 금치 못했다. 그 가운데는 이홍장李鴻章이 주접奏摺*에서 인용했던 "사방에서 마구 칼날을 휘두르고 있는데, 높은 관직에 홀로 앉아 시국을 맞네"亂刀交揮處, 危冠獨坐時라는 구절도 담겨 있었다.

차남 조빈언趙濱彦, 즉 우리 증조할아버지께서는 부친의 순직 덕분에 관직에 봉해진 데 이어 호광湖廣총독 장지동張之洞의 두터운 신임을 받아 강동제조국廣東製造局을 관장하게 되었다. 나중에 장지동이 양강兩江총독으로 부임하게 된 뒤로는 상해제조국上海製造局 독판督辦과 양회염운사兩淮鹽運使, 광동안찰사廣東按察使 등의 관직을 지냈다. 국난에 처한 데다 상관들과의 불화로 노년에 병이 들어 사직한

---

* 청대의 관용문서.

그는 소주에 정착했다. 몇 달 후 '우창기의'가 발발했을 때 대청제국을 밀어낸 혁명공신 가운데는 뜻밖에도 우리 외할아버지 쑨하이샤도 포함되어 있었다.

조씨 집안은 한때 최고의 부호였고, 처첩妻妾이 무리를 이루는 가운데 지파가 복잡하게 퍼져나갔다. 하지만 "부자는 삼대를 넘기지 못한다"는 속담이 있듯이, 우리 할아버지 자오즈류趙之驪 대에 이르러 가세가 쇠락하고 말았다. 전하는 바에 따르면 서화나 골동품을 팔아 먹고사는 처지가 되었다고 한다.

우리 아버지 대에 이르러서는 휘황찬란했던 가문의 그림자는 거의 찾아볼 수 없게 되었다. 아버지는 네댓 살 때 어머니를 여의었고 열두 살 때 아버지가 직장을 잃는 바람에 외삼촌의 보살핌을 받으며 성장했다. 아버지는 하는 수 없이 중간에 학업을 접고 열다섯 살 때부터 문서 작성으로 입에 풀칠을 하면서 동생들을 돌봐야 했다. 아버지는 글씨를 아주 잘 썼다. 아버지 수하에서 일했던 쉬푸린徐福林 선생의 기억에 따르면 그가 처음 보험회사에 들어갔을 때 그의 글씨 솜씨가 형편없는 것을 보고는 아버지가 반복적으로 원元대 송렴宋濂의 「송동양마생서」送東陽馬生序 비첩을 반복해서 쓰면서 글씨 연습을 하게 했다고 한다.

전란의 시대를 만난 아버지는 피란 행렬에 뒤섞여 중국 땅 절반을 떠돌아다녀야 했다. 구이린桂林에 있을 때는 일본 전투기가 쏘아대는 기총소사에 얼떨결에 우산을 펼쳐 탄알을 막았다고 한다. 그 시절에는 사람 목숨 값이 몇 푼 나가지 않아 주변에 있는 사람들 하나둘씩 대부분 쓰러져 갔지만 아버지는 기적처럼 살아남았다.

일과 독학을 겸해야 했던 아버지는 마침내 시험에 합격해 충칭 중 앙신탁국에 들어가게 되었고, 1946년 초에 인사이동으로 베이징 으로 가는 도중에 충칭 산후바공항에서 어머니와 해후했다.

우리 두 사람은 항일전쟁에서 승리한 1946년에 서로 만났다. 당시는 항전 기간으로 부모님이 헤어져 사신 지 7, 8년이 되었을 때였다. 나 는 어머니를 모시고 아버지를 뵈러 비행기를 타고 충칭으로 가던 길 이었다. 산후바공항에서 비행기에서 내려 전화를 걸고 싶었지만 거 는 방법을 알지 못했다. 무의식중에 젊고 잘생긴 젊은이가 전화를 걸 고 있는 것을 보았다. 어머니는 내게 그 남자에게 도움을 청해보라고 하셨다. 이 사람이 바로 남편 자오지녠이다.

— 어머니의 구술 기록에서

베이징이 해방되기 직전에 아버지는 직권을 이용하여 지하당에 있는 사촌형이 도시 전체의 식량비축 상황 등에 관한 정보를 수집 하는 데 협조했다. 어느 날 저녁 국민당 헌병이 집집마다 돌아다니 면서 조사를 했다. 그때 어머니는 이미 뱃속에 나를 가진 상태였다. 나중에 들은 얘기로는 아버지는 어두운 감옥 안에서 밤새 잠도 못 이루면서 아들과 신중국의 탄생을 애타게 기다렸다고 한다.

6

아버지는 책 읽는 것을 좋아했지만 아무리 해도 반쪽짜리 문화인인 셈이었다. 아버지의 문학 취향은 다양하고 복잡했다. 루쉰도 좋아하고 마오둔도 좋아했다. 장헌수이와 아이우艾蕪, 루즈쥐안茹志鵑도 좋아했다. 또한 아버지는 각양각색의 잡지들을 구독했다. 『홍기』 『수확』 『인민문학』에서 『영화예술』 『러시아어 학습』 『곡예』 『무선전신』 등에 이르기까지 아버지의 기호와 가치취향을 판단하기가 어려울 정도로 다양한 잡지를 섭렵했다.

하지만 아버지는 뼛속 깊이 기술지상주의자였다. 어려웠던 시절에도 아버지는 모란표 라디오와 네 가지로 변속이 가능한 축음기를 사와서 우리의 우울한 생활에 「아름답고 푸른 도나우강」을 가져다주었다. '문화대혁명'은 아버지의 열정을 바꿔놓았다. 노선투쟁에서 방향을 바꾸어 트랜지스터 라디오라는 선로에 연결된 것이다.

1967년 겨울을 기점으로 아버지는 각종 기자재 상점들을 분주하게 돌아다니면서 전자제품 부품들을 한 무더기나 사들였다. 집안은 졸지에 수공업 공방이 되어버렸고, 사무용 테이블부터 식탁까지 잠식되어 조금만 있으면 밥 먹을 공간마저 없어질 지경이었다. 아버지는 각종 참고서의 도움을 받아가면서 알록달록한 전선들을 납땜으로 회로판에 붙였다. 부품을 회로판에 대고 전기인두를 찔러 넣으면 송진 향기와 함께 지지직 소리가 나면서 연기가 피어올랐다. 내가 한밤중에 깨어나보면 등이 항상 켜 있는 가운데 연기가 피어오르고 있었다. 벽에는 등이 구부러진 아버지의 그림자가 드리워져 있었다. 여러 차례 반복되는 실험을 거치고 나면 소음은 마침내 혁명모범극의 간주로 변했고, 그제서야 가족들은 모두 한시름 놓을 수 있었다.

마침내 마지막 단계로 접어들었다. 아버지는 합판으로 목합을 만들고 그 안에 소형 스피커를 장착했다. 그런 다음 용량이 적어 너무 많은 것을 소화하지 못하는 닭 내장 같은 회로를 끼워 넣고 뚜껑을 잘 닫아 엄숙한 표정으로 내게 건네주었다. 가보를 전달하는 것 같았다. 등굣길에 트랜지스터 라디오가 들어 있는 내 책가방 속에서는 「홍색낭자군」紅色娘子軍*을 방송하고 있었다. 접촉이 불량하거나 안테나 각도에 문제가 있어 자꾸 끊어졌다 이어지기를 반복했기 때문에 수시로 두드려줘야만 혁명의 진행을 끝까지 이어갈 수 있었다. 학교에 도착하면 아이들에게 자랑하기도 전에 라디오가 해체되고 말았다.

1975년 여름, 우리 집은 홍덩紅燈표 9인치 흑백텔레비전을 샀다. 이것이 건물 전체(중국민주촉진회 비서장인 거즈청네를 제외하고)를 통틀어 처음 보유하게 된 텔레비전이라 주위에 작은 반향을 불러일으켰다. 매일 저녁 식사가 끝나면 이웃들은 우리 집으로 몰려왔고, 즐거운 노랫소리와 웃음소리가 그치지 않았다. 모두가 함께 동화책을 읽는 기분이었다. 결정적인 순간에 신호가 교란되면 아버지는 재빨리 화면을 정상화하려고 안테나를 움직였지만 화면이 정상으로 돌아오면 적은 이미 총살당해 있었다. 뒷줄에 앉은 관객들을 위해서 텔레비전 앞에 확대기를 붙였더니 화면이 변형되어 정의로

---

* 1964년, 마오쩌둥의 부인 장칭은 경극 공연대회에서 기존의 경극이 구시대적이고 봉건적인 내용을 추구한다면서, 모든 경극은 인민들의 긍정적이고 진취적인 삶의 표본이 되어야 한다는 주장과 함께 이른바 모범극을 제창했다. 그 대표적인 작품 중 하나가 혁명무용극 「홍색낭자군」이다.

운 인물의 형상이 훼손되었다.

개혁개방이 대단히 적절한 시기에 이루어져 아버지의 기술에 대한 열정에 뚜렷한 방향이 생겼다. 아버지의 열정은 구식 로터리 테이블 녹음기에서 모노 자동응답기로, 거기서 다시 네 개의 스피커를 거쳐 체임버 스테레오로 발전하면서, 이러한 음향혁명이 우리를 반 귀머거리 상태에 놓이게 했다. 이와 동시에 아버지는 약간의 정력을 컬러텔레비전과 비디오카메라로 분산시켰다. 그러나 컴퓨터가 세상에 나오자 아버지의 영혼은 완전히 날아가 버렸다. 아버지는 손가락 하나로 자판을 눌러 시대를 바꿔놓은 데 이어 줄곧 충실한 소비자의 최전선에 서 있었다. 만년에 이르러 새로운 시대의 막차에 올라타고도 다소 아쉬움이 남았던 아버지는 다시 스무 살 시절로 돌아간다면 직업을 컴퓨터를 다루는 업종으로 바꿀 것이라고 말했다. 아버지는 자신을 높이 평가하고 있는 것이 분명했지만 그 세계는 전기인두로 용접하는 세계가 결코 아니었다.

7

해방 후 아버지는 먼저 인민은행 본점에서 일한 데 이어 1952년에는 중국인민보험공사의 기획과 설립에 참여하여 신중국 보험업의 창시자 가운데 하나가 되었다. 1957년 여름과 가을 사이에 아버지는 중국민주촉진회로 직장을 옮겨 중앙선전부 부부장을 맡았다. 하지만 이는 이름뿐인 유명무실한 직책이었다. '중국민주촉진회'의 진정한 핵심 인물은 당지부 서기였다. 아버지가 막 부임했을 때의 서기는 왕쑤성王蘇生이었다. 선비 기질이 강했던 그는 진실하고 친절한 태도로 사람들을 대했다. 자주 우리 집에 와서 아버지와 함께 이런저런 얘기를 나누곤 했다. 50년대 말에 왕쑤성은 우경으로 지목되어 직급이 강등된 채로 하얼빈으로 전근하게 되었고 '문화대혁명' 때 끝내 자살하고 말았다.

그의 후임 쉬스신徐世信은 겉은 온화하지만 속은 음흉한 인물이었다. 전형적인 웃는 낯의 호랑이였다. 하지만 그의 뛰어난 탁구 실력은 인정하지 않을 수 없었다. 스매시가 날카로워 아무도 그 무시무시한 공세를 막아낼 수 없었다. 그는 직급은 높지 않았지만 이 작은 왕국을 실질적으로 지배하고 있었기 때문에 모든 사람이 겉으로는 그를 공경하면서도 실제로는 멀리하고 말과 행동을 각별히 조심했다.

여름방학이면 우리는 종종 아버지의 직장으로 탁구를 치러 가곤 했다. 어느 날 쉬스신이 우리 남자애들 몇 명과 시합을 하기로 약속했다. 그는 라켓을 곧게 잡고 때로는 낮고 묵직한 언더스핀을 구사하다가 때로는 빠르게 요동치는 루프 드라이브를 사용했다. 변화무쌍한 기술로 수비와 공격을 마음대로 전개했다. 연이어 경기에 진 우리는 풀이 죽고 기가 꺾였다.

그는 패장과 패잔병들을 데리고 회의실로 가서 문을 걸어 잠그고는 우리와 편하게 얘기를 나누고 싶다고 말했다. 몇 마디 주고받지 않아 그는 곧바로 자신이 정한 화제로 옮겨갔다. 그는 아버지의 평소 언행을 알고 싶었던 것이다. 아직 나이가 어렸지만 이런 간접 심문의 무서움을 잘 알고 있었던 우리는 일부러 멍청한 척했다. 아버지에게 불만이 있었던 나는 몇 마디 원망을 털어놓긴 했다. 예컨 대 교육방식이 거칠다는 것 등이었다. 쉬스신은 내가 얘기를 계속 하도록 격려했지만, 나는 갑자기 말문이 막혀서 무슨 말을 더 해야 좋을지 몰랐다. 쉬스신이 마지막으로 말했다.

"너희 아버지 세대 사람들은 구사회에서 왔기 때문에 과거의 잘 못된 사상과 나쁜 습관들을 가지고 있기 마련이지. 아버지 세대의 사상개조를 돕기 위해서는 너희 같은 소년선봉대원들의 도움이 필요하단다."

그는 이번에 자신을 만난 것은 절대 비밀이고 부모님에게 말해선 안 된다고 거듭 신신당부했다. 그리고 마지막으로 한마디 덧붙였다.

"오늘 이후로 무슨 일이 생기면 내게 먼저 연락하도록 해라. 이 것은 너희에 대한 당의 신임이다."

얘기를 마친 쉬스신은 나만 혼자 남게 했다. 그는 잠시 주저하 면서 뭔가 중얼거리다가 내게 만년필 권총을 갖고 있는지 물었 다. 나는 어리둥절한 표정을 지었다. 그는 파출소에서 사람이 왔 는데 만년필 권총의 행방을 조사하고 있다고 말했다. 약 두세 달 전에 나는 동생들을 겁주기 위해 내 만년필은 소리가 나지 않는 권총이라고 말한 적이 있다. 내가 만년필을 흔들자 동생의 침대 머리맡에 탄환구멍이 하나 생겼다. 내가 사전에 위조해놓은 것이 었다. 당시에 동생은 정말로 겁을 먹었고 나는 속으로 무척이 나 의기양양했었다. 원래는 짓궂은 장난에 불과한 일이 뜻밖에 도 사실이 되어 있었다. 파출소가 나섰다는 말은 나를 속이려는 것이 분명했지만 보아하니 그는 확실히 다양한 정보 경로를 장악하고 있는 것 같았다. 쉬스신은 마침내 내 머리를 쓰다듬으면서 말했다.

"나는 네가 한 말이 사실이라 믿는다."

그러고 나서 또 한마디 덧붙였다.

"오늘 네 태도는 정말 훌륭했어."

집으로 돌아온 나는 도둑질이라도 한 것처럼 감히 아버지 얼굴을 제대로 쳐다볼 수 없었다. 아버지가 오늘 일을 물었을 때도 나는 그냥 쉬스신과 탁구를 쳤고, 졌다는 것만 말했다.

8

1999년 가을, 부모님이 가족을 방문하기 위해 미국에 오셨다. 나는 차를 운전하여 두 분을 모시고 자주 밖으로 구경을 다녔다. 하루는 집으로 돌아오는 길에 아버지가 뜻밖의 일을 얘기해 나를 대경실색케 만들었다. 당시 부모님은 뒷좌석에 타고 있었고, 나는 차를 운전하는 중이라 백미러로 아버지의 표정을 살피려 애썼다. 저녁 식사를 마치고 어머니는 먼저 잠자리에 들고 나와 아버지만 식탁에 마주 앉았다. 내가 집으로 오는 길에 꺼냈던 화제를 다시 언급하자 아버지도 마치 그 순간을 기다리기라도 했던 것처럼 마음속에 있는 얘기를 털어놓기 시작했다.

셰빙신謝冰心*은 중국민주촉진회 중앙위원회에 선전부장의 직함

---

* 중국의 유명한 여성화가.

을 가지고 있으면서 어떤 일에 대해서도 듣거나 묻지 않았고, 부부장인 아버지는 그녀에게 정기적으로 업무보고를 해야 했다. 이는 원래 관료적 절차에 불과했지만 아버지에게는 또 다른 임무가 주어져 있었다. 다름 아니라 셰빙신과의 담화 내용을 기록하여 조직에 제출하는 것이었다. 아버지는 2, 3주에 한 번씩 셰 부장을 방문했다. 대부분 오후 시간이었고 먼저 전화로 약속한 다음 차를 마시면서 현실과 동떨어진 얘기들을 주고받았다. 집에 돌아오면 기억을 바탕으로 대화 내용을 정리하여 보고서를 작성했다.

아버지의 기억에 따르면 대부분의 지식인은 자발적으로 '사상개조'를 받아들였고 그 기본 형식은 두 가지였다. 하나는 소조학습이고 다른 하나는 개인적으로 마음속 얘기를 털어놓는 것이었다. 물론 셰빙신 같은 인물은 '사상개조'의 핵심대상이었기 때문에 사적으로 허심탄회하게 주고받은 이야기 내용도 전부 중앙위원회에 보고되었다. 당시로서는 이것이 너무나 당연한 일이었다.

내가 호기심을 갖게 된 부분은 아버지가 어떤 진실한 대화를 얻어낼 수 있었을까 하는 점이었다. 아버지는 고개를 가로저으면서 셰빙신은 그녀의 초기 작품처럼 그렇게 단순하지 않았고, 이름 그대로 마음이 이미 얼음장이 되어 있었다고 말했다. 매일 얘기를 나눌 때마다 진을 치듯 엄밀하게 방어했고, 물 한 방울 새지 않을 정도로 언행에 빈틈이 없었다. 딱 한 번 그녀가 아버지에게 대단한 사실을 말했다.

"우리 같은 사람들은 바람이 불어 풀잎이 살랑거리는 작은 변화도 잘 포착해야 하지요. 달팽이처럼 더듬이를 내밀고 말이에요."

보아하니 그녀는 자신이 모든 것을 알고 있으니 굳이 이런 애를 쓰지 않아도 된다는 뜻을 아버지를 통해 조직에 전하려고 한 것 같았다.

늦가을 밤이었다. 날씨는 물처럼 시원했고 후원에서는 요란한 벌레 울음소리와 함께 윙윙 냉장고 돌아가는 소리가 들려왔다. 나는 아버지에게 이 모든 일을 글로 써서 자신과 역사에 진실을 설명할 필요가 있다고 권했다. 이는 절대로 개인에 국한된 일이 아니라 특수한 역사적 시기와 관련된 일로서, 지식인과 혁명의 착종에 연결될 대단히 복잡한 관계였다. 아버지는 고개를 끄덕이면서 다시 생각해 보자고 말했다. 이때 보류된 이 일은 두 번 다시 언급되지 않았다.

70년대 초부터 나는 시를 쓰기 시작했다. 후베이 간부학교에서 베이징으로 돌아와 휴가를 보내고 있던 아버지는 셰빙신 여사가 여전히 베이징에 남아 있으며 아직 민족학원 숙소에 살고 있다고 말했다. 아버지가 간부학교로 돌아간 후 나는 혼자 셰빙신 여사를 집으로 찾아갔다.

키가 작고 수척한 노부인이 문을 열어주면서 누구를 찾느냐고 물었다. 나는 자오지녠의 아들임을 밝히고 특별히 가르침을 구하러 왔다고 말했다. 셰빙신 여사는 먼저 나를 응접실로 안내한 다음 차를 우려 주었다. 그녀의 남편 우원자오吳文藻도 함께 있었으나 나와 인사를 주고받자마자 외출을 했다. 잿빛 머리칼을 참빗으로 빗어 올려 쪽을 진 셰빙신 여사는 온통 주름이 가득한 얼굴에 이상할 정도로 눈이 밝게 빛나고 있었다. 남색 천으로 지은 중국식 저고리 차림에 검은색 헝겊신을 신고 있었다. 무척 깔끔하고 단아한 모습이었다. 나는 자리를 잡고 앉아 시 원고를 꺼냈다. 그중에는 처녀작인 「우리는 아직 젊기 때문에」因爲我們還年輕와 「불의 노래」火之歌 등이 포함되어 있었다. 그녀의 평가는 대체로 긍정적이었고 일부 문구에 대해서는 수정을 제안하기도 했다. 흥미가 생긴 그녀는 나를 서재로 데리고 가 책상 앞에 앉힌 다음, 뒤쪽에 있는 책장에서 『한어대자전』을 꺼내 돋보기로 몇몇 글자와 단어를 적절한 함의로 최종 확정해주었다.

이날 이후로 우리는 잠시 동안 자주 왕래했다. 그녀는 특별히 '우리는 아직 젊다'我們還年輕라는 제목으로 시를 한 수 써서 부제를 '어느 젊은 친구에게'라고 붙였다. 어쩌면 시와 청춘 때문에 그녀는 내게 아무런 경계심도 갖지 않았던 것인지 모른다. 그리고 바로 이런 이유 때문에, 아버지의 정반대되는 배역 때문에, 여러 해가 지나 내가 그녀를 거대한 소용돌이 속에 휘말리게 했던 것인지도 모른다. 사슬은 한 고리 한 고리가 이어진 것이라 누구도 이 세상의 인과의 사슬을 단정하여 말할 수 없는 것이다.

'아버지, 하늘에 혼령으로 계신다면 저를 꼭 이해해주시고 하고 싶으신 말씀도 전부 해주세요.' 그날 밤 우리는 묵계에 이르렀다. 진실을 얘기하기로 한 것이다. 그 진실에 우리 자신을 해치게 되는 일이 있더라도 우리는 진실을 말해야 했다.

9

아버지가 말했다.

"인생이란 맞이하고 보내주는 거야."

1969년은 의심의 여지가 없는 격변의 해였다. 그해 봄에 나는 베이징 제6건축회사의 노동자로 배정되었다. 이어서 남동생은 중국과 몽골 국경지대에 있는 건설병단으로 배속되어 갔고 어머니는 허난 신양 지구의 간부학교로 갔다. 가을에는 여동생을 어머니의 동료가 간부학교로 데려다 주었다. 아버지는 마지막까지 베이징에 남아 있다가 연말에 후베이 사양현의 간부학교로 가게 되었다. 1년도 채 안 되는 시간에 사람들이 전부 떠나고 집은 텅 비었다. 한 가족 다섯 식구는 뿔뿔이 네 곳으로 흩어졌다. 편지를 쓸 때면 먹지를 대고 똑같이 네 통을 썼다.

전카이가 제6건축회사의 노동자로 배정되었다. 그 애로서는 처음 집을 떠나는 것이라 부모 된 사람으로 당연히 마음이 놓이질 않았다. 첫날 저녁 우리 가족 다섯 식구는 전부 신제커우 우윳가게로 가서 우유와 간식을 샀다. 그것으로 아들을 배웅한 셈이었다. 전날 짐을 꾸리면서 우리는 아들이 추위에 떨지나 않을까 걱정이 되어 집에 하나밖에 없는 오래된 양가죽 외투를 가져가게 했다. 다음 날 전카이가 집을 나설 때 우리 모두 대문까지 녀석을 배웅했다. 아들을 조금이라도 더 보고 싶었던 나는 전카이가 충위안관崇元觀에서 차를 탄다는 것을 알고는 전카이가 집을 나서자마자 곧장 무궤전차를 타고 그곳으로 갔다. 녀석이 차를 기다리고 있는 모습은 보았지만 다가가 작별인사를 건네진 않았다. 그저 멀리서 녀석이 차에 오르는 것을 확인하고서야 집으로 돌아왔다. 눈가가 촉촉하게 젖어 있었다.

- 아버지의 수필에서

나는 허베이 웨이현에 있는 공사장에서 산을 깎아내는 발파작업에 동원되었다. 산굴에 발전소를 세우기 위한 공사의 일환이었다. 그해 여름, 아버지한테서 전보가 왔다. 여동생 산산이 병이 났으니 빨리 돌아오라는 것이었다. 나는 즉시 휴가를 내고 농가에서 신선한 계란을 산 후 공사장에서 화물운송에 사용하는 트럭을 타고 베이징으로 돌아왔다. 산산은 고열이 계속되다가 결국 풍습성 관절염이라는 진단을 받았다. 내가 집에 돌아오자 열이 내렸다.

그 일주일은 훔친 시간 같았다. 베이징은 도시 전체가 텅 비어 있었고 베이하이공원에는 유람객이 거의 없었다. 우리는 배도 타고 사진도 찍고 이란탕漪瀾堂에 가서 점심도 먹었다. 아버지는 나를 위해 바삭바삭하게 튀긴 완자를, 산산을 위해 홍샤오위를 주문했다. 아버지는 맥주를 한 병 드시고 가볍게 취해 여종업원에게 말했다.

"애들이 내 아들이랑 딸이라오. 봐요, 내가 얼마나 복이 많은 사람이오!"

매년 12일의 법정 가족방문 휴가가 있는 데다 여기에 정기휴일까지 더하자 내 울적한 생활에 활력이 생겼다. 나는 먼저 허난과 후베이로 달려가 가족들을 만났다. 오가는 길에 유람을 하면서 산수를 즐겼다. 첫해에 산산과 함께 어머니가 있는 허난의 간부학교를 출발해 후베이 샤양현으로 아버지를 만나러 갔다. 두 번째 해에는 혼자 허난을 출발해 후베이로 갔다. 당시 아버지는 간부학교에서 농촌으로 하방되어 어느 농가에 머물고 있었다.

그때 마침 나는 가오차오진高橋鎭의 생산대 '오성삼대'五星三隊에 삽대되었다. 하루는 내가 열심히 일하고 있는데 누군가 내게 와서 전카이가 왔다고 알려주었다. 서둘러 숙소로 돌아와 보니 저 멀리 전카이가 연못가에 쭈그리고 앉아 내 옷을 빨고 있는 모습이 보였다. 녀석은 내 침대보와 옷가지까지 전부 내다 빨았고 사람과 돼지가 함께 기거하는 내 방도 깨끗이 청소했다. 그날 저녁, 우리 집주인이 자기 아들에게 가서 두부를 몇 모 사오라고 하여 전카이를 귀한 손님으로 대접해주었다. 그곳 농민들은 하루 세 끼를 절인 부추만 반찬으로 먹었기 때문에 두부는 의심의 여지없이 진귀한 음식이었다. 전카이는 고기 통조림을 세 개 가지고 왔다. 다음 날 나는 전카이와 함께 가오차오진까지 걸어가 작은 음식점에서 식사를 했다. 그 자리에서 고기 통조림 세 개를 나 혼자 다 먹어치웠다. 전카이는 내가 이렇게 게걸스럽게 먹는 것을 보고는 나를 무척 불쌍하게 여겼다. 녀석은 아무 말도 하지 않았지만 나는 충분히 알아챌 수 있었다.

– 아버지의 수필에서

1971년 깊은 가을, 아버지는 혼자서 베이징으로 돌아와 며칠을 보냈다. 그날 저녁, 나는 간단한 음식 몇 가지를 준비해 아버지와 함께 먹으면서 이야기를 나눴다. 내가 '9·13사건'*에 관해 언급하자 이야기는 점점 고조되었고 아버지도 격분했다. 우리는 둘 다

* 당시 중국공산당 부주석이었던 린뱌오가 쿠데타가 발각되자 가족들과 함께 헬기를 타고 몽골로 도망치다가 격추되어 사망한 사건.

술에 취해 책상을 사이에 두고 곯아떨어졌다. 이튿날 아침에 일어나 보니 아버지가 멍하니 천장을 바라보고 있다가 한참만에야 입을 열었다. 함부로 떠들고 다니다가 목숨을 잃는 일이 없도록 조심하라는 당부였다. 술기운 덕분에 부자는 처음으로 정치적 공모자가 되었다.

1972년 설날, 온 가족이 베이징에서 한자리에 모였다. 그 자리에서 「안녕, 바이화산」你好 百花山이라는 시의 초고를 꺼내 아버지에게 보여드렸다. 아버지가 당장 태워버리라고 호통을 치리라고는 생각지도 못했다. 시 가운데 "초록색 햇빛이 틈 사이로 새어 나왔다"라는 구절이 아버지를 놀라게 했던 것이다. 나는 아버지의 눈에서 두려움을 발견했다. 아버지가 시키는 대로 하는 수밖에 없었다. 앞으로 다시는 내 작품을 아버지에게 보여드리지 않겠다고 마음먹었다.

10

1972년, 외지에 있던 부모님이 차례로 베이징으로 돌아왔다. 어머니는 아버지를 따라 샤허현의 간부학교에 배치되어 의무실에서 일했고 여동생 산산은 후베이에 그대로 남아서 샹판襄樊 지구의 한 군수 공장에서 기술원으로 일했다.

아버지는 그해 나이가 만으로 쉰이었지만 젊고 혈기가 왕성해 매일 농사일을 하셨다. 주말이면 부모님은 집으로 돌아와 쉬셨고, 남동생은 베이징에서 병을 핑계로 출근하지 않고 있어 텅 비었던 집이 한순간에 비좁게 느껴졌다. 다양한 부류로 구성되어 있던 내 친구들

가족과 함께, 톈탄, 1972년.
맨 왼쪽이 베이다오.

은 베틀이 천을 짜듯이 내 주위를 들락거려 아버지의 눈을 어지럽게 만들었다. 특히 펑강彭剛과 장스웨이姜世偉* 같은 '선봉파'先鋒派들은 거의 외계인과 마찬가지였다. 스캉청과 류위 같은 몇몇 사람을 제외하고 거의 모든 친구가 출입금지를 당했었다. 우리 아버지 얘기만 나와도 친구들은 일제히 조건반사처럼 혀를 내둘렀다.

평강은 내게 러시아 화가 레비탄Isaak Levitan의 유화 「호수」를 모사해 내 침대 위에 걸어주었다. 펑강이 그린 레비탄의 모사화는 19세기 러시아 화풍과 무관하게 기본적인 색조가 적회색으로 변해 있었고 그의 눈빛과 마찬가지로 반미치광이 상태였다. 전형적인 표현주의 작품이라 할 수 있었다.

집 안 공간이 작다 보니 새장에 갇힌 사자처럼 천천히 걸어 다니던 아버지는 매번 그 그림 앞을 지나갈 때마다 좌우로 눈을 흘겼고, 심지어 공포와 분노가 극에 달해 마음속으로 전율하기까지 했다. 펑강의 레비탄이 아버지에게 심각한 상해를 가하고 있는 것 같았다. 모더니즘의 풍격이 현실세계와 잘 어울리지 않았던 것이다. 어느 날 저녁, 마침내 아버지가 폭발하여 고래고래 소리를 지르면서 당장 그림을 떼어내라고 명령했다. 내가 즉시 그림을 떼지 않자 아버지가 직접 뜯어내 반으로 찢어버렸다. 바로 옆에는 삼촌 자오엔녠趙延年이 아버지를 위해 먹물로 그린 선묘화 초상이 걸려 있었다. 이에는 이, 눈에는 눈으로 대응하기 위해 나도 이 초상화를 거칠게 바닥으로 내동댕이쳐 액자를 산산조각 내버렸다.

* 저자와 함께 활동했던 몽롱시 시인으로, 필명은 망커(芒克)였다.

매번 말다툼을 벌일 때마다 항상 똑같은 방식으로 끝이 났다. 아버지가 대문을 열고 소리를 지르는 것이었다.

"여기는 내 집이니까 당장 꺼져!"

이럴 때 병을 핑계로 출근을 하지 않을 경우라면 공사장으로 돌아가지 않고 스캉청이나 류위의 집으로 가서 바닥에 잠자리를 깔았다. 그리고 결국에는 어머니의 중재로 다시 집으로 돌아오곤 했다.

1975년 여름에는 아버지와 대판 싸우고 나서 홧김에 류위와 함께 우타이산에 올랐다. 열흘 후 집으로 돌아와 보니 후베이에 있던 산산이 베이징으로 출장을 와 있었다. 우리 남매는 우애가 무척 깊었기 때문에 여동생이 집안싸움 때문에 걱정하게 하고 싶지는 않았다. 나는 아버지와의 불화를 최대한 숨기고 있었지만 여동생이 집에 머무는 동안 결국 또다시 충돌하고 말았다. 말다툼이 끝났을 때는 이미 밤이 깊어 있었다. 나와 산산은 부엌에서 서로 아무 말도 하지 않고 있었다. 여동생은 풀이 죽은 채 벽에 몸을 기대고 있었고, 나는 싱크대에 기대서 있었다. 수도꼭지에서는 똑똑 물이 떨어지고 있었다.

"인생은 맞이하고 보내주는 거야."

항상 마지막이라는 것이 있었다. 산산을 배웅하는 날 무궤전차는 사람도 많은 데다 너무 느려 베이징역에 도착하니 겨우 십 분밖에 시간 여유가 없었다. 황급히 플랫폼으로 달려가 짐을 화물칸에 밀어넣자마자 객차가 덜컹거리며 천천히 움직이기 시작했다. 나와 산산은 차창을 사이에 두고 손을 흔드느라 말도 몇 마디 나누지 못했다. 이것이 영원한 이별이 될 줄은 아무도 생각지 못했다.

1976년 7월 27일 저녁, 수위실로 내려가 장거리 전화를 받았다. 산산이 물에 빠진 사람을 구하다가 실종되었다는 소식이었다. 밤새 자전거를 타고 전보빌딩으로 가서 장거리 전화로 멀리 교외지역에 있는 아버지와 동생에게 이 사실을 알렸다. 이튿날 새벽, 산이 흔들리고 땅이 요동치는 사건이 발생했다. 탕산唐山대지진이 일어난 것이었다. 아버지와 남동생이 점심때쯤 집으로 돌아왔다. 가족들은 전부 마당에 모였다. 어머니는 이미 반실성 상태였다.

아버지와 나는 당장 샹판으로 출발하기로 결정하고 우선 집으로 올라가 가지고 갈 옷가지와 짐을 챙겼다. 나는 아버지 뒤꽁무니를 바짝 따라가다가 넘어져 구르고 기다시피 해서 4층까지 올라갔다. 아버지는 계속 눈물을 흘리면서 혼잣말을 했다. 나는 충동적으로 아버지를 부둥켜안고 함께 통곡하면서 앞으로 다시는 아버지와 싸우지 않겠다고 다짐했다.

샹판으로 가는 길은 지옥 여행이었다. 다시는 돌아보기 싫은 시간이었다.

그 후 2년 동안 우리 집은 참담하고 우울한 분위기에 젖어 있었다. 나는 공사장에서 함께 일하는 형제 같은 친구 천취안陳泉을 집으로 불러 부모님을 위해 쾌반快板*을 공연하게 해 잠시나마 웃음을 되찾아주었다.

2년 후, 어머니는 장기간의 우울증으로 심장에 병이 생기고 신

---

* 비교적 빠른 박자로 '박판'(拍板)과 '죽판'(竹板)을 치면서, 일곱 자구의 압운된 구어 가사에 간간이 대사를 섞어 노래하는 중국 민간 기예.

경쇠약에 걸려 남은 가족들이 돌아가면서 보살펴야 했다.

어머니로서 딸을 잃어버려 정신이 무너지고 이어서 병마와 싸워 이기기까지 얼마나 강한 의지와 인내력이 필요했던가. 다행히 지넨이 내 손을 잡아주어 생과 사 사이의 시련을 견딜 수 있었다. 지넨은 내게 우리 딸은 사람을 구하다 희생되었다고, 생명으로 생명을 구한 것이라고 반복해서 일깨워주었다. 인생은 원래 무상한 것이지만 목숨은 또 진귀한 것이라 나 자신과 다른 사람들의 목숨을 위해서라도 억세게 살아가야만 했다.

　　　　　　　　　　　　　　　　　　　　- 어머니의 구술 기록에서

11

1979년, 중국인민보험회사가 다시 문을 열었다. 아버지는 '중국민주촉진회'에서 나와 다시 중국인민보험회사에서 국내업무부를 주관하게 되었다. 아버지는 매일 이리저리 뛰어다니면서 회의와 조사연구로 바빠 돌아쳤다. 바쁘긴 했지만 그보다 더 좋을 수 없었다. 1980년 가을, 내가 결혼을 하고 분가를 하면서 아버지와의 관계는 눈에 띄게 개선되었다.

평시에는 각자 자기 일로 바쁘게 지내다가 주말이나 명절을 맞을 때면 온 가족이 함께 모여 식사를 하고 마작을 하면서 이런저런 얘기를 나눴다. 80년대는 '두 개의 밤을 잇는 하얀 복도'였다. 삶에 온갖 어두운 그림자가 겹겹이 드리워져 있었지만, 사람들은 여전히 희망으로 가득 차 있다가 더 아득한 미망의 밤으로 빠져들어 갔다.

1989년 봄, 나는 중국을 떠났다. 그 뒤로 2년이 조금 지나 부모님이 톈톈田田을 데리고 나를 만나러 덴마크로 왔다. 어머니는 넘어져 다리를 다치는 바람에 거동이 불편했기 때문에 나와 아버지가 돌아가면서 휠체어를 밀었다. 1990년에 퇴직한 아버지는 눈에 띄게 늙어 보였다. 체구도 작아지고 입안의 치아도 전부 틀니였다. 서로의 모습이 눈에 거슬렸는지 나와 아버지는 여전히 의견 차이를 드러냈지만 말다툼은 하지 않았다. 일종의 냉전인 셈이었다. 가끔씩 문밖에 나가 산보를 할 때도 나는 일부러 어머니를 질주하듯이 밀고 가 아버지를 멀리 뒤에 떼어놓곤 했다. 그러다가 뒤를 돌아보면 아버지가 바람에 쓰러질 것처럼 가냘프게 보이면서 마음속 연민이 들어 속도를 늦췄다.

아버지는 외국에 나와서도 적지 않게 웃음거리가 되었고 친한 친구들 사이에 이야기의 주인공이 되었다. 덴마크에서 톈톈이 키우던 앵무새 한 쌍 가운데 한 마리가 죽고 말았다. 아버지는 톈톈을 데리고 애완동물 상점에 가서 한 마리를 다시 사주려 했다. 아버지가 짧은 영어로 상점 주인에게 말했다.

"새 한 마리가 죽었어요."One bird dead.

상점 주인은 무슨 말인지 몰라 뒤통수를 매만지다가 결국 새 한 쌍을 팔았다. 내가 수업을 마치고 집에 돌아가 보니 새장 안에는 새가 세 마리나 들어 있었다.

파리에서는 어느 일요일 아침 아버지가 비디오 촬영을 하겠다면서 혼자 밖으로 나가셨다. 한 백인 청년이 친절한 태도를 보이며 다가와 손짓으로 아버지를 위해 촬영을 해주겠다면서 비디오카메라를 받자마자 그대로 들고 도망갔다. 아버지는 청년을 놓치지 않고 바짝 따라붙었고, 행인들도 함께 추격에 나서서 포위했다. 당황한 도둑은 자기 집으로 들어가 버렸다. 누군가 경찰에 신고를 하자 경찰이 곧바로 달려왔다. 범인과 장물 모두 그대로 있었다. 가장 재미있는 일은 아버지가 경찰서에 따라가서 증언을 했다는 것이다. 아버지는 프랑스어를 한 마디도 알지 못했지만 놀랍게도 진술을 완성했다. 알고 보니 비디오카메라가 꺼져 있지 않아 모든 과정이 고스란히 녹화되었던 것이다. 흔들리는 땅바닥과 도둑이 숨을 돌리는 모습까지 그대로 카메라에 담겨 있었다. 그해 아버지 연세는 일흔셋이었다.

내가 캘리포니아로 이사해 정착하게 된 뒤로 부모님은 두 번 미국에 오셔서 머물다 가셨다. 미국 시골 생활은 정말 무료하기 그지없었다. 게다가 내가 너무 바빠 어쩌다 한 번씩 부모님을 모시고 밖에 나가 기분전환을 시켜드리는 것이 고작이었다.

80년대부터 나와 아버지의 위치가 뒤바뀌기 시작했다. 아버지는 나에게 거의 순종적인 자세를 보였다. 마음속으로는 불만이 있더라도 말로는 항상 내 생각을 따랐다. 아버지와 나는 한 번도 진정으로 평등했던 적이 없었다. 아버지와 친구가 되어 마음속에 있는 모든 생각을 기탄없이 다 털어놓고 싶다는 생각도 여러 번 했었지만 그럴 때마다 그것이 불가능한 일이라는 것을 깨달았다.

사실 거의 모든 중국 남자의 마음속에는 폭군이 하나씩 들어 있기 마련이었고 그 배역은 너무나 복잡했다. 사회에서의 이 작은 폭군들은 기본적으로 아역衙役이나 순민順民에 불과하기 때문에 자신의 한

계를 한 걸음도 넘지 않는다. 사람은 힘이 생기면 얼굴이 변하는 법이라 부하를 대하거나 백성을 대할 때면 사악하고 잔인한 모습을 드러내게 된다. 이는 역대 반란자들에게서 극명하게 드러난다. 관건은 과도의 단계가 필요 없이 언제든지 자유롭게 변할 수 있어야 한다는 것이다. 집에서의 작은 폭군은 반드시 모든 걸 주재해야 했다. 이렇다 할 평등이 존재할 수 없는 것이다. 아내와 아이들은 말할 것도 없고 심지어 남자주인마저도 손안에 장악해야 하는 것이다.

나는 아버지가 되어서야 비로소 이런 폭군의식이 핏줄에서, 문화의 아주 깊은 곳에서 나온 것이라 뿌리가 튼튼하기 때문에 쉽게 흔들리지 않는다는 것을 인식하게 되었다. 나처럼 일탈을 좋아하는 사람도 피할 수 없는 것이었다. 아버지의 인생 역정을 돌아보면서 나는 내 자신의 족적을 함께 볼 수 있었다. 아버지가 걸으면 나도 걷고, 아버지가 뛰면 나도 따라 뛰는 모습이 오버랩되었다. 이런 사실이 나를 경악케 했다.

1999년 연말에 세계는 종말이 닥쳐왔다는 이야기로 온통 술렁거렸다. 나는 차를 몰고 샌프란시스코에서 집으로 돌아왔다. 늦은 밤이었다. 달은 크고 둥글었다. 금빛으로 찬란하게 빛나는 것이 정말로 인류 종말의 징조 같았다. 아버지가 뒷좌석에 앉아 혼잣말로 중얼거렸다.

"내가 어쩌다 이렇게 오래 살았는지 모르겠군. 인생도 결국 끝이 있을 텐데 말이야!"

내가 아홉 살이 되던 해 봄에 아버지가 나를 데리고 베이하이공원에 놀러 갔던 일이 기억났다. 집으로 돌아오는 길에 사방이 짙은 황혼에 젖어 있었고 얼음이 녹는 한기가 느껴졌다. 호숫가를 따라 천천히 걷다가 공원 후문에서 200~300미터 떨어진 곳에 이르렀을 때, 아버지가 갑자기 걸음을 늦추고는 사방의 유람객들을 둘러보고 나서 내게 말했다.

"이곳에 있는 사람들 모두 백 년 후에는 이 세상에서 사라지게 될 거야. 우리를 포함해서 말이야."

나는 어리둥절한 표정으로 고개를 들어 아버지를 쳐다보았다. 아버지의 안경 테두리가 번쩍였다. 그 속에 한 가닥 냉소가 감춰져 있었다.

12

2001년 12월 2일 밤, 유나이티드항공 비행기를 타고 샌프란시스코를 출발하여 베이징에 도착한 나는 매우 특별한 대우를 누렸다. 공항까지 마중을 나와주었고 전용차도 준비되어 있었다.

병상에 누워 있던 아버지는 나를 보자마자 아이처럼 울음을 터뜨렸다. 나는 침대 맡에 앉아 아버지의 손을 꼭 잡았지만 어떻게 위로해야 좋을지 알지 못했다. 급하면 지혜가 생기는 법이라고, 나는 아버지를 위해 새로 사온 신형 디지털카메라를 꺼냈다. 마침내 기술지상주의자인 아버지는 안정된 모습을 보였다. 하지만 아버지의 왼쪽 손은 이미 말을 듣지 않아 전혀 움직일 수 없었다.

아버지의 병명은 신장암과 B형 간염이었다. 게다가 몸 왼쪽이 반신불수가 되어 있었다. 거동이 불편하긴 했지만 정신은 말짱했다. 보행기를 이용하면 화장실에도 갈 수 있었다. 나는 아버지에게 계속해서 운동만 잘하면 건강을 회복할 수 있다고 격려하면서 그렇게 믿게 했다.

매일 친구들을 만나고 저녁에 집으로 돌아오면 나는 침대 머리맡에서 아버지와 함께 시간을 보냈다. 유리잔에 와인을 따라 빨대와 같이 건네기도 했다. 몇 모금 마시면서 이 세상의 취기를 좀 누리게 할 요량이었다. 틀니를 빼자 아버지의 양쪽 뺨이 움푹 꺼졌다. 망연자실한 눈빛이었다. 아버지는 의사에게 화장할 때 아프냐고 물어봤다고 내게 말했다. 아버지는 유머로 죽음과 마주하고 있었다.

나는 아버지가 세상을 떠나기 전까지 중국에 세 번 돌아올 수 있도록 허가를 받았다. 한 번에 한 달씩이었다. 강렬한 생존의지로 아버지는 한고비 또 한고비를 잘 넘겼다. 하지만 마지막 반년 동안 이미 전체적으로 무너진 아버지는 약물에 의존하여 간신히 버티고 있었다. 두 번째 뇌혈전이 언어능력을 빼앗아가 버렸다. 아버지처럼 말이 많은 사람에게는 최대의 고난이었다. 말로 생각을 표현할 수 없게 되자 아버지는 손가락으로 내 손에 필사를 하면서 옹알옹알 이상한 소리를 냈다.

나는 매일 아침 간단한 음식을 만들어 보온병에 담아 304병원을 찾아가 한 숟가락씩 아버지의 입에 떠 넣어드렸다. 아버지와 이야기를 나누고 싶은 생각이 간절했지만 이번에는 아버지를 흥분시키고 말았다. 생각을 말로 표현할 수 없어 더 고통스럽기 때문이었다. 매번 그 무력한 눈빛과 뻣뻣하게 굳은 혀를 볼 때마다 가슴을 칼로 도려내는 것만 같았다.

2003년 1월 11일 토요일, 나는 평소와 마찬가지로 오전 열 시경에 304병원 병실에 도착했다. 그다음 날 미국으로 돌아가야 했다. 정오 무렵, 아버지의 식사를 도와드린 나는 전동 면도기로 수염을 깎아드렸다. 우리 둘 다 마지막 순간이 다가오고 있다는 것을 알고 있었다. 아버지의 혀가 입속에서 있는 힘껏 움직이더니 뜻밖에도 또렷하게 몇 글자를 내뱉었다.

"사랑한다."

나는 감정을 억제하지 못하고 아버지를 껴안으면서 말했다.

"아버지, 저도 아버지 사랑해요."

내 기억이 맞다면 그때 우리 부자는 처음이자 마지막으로 서로에게 사랑한다고 말했다.

이튿날 아침, 공항으로 가는 길에 다시 한 번 아버지를 뵙고 싶었지만 시간이 촉박했다. 기내 확성기에서 스튜어디스가 부드러운 목소리로 비행기가 곧 이륙한다고 안내 방송을 했다. 나는 베이징의 성城을 향해, 아버지가 있는 방향을 향해 조용히 기도를 올렸다.

두 개의 베이징

옮긴이의 말

아주 오래전에 타이완 허우샤오셴侯孝賢 감독의 영화「유년의 지난 일들」童年往事을 보면서, 비행기로 두 시간 반을 가야 도착할 수 있는 아열대의 섬 타이완에도 내 유년의 기억과 똑같은 풍경이 펼쳐진 것을 보고 놀라움을 금치 못했었다. 물질적 결핍과 지독한 가부장제, 암울한 현실을 딛고 기약되지 않는 미래를 향해 성실하게 하루하루를 버텨나가는 사람들의 유일한 안식처였던 가족, 골목 풍경과 아이들의 놀이, 권위주의적인 학교, 국가의 위압과 폭력 등이 60년대 우리의 모습과 너무나 비슷했다.

자세히 따져보면 이러한 유비類比는 상당 부분 일본의 식민이 남긴 포스트콜로니얼의 상흔이자 동아시아 공동의 슬픈 역사기억이라는 것을 알 수 있다. 근대의 유전자 속에 부분적으로 일본 식민의 기억이 사라지지 않고 남아 있는 것이다. 어쩌면 이는 제 살을 깎아내는 아픔과 몸부림을 통해서만 극복될 수 있는 질긴 각인인지도 모른다.

베이다오의 자서전에 가까운 이 책을 번역하면서 또 다른 유년의 풍경과 마주치게 되었다. 허우샤오셴의 영화에서 본 것보다 훨씬 더 체계적이고 집단적이며 일관된 풍경이었다. 번역을 시작할 때부터 끝날 때까지 머릿속으로 내가 태어나고 성장했던 60, 70년대 서울 구석구석의 풍경들이 베이징의 풍경과 겹쳐졌다.

도시의 구조와 시대의 빈곤, 역사의 격랑에 저항할 방식을 잃은 민초들의 끈질기고 순수한 삶의 의지가 서울 사람들의 과거와 너무나 흡사했다. 이 책에 담긴 모든 냄새와 소리, 날씨, 장난감과 놀이, 수영과 독서가 나를 유년의 서울 신작로로 인도했다. 골목을 돌아다니면서 물건을 파는 장사꾼들의 구성진 소리와 구슬치기, 망 까기, 공기놀이, 딱지치기, 뽑기, 달고나, 번데기, 아이스케키, 얼음가게, 계곡을 막아 만든 수영장, 학교, 중고등학교 입시 등 무수한 기억의 편린들이 이제는 둘 다 거대한 메가시티가 되어 있는 천년의 고도 베이징과 600년 도읍 서울의 과거를 하나로 이어주었다. 심지어 내가 어렸을 때 거의 매일 바르고 다녔던 머큐로크롬이 똑같이 '빨간약'으로 통했던 대목을 읽을 때는 민간문화의 생성과 소통에 작용하는 어떤 뿌리 같은 동질성의 원리를 생각하지 않을 수 없었다.

내가 처음 베이징을 찾은 것은 1991년 8월이었다. 지금부터 24년 전, 굴욕적인 한중 수교 한 해 전의 일이다. 당시에는 정말 성냥갑만 한 터미널1이 공항청사였고, 시내로 들어오는 도로에는 자동차가 거의 없었다. 도로가 막힌다는 것은 상상도 할 수 없는 일이었다. 지하철은 1호선과 2호선이 전부였고 게다가 객차 안은 너무나 한산했다. 그 대신 전 세계 자전거의 절반이 중국에 있었다. KFC는 첸먼에 1호점을 열어 사람들이 호기심에 줄을 서서 햄버거를 사먹고 있었다. 사회주의 국가이다 보니 항상 북한의 평양을 염두에 두고 비교하면서 도시를 바라보게 되었다. 지금으로선 잘 상상이 되지 않는 도시풍경이었다.

지금까지 내가 베이징을 찾은 횟수는 70번이 넘는다. 최근에는 두 달에 한 번꼴로 간다. 주로 일을 하기 위해서이니 그 유명한 위안밍위안圓明園이나 이허위안頤和園도 아직 가보지 못했다. 내가 이렇게 돌아다니는 사이에 베이징은 너무나 빠르게 변모하여 80년대 말 90년대 초의 모습을 찾아보기 어려워졌다. 서울이 그랬듯이 도시의 규모와 외관, 그 안에 사는 사람들의 욕망과 삶의 디테일이 전부 변해버렸다.

이런 과거와 현재 사이의 엄청난 대비에 대해 가치판단을 하는 것은 무의미한 일이다. 얻은 것이 많은 만큼 잃은 것도 너무 많기 때문이다. 그저 두 개의 베이징을 동시에 서로 다른 방법으로 기억하고 향수하는 수밖에 없을 것이다.

이 책에는 시인 베이다오의 성장과 반항과 성취의 기초가 된 유년기와 청년기의 베이징, 60년대와 70년대의 베이징이 담겨 있다. 지금은 계속 확장되어 5환을 지나 6환까지가 베이징 사람들의 생활권이 되어 있지만 당시의 베이징, 즉 베이다오의 베이징은 2환에 머물러 있었다. 이 구역은 서울로 치면 사대문 안에 해당하는 옛 베이징으로, 고대와 현대, 전통과 전위가 교차하던 공간이라 할 수 있다. 상대적으로 개발이라는 마수가 덜 뻗쳐 천년 고도의 전통적 풍미를 그대로 간직하고 있는 공간이다.

번역을 절반쯤 마친 2015년 6월에 또 베이징을 찾았다. 재빨리 볼일을 다 보고 나서 이틀 동안 이 책에 나오는 소년 베이다오의 궤적을 하나하나 추적해보았다. 싼불라오 후퉁 1호와 인근의 다른 후퉁들, 더네이 대가와 옌다이 사가, 베이다오 가족이 함께 식사했던 음식점 카오러우지와 인딩교, 후궈사 등 대부분의 건물과 공간이 베이다오의 족적을 지닌 채 그대로 남아 있었다. 베이다오가 지나가다가 소변을 보았던 후퉁 입구 공동화장실도 지금은 관광객들을 위해 깨끗하게 단장되어 있었다. 애석하게도 그가 다녔던 제13중학은 마침 대학입시를 치르고 있어 들어가볼 수 없었다.

어떤 도시공간이 긴 시간의 풍화를 견뎌내고 수십 년 전의 모습을 그대로 간직하고 있다는 것은 정말 놀랍고 고마운 일이 아닐 수 없다. 2환을 벗어나 3환 밖으로 가면 유리로 된 포스트모던 스타일의 고층빌딩들이 하늘을 만지고 있고 도로마다 자동차들로 주차장을 이룬다. 극대화된 도시의 욕망이 사람들의 삶의 리듬에 속도를 높이고 있다. 시간적으로나 공간적으로 서로 다른 두 개의 베이징이 엄존하고 있는 것이다. 이 두 개의 베이징을 오가며 2천만 명이 넘는 베이징 사람들이 하루하루를 요란하게 살아가고 있다.

이 책의 원제는 『성문이 열리다』城門開이다. 문은 단절과 소통의 기능을 동시에 갖고 있는 대단히 양가적兩價的인 물건이고, 성城은 오늘날의 '도시'와 같다고 할 수 있다. 성문이 열린다는 것은 단절에서 소통으로의 변화 내지 전환을 상징한다.

시인 베이다오는 베이징이라는 성 안에서의 모든 기억을 뒤로

하고 정치적인 이유로 오랫동안 세계 각지를 떠돌아야 했다. 유년의 공간과 단절된 세월을 보내는 동안, 그는 중년을 지나 노년의 나이로 접어들었고 어떤 말도 귀에 거슬리지 않는 생명의 단계에 도달했다. 그런 그에게 성문이 다시 열리고 유년의 기억이 고스란히 남아 있는 공간과의 소통이 재개된 것은 다행스러운 일이 아닐 수 없다.

2017년 2월
김태성

베이다오北島

1949년 베이징에서 출생했으며, 본명은
자오전카이趙振開다. 세계 각국을 떠돌다 지금은 홍콩에
정착하여 홍콩중문대학교 교수로 재직하고 있다.
1978년 친구들과 함께 시 잡지『오늘』今天을 창간하여
지금까지 운영하고 있으며, 1992년 노벨문학상 후보에
오르기도 했다.
중국 신시기 '몽롱시'의 대표 시인으로, 깊이 있는
자아의식과 철학, 상징과 암시, 냉엄하고 심오한
필치로 독자적인 시 세계를 구축하고 있다.
대표 시집으로『태양성찰기』太陽城札記,『베이다오·구청
시선』北島顧城詩選,『밤을 지키다』守夜,『한밤중의
문』吾夜之門,『청등』靑燈,『시간의 장미』時間的玫瑰 등이
있고 산문집으로『파란 집』藍房子이 있다.

김태성金泰成

1959년 서울에서 출생하여 한국외국어대학교
중국어과를 졸업하고 동대학원에서 타이완문학
연구로 박사학위를 받았다. 중국학 연구공동체
한성문화연구소漢聲文化硏究所를 운영하면서
화문華文문학 번역과 중국, 타이완과의 문학교류 활동에
주력하고 있다. 한길사에서 출간한『굶주린 여자』를
비롯하여『인민을 위해 복무하라』『사람의 목소리는
빛보다 멀리 간다』등 100여 권의 중국 저작물을
번역했다.